aliança

Obras do autor publicadas pela Galera Record:

***Série* A profecia do paladino**
A profecia do paladino
Aliança

MARK FROST

Tradução de
Glenda D'Oliveira

1ª edição

Galera
RIO DE JANEIRO
2017

CIP-BRASIL. CATALOGAÇÃO NA PUBLICAÇÃO
SINDICATO NACIONAL DOS EDITORES DE LIVROS, RJ

Frost, Mark
F96a Aliança / Mark Frost; tradução Glenda D'Oliveira. – 1. ed. – Rio de Janeiro: Galera Record, 2017.
(A profecia do paladino; 2)

Tradução de: Alliance
ISBN: 978-85-01-40143-4

1. Ficção juvenil americana. I. D'Oliveira, Glenda. II. Título. III. Série.

16-38023 CDD: 028.5
CDU: 087.5

Título original:
Alliance

Texto revisado segundo o novo Acordo Ortográfico da Língua Portuguesa.

Editoração eletrônica: Abreu's System

Direitos exclusivos de publicação em língua portuguesa somente para o Brasil adquiridos pela
EDITORA RECORD LTDA.
Rua Argentina, 171 – Rio de Janeiro, RJ – 20921-380 – Tel.: (21) 2585-2000,
que se reserva a propriedade literária desta tradução.

Impresso no Brasil

ISBN 978-85-01-40143-4

Ninguém pode fazer as coisas por você...

Vivo a vida em círculos crescentes
que se movem acima das coisas, no ar.
Jamais terminarei o último, provavelmente,
mas ainda assim vou tentar.
Circulo ao redor de Deus, da torre de tanta idade;
circulo há mil anos,
e ainda não sei o que sou: falcão, tempestade
ou grande canto.

— Rainer Maria Rilke

MARÇO

Lyle Ogilvy enfrentava dificuldades para permanecer morto.

Ao longo dos sete meses anteriores, a equipe médica desistira dele meia dúzia de vezes, para depois se dar conta de que o caso tratava-se de algo sem precedentes na história da medicina.

Finalmente precisaram admitir que a pergunta *"ele está morto ou vivo?"* os deixava desorientados.

Para qualquer um fora do círculo íntimo de Lyle era ainda mais difícil encontrar a resposta, uma vez que a família e a escola haviam se comprometido a manter uma confidencialidade férrea a respeito de sua condição, e tinham honrado o acordo. A verdade misteriosa era que, desde o "incidente infeliz" do outono anterior, Lyle caíra em um coma sem fim, e seus sinais vitais permaneciam apenas um sopro. Por seis vezes desligaram as máquinas de suporte de vida, mas em todas as ocasiões tornaram a ligá-las, pois, ainda que todos os esforços para reviver o menino fossem vãos, os eletroencefalogramas continuavam a demonstrar intensa atividade cerebral.

Para os demais membros da escola, o único indício de que o controverso Ogilvy continuava no campus era a frequente e furtiva presença de seus pais. Tinham aceitado a recomendação da equipe de psicólogos especializada em traumas de que tentar tirar seu filho do CTI do centro médico do colégio poderia ser fatal. Pois Lyle não era apenas um paciente; era também um prisioneiro, e, se um dia viesse a acordar, enfrentaria uma longa lista de acusações criminais.

Assim, o garoto permanecia acamado, tão inerte quanto uma réplica de mármore, meses a fio, do inverno até o começo da primavera. Seus olhos se abriam periodicamente, sem qualquer padrão discernível, e as pupilas respondiam aos estímulos de luz, um dos poucos sinais positivos que a equipe podia identificar.

Conforme esperado, com uma sonda gastrointestinal lhe fornecendo a única fonte de nutrição, a silhueta volumosa e obesa de Lyle foi se derretendo como cera, aparentemente esmorecendo, porém um exame mais minucioso teria revelado que os músculos tornavam-se mais magros e definidos. Embora as enfermeiras o mudassem de posição quatro vezes ao dia, jamais notaram — por conta da cama feita sob medida, que era gigante, e por jamais o terem visto de pé — que o menino de 1,88 metro havia crescido 8 centímetros.

Estado vegetativo persistente, um termo usado com frequência pelos médicos quando discutiam as circunstâncias em que Lyle se encontrava, não chegava nem perto de descrever o que realmente acontecia dentro do garoto. Sua mente não havia recuperado a capacidade do uso das palavras, mas, se tivesse, talvez ele dissesse que nos últimos tempos vinha ficando cada vez mais consciente da própria situação. Estava até conseguindo perceber as pessoas entrando e saindo do quarto, estando os olhos abertos ou não.

E, quando os últimos flocos de neve do final do inverno caíram e o gelo no lago Waukoma se retirou de suas águas, algo peculiar se alvoroçou dentro de Lyle Ogilvy. Se pudesse escolher apenas uma palavra para descrever o que estava lhe passando, teria sido *Mudança.*

A primavera era a estação do crescimento, e vida nova se agitava em seu interior, transformando o velho Lyle em algo muito mais avassalador e poderoso. Outra percepção começara a tomar forma na consciência empoeirada também. Uma sensação crescente, mais sentida que sabida, mas Lyle a percebia em cada célula do corpo.

Fome.

— Como está se sentindo? — perguntou o treinador.

Anestesiado. Era como Will se sentia naquele momento. E não apenas por conta do frio mordaz. *Explica exatamente como venho me sentindo pelos últimos cinco meses.*

— *Você* acha que consigo? — perguntou o menino.

— Não sou eu quem tem que responder isso — argumentou Ira Jericho, de braços cruzados, parado de costas para a margem do lago.

— Eu sei. Mas sua opinião ia me ajudar a formar a minha.

— Balela. Se concentre!

Anestesiado. Atropelado pelos acontecimentos. Sem ter para onde ir, tentando processar e colocar tudo em ordem em meio a mais traumas emocionais vividos em um mês do que jamais confrontara a vida inteira.

Will e o treinador Jericho estavam no banco leste do lago Waukoma, na metade do treino diário, olhando a água. A maior parte ainda estava coberta por uma camada de gelo, com seções quebrando-se em quadrados isolados.

O sol fraco pendia baixo no oeste, tocando as copas das árvores. A temperatura era de 4 graus Celsius e continuava a cair.

Durante o inverno, Will passara duas horas de todas as tardes treinando com Jericho. Como os demais garotos de sua idade, queria rotina e regularidade, algo que, por conta das mudanças constantes dos pais, sempre faltara em sua vida. Depois do Natal, Will se lançara no primeiro semestre de aulas com créditos cheios, o desafio intelectual mais intimidador que já enfrentara. Quando o dia acadêmico terminava, as sessões de treino com Jericho ofereciam desafios físicos ainda mais difíceis.

Will sentia-se morto por dentro desde a "morte" pública dos pais, e sabia exatamente o porquê. Era uma proteção involuntária, talvez até saudável, de toda a escuridão que cercava sua vida desde tão cedo. Entendia, portando, as razões, mas dificilmente sentia-se motivado a mudar, particularmente durante as sessões de terapia pelas quais fora obrigado a passar com a Dra. Robbins, a psicóloga da escola.

Cada sessão era como andar por um campo minado, dando a Robbins apenas detalhes o suficiente para sugerir que progredia sem divulgar nenhum dos segredos que precisava guardar para si. Toda a experiência o deixara praticamente incapaz de sentir qualquer coisa, o que tornava a verdade que escondia mais fácil de suportar. Havia aprendido a receber de braços abertos a agonia física do treinamento com Jericho como a única sensação que podia sentir. Ao menos era a maneira que tinha de saber que o corpo ainda estava vivo.

Will ajoelhou-se, colocou a mão dentro da água e estremeceu.

— Está tipo um grau pior que congelante — disse.

— Se cair, você morre de hipotermia em menos de cinco minutos — comentou Jericho. — Quero dizer, um garoto *normal* morreria.

— E você?

— Não sou idiota o bastante para tentar — retrucou o treinador.

Quando saíram do ginásio, às 15h20, fazia 5,5 graus Celsius. O tempo estava nublado e úmido, deixando a trilha pela mata lamacenta e fria enquanto faziam a corrida até o lago. Uma tarde de abril bem ruinzinha, de modo geral.

— Mas eu sou? — perguntou o menino, colocando a mão semicongelada debaixo do outro braço para voltar a esquentá-la.

— Não disse isso — respondeu o treinador. — Só falei que você não é normal. E aí, consegue?

Ele fizera aquela pergunta, a respeito de tantas tarefas diferentes e intrigantes, pelo menos quinhentas vezes ao longo dos últimos meses. A época de cross-country já acabara havia muito, e com a maior parte da equipe expulsa do colégio por conta do envolvimento com os Cavaleiros de Carlos Magno, Will tinha exclusividade sobre Jericho. Rapidamente deu-se conta de que as sessões diárias haviam sido pensadas para fazer muito mais que ensiná-lo melhores técnicas na trilha.

Cada tarefa que o treinador dava a Will apresentava uma pergunta não feita: você é forte o bastante? Durão o bastante? Está comprometido o bastante para (preencha a lacuna)? Will esforçava-se para sempre responder positivamente, mas Jericho parecia enlouquecedoramente indiferente a seus esforços, a ponto de o garoto decidir que o homem ou era insano ou impossível de agradar, o que apenas o fazia tentar ainda mais. Não sabia que tipo de bronca levaria se dissesse não; jamais reunira a coragem para recusar.

— Consigo — afirmou. — Consigo, sim.

O treinador não reagiu. Nunca parecia reagir à coisa alguma. Apenas ouvia o que Will dizia e absorvia a informação, respondendo apenas quando tivesse algo a dizer. Na maioria dos dias sequer dizia uma palavra, mas, em algumas ocasiões, sem aviso prévio, lançava-se em longas digressões acerca de sua filosofia, uma mistura de dar nó na cabeça de qualquer um sobre uma metafísica do movimento da Nova Era e a mitologia antiquíssima, filtradas pelas lentes dos conhecimento e lendas nativo-americanos de Jericho. O vaivém convencional da interação social — a educada lubrificação verbal que faz com que as pessoas se sintam bem consigo mesmas e umas com as outras — não significava coisa alguma para ele.

Mas o que me deixa totalmente louco com esse cara é que ele nunca responde às minhas perguntas, especialmente as que eu mais quero que sejam respondidas, tipo: por que estamos fazendo essas coisas? O que é que você está tentando me ensinar?

Qualquer que fosse o propósito, as tarefas de Jericho ficavam cada vez mais difíceis à medida que o inverno passava. Eram muitas vezes pura e brutalmente físicas — correr daqui até ali, subir aquela colina, saltar daquela elevação. Às vezes, envolviam resistência: manter o equilíbrio nessa rocha com os olhos fechados e escutar o som do vento, ou ficar em tal posição absolutamente dolorosa até os músculos desistirem. Outras vezes, os "exercícios" pareciam não ter qualquer propósito; sentar-se completamente imóvel, segurar o falcão de pedra na mão, esvaziar a mente e visualizar um poço de barro. Agora vá descendo o balde devagar, traga-o de volta e beba profundamente.

Fosse qual fosse a razão, Will ficava cada vez mais forte. Crescentemente mais seguro das habilidades que se revelavam — a velocidade e o vigor incríveis que descobrira, e os meios assombrosos como podia afetar o mundo e aqueles ao redor apenas com a mente.

Então o que é que vai ser desta vez?

Jericho colocou a mão no bolso da capa de chuva, tirou uma moeda de prata reluzente, exibiu-a à frente de Will e depois a lançou tão longe quanto podia no lago. Foi cair em um grande pedaço de gelo flutuante, separado da banquisa a cerca de 90 metros da margem.

— Não pensa — disse o treinador. — Vá pegar.

Will virou-se e correu para longe do lago uns vinte passos, voltou-se para ele outra vez e acelerou em direção à água, aproximando-se da velocidade máxima com rapidez assombrosa. Quando alcançou a margem — pensando *não pense* —, tirou os pés do chão e voou para o primeiro pedaço de gelo destacado à 3 metros de distância, sentiu os pinos do tênis arranharem a superfície gelada, entendeu instantaneamente que quebraria se o sobrecarregasse com todo seu peso, tomou impulso e pulou para o próximo quadrado irregular a 2,5 metros à esquerda.

Outra pisada instável e pouco firme, mas sem perder aceleração, e o menino já foi se lançando para o fragmento de gelo seguinte, e depois outro, saltando pela água como se fosse um seixo arremessado. Dentro de segundos, parou, derrapando na grande camada central de gelo onde a moeda de Jericho aterrissara. A superfície balançou e oscilou enquanto seu peso se ajustava.

Will se curvou para pegar a moeda, mas o gelo quebrou sob a pressão, e o dólar rapidamente flutuou para longe em uma seção muito pequena para aguentá-lo.

Você já trabalhou nisso. Não entre em pânico. Sabe o que fazer.

O menino concentrou-se na moeda e estendeu a mão. Instantaneamente sentiu uma conexão firme entre ele e o objeto se formar pelo ar.

É só fazer tudo rápido.

Will jogou todo o peso mental na moeda, sentiu a forma dentro de seu alcance, depois puxou-a de volta para si. A moeda balançou e vacilou, depois soltou-se do gelo e voou com força e velocidade em sua direção, batendo em sua mão com um baque alto. Will fechou os dedos ao redor dela, ergueu-a no ar para deixar Jericho vê-la, e riu, maravilhado com o que acabara de fazer.

Em seguida ouviu um profundo som nasalado e abafado ecoar sob ele, como uma corda rompendo-se em uma grande guitarra desafinada. Imediatamente sentiu uma fratura formar-se no que ainda restava do gelo sob seus pés, e viu uma falha abrir-se e mostrar a água atrás dele, correndo rapidamente em sua direção.

— Ah, droga.

Olhou de volta para o caminho por onde viera, toda a trilha de pedaços de gelo que ainda balançavam n'água, distanciando-se uns dos outros. Sem tempo ou espaço para um impulso total na volta, deu dois passos e saltou da ponta do quadrado onde estava no instante em que este se partia em dois sob seus pés.

Ao aterrissar no fragmento mais próximo, Will oscilou e cambaleou como se fosse um surfista novato, conseguindo ficar de pé apenas porque os pinos o prenderam no gelo. Seus cálculos lhe disseram que o próximo alvo estava distante demais, então — novamente, sem pensar —, sua mente alcançou a água gélida e puxou o bloco mais para perto. Pulou para este e continuou seu caminho, passando de um para o outro, usando a aceleração que ganhara para fazer com que cada apoio flutuante ficasse mais próximo do seguinte, congelando os pés até os tornozelos.

A 18 metros da margem, o último pedaço de gelo à frente, a pouco menos que 90 centímetros, desfez-se totalmente. Desesperado, Will olhou para Jericho, imóvel na terra, a postura não passando de um dar de ombros. O menino sentiu o bloco sob ele começar a implodir, e a mente concentrou-se em sondar e esquadrinhar o desolado chão do lago abaixo, pelo menos 4,5 metros sob a superfície e rapidamente aprofundando-se: pedras, algas mortas, peixes vagarosos.

Com a mesma concentração intensa, Will olhou para cima, e um caminho apareceu para ele, conduzindo até a margem, diretamente pela água.

Em desespero, correu por ele, furiosamente batendo as pernas, criando tanta tensão na superfície que sentiu, apenas ligeiramente, o próprio peso ser sustentado.

Mente e corpo suportaram o esforço até estar a alguns centímetros da margem antes de afundar dentro d'água até a altura dos joelhos, e o frio correr como um choque por todo o corpo. Poucos passos cambaleantes depois, estava na praia pedregosa; correu até Jericho em seguida.

O treinador acendera uma fogueira no banco de areia além das pedras. Uma grande fogueira feroz, feita de gravetos e toras. Tremendo, Will arrancou os sapatos e as calças de corrida, sentou-se em uma pedra lisa e colocou os pés congelados perto das chamas, grato pelo calor.

Como? Como foi que ele acendeu o fogo tão rápido?

O treinador jamais o questionara diretamente a respeito de seus poderes, como funcionavam ou de onde vinham. Will não seria capaz de responder, de qualquer forma; honestamente não sabia. Jericho simplesmente aceitava o que os olhos lhe diziam, que Will podia fazer aquelas coisas incríveis. Enquanto trabalhavam para desenvolver suas habilidades, Will começou a acreditar que o treinador podia guardar seus segredos. Não parecia ter segundas intenções, e o menino nunca se preocupava com a possibilidade de ele contar a qualquer um a respeito do que faziam.

À medida que os meses passavam, em vislumbres que nunca pareciam realmente acidentais — como o fogo que simplesmente surgiu à margem do lago naquela manhã sombria de abril —, Will foi se dando conta de que o próprio Jericho também podia fazer coisas incríveis.

Sempre se movia silenciosamente. Às vezes parecia mudar de lugar sem mover-se de forma alguma. Em uma ocasião, surgiu no topo de uma cachoeira dois segundos depois de Will tê-lo visto lá embaixo. Em outro momento, embora tenha acontecido ao fim de uma sessão esgotante que quase deixara Will vesgo de exaustão, podia jurar que vira o treinador em dois lugares ao mesmo tempo.

Jericho também insistia que o menino sempre levasse consigo no bolso a pequena escultura de pedra de um falcão que ele lhe dera de presente. E, de vez em quando, mandava que ficasse parado, depois tirava um punhado de penas do bolso e — sem jamais explicar o motivo — balançava-as ao redor de Will, tocando-o na cabeça, pescoço ou ombros.

Se aquilo era um pouco estranho, era também um preço pequeno a pagar pela boa vontade e orientação do mentor. Will sabia que as disciplina e intensidade de seu trabalho diário haviam se tornado o meio primário de lidar com toda a dor e tristeza. Talvez fosse o bastante?

Assim, arquivou a pergunta a respeito da fogueira com todas as demais que não tinham sido respondidas a respeito do enigmático treinador, e que se acumulavam pelos últimos seis meses. Por exemplo, *é mesmo verdade, treinador, que você é o tataraneto de Cavalo Louco?*

Ah, e já que começamos com isso, por que não perguntar "como é que consegui correr sobre *a água?".*

— Aqui seu dólar — disse Will e jogou a moeda para Jericho.

Ele a pegou. Equilibrando-a em pé na palma da mão. Cobriu-a com a outra mão e a fez desaparecer com um floreio de mágico de festa de aniversário.

Com olhos brilhantes, Jericho abriu um sorriso largo. Uma visão tão rara que Will sempre se surpreendia ao ver que o homem era realmente capaz de estampar um desses no rosto.

— O que foi que você aprendeu? — perguntou ele.

— A água é molhada. O gelo é frio — respondeu Will, os dentes ainda batendo.

— O que mais?

Will sentiu uma repentina agulhada de calor contra a perna. Enfiou a mão no bolso e encontrou o falcão de pedra que sempre carregava consigo. A pedra deveria estar gelada, mas parecia quente ao toque, quase demais para segurar, como se tivesse uma chama viva dentro dela. Tirou a figura do bolso e a fitou, segurando-a de leve entre polegar e indicador.

— Não vai te machucar — assegurou Jericho.

Will fechou a palma ao redor da figura, sentindo o calor penetrar a pele, mas, em vez de queimá-lo, este se espalhou pelos dedos e pulso, até o braço. Naquele momento, o grito de um falcão soou em algum ponto no céu. Will olhou para cima, mas não pôde identificar a ave em lugar algum; ainda assim, sentiu o peito aberto, o ar frio entrando, alimentando-o no mais profundo dos sentidos.

— O que mais você sabe? — indagou o treinador, sorrindo de leve.

— Sinto que estou de volta ao meu corpo — respondeu o menino, respirando profundamente, sentindo a onda de calor passar por seu âmago e, de lá, para baixo e para fora das pernas e dos braços.

— Quer dizer que está curado.

Jericho tinha razão. Will podia sentir a vitalidade se espalhando profundamente pelos músculos e ossos. A mente formigava. Os sentidos se abriam a tudo ao redor. Sentia-se conectado às pedras, à mata, ao fogo, céu, lago. Estava vivo outra vez.

Estava DESPERTO.

— Então era isso o que a gente estava fazendo o tempo todo? — perguntou ele. — Eu e você. Me ajudando a me recuperar?

— É você quem tem que me dizer — retrucou Jericho.

— Era.

Mas há algo mais além disso. Alguma outra coisa acontecendo. Você está me ajudando a me preparar... Mas para quê?

— Me diga o que mais está sentindo, Will.

Os acontecimentos do outono anterior projetaram-se pela cabeça do garoto como um trailer de filme acelerado: a destruição de sua vida em Ojai, o sequestro e desaparecimento dos pais pelas mãos do Sr. Hobbes e os Boinas Pretas, o atentado contra a própria vida e a de seus amigos por Lyle Ogilvy e os Cavaleiros de Carlos Magno.

— Sinto... — começou, inspirando profundamente outra vez, uma onda crescendo no peito. — Estou com muita... raiva.

— Com raiva de quem, Will?

— Das pessoas que fizeram isso comigo e com minha família.

Jericho fez uma pausa.

— O ódio te esgota e não atinge seu inimigo — falou, finalmente. — É como beber veneno e esperar que o outro morra.

— Não disse que *odeio* aquelas pessoas — retrucou ele, olhando diretamente para o homem. — Só quero acabar com eles.

Jericho sorriu daquela sua forma enigmática.

Nº 24: VOCÊ NÃO PODE MUDAR NADA SE NÃO PUDER MUDAR O QUE PENSA.

Ao voltar do lago, Will irrompeu pela porta do apartamento, transbordando de energia. Brooke Springer estava à mesa de jantar, enrolando uma mecha dos longos cachos louros no dedo, lendo algo no tablet. Olhou para cima, sobressaltada, quando ele entrou, e seus olhos se encontraram. Will sentiu um choque elétrico, mas não falou coisa alguma, torcendo para que fosse ela a quebrar o gelo primeiro, dissesse algo, qualquer coisa... Uma única palavra de boas-vindas...

Os olhos da menina, porém, nublaram novamente, e ela olhou para longe, com apenas o mais leve meneio de cabeça indicando que reconhecia que ele estava ali. Nada mais do que se concederia a um estranho completo com quem se compartilha um elevador.

O mesmo tratamento que vinha recebendo desde que voltara para a escola três meses antes. Will considerou *seriamente* a ideia de chamar sua atenção sobre a distância que tinha colocado entre os dois, a tensão e alienação:

Por que está me tratando como alguém que nem conhece, quando a gente era tão próximo poucos meses atrás? A pessoa não West mais próxima de quem já fui.

Se discutissem agora, porém, sabia que seu controle se desfaria e não seria capaz de parar até ter colocado tudo o que estava represando para fora.

Não é a hora certa.

Will pegou um copo d'água e foi direto para o quarto. Fechou a porta com um estrondo, mas de forma controlada, e ficou andando de parede a parede, tentando decidir por onde começar.

Pegou a Lista de Regras do Papai e abriu-a aleatoriamente, procurando orientação, e ela não o deixou na mão. Seus olhos recaíram sobre:

Nº 74: 99% DAS COISAS COM QUE VOCÊ SE PREOCUPA JAMAIS ACONTECEM. ISSO SIGNIFICA QUE SE PREOCUPAR FUNCIONA OU QUE É UMA COMPLETA PERDA DE TEMPO? VOCÊ DECIDE.

Ok, pensou Will. *Hoje vamos pensar que se preocupar funciona. O que faço agora?*

Folheou o caderno outra vez, parou em qualquer página e bateu os olhos em:

Nº 22: SEMPRE QUE SUA CABEÇA ESTIVER CHEIA DEMAIS, FAÇA UMA LISTA.

Parecia o melhor conselho que seu pai jamais lhe dera. O laptop não podia ajudá-lo daquela vez, precisava de tecnologia das antigas. Trancou a porta, sentou-se à escrivaninha com um caderno bem grande e mergulhou no trabalho, colocando tudo no papel.

E o que quer que faça, não *comece com Brooke.*

Restavam seis semanas de aulas no ano letivo; à frente pairavam as férias de verão, um vazio escancarado que ele temia, sem ideia de como o preencher. *Mas isso pode ser um bônus.* Agora que se sentia de volta aos trilhos, tinha seis semanas para identificar o que precisava fazer e como agir. Todos os assuntos mal resolvidos do outono anterior que tivera que deixar de lado, por instinto de autopreservação, enquanto sua mente, corpo e alma se remendavam.

Will começou a anotar perguntas em letras maiúsculas.

DE QUE MANEIRA OS CAVALEIROS DE CARLOS MAGNO ESTÃO CONECTADOS AO SR. HOBBES E AOS BOINAS PRETAS?

Will tinha todas as razões para pensar que os Cavaleiros estavam acabados depois de terem tentado matá-lo no último novembro. Dez dos doze membros do grupo haviam sido presos. Apenas o líder, Lyle Ogilvy, e seu parceiro no crime, Todd Hodak, permaneciam soltos. Todd não havia sido visto e não se ouvia falar dele desde o ataque. Já o paradeiro de Lyle, um tema frequente dos rumores no campus, permanecia desconhecido. Will sabia que não restava muito do velho Lyle que conhecera, depois de mal ter sobrevivido a um ataque do wendigo que evocara para destruí-lo.

Mas será que posso ter certeza absoluta de que os Cavaleiros foram exterminados?

Will e os companheiros haviam descoberto indícios assustadores de uma ligação entre os homens que ele chamava de Boinas Pretas — aqueles que o obrigaram sair de Ojai, depois sequestraram os pais e fizeram com que parecesse que tivessem morrido em um acidente de avião — e os Cavaleiros. Encontraram uma fita de vídeo de uma reunião gravada por Ronnie Murso; o colega de apartamento que Will substituíra, desaparecido havia quase um ano. Uma fita que, antes de ele e o pai sumirem em uma viagem de pescaria, Ronnie tomara medidas heroicas para esconder de todos, *exceto* de seus amigos, deixando uma trilha de pistas codificada que levava a seu segredo para que Will e os outros quatro pudessem decifrar.

A gravação secretamente mostrava uma reunião entre o líder dos Boinas, o temível homem calvo chamado Sr. Hobbes, e Lyle Ogilvy. Hobbes podia ser visto dando ao menino uma peça de tecnologia afótica que denominava Entalhador, um objeto misterioso que podia ser usado para abrir um portal entre esta dimensão e outra — o Nunca-Foi.

Will aprendera (com seu morto-não-morto piloto de helicóptero das Forças Especiais e guardião osso duro de roer, sargento Dave Gunner) que o Nunca-Foi era uma dimensão purgatória de onde os monstros, que ele chamava de o Outro Time, vinham. Uma prisão para onde tal antiga raça de seres foi banida depois de expulsa da Terra, éons atrás, pela organização celestial para qual Dave trabalhava — a Hierarquia. O mesmo grupo para o qual Dave dizia que Will trabalhava agora, como um "iniciado" de patente baixa. Com a ajuda de traiçoeiros colaboradores humanos, tais quais os Cavaleiros e os Boinas, o Outro Time havia muito planejava uma fuga a fim de retomar o controle sobre o planeta, e os agentes da Hierarquia eram o único obstáculo.

Quando o Sr. Hobbes, posando de agente federal, tentou sequestrá-lo, Will se deu conta de que o homem calvo também era uma espécie de híbrido de monstro e humano. Ele não dera as caras desde então. Como é que Will e os amigos podiam ter esperanças de parar criaturas como Hobbes e seus asseclas? Mal conseguia escrever rápido o suficiente para acompanhar os pensamentos, tentando organizar e entender todas as conexões.

AS HABILIDADES QUE TEMOS PARA ENFRENTAR O INIMIGO:

EU:
— Velocidade (de aceleração elevada — contrações musculares, bem como...?);
— Vigor incrível (grande capacidade de transporte de oxigênio nas hemoglobinas);
— Capacidade de recuperação/cura impressionante (relacionada à questão do sangue);
— Telecinese: habilidade de criar energia e aplicá-la em objetos ou pessoas com minha mente (bizarro; não tenho ideia de ONDE vem);
— Possivelmente relacionado: habilidade de estender meus sentidos para além do corpo e receber impressões precisas acerca do mundo ao redor. Talvez por me sintonizar com padrões de ondas magnéticas? (Não sei se tem nome — mesmo na ficção —, mas chamo isso de a Grade)
— Telepatia: poder de comunicar "imagens" e palavras diretamente à mente dos outros (também é algo que sempre fui capaz de fazer, mas para o qual nunca dei nome);

— A Lista de Regras do Papai... Não é uma habilidade, na verdade, mas um ás dos mais úteis na manga;

AJAY JANIKOWSKI:
— Visão incrível, tão boa ou melhor que a cruza de uma águia com um piloto de caça da marinha americana;
— Memória fotográfica: registra virtualmente tudo o que vê (e de alguma forma não sofre de congestão cerebral);
— Lembrança total: nada do que seus olhos veem é esquecido pela mente (onde é que ele armazena tudo? Checar se ele já fez uma ressonância magnética);

NICK McLEISH:
— Força, agilidade, capacidade de saltar, coordenação entre mão-olho-pé impressionantes;
— Técnicas de luta de primeira, ginasta premiado, mestre em meia dúzia de artes marciais;
— Senso de direção aguçado (habilidade compartilhada por — por que será que não me surpreende? — uma grande quantidade de animais selvagens);
— Virtualmente — e talvez estupidamente — desprovido de medo (pode ser menos um "poder" que uma deficiência mental séria), o que leva a...
— (Nick e Ajay: nenhum sinal de telepatia ainda. Já é difícil o bastante apenas conversar com Nick);

ELISE MOREAU:
— Poder sônico: capaz de criar, manipular e dirigir ondas sonoras como força física;
— Telepatia: pelo menos COMIGO, capaz de se comunicar sem palavras e ao longo de distâncias indeterminadas (ficando mais forte). Também capaz de insights psicológicos certeiros: intuição?
— Predição e/ou visões remotas: possível habilidade intuitiva de prever acontecimentos futuros, ou que estejam acontecendo em locais distantes (história ouvida; não testada nem confirmada);

BROOKE SPRINGER:
— Beleza inacreditável (Ok, não é superpoder, mas podia muito bem ser, pelo efeito que tem em mim);
— A habilidade inquietante que tem de esmagar meu coração com o menor dos olhares.

Riscou o que escrevera, e agressivamente apagou tudo.

— Ao que diz respeito a poderes mais específicos??? Desconhecidos (e o que é que há com isso?).

Anotou os poderes de Lyle também:

LYLE OGILVY:
— Ataques telepáticos: capacidade de exercer controle mental;
— Personalidade cruel: possível vítima de controle mental também, por sua vez (cortesia de um Acompanhante, um dos piores monstros do Nunca-Foi);
— Também foi mordido por um wendigo da outra dimensão, cujos efeitos definitivos são desconhecidos — como seu paradeiro —, mas o que vi foi horrendo. Onde quer que esteja, o prognóstico não pode ser bom.

Will perguntou-se outra vez, *de onde vêm esses poderes?*

A teoria com que trabalhava: *era o resultado de uma manipulação genética feita em nós durante a fertilização* in vitro. *Como parte de um programa médico/científico chamado a Profecia do Paladino.*

Mas vai continuar apenas como teoria até ficarmos sabendo quem fez isso e por quê.

Will não ouvira uma palavra ou sussurro da única pessoa que poderia ter sido capaz de sanar suas dúvidas, seu protetor misterioso, Dave Gunner. Nem um pio desde que o piloto fora sugado para dentro do portal e para o Nunca-Foi a fim de salvar a vida do menino (pela *quinta* vez!). Depois de dar uma mordida em Lyle Ogilvy, o wendigo arrastara Dave com ele para aquele lugar horrível. Will não fazia ideia se o guardião podia ter sobrevivido. E onde poderia estar naquele momento se — grande "se" — tivesse. Dave explicara a ele que já estava morto — acontecera em um acidente de helicóptero durante a guerra do Vietnã —, então será que poderia sofrer algo ainda pior que aquilo? Will se arrependia por nunca ter perguntado a Dave se aquilo significava que não poderia morrer uma *segunda* vez. Será que seu anjo da guarda algum dia retornaria para ajudá-lo?

Porque, dado o mal terrível contra o qual estamos prestes a declarar guerra, vou precisar de toda a ajuda que conseguir. Então onde é que miramos primeiro? QUEM ESTÁ NO EPICENTRO DE TUDO ISSO?

Will olhou para o que havia escrito. Todas as conexões apontavam para um nome:

PRECISAMOS ENCONTRAR O SR. HOBBES.

Ele não tinha, no entanto, ideia de por onde começar! Era Hobbes quem sempre *o* encontrara. Sabiam que o homem estivera no Centro — na gravação de Ronnie Murso, seis meses *antes* de começar a perseguir Will. E, até onde sabiam, Hobbes podia estar conectado ao misterioso programa de pesquisa chamado a Profecia do Paladino, mas seu papel real permanecia um obstinado mistério.

Tinham outra pista a investigar. O amigo de Will, Nando Gutierrez — o taxista que conhecera em Ojai — seguira Hobbes e seus Boinas Pretas até um prédio do governo em Los Angeles, conectando-o a um escritório de uma organização acadêmica de testes, aparentemente benigna, chamada Agência Nacional de Avaliação Escolástica, ou ANAE.

A ANAE acabou se provando uma *agência de monitoramento* que marcou os resultados estrelados das provas de Will e chamou a atenção do Centro para eles (assim como os de Ajay e Elise).

Não apenas isso, mas Will também descobrira, em sequência, que o Centro era *dono* da ANAE, através de uma organização chamada Fundação Greenwood.

Will resumiu o mistério às grandes perguntas não respondidas: O QUE É A PROFECIA DO PALADINO? OS CAVALEIROS E OS BOINAS PRETAS ESTÃO POR TRÁS DELA? E O CENTRO ESTÁ ENVOLVIDO?

Não comprovara ainda sua teoria de que os estranhos poderes que haviam começado a manifestar ao longo do ano anterior eram resultantes de manipulação genética realizada durante a fertilização *in vitro*. Três de seus colegas de alojamento, porém — Ajay, Nick e Elise — *puderam* confirmar com os pais que, como Will, tinham sido concebidos e nasceram no mesmo ano, como resultado de procedimentos de reprodução assistida realizados em clínicas de fertilidade privadas em quatro cidades distantes umas das outras.

Que probabilidade um cassino em Las Vegas daria disso ser uma coincidência? E depois de se acrescentar que o Centro é dono da ANAE e que todos nós acabamos aqui 15 anos mais tarde, no mesmo ano em que cada um começou a manifestar habilidades estranhas?

Teria tudo isso sido feito como parte de uma trama chamada a Profecia do Paladino? Era essa A QUESTÃO. O que obrigava Will a finalmente olhar para a área que poderia lhe dar a resposta:

Passara a vida inteira acreditando que era Will Melendez West, filho único de Jordan West, um pesquisador discreto, e Belinda Melendez West, uma paralegal em emprego de meio período. Os West pareciam perfeitamente comuns, tirando o fato de que se mudavam sem descanso — a cada quinze meses, em média. Um padrão intrigante que agora parecia ter explicações complicadas.

Will descobrira depois que o pai era, na verdade, Dr. Hugh Greenwood, neto de Thomas Greenwood, o educador visionário que fundara o Centro quase um século antes. O pai de Hugh era Franklin Greenwood, filho único de Thomas, que sucedera o pai como segundo diretor.

Will cautelosamente bisbilhotara por aí à procura de informações a respeito de Hugh e descobriu que lecionara na escola, mas deixou o lugar com a mulher — sem explicações — 16 anos antes. Hugh também se formara pelo Centro, mas todos os demais detalhes da presença dos pais haviam sido apagados, até o menino encontrar uma fotografia em um anuário de 17 anos. Tirou a cópia que tinha feito dela da gaveta e olhou-a pela milésima vez.

Um registro casual de "Hugh e Carol" assistindo a um concerto de estudantes ao ar livre, com a seguinte legenda: O POPULAR PROFESSOR DE CIÊNCIAS HUGH GREENWOOD E SUA ESPOSA CAROL DIVERTEM-SE, ASSISTINDO ÀS APRESENTAÇÕES NA FESTA ANUAL DA COLHEITA.

Eram mesmo "Jordan" e "Belinda", com certeza. Muitos anos mais jovens, claro, e seus cabelos pareciam completamente diferentes — os do pai estavam cortados à escovinha, enquanto a mãe prendia os seus em um longo rabo de cavalo louro. Hugh estava recém-barbeado, enquanto "Jordan" parecia sempre de barba, e Will sempre vira "Belinda" de cabelos castanhos. Nenhum dos dois usava óculos ou chapéus na foto, algo que faziam frequentemente durante a infância do menino, talvez, percebia agora, como parte de um disfarce.

Por que resolveram fugir naquela época? O que os fez deixar o Centro — e os atrativos do grande legado da família de Hugh — tão repentinamente? Se eu tiver calculado o tempo corretamente, precisa ter sido logo depois de descobrirem que Carol estava grávida, mas antes de eu nascer. A fuga do Centro estava de alguma forma ligada à descoberta? Se sim, como?

Biologia era a matéria de Hugh Greenwood na escola, e era querido pelos alunos. Um médico por formação, com alguns doutorados relacionados, o último trabalho do pai como pesquisador em neurobiologia claramente tinha base na vida pregressa. No entanto, será que o fazia apenas para ganhar seu sustento, ou havia algo mais naquilo?

Lembre-se, quando os Boinas Pretas foram sequestrar meus pais e também quando nos encontraram em Ojai, invadiram o escritório de papai e roubaram toda a sua pesquisa.

No que é que Hugh Greenwood estava trabalhando que assustava os Boinas a ponto de se arriscarem assim? E o que Hobbes e sua gente fizeram com eles?

Duas semanas depois do acidente de avião, agentes federais declararam que identificaram os corpos nos destroços como sendo os dos pais de Will. Ele era esperto demais para acreditar naquilo, pois, dias depois, recebeu uma mensagem de texto do pai desaparecido e dado como morto que o encheu de esperanças dolorosas. E por conta de uma mensagem em código, Will jamais duvidara de que tinha sido Jordan West a escrevê-la. Sentia-se menos esperançoso a respeito da sobrevivência da mãe, especialmente depois de vê-la infectada por um Acompanhante, o monstro controlador de mentes que era uma das armas mais horripilantes do Outro Time. Ela podia estar perdida, e o garoto aprendera a confrontar e lidar com aquilo ao longo dos meses que se passaram.

Entretanto, acreditava cem por cento que o pai estava *vivo*, e aquela crença o permitia seguir em frente. Will jamais soltou uma palavra a respeito da verdade devastadora a seus colegas. Temia os muitos elementos desconhecidos que poderiam voltar para machucá-los, quando já tinham enfrentado tantos desafios a fim de ajudá-lo. Não podia culpá-los se, da mesma forma como ele próprio havia feito, os amigos decidissem enterrar toda aquela insanidade no fundo das mentes, concentrar-se em sua formação acadêmica, aceitar a explicação do Centro de que o pior já passara e torcer com força para que fosse verdade.

Mas com a confiança renovada, Will estava mais esperto: A ENCRENCA ESTÁ VOLTANDO E COM SEDE DE VINGANÇA, PORQUE DESTA VEZ VOU LEVAR A LUTA ATÉ *ELES*.

Começaria devagar, com Ajay. Continuariam suas investigações anteriores e, em seguida, formulariam uma estratégia de como proceder.

E foi assim que as coisas seguiram, até as 21h14 do dia 3 de junho, o último dia do primeiro ano do ensino médio.

JUNHO

Após sua última prova do ano letivo, Will retornou ao apartamento G4-3 em Greenwood Hall, jogou a mochila em um canto e estava prestes a entrar em seu quarto quando vislumbrou uma carta, endereçada a ele, de pé bem à vista sobre a mesa. Uma ocorrência nada cotidiana nos dias atuais. O carimbo dizia que era de cinco dias antes, de um endereço manuscrito de Palm Desert, na Califórnia, sob o remetente N. DEANGELO.

Will levou-a para o quarto, abriu o laptop e sentou-se à escrivaninha. O *syn-app* surgiu na tela, observando curiosamente enquanto Will rasgava o envelope e desdobrava uma única página escrita com a mesma letra redonda e feminina do endereço:

> *Caro Will West,*
>
> *Preciso me desculpar pelo tempo que demorei para responder à carta que me mandou em novembro. Sabe, foi mandada para meu endereço antigo em Santa Mônica, de onde me mudei faz mais de 12 anos, e já troquei de casa duas vezes. Foi só pela persistência admirável de nosso sagaz correio que finalmente a missiva chegou às minhas mãos duas semanas atrás.*

Will lembrou-se da carta que escrevera no mês de novembro e enviara para um endereço em Santa Mônica que havia encontrado com a ajuda de Nando. Era, porém, dirigida a uma mulher chamada Nancy *Hughes*, uma enfermeira da Marinha que Dave tinha lhe contado que conhecera no Vietnã antes de morrer.

Sua carta com certeza me deixou intrigada. Atingi uma idade agora, recentemente aposentada, em que se passa muito tempo recordando coisas. Achei que a melhor forma de responder à pergunta repentina — "Você conheceu um sargento chamado Dave Gunner durante a Guerra do Vietnã?" — seria lhe mandar uma fotografia que guardei todos esses anos.

O menino encontrou a foto presa à folha com um clipe. Era antiga, um close-up, e mostrava um Dave bronzeado e sem camisa deitado em uma praia tropical, segurando os óculos de sol com uma das mãos e piscando, enquanto fazia o sinal de positivo com a outra mão. Estampando um sorriso malicioso, como se tivesse o mundo na palma da mão, sob seu controle.

Exatamente igual ao Dave Gunner que Will conhecera, o mesmo homem, não restavam dúvidas. A única diferença: não havia cicatrizes desfigurando seu rosto, resultado do acidente de helicóptero. Aquilo ainda estava por vir, e logo, aparentemente.

Como você provavelmente já sabe, Dave não sobreviveu à guerra. Na verdade, morreu dois dias depois de eu tirar a fotografia. Eu mal passava de uma criança na época, e nos conhecíamos havia poucos dias, mas ele com certeza me causou impacto. Era esse o tipo de homem que ele era. Tão cheio de vida que mal podia contê-la dentro de si. Qualquer um que tenha conhecido Dave com certeza jamais o esqueceria, e sua morte naquele momento, mesmo com toda a violência inimaginável que acontecia ao nosso redor, me impressionou fortemente como algo sem sentido e trágico.

— Eu que o diga — concordou Will baixinho.

Mais uma coisa. É ainda mais difícil de descrever, Will, mas, desde então, mais de algumas vezes durante a vida, em momentos de dificuldade, tive uma forte sensação de que Dave estava por perto. De uma boa maneira. Não sei se isso deve soar estranho demais para você, mas já está escrito, que seja. Foi há muito tempo, e agora estou casada, feliz, com um homem muito bom mesmo, então não direi mais nada a respeito.

Mas me apeguei a essa fotografia por um tempão, não foi?

Seja como for, espero ter respondido à pergunta.

Abraços,

Nancy (Hughes) Deangelo, enfermeira, aposentada.

— Respondeu. Respondeu, sim, Nancy — disse Will. — Com certeza.

Dobrou a carta e olhou para o retrato de Dave outra vez.

Tão cheio de vida que mal podia contê-la dentro de si.

Enquanto a fitava, sentiu uma vibração forte sendo emanada da escrivaninha. Abriu a gaveta, onde mantinha o par de "dados pretos" que Dave lhe dera. Claro, quando o guardião os usava, funcionavam como uma espécie de banco de dados holográfico, que projetava as informações pedidas no ar, mas, desde que ele os jogara para Will, os objetos vinham teimosamente mostrando uma resistência a parecer ou a se comportar como qualquer outra coisa diferente de dados normais.

Agora, entretanto, oscilavam no lugar com tamanha rapidez que o menino mal os podia ver, e a mesa inteira tremia.

— O que está acontecendo, Will? — perguntou o *syn-app*, olhando da tela do laptop, sentado à versão virtual da mesa na sala de jantar, que também tremia.

— Não sei, Júnior. Começou depois de eu abrir a carta. — Acostumara-se tanto à presença constante de seu *doppelgänger* em miniatura/computadorizado que começara a chamá-lo de Júnior.

— Posso ver, Will, por favor?

O menino levantou-se, pegou o notebook para parar as trepidações, depois ergueu a página escrita.

— É daquela enfermeira da Marinha, do endereço que você ajudou a achar no ano passado.

Segurou a fotografia também. O avatar levantou-se e pareceu estudá-las, enquanto as analisava e guardava na memória.

— É o mesmo cara, não é? — perguntou Will. — Na outra foto que você achou. É Dave Gunner.

— É, é ele, sim, Will. Posso confirmar isso com certeza — afirmou Júnior. — Está te deixando encucado, não está?

— É. Está, está mesmo.

— Queria saber como a enfermeira Nancy devia ser naquela época.

— Conhecendo Dave, pode apostar que devia ser uma gata.

— Anotei o endereço atual dela — disse o avatar. — Para o caso de precisar fazer contato outra vez.

— Valeu, Júnior.

Assim que colocou a carta de lado, a mesa parou de balançar. Abriu a gaveta e olhou os dados, novamente tão insuspeitos quanto os de um jogo de Banco Imobiliário. De repente lhe ocorreu que seria uma boa ideia levá-los com ele, por isso os pegou e colocou no bolso.

Ouviu a porta bater no outro quarto e, momentos depois, pancadas urgentes à própria porta. Will levantou-se e a destrancou. Ajay entrou apressado, os enormes olhos esbugalhados, a pequenina silhueta élfica estava animada com energia.

— Pelo fantástico fantasma de Franklin Delano Roosevelt! — exclamou Ajay. — Pode me partir no meio se o que tenho para mostrar não valer a pena.

Jogou a mochila imensa na cama de Will, o peso levando-o com ela.

— Cuidado para não se machucar — advertiu Will. — Qual é a pressa?

Ajay abriu a mochila e vasculhou o interior, em busca de algo.

— Quando todo aquele material sobre os Cavaleiros de Carlos Magno evaporou dos Arquivos de Livros Raros, ainda fiquei com aquela certeza de que podia colocar minhas garras na informação de que a gente precisava... Onde eu coloquei?

Em janeiro, Ajay malandramente tinha achado um meio de arranjar um passe para entrar no Arquivo de Livros Raros na biblioteca do Centro, onde esperava encontrar mais pistas a respeito dos Cavaleiros de Carlos Magno, mas todas as referências a eles haviam evanescido dos registros físicos e digitais. Também verificaram o vestiário do ginásio, onde antes haviam descoberto uma rede de túneis que levava até a ilha no meio do lago Waukoma, mas o acesso fora fechado; a porta que dava passagem agora terminava em um armário para vassouras.

— Colocou o quê?

— Ninguém nunca sequer *sonhou* com o firewall que vai conseguir me impedir de entrar em um servidor, mas encontrar um objeto que foi *retirado* em sua forma puramente física/analógica já é um osso mais duro de roer...

— O que você achou, então, Ajay? — indagou Will, aproximando-se do amigo.

— Pouco antes de toda a confusão começar, Brooke tinha achado uns artigos sobre os Cavaleiros no jornal do colégio.

— Antigões, tipo de 1920.

— E um de 1930 — confirmou Ajay quando finalmente retirou a pasta fina que estivera buscando. — Já foram tirados dos arquivos também, mas você lembra que Brooke mostrou uma foto para a gente que pegou na biblioteca quando todo mundo estava on-line, pouco antes de Lyle hackear a conexão.

— Lembro, sim — disse Will. — Uma foto dos Cavaleiros em um jantar. Com algum político famoso, não era isso?

— Isso aí! Henry Wallace, o secretário do Interior dos Estados Unidos, que estava a menos de quatro anos de se tornar o vice-presidente de Franklin Roosevelt — completou o outro menino enquanto abria a pasta e tirava uma fotografia em preto e branco de 20x30. — É a imagem que Brooke mostrou para a tela enquanto a gente olhava.

— Como você achou isso?

— Bem, demorou porque que sou um apatetado de marca maior, mas havia uma gravação digital daquela ligação guardada no meu servidor privado esse tempo todo. Quando isso me ocorreu, entrei, fiz uma pesquisa detalhadíssima e encontrei a imagem na gravação, mas estava em um estado imprestável, resolução terrível, pixelada e obscura, então passei por alguns filtros para melhorar a qualidade...

— Me deixe ver logo!

— Tem *muito* mais detalhe na minha versão que na que a Brooke mostrou para a gente — vangloriou-se ele, pousando a fotografia em preto e branco reluzente sobre a mesa. — Tinha *outra* pessoa naquele jantar.

Era o mesmo retrato de 1937 que a amiga lhes mostrara on-line brevemente, mas Ajay a restaurara por completo: os 12 Cavaleiros de Carlos Magno dando um jantar de gala em homenagem ao secretário do Interior Henry Wallace em algum salão não identificado.

— Olhe com isto — sugeriu Ajay, entregando ao amigo uma lupa.

Os olhos de Will passaram pela mesa até parar em um dos rapazes fazendo um brinde a Wallace e sorrindo para a câmera; um aluno jovem, um dos Cavaleiros. O mesmo estudante que, quando Will viu a fotografia pela primeira vez, pensou ter reconhecido, mas não fora capaz de identificar de onde.

— Está vendo? — perguntou Ajay.

Agora, estava. Forte, de constituição sólida como a de um defensor no futebol americano, com os inconfundíveis olhos azul-claros capazes de perfurar uma pessoa.

Era o Homem Calvo, o líder dos Boinas Pretas.

— Meu Deus, Ajay, você está *certo* — concordou Will. — É mesmo o Sr. Hobbes.

— Era isso que eu esperava que você dissesse. Só o vi aquela vez, no vídeo de Ronnie, não queria ficar te sugestionando. É mesmo ele, não é?

— É, é o Hobbes, posso jurar. Ele está com cabelo e mais novo, claro. — Will examinou Hobbes pela lupa. — Mas não *tão* mais novo assim.

— Não pude deixar de notar isso também — concordou Ajay, cruzando os braços. — Então, vamos nos fazer esta pergunta, meu amigo: como isso pode ser possível? Esta foto foi tirada há mais de 85 anos.

— Você se lembra de como ele era através das lentes dos óculos que Dave me deu, certo?

— Claro que lembro: um sólido exoesqueleto ossudo, olhos vermelhos, como um réptil coberto de pele humana — sussurrou Ajay, encolhendo à lembrança. — Mesmo se *pudesse* me esquecer dos detalhes, esses não seriam do tipo que me esqueceria.

— Ele não é humano. Não completamente, pelo menos.

— Ele precisaria ter bem mais que 100 anos agora, o que o impediria de praticar qualquer atividade física mais vigorosa que shuffleboard.

— Hobbes é um tipo de híbrido do Nunca-Foi. Os limites humanos normais não se aplicam a ele.

Ajay apertou o braço do amigo.

— Está entendendo agora por que estou tão animado? — disse. — Era essa a prova concreta que a gente procurava, uma conexão entre os Boinas Pretas e os Cavaleiros. Hobbes é as *duas coisas.*

— Então quer dizer que Hobbes foi estudante do Centro, aluno do terceiro ano em 1937 e membro dos Cavaleiros — complementou Will, fitando a foto, reflexivo.

— O que significa que devo conseguir cruzar sua imagem com os registros existentes da escola e descobrir qual é o nome verdadeiro do cara — revelou animadamente Ajay. — Com certeza não podem ter apagado *todos* os seus rastros como aluno. E quando tivermos um nome, isso pode nos levar a todo o resto de que precisamos saber...

Enquanto falava, Will notou algo ainda mais estranho na fotografia. Ajay deve ter notado o assombro em seu rosto.

— O que foi, Will?

Reconheceu um *segundo* aluno no retrato, sentado do outro lado da mesa, em frente a Hobbes. Fitando a câmera diretamente, como os demais, erguendo o copo e sorrindo. Com a lupa em mãos, Will olhou mais de perto e, quanto mais examinava, mais certeza tinha. A foto havia sido tirada antes de ter sido transformado ou alterado para se tornar aquele ser retorcido e miserável que conheciam agora, mas era ele, não havia dúvidas.

— Segura esse tsunami agora, Ajay — disse Will, e apontou para o outro jovem, entregando-lhe a lupa. — A gente conhece esse cara aqui também.

Ajay debruçou-se para dar uma olhada e depois encarou o amigo, os olhos esbugalhados, e os dois souberam que Will estava certo.

O segundo aluno era o atendente do vestiário:

Happy Jolly Alegre Nepsted.

— A gente precisa falar com esse cara — decidiu Ajay.

Nº 29: TAMBÉM SE PODE PENSAR NAS
COINCIDÊNCIAS COMO SINCRONICIDADE.

— Precisamos encontrar Nick — disse Will.

— Então, o que a gente acha que isso quer dizer? — indagou Ajay, ansioso, suando para acompanhar Will.

— Quer dizer que meus instintos sobre Nepsted estavam certos o tempo todo — respondeu Will, mantendo a voz baixa. — Ele sabe bem mais sobre esse lugar do que diz... O que significa que sabe quem *Hobbes* é, para começo de conversa, e essa é a maior pista que já conseguimos.

Andavam apressados pelo pátio, seguindo para o ginásio, de onde Nick retornara sua ligação para dizer que terminava uma sessão de treino. O campus vibrava com as atividades do começo de noite, todos animados pelo clima de verão e radiantes com a perspectiva do fim do ano letivo. Grupos de pais tinham ido até a escola por conta das formaturas, ou para buscar os filhos para as férias. Will e Ajay mantiveram as cabeças baixas e evitaram contato visual.

— Estou contigo, mas isso é importante demais para aceitar sem aplicar qualquer coisa menos rígida que os padrões mais acurados de investigação — retrucou Ajay baixinho. — Por exemplo, não devíamos considerar que pode ser um dos antepassados de Nepsted aqui na foto? Porque, como Hobbes, quem quer que seja, teria que ter pelo menos uns 100 anos também.

— Não sei te dizer por que tenho certeza de que é ele, Ajay. É mais que a aparência. É o olhar dele — respondeu Will. — E a primeira vez que conversamos, ele disse uma coisa curiosa: "Sou bem mais velho do que pareço".

Ajay quase grunhiu.

— E estava tão agradável por aqui ultimamente — disse Ajay. — Sem calamidades paranormais, nada caindo pelo campus durante a noite. Já tinha quase me convencido de que éramos só um bando de garotos normais curtindo o ensino médio.

— Ah, corta essa, que graça que ia ter?

— Fácil para você dizer. As palmas de minhas mãos estão suando, e estou sentindo aquele tremor nos joelhos e quadríceps de novo — confessou Ajay, limpando as mãos na camiseta. — Até minha respiração está começando a ficar difícil. Sinto que posso desmaiar a qualquer momento.

— Você só precisa colocar um pouco dessa adrenalina para fora — retrucou Will. — Vamos correr.

Quando saíram do pátio apinhado, Will começou um trote, e Ajay o acompanhou.

— É claro, esse *timing* dos diabos faz todo o sentido — disse Ajay. — Acabei de conhecer uma garota incrível e estava começando a pensar que ela podia me achar igualmente interessante.

— Por que não fiquei sabendo disso?

— Você sabe que não gosto de colocar o carro na frente dos bois, Will. Prefiro ficar na surdina, um enigma, sempre paciente. Deixá-la pensar que sou difícil e profundamente misterioso e, então, quando estiver madura, dou o bote, como uma cobra.

Will olhou-o de soslaio.

— Isso tudo quer dizer que ela não fala contigo, né?

— Errado, errado, cem por cento errado — retorquiu Ajay, ofendido. — Somos completamente amigáveis, e há poucas dúvidas, na minha opinião, de que sejamos "feromonialmente" compatíveis.

— Então qual o problema?

— Ainda estou na fase de angariar informações. Um general sábio planeja sua campanha com cuidado máximo antes de comprometer qualquer recurso.

— Não sei como te falar isso, Ajay, mas conselhos do Sun Tzu não vão ajudar você no campo do romance.

— Respeitosamente discordo — fungou o outro.

— É... bom, para começar, Napoleão, seu *timing* é uma bela porcaria. Você está prestes a ficar três meses sem ver essa garota.

— Ah, mas veja bem, é aí que você se engana, ó, ignorante. Ela vai fazer um estágio no laboratório de ciências durante as férias, como eu.

— Talvez eu o tenha subestimado, Sr. Bond — admitiu Will, quando começaram a se aproximar do ginásio. — Então, quem é o alvo da "Operação Mangusto"? Qual é o nome dela?

— Robyn Banks, de Cincinnati, Ohio. Ela vai passar para o primeiro ano no próximo semestre.

— Pelo menos você sabe que os pais dela têm senso de humor — comentou Will, abrindo a porta para Ajay.

— Como assim, amigão?

— Vai ver são parentes do John Dillinger — continuou ele, e, percebendo que Ajay não tinha entendido, esclareceu: — Robbin' banks? Roubando bancos?

— Ah! — exclamou Ajay, e parou para refletir. — *Ah.*

Nick, exibindo-se ao ver os dois amigos entrar na sala de ginástica, terminou o treino na barra fixa com um salto quádruplo e aterrissou de ponta cabeça, suportado pelas mãos, em um cavalo de alças próximo. Depois deu uma cambalhota de costas para um trampolim, girou duas vezes no ar e pousou no chão com um *tã-dã!* bem na frente deles. O louro robusto e compacto de cabelos à escovinha parecia ainda mais agitado que o normal.

— Espero que vocês tenham trazido meu lanchinho pós-treino — disse ele, lançando um olhar para a mochila de Ajay.

— Não, mas você acaba de receber um 9.4 do juiz marciano — respondeu ele, jogando-lhe uma toalha.

— Olhe só isso — pediu Will, entregando a Nick a fotografia.

— Uau! — exclamou Nick, fitando-a. — *Isso* que é foto antiga. Sabe que nunca entendi de verdade como se faz para tirar foto em preto e branco? Quero dizer, não é como se a vida *real* fosse em preto e branco, não é? Então o que a câmera *não está vendo*?

Ajay e Will se entreolharam com o já conhecido desalento.

O primeiro apenas balançou a cabeça.

— Olhe as *pessoas* na foto, primata — disse.

Depois da expressão nula exibida por Nick, Will apontou diretamente para Nepsted.

— Olhe para este cara e diga o que você vê.

Nick examinou-o mais de perto, esbugalhando e, em seguida, estreitando os olhos, enquanto fazia uma variedade de sons indecisos, a cabeça funcionando e crepitando quase como um teimoso motor de barco.

— Primeira vez usando a boca nova, Nick? — provocou Ajay.

Nick ficou de pé em um pulo e começou a andar de um lado a outro.

— Espere um segundo, não fale nada... Droga, sei que conheço esse cara. Já o vi antes.

— Já viu, sim — confirmou Will. — Mais que algumas vezes...

— Já sei! A-há! — Nick estalou os dedos e bateu na foto com as costas da mão. — O moleque é a *cara* daquele anão do vale-tudo da TV. Na verdade, o carinha não é bem exatamente um lutador. É mais tipo um *empresário gangster* de *outro* lutador, um dos peso pesados que é — fez sinal de aspas — campeão mundial, mas é o tipo *ruim* de campeão mundial. Chamam esses tipos de *heels*, ou rodos, que estão sempre atacando e encurralando os campeões *bonzinhos*, que são chamados de *babyfaces*, ou só *faces*... dá para acreditar nisso? Eu sei, muito estranho, né?

— Sua alucinação já terminou? — perguntou Ajay.

— Mas esse cara também luta às vezes — terminou ele, se enxugando. — Durante os ataques surpresa. Ele tem uns movimentos irados, e é robusto para um carinha do tamanho dele, vou contar para vocês, esse aí é sinistro para...

— É o *Nepsted*, Nick — revelou Will, um pouco mais ríspido do que tinha intencionado.

O garoto o fitou, depois olhou para o retrato outra vez.

— Não mesmo. Quando é que a foto foi tirada?

— Em 1937 — respondeu Ajay. — Em algum lugar do campus.

— Então vai ver é o avô do Nepsted, ou o bisavô — retrucou ele.

— Nick, a gente tem bastante certeza de que é o *próprio* Nepsted — rebateu Will.

O ginasta fez uma pausa, a boca aberta, depois disse com calma:

— É, vou concordar com isso.

— E acreditamos que esse outro cavalheiro à mesa — continuou Ajay apontando para o outro homem — é o perseguidor implacável de Will, o Sr. Hobbes.

— Moleque, você está querendo dizer o Sr. Cabeça de Esqueleto? Um minuto, um minutinho aí — pediu Nick, aparando a cabeça com as mãos. — Espere, espere, galera, meu Deus, isso quer dizer que... O Cabeça de Esqueleto e o Nepsted *se conhecem?*

— Ok, agora você já está inteirado — disse Will, olhando para Ajay.

— Isso é absurdo. É inacreditável. Que TENSO. — O ginasta começou a andar pela sala, pensando. — E quer dizer que o anão do vale-tudo pode ser bisneto de *Nepsted.*

— Me lembre por que mesmo a gente precisava encontrar o Nick — pediu Ajay, levando as mãos à testa, como se estivesse tentando represar uma enxaqueca.

— A lula — respondeu Will.

— Verdade.

— Que lula? — perguntou Nick.

— A *sua* lula. Quando você foi atacado pela estátua do *paladino* — disse Will, segurando o amigo pelos ombros e forçando-o a ficar quieto. — No ano passado, no vestiário, quando o *urso* te ajudou.

— Moleque, você acha que eu ia esquecer uma parada dessas? — indagou o garoto, desvencilhando-se e vestindo o moletom.

— Sente aí um segundo, Nick — pediu Will, levando-o até um banco.

— O que você vai fazer, me hipnotizar? — perguntou ele, rindo bobamente até ver a expressão no rosto dos amigos.

— Não, para isso seria necessário um paciente com pelo menos o menor nível possível de inteligência primata — retrucou Ajay.

— Quero que você se lembre de outra parte da história. Agora pense no que aconteceu — disse Will com suavidade. — Você contou para a gente que, quando o urso fugiu, e a estátua ruiu... uma lula gigante começou a falar contigo.

— Eu disse isso? Disse, né? Ok. Certo. Só que não foi com palavras. Foi mais por pensamentos dentro da minha *cabeça*, e não tenho certeza se aquela coisa era mesmo uma lula...

— Talvez fosse uma marmota infectada com raiva — escarneceu Ajay.

— Não, não era isso — respondeu o outro com olhar distante, movendo os braços enquanto revivia o momento. — Era mais como se mil *dreads* longos e pastosos tivessem ganhado vida dentro d'água, cada um com consciência própria, ondulando no ar como... *dreads* marinhos vivos... E acho que foram eles que mataram a estátua.

— Como? — perguntou Will.

— Sufocando aquela coisa até morrer — respondeu o menino, estreitando os olhos. — O que, aliás, salvou a pele dessa delícia aqui que está conversando com vocês. Depois, todos aqueles *dreads* pegajosos me trouxeram o telefone, e acho que discaram o número para mim também. Naquela hora eu já estava todo ferrado.

— Não diga — comentou Ajay.

— Que telefone? — indagou Will.

— O do balcão — respondeu Nick. — Fora da gaiola.

— A de Nepsted?

O menino assentiu.

— E quando digo *discaram*, quero dizer que só tiveram que apertar aquele C grandão no meio.

— E de onde vieram os tais *dreads*?

— De trás da grade... Ou *através* dela — respondeu e engasgou. — Espere, então você está dizendo que se Hobbes é o Sr. Cabeça de Esqueleto... E está naquela foto com Nepsted... Então, Nepsted pode ser a *Lula Mutante?*

— Algo do gênero — confirmou Will.

— Maneiro! — exclamou o ginasta, pegando o retrato e caminhando para a porta. — Estou superdentro dessa investigação.

Seguiram Nick descendo as escadas para o espaçoso vestiário, praticamente deserto agora que o dia chegava ao fim. Will e Ajay ficaram mais atrás, perto da quina mais próxima, enquanto Nick aproximava-se da grade de equipamentos de Nepsted sozinho.

— Temos certeza de que deixar Nick no comando da situação é uma boa ideia? — sussurrou Ajay.

— Não.

— E o argumento a favor?

— Se ele realmente viu Nepsted no Modo Monstro, é ele a melhor pessoa para tocar no assunto. O cara se assusta fácil. Melhor não chegar para um confronto direto em trio.

Ajay respondeu em um sussurro:

— Se Nepsted nos levar a Hobbes, não podemos reclamar por questões de estilo. E Nick tem lá seus dotes ocasionais de... persuasão.

Will lembrou-se de algo que Nepsted lhe dissera na primeira vez que se encontraram:

"Eu sou o cara das chaves."

Espiou do canto onde estavam e observou Nick tocar a campainha no balcão de metal algumas vezes.

— Aí, Nepsted! Preciso bater um papo contigo um minuto, cara!

Depois de alguns momentos, a ruidosa cadeira motorizada do homem fez uma curva e entrou no campo de visão deles, dentro da grade, passando pelas profundas fileiras de equipamentos de esportes daquele lado do balcão. O corpo atarracado e membros atrofiados faziam-no parecer um garoto de 8 anos com a cabeça de um adulto. As mãos eram a única parte totalmente crescida, e a direita, parecendo surpreendentemente poderosa, segurava a alavanca que dirigia a cadeira.

— Não me diga, McLeish — começou ele na voz aguda e instável. — Você acabou com outro par de calças.

— Não vou mentir para você, não, cara — disse o menino, debruçando-se sobre o balcão e o fitando diretamente nos olhos. — Estou aqui porque preciso falar sobre o que aconteceu com a gente no vestiário no ano passado.

— Não faço a menor ideia do que você está falando...

— A confusão nos chuveiros que rolou? Os detalhes estavam um pouco borrados quando caí. Muita porrada na cabeça, concussão absurda, sabe? Tudo o que dava para lembrar era que a *estátua* colocou o *urso* para correr e estava para me fazer dormir... Quando algum *outro* cara saiu por essa grade e salvou minha vida.

Os grandes olhos que não piscavam de Nepsted se arregalaram, mas não traíram qualquer outra reação.

— Como ou por que essa parada toda aconteceu, não dá para eu explicar — continuou Nick, aproximando-se mais e abaixando o tom. — Mas quando os detalhes começarem a voltar, você e eu vamos ter que bater um papinho.

— Por que eu faria isso?

— Porque acho que você é o único que pode responder a minha pergunta: tipo, cara, que diabos, tentáculos? Quero dizer, aquilo era você, não era? Assim, você é o único cara aí dentro.

O lado esquerdo do rosto de Nepsted teve um contração muscular e tremelicou algumas vezes, como se estivesse tendo dificuldades para decidir o que responder. Depois assentiu, muito de leve.

— Então por que colocou o pescoço para fora a fim de me ajudar? Ou seja lá que parte de você *era* aquela que estava esticada?

Ainda não respondia.

— Não precisa se apressar — disse Nick. — Vou ficar por aqui as férias inteiras. Faço acampamento bem na frente de sua grade até você sentir vontade de falar.

— Não *posso* — revelou Nepsted com a voz sufocada.

— Essa resposta é uma palhaçada, cara...

— Você não sabe com o que está brincando! — vociferou o homem, veemente.

Nick tentou mantê-lo calmo.

— Cara, o que quer que tenha acontecido, seja qual for a parada envolvida nisso, a encrenca em que você se meteu, prometo que a gente pode ajudar.

— *A GENTE? Quem é A GENTE?*

Nick não respondeu, mas o homem o viu dar uma olhadela por cima do ombro.

— Você não veio aqui sozinho, não é? Quem está com você? Quem é? SAIA JÁ PARA EU VÊ-LOS!

Will e Ajay entreolharam-se preocupados.

— Apareçam agora, seus covardes, ou nunca mais dirijo a palavra a NENHUM de vocês! — gritou Nepsted.

Will assentiu, e ele e o amigo deram um passo para onde podiam ser vistos.

— West! — rosnou o homem. — Devia saber que ele convenceria você a fazer isso, McLeish. Você não tem *cérebro* para...

— Pode gritar o quanto quiser, Happy — cortou Will, deslizando para a frente de Nick. — Não vai mudar o fato de que sabemos o que sabemos...

— Vocês não sabem de NADA!

— A gente sabe isto — retrucou.

Segurou a fotografia em preto e branco perto da grade. Quando Nepsted a viu na mão do menino, ficou completamente imóvel, os olhos fixos no retrato.

— Sabemos, por exemplo, que esta pessoa aqui é *você* — continuou, apontando para sua figura na fotografia. — E que a foto foi tirada na escola, então sabemos que estudou aqui.

O homem apenas piscava.

Depois, Will apontou para Hobbes.

— Também temos certeza de que, no ano passado, este homem aqui (que devia estar enterrado em um *cemitério* agora) aterrorizou meus pais e tentou me sequestrar se fazendo passar por um agente federal. Até onde a gente sabe, ele pode até *ser* um. E você sabe quem é, porque também era um Cavaleiro de Carlos Magno com ele. *Em 1937.*

Nepsted parecia genuinamente estupefato, encarando Will com os olhos esbugalhados.

— Qual é o nome verdadeiro desse sujeito, Happy? Me diga quem é ele, como encontro esse cara e o que diabos aconteceu com vocês dois.

Nepsted cerrou a forte mão direita e bateu com ela no braço da cadeira. Com o impacto, por um breve instante, o menino pensou ter visto fibras, músculos e ossos da mão pulsando em centenas de fiapos separados antes de voltarem a se amalgamar em carne sólida. Will olhou ao redor e percebeu que os amigos também tinham visto. Quando seus olhos se arregalaram, o homem pareceu se dar conta de que haviam presenciado o acontecido e retirou a mão, cobrindo-a com a esquerda.

— Não posso contar nada. Vocês nem sabem em que tipo de problema estão se metendo...

— Você entendeu tudo errado, Happy — garantiu Will, esforçando-se para soar calmo. — Você está sempre tentando manter essa pose de assustador e misterioso, mas, olhe só, a situação mudou: depois do que enfrentei, você não me amedronta mais.

O homem soltou um suspiro breve e pesado, que Will pensou poder se passar por um soluço.

— O que foi que fizeram contigo? — perguntou baixinho. — Teve a ver com uma coisa chamada a Profecia do Paladino?

Nepsted colocou o rosto entre as mãos, e os soluços saíram um após o outro. *É minha chance.* Will aproximou-se da grade, fazendo sinal para os demais ficarem quietos.

— Qual é seu nome verdadeiro, Happy? — perguntou com suavidade.

— Raymond — sussurrou ele, mal movendo os lábios. — Quero dizer, costumava ser... Raymond Llewelyn.

— Em que ano você nasceu?

Ele olhou para Will, as lágrimas rolando pela face.

— Você não ia acreditar.

— Tente — desafiou o menino.

— Em 1919.

Ajay viu Nick silenciosamente tentando fazer as contas e lhe deu uma cotovelada.

— Raymond, só vou perguntar uma vez — continuou Will, com gentileza — e acho que você sabe do que estou falando: de que lado você está?

A expressão de Nepsted era quase de decepção.

— Do seu — sussurrou.

— É bom saber.

Olhou para os amigos, tentando esconder a surpresa em ver como tinha sido inesperadamente fácil até então. Ajay gesticulou, estimulando-o a seguir em frente.

— Raymond — chamou Will. — Temos muitas perguntas ainda, sobre o Hobbes, os Cavaleiros e a Profecia, e a menos que você conte *tudo*, vamos ter que procurar o diretor e a polícia e qualquer outra pessoa que queira ouvir...

— E será o último erro que cometerão na vida — afirmou ele, toda a relutância desaparecida da voz.

Will sustentou o olhar, abrandando o tom para um compadecido:

— Então acho que o jeito é você nos ajudar.

Nepsted desviou os olhos e ficou inquieto, balançando de um lado para o outro na cadeira, como um animal preso e ferido. Fazia sons semelhantes a pequenos roncos e cliques, e partes aleatórias de seu corpo pareciam querer saltar de forma alarmante para fora da pele.

— Opa — disse Nick de canto de boca. — Alerta de lula.

Gavinhas finas de pele pálida se destacaram das mangas e colarinho do homem, debatendo-se ao redor, ansiosamente, pegando equipamentos das prateleiras atrás dele e objetos no balcão à frente, jogando-os ao chão.

— Ora essa! — exclamou Ajay, recuando um grande passo. — A gente devia ter trazido um dardo tranquilizante.

— Raymond — disse Will, com firmeza, batendo as mãos na grade. — Raymond, olhe para mim. Olhe para mim *agora*.

O homem levantou os olhos e encontrou os do menino, a expressão perdida, assustada e desesperada. Will concentrou-se e gentilmente projetou uma imagem para ele — um lago, nuvens, o céu azul —, tentando acalmá-

-lo. Dentro de instantes, Nepsted parou de balançar, os pequenos tentáculos foram recolhidos, e seu corpo se contraiu em uma massa uniforme.

— Me diz o que a gente pode fazer — pediu Will, baixando a voz. — Você ajudou Nick ano passado, e isso é um grande argumento no sentido de fazer a gente acreditar que está do nosso lado. Se é verdade mesmo, precisamos ajudar um ao outro.

O homem não respondeu, paralisado de medo. Nick então ultrapassou o amigo em direção à grade e levantou as mãos a fim de mostrar que não oferecia perigo.

— Você está preso aqui, não está, Raymond? — perguntou ele, com surpreendente compaixão.

Nepsted pareceu encolher-se ainda mais na cadeira. Toda a postura de desafio desaparecera dos olhos. Assentiu.

— Você salvou minha vida aqui, cara — disse Nick, com simplicidade. — Fale como a gente pode ajudar, de qualquer forma, que a gente vai dar um jeito.

Lágrimas rolaram pelo rosto desfigurado do homem. Não fez menção de esconder ou limpá-las, e daquela vez não desviou os olhos. Gavinhas saíram da mão direita, esgueiraram-se para fora da grade e envolveram a mão de Nick. O menino as segurou, ainda que Will pudesse ver que estava assustado.

— Preciso da chave — disse Nepsted com a voz fraca.

— Que chave? — perguntou Will. — Chave do quê?

As gavinhas movimentaram-se e seguraram o cadeado enorme do lado de fora da porta, colocando-o bem às vistas deles.

Um modelo de trava longa e alta segurança, sem dúvidas, mas longe de ser indestrutível.

Agindo por impulso, Will tirou os óculos escuros especiais que Dave lhe dera quando se conheceram e que permitia que visse as criaturas e objetos do Nunca-Foi. Durante o inverno, Ajay tinha retirado e cortado as lentes originais, depois as recolocara em armações de estilo nerd retrô de vovô, e usou as lentes restantes para fazer dois pares de óculos idênticos, com que Will presenteara os amigos.

Seguindo o exemplo de Will, Nick e Ajay colocaram seus óculos, e todos os três se curvaram para olhar melhor o cadeado na gaiola que mantinha Nepsted preso.

Que agora não se assemelhava nada a qualquer cadeado conhecido, tão grande quanto o punho de um homem, com camadas múltiplas de placas móveis de aço impenetrável envolvendo uma coluna central que parecia ter sido criada de um diamante sólido e cilíndrico, sem nenhum buraco de fechadura visível ou roda de combinação. O objeto inteiro pulsava com algum tipo de tóxica energia verde.

— Caramba! — exclamou Will.

— Que tipo de cadeado é *esse?* — indagou Nick.

— A menos que esteja muito mal nesse jogo de adivinhação — sussurrou Ajay, parecendo um pouco abalado —, um feito pelo Outro Time... Com a tecnologia afótica misteriosa de outro mundo deles.

— E onde é que a gente tem que procurar essa chave? — perguntou Will, voltando-se para Nepsted.

— Lá embaixo — respondeu ele, a voz rouca e áspera como lixa.

— Tipo nos túneis? — indagou Nick.

— Mais fundo. Bem mais. Na caverna no fim das escadas. Era no hospital que eles escondiam a chave... Mas só dá para chegar ali descendo pela antiga catedral. — Nepsted recostou-se, esgotado e sem energia.

— Não sei se entendemos a que você está se referindo... — disse Will, olhando para os outros.

— Sou eu mesmo na foto — confirmou o homem, batendo nela com um dos tentáculos finos. — E você está certo sobre... o outro aluno. Eu o conhecia... Conheço, mas não posso dizer mais nada agora. Me tragam a chave primeiro... e conto tudo...

Will virou-se para observar Nepsted e viu-o pela primeira vez através das lentes de Dave. A pobre criatura patética que habitava a cadeira quase partiu seu coração. Raymond Llewelyn não passava de uma massa disforme de carne pálida, com pernas e braços semiformados jogados no assento, como uma estrela marinha malformada. Os olhos inconfundíveis estavam afundados em um conjunto de feições amalgamadas que mal constituíam uma face.

O menino rapidamente retirou os óculos, mas não sem antes Nepsted captar seu olhar, e ele sentiu que o homem entendeu o que vira. Dirigiu a cadeira até o canto e se encaminhou para os fundos. A distância, uma a uma as luzes na gaiola tremeluziram e apagaram enquanto partia e Nepsted desaparecia na escuridão.

Os amigos esperaram em silêncio até o homem não poder mais ser visto. Ajay e Nick tiraram os óculos; Will sabia que tinham visto o verdadeiro Nepsted também.

— Que maneira esplêndida de começar as férias de verão — comentou Ajay.

— Aquele coitado — disse Nick, totalmente abalado. — Vocês viram... como... como ele é?

— Vimos, sim, Nick — confirmou Ajay.

— Que droga, que diabos, quem fez aquilo com ele?

— A gente pode discutir isso depois, mas não aqui — advertiu Will baixinho. — Venham comigo.

Guiou-os direto para a porta que costumava levar para o vestiário auxiliar e os túneis.

— Precisamos dar mais uma olhada aqui — continuou.

Nick tentou abri-la. Trancada. Socou-a, frustrado.

— Nick, você tem nossa permissão para abrir a porta — disse Will.

Nick girou e deu um chute circular nela, que se escancarou, soltando-se das dobradiças.

— Ajay, dá uma checada nas paredes do armário. Tem algum jeito da gente passar por elas? — perguntou Will.

Ajay examinou-as com um dispositivo que tirou do bolso.

— Concreto sólido, estão fechadas em todas as direções — explicou o garoto. — Sem chance, Will.

— Então vamos ter que usar o outro caminho para chegar até os túneis.

— O da *ilha* lá no lago Waukoma? — perguntou Ajay, os olhos saltados com alarme. — Will, da última vez isso quase acabou com a gente.

— Moleque, Raymond conhecia Hobbes. Eles estavam juntos nos Cavaleiros, e ele vai contar o resto da história se a gente achar a tal chave...

— Honestamente, túneis, hospitais, catedrais antigas, pode ser tudo tolice — disse Ajay.

— É tudo o que temos agora — retrucou Will. — Precisamos trazer as meninas aqui para agilizar e conseguir a ajuda delas. Todo mundo precisa ficar por aqui nesse verão.

Nick levantou as mãos em frustração e bateu uma delas contra a porta quebrada, marcando o metal.

— Ah, carambolas. Droga de cabeça de repolho!

— O que foi? — perguntou Ajay.

— Esqueci de perguntar a Nepsted sobre o anãozinho lutador! — exclamou Nick.

WILL, ELISE E BROOKE

Elise parecera menos afetada pelas duras provações que enfrentaram durante aquele último outono que os demais, mas Will sabia que também era da sua natureza mostrar menos do que sentia. Elise era aço resistente por dentro, não de todo diferente de Will.

Não era como a quinta colega: depois do incidente, Brooke Springer, a vítima do plano de sequestro dos Cavaleiros que mais sofreu, permaneceu em casa, na Virginia, durante o feriado inteiro, e ainda mais um mês depois. Quando finalmente voltou a se juntar aos amigos no final de janeiro, Brooke havia mudado. Estava deprimida e recolhida, e permaneceu assim desde então, sem jamais demonstrar como se sentia de fato.

Elise estava convencida de que Brooke lutava com as sombras do estresse pós-traumático. Nunca dissera a ninguém o que Lyle fizera a ela, mas Will sabia que, no mínimo, tinha sido aterrorizada pelo safado. Quaisquer que fossem as memórias sombrias daquele dia que a assombravam, desde seu retorno, a menina não fora nada semelhante a seu eu espirituoso e eficiente habitual.

A maneira como me beijou antes de sair para o Natal. A forma como sussurrou em meu ouvido: "Não passe nem uma hora sem me dizer o que está acontecendo". E depois ficou muda por seis semanas. Não atendeu minhas ligações, não respondeu os e-mails, nem as mensagens. Será que o fogo apagou tão rápido assim? Que outra resposta existe? Desde que voltou, ela me trata como estranho. Meu único conforto é que trata todo mundo assim. Mas o que devo pensar?

Ou ela não está disponível emocionalmente, ou não está mais interessada. As duas alternativas eram uma droga. Para seguir em frente, Will se apoiava completamente na regra de...

Nº 58: ENCARAR A VERDADE É MUITO MAIS FÁCIL, A LONGO PRAZO, QUE MENTIR PARA SI MESMO.

Assim, pelo restante do inverno até o começo da primavera, Will ofereceu à garota sua amizade (educada e dolorosamente acovardada, que estava mais para coleguismo) e apoio, enquanto ela permanecia enlouquecedora e misteriosamente distante. Quase nunca ficavam a sós, e, quando acontecia, Brooke rapidamente encontrava uma razão para deixar o cômodo. Se o menino algum dia quebraria o gelo, decidiu que precisaria da ajuda de Elise.

O pôr do sol aproximava-se quando encontrou Elise onde previra que estaria: ao piano em uma das salas de treino em Bledsoe Hall. Quando entrou, ela tocava uma melodia que lembrava jazz, incrivelmente complicada, de costas para a porta.

— Espere até eu terminar, West — ordenou ela, antes que ele pudesse falar.

Não errou uma única nota, debruçada, as mãos voando por sobre o teclado com tanta rapidez que ele mal podia vê-las tocando as teclas até que terminou a peça com um floreio teatral.

Bravo, pensou, projetando com a mente a imagem de uma plateia ovacionando-a de pé. Sem se virar, Elise fez uma mesura com um braço apenas, como se fosse parte da realeza musical medieval.

És muito gentil, meu suserano, respondeu ela, a voz deslizando suavemente para dentro da cabeça de Will.

— São 21h30 do último dia do ano letivo — comentou Will. — Sabia que te encontraria trabalhando duro.

— Onde mais esperava que eu estivesse? Perto da fogueira de um luau, cantando hinos esportivos com o resto dos idiotas da J.Crew?

Elise virou-se no banco. Vestindo minissaia e sapatilhas, cruzou as pernas esguias, deixou a cabeça pender para o lado — a cortina de cabelos negros brilhando sob a luz — e fitou o amigo com os olhos verdes que pareciam raios X.

Um arrepio correu a espinha de Will. Não era do tipo desagradável, mas ainda assim era um arrepio.

Você está sabendo de alguma coisa, disse ela, novamente dentro da cabeça dele. *O que é?*

A misteriosa habilidade que compartilhavam de falar um com o outro em silêncio tornara-se tão confiável ao longo do inverno que era raro para

Will ser surpreendido. Esforçaram-se durante aqueles meses para encontrar a distância máxima que podiam ficar um do outro — cerca de 46 metros na maior parte dos casos — e ainda assim manter a comunicação fluindo tranquilamente.

Longe um do outro, descobriram que o uso de imagens — como Will aprendera ao se dar conta de sua habilidade quando era criança ainda — com frequência funcionava melhor e mais eficientemente que o das palavras. Também perceberam que, por alguma razão estranha, projetar pensamentos que criassem forte emoção intensificava sua conexão, tornando os pensamentos muito mais fáceis de serem mandados e recebidos.

Tinham até criado um código de etiqueta "muda" concernente a suas interações, prometendo respeitar a privacidade mútua. Depois de uma mensagem inicial, o outro tinha que responder igualmente antes de mergulhar mais fundo no fluxo de pensamento do companheiro. E, se um deles preferisse não se abrir em qualquer momento, tudo o que precisavam fazer era responder em alto e bom som.

— Espero que você não tenha planejado as férias ainda — disse Will, em voz alta.

— Meu pai está tentando me arranjar um show em um cruzeiro. É deprimente o bastante para você?

— É.

— Espere que fica pior. A ideia é tocar música lounge no estilo daquelas que você ouve no elevador para gente de classe média-alta nascida na década de 1940. Foram todos aposentados compulsoriamente, só vendo as geleiras derreterem de um cruzeiro idiota, como se fosse algum tipo de show do intervalo. E pensar que essa geração ainda se recusa a acreditar que não é o centro do universo...

Will sorriu à ideia.

— Você não está pensando em fazer isso de verdade.

— Nah, disse a ele que vou esperar uma oferta melhor — respondeu ela, tocando alguns acordes dissonantes. — Tipo limpando os estábulos do inferno.

— Não tem outras opções?

— Claro. Ensinar música para alunos da primeira série em um acampamento em Seattle por uma fração do cachê do cruzeiro. Um período durante o qual eu talvez até aprenda as dez melhores maneiras de se tirar meleca de uma flauta doce. — Tocou uma música de criança desafinada com uma só mão. — Ou posso simplesmente me afogar em um pântano de uma vez.

— E se você ficasse por aqui? — indagou Will, tentando soar espontâneo.

— No Centro? E como pago a estadia estendida? Meus pais mal conseguem bancar o ano letivo, que dirá o curso de verão... — Parou de tocar, virando-se para o amigo, alerta, e projetou uma pergunta: *Por que você está sugerindo isso?*

Will aproximou-se, como se alguém mais pudesse ouvir seus pensamentos, e lhe mandou um arquivo mental comprimido da conversa com Nepsted a respeito de Hobbes, os Cavaleiros e a fotografia antiga. Os olhos da menina fecharam-se enquanto processava tudo, e, quando os abriu, estavam acesos.

— Essa... é... uma *grande* virada — disse ela, tão maravilhada como Will jamais a vira.

— Concordo plenamente contigo — afirmou Will.

— E qual é o plano, mano?

— Ficamos no campus. Nepsted deu uma pista de onde está a chave daquela gaiola, lá nos túneis debaixo da Rocha. Se acharmos, disse que vai contar tudo o que sabe sobre os Cavaleiros e a Profecia... E ele sabe coisa para caramba.

Elise agarrou os braços de Will e colocou-se bem na frente do rosto do menino, as sobrancelhas marcadas arqueadas com empolgação.

— Escute. Vou trabalhar de garçonete em uma lanchonete, ou cantar no happy hour de um estacionamento de trailers, mas prometo que vou arranjar algum jeito de bancar a estada aqui, porque vocês, seus tontos, não vão ficar com toda a emoção e sair por aí sem mim dessa vez.

— Era isso mesmo que eu queria que você dissesse — afirmou Will, com um sorrisinho.

— Estava esperando *desde o Natal* por isso — disse ela.

Elise curvou-se, segurou o rosto de Will e o beijou, depois se afastou alguns centímetros para sondar sua reação com um sorriso malandro.

— Esperando o quê? — perguntou ele. — Para me beijar?

— A gente tirar a bunda do sofá e dar o troco naqueles safados. Mas você é o líder, não é? A gente decidiu que precisava de seu tempo de luto, então ninguém queria te pressionar. Mas, se está pronto, pronto mesmo, então está todo mundo contigo.

— Isso é tão bom — comemorou Will, ainda a tocando, os rostos a centímetros um do outro.

— E, sim, também estava esperando para te beijar, bobão, já que você parecia sempre paralisado demais para dar o primeiro passo.

Will limpou a garganta, fazendo o melhor que podia para não se mostrar nem soar constrangido.

— Ok, então. Hm, mas e Brooke, como fica?

— Mesmo, West? Você vai mesmo me perguntar sobre Brooke agora? Durante este momento íntimo que estamos tendo aqui?

— Bem, não. Primeiro, eu ia fazer isto — declarou, e a beijou de volta.

Elise limpou a garganta e ergueu um dedo. Franziu o cenho, como se estivesse levemente confusa; depois, finalmente abriu os olhos.

— Ok, então — disse ela, e deu um sorriso radiante, como se a memória de curto prazo tivesse sido apagada. — O que você queria me perguntar?

— Você acha que Brooke vai ficar aqui nas férias e ajudar a gente?

— Depois de um beijo desses, senhor, você mesmo pode perguntar a Brooke sobre esses detalhezinhos.

— Não brinca, Elise, preciso mesmo de sua ajuda. Você é mais amiga dela que eu, e ela me evita como se eu tivesse a praga.

Elise grunhiu, mas ele sabia que a tinha convencido. Will lhe apertou a mão e seguiu para a porta.

— Você acha que a gente consegue, Will? — indagou ela. — Só nós cinco?

— Ei, também não é como se a gente fosse um Clube dos Cinco qualquer — garantiu ele, com a mão na maçaneta. — E, cá entre nós, andei praticando.

— Eu também — afirmou ela, erguendo uma sobrancelha.

Com isso, mandou uma imagem para a cabeça de Will. Ele cambaleou momentaneamente, depois a olhou com assombro.

— Agora *isso* — disse ele — é uma coisa que preciso ver.

Enquanto cruzava o campus, Will se deu conta de que Elise tinha razão a respeito do seguinte: *tinha* estado de luto durante aqueles meses desde o acidente, mas não de uma maneira convencional. Tinha todas as razões para crer que seu pai, ao menos, estava vivo, mas jamais contara a ninguém — nem mesmo a seus amigos — a respeito da mensagem de texto que recebera de Jordan West depois do acidente de avião. Temia que vocalizar aquela esperança pudesse trazer maus agouros.

"A tristeza é uma porta pela qual passamos para entender que o sol continua sempre a brilhar".

Tinha sido a única coisa que Ira Jericho lhe dissera a respeito do desaparecimento dos pais, e agora que saíra de seu torpor, Will compreendia que vinha sofrendo por um modo de vida que estava perdido para sempre — a existência docemente ignorante em que vivera antes dos carros pretos, pilotos de helicóptero mortos e da descoberta da ficção elaborada que os pais haviam construído ao redor de sua família. Apesar das mentiras, ainda sentia sua *falta* como se fossem membros fantasmas. Tudo o que restava de seus 15 anos com eles era uma única fotografia do casamento dos dois do Caderno de Regras do Papai.

E se meus pais tiveram algum tipo de envolvimento com a Profecia do Paladino? Como posso sentir tanto a falta deles se nem sei quem eram de verdade?

O *pager* da escola vibrou em seu bolso. Alguém no campus tentava comunicar-se com ele pelo sistema telefônico central. Entrou no prédio mais próximo e pegou o fone de um dos onipresentes telefones pretos de cortesia no lobby.

— Will falando — disse ele.

— Um momento, Sr. West — respondeu uma das operadores animadas e sempre a postos.

Ele ouviu a ligação sendo transferida.

— Me encontre atrás do Cumberland Hall — disse uma voz quase sussurrada. — Cinco minutos.

Will desligou.

Brooke.

As primeiras palavras que dirigia a ele em mais de um mês. O primeiro sinal de que queria conversar em quase meio ano. Will sentiu o coração disparar de um lado a outro do peito, como uma bola de pinball.

O que ela queria?

Cumberland Hall ficava no outro extremo do campus, uma pequena construção diretamente atrás do complexo responsável pelo departamento de água e esgoto do colégio. Will acionou o modo turbo e chegou ao local marcado em 2 minutos.

Os últimos raios do pôr do sol ainda iluminavam e enchiam o céu a oeste. Brooke já o aguardava atrás do prédio, visível na branda faixa de luz emanada por um poste a um canto, destacando seu perfil perfeito digno de estampar um camafeu. Virou-se ao ouvi-lo inspirar fundo. Estendeu os braços e envolveu-o.

Era a primeira vez que o tocava desde dezembro.

Era macia e quente, e o cheiro de limpeza de seu xampu — um quê cítrico e de grama recém-cortada — deixou Will um pouco zonzo.

— Me desculpe — sussurrou ela.

— Pelo quê?

— Eles me obrigaram, Will. Me obrigaram a prometer que não ia me envolver com você.

— Quem fez isso?

— Meus *pais* — respondeu Brooke, afastando-se para fitá-lo nos olhos.

— Como assim?

— Quando estava em casa nas férias. Acabou sendo impossível não contar o que eu sentia por você, ou acho que não consegui esconder. Além do mais, de alguma forma, eles já sabiam todos os detalhes, pela escola, acho, e sentaram para conversar comigo, dizendo que tinham decidido que eu não devia mais te ver, por causa de tudo o que você acabara de sofrer.

— Eles decidiram isso? Por quê?

— Achavam que você estaria muito deprimido ou emocionalmente instável ou, para ser mais gentil com eles, que a gente não podia começar nenhum tipo de relação saudável depois de tudo o que te aconteceu.

Will precisou fazer um grande esforço para ouvir tudo e tentar entender.

— Você sempre faz o que seus pais mandam?

— Você não conhece meu pai, Will. Ele é um *embaixador*, pelo amor de Deus! É uma força da natureza. Não iam nem me deixar voltar para a escola se eu não prometesse. Eu não conseguia suportar a ideia de não te ver nunca mais, então concordei.

— Por que esperou até agora para me contar?

— Porque colocaram gente para me vigiar. O tempo inteiro.

Will sentiu uma onda de raiva passar por ele e sabia que Brooke sentia a tensão em seu corpo.

— Quer dizer tipo agora também?

— Agora já não ligo mais nem se estivéssemos em um palco no Carnegie Hall — retrucou ela. — Só quero fazer o que estou morrendo de vontade há seis meses.

Ficou na ponta dos pés e o beijou, e ele se esqueceu da maior parte de suas objeções em um piscar de olhos. Depois Brooke o abraçou intensamente outra vez.

— Foi um erro concordar com toda aquela história — sussurrou ela ao pé da orelha. — Estava com medo e tão preocupada com você... E me odeio por ter sido uma covarde e deixado meus pais me afastarem de você.

E seu timing é inacreditável, pensou Will, com os beijos que trocou com Elise ainda fazendo um buraco em seu cérebro. Não era, porém, como se uma tirasse a outra da jogada; as duas geravam uma tempestade em seus circuitos ao mesmo tempo.

— Fico muito feliz de ouvir isso — afirmou ele, querendo acreditar. — Mas por que você me contou tudo agora?

— Porque simplesmente não podia aguentar a ideia de não te ver por mais três meses sem te dizer nada disso antes. Não conseguiria conviver comigo mesma.

— Onde você vai passar as férias?

— Por aí, na Europa, viajando bastante...

— Espere um minuto — disse ele, segurando-a com firmeza pelos braços. — Olhe, também não agi como o Will de sempre nos últimos meses.

— Mas era de se esperar, Will, depois de tudo que aconteceu...

— Eu sei, mas isso desviou minha atenção do que realmente importava. O importante é seguir em frente, terminar o que começamos. Descobrir o que existe por trás de tudo o que aconteceu aqui. Com a gente. Com todo mundo.

— Concordo — declarou Brooke, olhando para ele, os olhos brilhando na luz.

Acreditando em mim, pensou ele.

— Brooke, a gente acabou de descobrir uma coisa — revelou Will. — Uma descoberta enorme que muda o quadro inteiro, e vamos atrás dessa pista. Todo mundo junto. Vamos continuar aqui no verão e queremos que você fique também, se pensar em um jeito. Precisamos de sua ajuda.

Ela o encarou, os olhos brilhando intensamente sob a luz pálida.

— Você quer mesmo que eu fique? Depois da maneira como te tratei?

— Claro! Claro que queremos. Eu quero. Que você fique.

Meu Deus, será que ela percebeu como isso foi esquisito?

— É tão bom ouvir você falar isso — comemorou ela, e o abraçou outra vez. — Não dá para prometer que vai ser fácil, nada é fácil com meus pais, mas vou fazer o melhor que puder.

— Que bom.

Manteve-o à distância de um braço por um instante, parecendo tensa e séria.

— Eles também não desistiram de manter a gente separado.

— Como? — perguntou Will.

— Insistindo que eu fosse transferida para outro apartamento no outono...

— Você não pode deixar que façam isso.

— Mas isso pode funcionar para a gente. Se eu concordar, posso ganhar tempo, voltar para o campus por algumas semanas nas férias. Sei ser bem persuasiva também.

Eu que o diga.

Estava prestes a beijá-lo novamente quando, atrás deles, ouviram o som de vidro se estilhaçando. Will girou e viu uma janela se quebrar alguns andares acima em um edifício alto atrás deles. Um alarme tocou imediatamente em algum canto lá dentro.

— Que diabos... — exclamou ele.

Por instinto, puxou Brooke para o abrigo das sombras, contra a parede coberta de hera às suas costas.

O ar ao redor ficou silencioso — Will percebeu que até os grilos na área haviam repentinamente ficado mudos —, e o garoto sentiu uma presença inquietante perturbar a atmosfera em algum lugar próximo. Brooke estava prestes a falar quando Will pressionou um dedo contra seus lábios.

Uma sombra surgiu, fazendo a curva na quina do prédio, distorcida pelo poste de luz. Era a silhueta de uma figura humana, envelopada por um sobretudo ou manto. A cabeça virava-se para os lados levemente, em um movimento quase mecânico, olhando ao redor, ou talvez *farejando* o ar.

Sei quem é, pensou Will. *Mas não pode ser. É impossível.*

A distância, ouviram ao menos duas sirenes se aproximando e rumores de vozes se juntando mais perto. Lâmpadas se acenderam nas janelas dos dois lados de onde o estouro havia ocorrido e em volta da base do edifício, e luzes de segurança iluminaram a face alongada da torre de vidro e metal. Will deu-se conta de que olhavam para o centro médico.

Curvou-se de leve a fim de arriscar uma espiadela. Tudo o que conseguiu vislumbrar foi a barra de um tecido leve, batendo à medida que a figura rápida e silenciosamente se esgueirava para longe; quando deu um passo para olhar melhor, tinha desaparecido no interior da escuridão.

— O que diabos foi aquilo? — indagou Brooke.

— Você sabe quem são as pessoas que estão te vigiando? — indagou Will.

— Uma equipe de três pessoas que trabalha para meu pai. Profissionais. Quase nunca se deixam ver.

— Isso é *sério?*

— Eu te falei, o embaixador não brinca em serviço.

— Aquele ali podia ser um deles?

— De jeito algum — negou ela. — Eles são pagos para *não* serem notados, mas com certeza consegui sair sem ser vista hoje.

A comoção continuou a crescer lá perto, atraindo uma multidão ainda maior. Acima deles, seguranças surgiram no buraco aberto na parede do centro médico, olhando para baixo.

— É melhor a gente dar o fora daqui — sugeriu Will.

— É melhor a gente não ser visto junto. Conversamos no apartamento.

Fez menção de ir embora, mas Will segurou seu braço.

— Depois disso, não acho que você devia andar por aí sozinha — falou ele.

— Não se preocupe. Depois que ouvirem o alarme, meus guarda-costas vão ficar na minha cola — garantiu Brooke, erguendo um pequeno aparelho preto. — Além disso, acabei de mandar uma mensagem pelo *pager* para eles.

Brooke o beijou outra vez, o que quase o nocauteou, e partiu em direção às luzes no centro do campus. O menino seguiu direto para o centro médico. Viu muitos destroços espalhados sob o buraco lá em cima: vidro, esquadria de metal, até mesmo alguns vergalhões. Uma janela dupla inteira havia sido explodida junto a um pedaço considerável de parede de cada um dos lados. Um grupo dos seguranças samoanos do Centro já interditava a entrada da frente, direcionando alunos curiosos para o outro lado da barreira.

Will identificou o amigo Eloni entre eles, o maior do grupo e segurança sênior do pelotão. Ao se aproximar, trocou um olhar com o homem, pedindo para entrar antes que isolassem a construção inteira. Eloni acenou sutilmente para que entrasse no lobby.

Ali dentro, tumulto e confusão eram ainda maiores, com número equivalente de médicos e seguranças correndo para dentro e para fora do prédio. Will manteve-se nos fundos, descobriu a entrada para a escada mais próxima e se esgueirou por ela, correndo até o quarto andar, de onde o estouro viera.

Jamais estivera naquele piso; a porta estava trancada com cadeados pesados, e o vidro da pequenina janela era reforçado. Abaixou-se quando mais seguranças passaram, depois os observou entrar em um quarto mais ou menos no meio do corredor.

Era onde a parede fora destruída.

Escondeu-se outra vez quando o diretor do colégio, Stephen Rourke, saiu de um elevador, acompanhado pelo professor de genética de Will, Rulan Geist, e pela psicóloga Lillian Robbins. Seguiram para o mesmo cômodo, parando na entrada a fim de sondar o estrago feito.

Um guarda robusto irrompeu porta adentro e seguiu para as escadas. Will teve tempo apenas para se comprimir contra a parede atrás da porta, depois estendeu o pé para impedir que se fechasse atrás do homem que tinha passado.

Deixou-a bater com suavidade na biqueira do sapato, segurando-a aberta enquanto ouvia mais pessoas movendo-se do outro lado — Rourke murmurando "Encontrem-no!" para alguém —, depois levou o corpo mais para perto e segurou a porta com a mão. Ficou escutando cuidadosamente até não ouvir nada senão silêncio, e finalmente entrou no corredor.

Não era nada semelhante ao restante do centro médico, lembrava mais uma prisão de segurança máxima. Notou câmeras múltiplas acima de sua cabeça e passou por dois outros cômodos trancados com pesadas portas metálicas antes de chegar à aberta.

Uma pequena placa na parede ao lado da cama tinha um nome escrito: L. OGILVY.

Deus do Céu.

Uma enorme cama de hospital ultramecanizada dominava o centro de um grande quarto quadrado, cercado de monitores, manômetros e instrumentos jogados pelo chão. A brisa quente da noite soprava pela abertura e dispersava papéis. Alguma força poderosa havia torcido ou quebrado as barras laterais da cama. Quatro algemas de metal, presas no alto e embaixo, onde os braços e pernas de um paciente descansariam, também estavam destruídas.

Câmeras haviam sido posicionadas em cada canto, todas viradas para a cama. Will ouviu um helicóptero aproximando-se lá fora e, quando o raio do canhão de luz varreu a lateral da construção e o interior do quarto, ele recuou de volta para o corredor. Ficou encostado contra a porta aberta do quarto. Parecia, como as demais que ultrapassara, feita de metal maciço. O lado que dava para o cômodo estava talhado e cheio de marcas afundadas.

O que quer que tivesse explodido a janela tentara sair por ali primeiro.

Will ouviu o elevador ao fim do corredor se abrir. Correu na direção oposta, passou por uma porta e desceu um lance de escadas com um único salto, em seguida virou e continuou até o piso seguinte. Fazendo uma pausa, fez um esforço para lembrar-se da estrutura do centro médico e posicionou--se no plano, depois localizou o centro de segurança do prédio e traçou a melhor rota a fim de chegar lá.

Desceu dois andares, passou por outra porta, depois outro corredor. Quando encontrava alguém, Will apenas abaixava a cabeça e fazia de conta que estava com pressa para ir a algum lugar.

Nº 62: SE NÃO QUISER QUE AS PESSOAS TE NOTEM, FINJA QUE SE SENTE À VONTADE E QUE ESTÁ OCUPADO.

O centro de segurança ficava logo à frente, à direita. As janelas no corredor emolduravam o espaço semicircular, dominado por monitores em uma mesa em forma de ferradura. Dois guardas e Eloni estavam reunidos ao redor deles enquanto um outro segurança trabalhava em um teclado próximo. Ao ver Eloni, Will entrou no lugar sem nem pensar direito, porque sabia a que estavam assistindo e precisava ver o que aquele monitor mostrava.

Eram as gravações do cômodo de onde acabara de sair. As luzes ali eram fracas, mas o vídeo digital era de alta qualidade e revelava muitos detalhes. Will entrou a tempo de ver uma figura esfarrapada e alta, com longos cabelos desgrenhados, arrancar a algema de um dos pulsos.

Sentiu como se tivesse sido socado no peito. Aquele rosto. A maneira como colocava os ombros para a frente.

Lyle. Transformado. Mais alto, magro, despenteado e sem prumo, mas a linguagem corporal e porte imperioso eram inconfundivelmente lylescos.

Com outro puxão, a figura libertou o segundo braço da algema e distanciou-se da câmera. Um momento depois, Will ouviu batidas violentas na porta metálica. Em seguida, com movimentos borrados, a forma antes conhecida como Lyle Ogilvy ressurgiu, cruzando apressadamente o quarto. Baixou os ombros, como um atacante de futebol americano, e investiu contra as janelas reforçadas. A seção inteira explodiu para o lado de fora, e a criatura caiu, saindo de vista.

Eloni olhou em volta e se deu conta de que Will estava parado ali. Imediatamente o pegou pelo braço e o levou para fora.

— Você não pode ficar aqui, Will — disse com urgência na voz. — Não agora. Esqueça que viu isso.

— Ele não foi embora — disse o menino, sem acreditar. — Lyle esteve aqui esse tempo todo? Como ninguém contou isso para a gente?

Antes de Eloni responder qualquer coisa, ouviram uma massa de pessoas caminhando do lobby em sua direção.

— Saia pela porta lateral — mandou o segurança. — Não fale para ninguém que esteve aqui.

— Não se preocupe.

O menino bateu a porta atrás de si no instante que a multidão começou a entrar. Ele pensou ter visto o diretor Rourke à frente. Com os pensamentos e sentidos em tumulto, correu para uma saída lateral e se assegurou de que ninguém o vira se esgueirar para fora.

Estava quase completamente escuro agora. Colocando o capuz, caminhou rápido para longe do prédio e, tão logo estava distante o bastante para ninguém notar, começou a correr.

Deu uma olhada no relógio: 21h14.

A ALIANÇA RENASCE

— Sei que não falamos sobre essas coisas há muito tempo — disse Will, andando de um lado a outro. — Precisava de um tempo para colocar a cabeça no lugar e entender tudo o que aconteceu.

— Não precisa explicar, Will — tranquilizou-o Ajay.

Os cinco colegas estavam reunidos ao redor da mesa de jantar no apartamento, cada um com seus tablets à frente. Eram quase 23 horas quando Will conseguiu juntá-los todos. Começou mostrando para as meninas a foto dos Cavaleiros no jantar de 1937 e resumiu o acordo que tinham feito com Nepsted: recuperar a chave que o libertaria em troca do que sabia a respeito dos Cavaleiros e da Profecia.

— O que te faz pensar que os Cavaleiros ainda estão ativos? — perguntou Brooke, olhando desconfortável para os demais. — A gente não tinha colocado o grupo fora de combate?

— Era o que a gente achava também, até Ajay achar isso. — Apontou para a fotografia. — O Sr. Hobbes é um Cavaleiro. E ele continua solto.

— A gente só tirou de campo os últimos 12 Cavaleiros *estudantes* — disse Ajay taciturnamente. — Não tem como dizer quantos membros *ex-alunos* existem.

— Acho que *tem*, sim, um jeito de saber isso — declarou Will. — Sabemos pelos registros escolares que estavam ativos até o Centro proibir sua existência pouco antes da Segunda Guerra Mundial. Podem ter revivido os Cavaleiros em qualquer momento depois disso, mas... e se eles tiverem mantido as atividades de alguma forma, secretamente, desde o começo do clube em 1920 até hoje?

— Isso significaria que teriam formado 12 Cavaleiros por ano durante quase 85 anos — concluiu Ajay, fazendo as contas.

— Moleque, isso é tipo mais de duzentos carinhas! — exclamou Nick, o rosto todo franzido.

— Mil e vinte — corrigiu Ajay.

— *Bem* mais — complementou Nick.

— E não são todos necessariamente *carinhas* — lembrou Brooke.

— E a essa altura, a maioria já pode ter alcançado posições de prestígio e poder em todas as seções da sociedade — disse Ajay. — Uma rede de poder, riqueza e influência, unida a fim de perseguir seus propósitos secretos particulares.

O grupo ficou quieto por um momento, esperando a reação de Brooke. Ela não respondeu, com os olhos baixos, a expressão difícil de perscrutar.

— Podem dar todo o crédito a Ajay por ter perseverado e chegado à verdade por trás disso — disse Will.

Fitando o rosto dos amigos, Will perguntou-se por que tinha ficado preocupado a respeito do que diriam; eram as quatro pessoas em quem mais confiava no mundo. Sentia, porém, uma paranoia absurda sempre que pensava em olhar para Brooke por mais que um segundo, enquanto Elise o encarava, lembrando: *não tenho que ficar imaginando que ela pode ler meus pensamentos. ELA PODE MESMO LER MEUS PENSAMENTOS.*

Até aquele instante, porém, a menina não parecia ter captado nenhum dos sentimentos instáveis e conflitantes que se debatiam dentro dele enquanto as duas estavam juntas. Nem mesmo pareciam reconhecer a presença uma da outra; ambas, bem, todos os quatro estavam concentrados nele.

— Tem mais coisa — revelou Will. — A outra novidade bombástica é que Lyle Ogilvy estava no campus esse tempo todo...

— Dá um tempo! — exclamou Ajay.

— Verdade — assegurou Will. — A escola e os seguranças o mantinham em um tipo de prisão médica secreta em uma unidade do centro médico, e agora ele está à solta...

— Foi *ele* que vimos? — indagou Brooke, os olhos se arregalando.

Will assentiu, soturno.

— Espere, vocês *viram* Lyle? — perguntou Elise.

— Só de relance — respondeu Will. — Perto do centro médico. Ele saiu pela janela. Do lugar onde estava preso, no quarto andar.

Brooke se encolheu, envolveu o corpo com os braços, empalidecendo.

— Lá se vão seis meses de terapia pelo ralo — falou.

— Não se preocupe, garota — disse Nick, colocando um braço ao redor do ombro dela. — Não vamos deixar aquele saco de carne bubônica chegar nem perto de você.

— Houve muitos boatos a respeito de Lyle estar por aí pela escola, Will — lembrou Ajay, olhando ao redor da mesa. — Então é por isso que ele não estava no xadrez com o resto dos hooligans.

— Moleque, pensei que Lyle tivesse virado uma abobrinha — comentou Nick.

— Pelo que vi no ano passado, não teria ficado surpreso se isso tivesse mesmo acontecido — respondeu Will. — O wendigo praticamente o transformou em zumbi. Não é exatamente terminologia médica, mas não sei como me expressar melhor.

— Então como uma "abobrinha zumbi" sobrevive a uma queda de quatro andares? — perguntou Elise, com secura.

— Boa pergunta — respondeu Will. — Entrei de fininho no prédio e vi uma gravação da segurança em que ele aparecia pulando. Lyle não estava exatamente... muito parecido com a pessoa que a gente conheceu.

— O que isso *quer dizer*? — indagou Nick.

— O cara acorda de um coma de sete meses — continuou Will —, e o primeiro movimento que faz é quebrar vidro reforçado, pular quase 5 metros e sair para dar uma corrida.

— Até parece *você* — zombou Elise, acotovelando Nick.

— É... praticamente minha rotina matinal.

— Ele parece ainda menos humano que antes — continuou Will. — Por exemplo, está mais alto. Um bocado.

— Ok, isso é anormal — disse Nick.

— Então o que faremos a respeito? — indagou Ajay.

— Bem, a polícia vai investigar isso de perto — ponderou Elise, olhando para Brooke de relance. — Não acho que nenhum de nós precisa se preocupar demais.

— Mas não esqueçam que Lyle também tem habilidades — lembrou Will. — Pode influenciar mentes, atacar as pessoas fisicamente. Seus poderes eram mais fortes que os nossos antes daquele incidente. E não tem como adivinhar como se desenvolverem por causa do que aconteceu.

Will fez uma anotação mental para lembrar-se de perguntar ao treinador Jericho: *o que acontece aos sobreviventes de um wendigo?*

— Se você está tentando me assustar de propósito — disse Brooke, abraçando os joelhos dobrados —, ótimo trabalho.

— Não é nada disso que estou tentando fazer...

— Você só esquece, Will — continuou ela — que *não* tenho habilidade como vocês. Nada que possa usar contra aquele monstro que me sequestrou, pelo menos.

— Não esquenta, Brooky, a gente está contigo — garantiu Nick, com amabilidade, voltando a abraçá-la.

Era eu quem devia ter dito isso, pensou Will, brigando consigo mesmo. *E feito isso também.*

Então Nick estragou tudo levantando a menina da cadeira com uma das mãos, fazendo um bíceps saltar, e disse:

— Saca só essas armas.

Brooke lhe deu um tapa. Quando o ginasta a colocou de volta no chão, Will se levantou da mesa e começou a andar pela sala.

— Acho que a Elise está certa — disse Will. — Vamos deixar a polícia e a escola resolverem a questão do Lyle. Quem sabe isso até não funciona como uma maneira de nos desviar da atenção deles e deixa nossa investigação rolar em paz? E nossa primeira tarefa é voltar àqueles túneis para encontrar a chave da gaiola de Nepsted.

— Moleque, vamos hoje à noite, tipo agora! — disse Nick, batendo na mesa. — O que é que está segurando a gente?

— Quer dizer, fora o fato de ser burrice e suicídio? — perguntou Elise.

— Isso vai requerer preparação intensiva, Will — advertiu Ajay. — Precisamos de equipamento, recursos e, mais importante, de um excelente *plano.*

— Estou trabalhando nisso — garantiu o menino.

— É isso aí! — comemorou Nick, apontando para Will e batendo na mesa outra vez.

— Por onde começamos? — indagou Elise.

— Pelos túneis embaixo da ilha — declarou Will, olhando para Brooke também.

— A ilha no lago Waukoma? — perguntou ela, um pouco chocada.

— Vamos usar a entrada atrás do castelo — respondeu ele. — Foi assim que saímos de lá da primeira vez.

— A ilha inteira está apinhada de segurança pesada — disse Ajay, começando a dar passos inquietos e retorcer as mãos. — Deixe eu refrescar sua memória: homens armados? Cachorros raivosos? Por pouco não arrancaram nosso traseiro fora.

— Não disse que ia ser fácil, Ajay — retrucou Will, pousando a mão no ombro do amigo. — Tenho um *plano,* mas temos que pavimentar o caminho primeiro.

— O dono da ilha e do castelo é um cara cheio da grana, não é? — indagou Elise.

— Stan Haxley — esclareceu Brooke. — Membro do conselho administrativo do Centro e um dos maiores doadores da escola.

— Uns bons 10 milhões para colocarem o nome dele no centro médico.

— E como sabemos — continuou Ajay —, Haxley não costuma receber de braços abertos visitantes que não foram convidados.

— Ele vai me convidar — disse Will simplesmente.

— Hã? — fez Nick.

— Para a gente entrar no castelo? — indagou Ajay.

— E debaixo dele.

— Espero que eu possa ajudar — disse Brooke, suspirando ao olhar o relógio. — Meus pais vão me arrastar para fora daqui assim que o colégio avisar que Lyle escapou. E isso já aconteceu.

— Então esperamos você voltar — garantiu Will. — Pergunte a seu pai sobre Stan Haxley, veja se ele sabe de alguma coisa a respeito da rede de ex-alunos. Vamos pôr a mão na massa nesse meio-tempo.

— E isso vai dar muito trabalho? — indagou Nick, relutante.

— Por que a pergunta?

— Moleque, estão massacrando a gente com livros há meses. E não ia me importar, sabe, em ficar de boa no *verão* por tipo uns cinco minutinhos.

— Ok, bem, enquanto você curte seu drinque com guarda-chuvinha lá na piscina, quero que o restante pense em mais uma pergunta — avisou Will. — Vocês conheceram mais alguém no campus que possa ter qualidades ou habilidades parecidas com as nossas?

Os demais se entreolharam ao redor da mesa, surpresos.

— Outros alunos? — indagou Ajay.

— Isso aí — confirmou Will.

— Parecidas de que jeito? — Elise quis saber.

— De qualquer forma que vocês possam ter notado. Talvez a coisa mais sutil, quase indetectável que vocês tenham visto essas pessoas fazerem. Ou talvez de alguma maneira enorme e absurda, tipo absolutamente louca e estranha mesmo.

— Cara, pode escolher qualquer dia de minha vida — disse Nick.

— Por que você está querendo saber?

— Uma coisa que Lyle disse no ano passado me deixou pensando — confessou Will. — Se a Profecia do Paladino é tão importante quanto as medidas que eles tomaram para proteger o segredo sugerem, vocês acham que nós cinco seríamos os únicos afetados?

— Não — admitiu Ajay, olhando ao redor. — Isso parece uma possibilidade muito razoável, Will.

— Pode significar que mais pessoas como nós já estejam aqui, quem sabe mais do que só alguns, mesmo que não tenham "despertado" para o que podem fazer. Podem ser parte da Profecia também. E por isso é ainda mais importante que *a gente* encontre essas pessoas antes dos Cavaleiros de Carlos Magno.

A porta abriu-se de repente. Três seguranças profissionais bem-vestidos, dois homens e uma mulher, todos de preto, posicionaram-se dentro do apartamento com as mãos nos coldres de ombro — um à porta, um perto dos meninos, enquanto o terceiro gesticulava silenciosamente para que Brooke os acompanhasse.

A TRILHA

Às 12 horas do dia seguinte, mais de três quartos dos estudantes e sua família haviam deixado a escola para aproveitar as férias, esvaziando o campus. Quase compensando a ausência, a polícia estadual e local, segurança reforçada e até alguns agentes do FBI, auxiliando na caça ao desaparecido Lyle Ogilvy, tomaram o local.

Instalaram um posto de comando no térreo do centro médico e interditaram a área ao redor do edifício de maneira que apenas algo com asas poderia entrar ali. Segurança adicional fora mandada para Greenwood Hall também. Eloni escoltou Will e Ajay até o almoço no dia seguinte. Perguntaram ao samoano a razão por trás daquilo, mas ele não lhes disse nada mais. Will adivinhou que estavam preocupados com uma possível volta de Lyle e um ataque contra ele. Eloni ainda os esperava depois da refeição, e, enquanto andavam juntos pelo pátio, Will notou um pequeno ônibus azul e prata do Centro estacionando em frente a Berkley Hall, o alojamento de visitantes que pais e familiares usavam para estadia.

O veículo parou, as portas se abriram, e cinco pessoas desceram, todas com idênticas malas de lona pretas. Três rapazes e duas jovens, que já não tinham mais idade para estar no colégio, mas por pouco, e que usavam óculos escuros e blazers escolares. Todos altos, atléticos e cada um, embora do próprio jeito particular, de aparência notável. Portavam-se com confiança e segurança e não conversavam entre si. Dois guardas esperavam para encontrá-los do lado de fora de Berkley Hall e abriram as portas para eles.

— Quem são aqueles? — perguntou Will a Eloni.

— Ex-alunos que se formaram há pouco — respondeu ele. — Um grupo volta todas as férias. Trabalham como conselheiros no acampamento de verão.

— É para garotos que querem entrar no Centro um dia — explicou Ajay. — Eu também participei.

— Há quanto tempo eles se formaram? — indagou Will, observando os conselheiros entrarem no edifício.

— Foi no verão passado — respondeu Eloni.

Uma das garotas do grupo, uma morena alta e atlética, parou à porta. Tirou os óculos escuros e olhou diretamente para o menino. Sorriu — um tanto agressivamente, pensou Will —, mostrando grandes dentes brancos. Tocou o ombro de um dos garotos e apontou para Will.

Ele desviou os olhos, fitou Ajay e sabia que estavam pensando a mesma coisa.

— Vamos descobrir quem são essas pessoas — sussurrou Will.

— De acordo.

— E é melhor a gente encontrar Lyle antes que acabe com nosso plano.

— Esse é seu departamento — sussurrou Ajay, com olhar alarmado.

O samoano os levou até a entrada de Greenwood Hall, onde o treinador Ira Jericho aguardava, tão severo quanto um ponto de exclamação, vestindo as roupas de treino pretas. Levou Eloni para um canto e falou baixo com ele. O segurança assentiu e gesticulou para Ajay segui-lo até o interior do edifício enquanto Jericho saía com Will.

— Aonde vamos? — perguntou o menino.

— Treinar.

— Achei que não me deixariam fazer isso hoje.

— Vão, sim, se estiver comigo.

— Ótimo — disse Will. — Tem alguém que a gente precisa encontrar.

Jericho não respondeu. Will caminhou junto ao homem alto e implacável e se deu conta de que seguiam na direção do centro médico.

— O que você sabe sobre esses conselheiros que voltam para a escola para trabalhar no acampamento de verão? — perguntou Will.

— Nada além do que você acabou de dizer.

— Você treinou algum deles?

— Provavelmente. É um grupo diferente todos os anos.

Will esperou até que ninguém mais estivesse por perto para voltar a falar. Os olhos de Jericho sondavam o horizonte constantemente. *Ele já sabe que quero encontrar Lyle,* percebeu.

— Treinador, você sabe o que aconteceu com Ogilvy ano passado, não é? — perguntou, quase em um sussurro. — Não a versão oficial, mas o que vi na caverna para valer.

Jericho sequer o olhou e jamais mudou a expressão.

— Não moro debaixo de uma pedra.

— Então, cá entre nós... Só para o caso de isso ser mesmo verdade e não algum tipo de alucinação... O que acontece com alguém que é atacado por um wendigo?

Jericho lhe deu uma olhadela.

— Reza a lenda que morre de uma maneira excruciante e que sua alma é condenada à danação eterna.

Will engoliu em seco.

— E o que acontece se a pessoa *não* morre?

— Hipoteticamente? Não acho que aconteça com muita frequência.

— Mas e se aconteceu *dessa vez?* — indagou Will enfaticamente.

Jericho parou; estavam perto de onde Lyle tinha pulado do prédio. Falou, então:

— As lendas dizem que, com o tempo, a pessoa se torna um We-in-di-ko também.

Will engoliu outra vez.

— Esse processo demora quanto tempo?

— Isso são lendas, Will, e não tabelas de ônibus. Não vêm com horários afixados.

— Mas como é que acontece? Quero dizer, se você puder refletir por um segundo... E sei como você odeia fazer esse tipo de especulação e como acha essas perguntas todas um saco, mas estou pedindo um favor, só dessa vez... Como você *descreveria* o que aconteceu com ele?

Jericho virou-se para fitar Will com firmeza perturbadora.

— Diria que — começou o treinador — o We-in-di-ko tirou a alma do corpo dele... e deixou algo sórdido e sombrio no lugar.

Will sentiu um arrepio correr dos joelhos até o peito.

— Ei, foi você quem perguntou — defendeu-se Jericho.

— O que ele deixou no lugar?

— Até onde sei, pode ter sido uma marmita da Hello Kitty. Ele se machucou na queda?

— Era de se esperar que sim, não é? Pular e atravessar o vidro, em uma queda de quatro andares?

— Então você estava lá — concluiu Jericho.

Will assentiu.

— Eu mais senti Lyle do que vi qualquer coisa. Quando olhei para o canto, tinha desaparecido. Estava usando um jaleco. Só consegui ver um brilho branco de relance.

— Para que lado ele foi?

Will apontou em direção à mata. Jericho começou a andar para lá, gesticulando para que Will o seguisse.

— Você vai encontrar o rastro dele? — perguntou Will.

— O rastro dele?

— Quero dizer, você consegue fazer isso, não consegue?

— Não, mas você consegue — afirmou Jericho. — E você precisa encontrá-lo antes que ele te encontre.

Seguiram por uma trilha estreita para dentro da floresta.

— Trouxe alguma arma? — perguntou o homem.

Will vasculhou os bolsos e mostrou o canivete suíço.

— Deixei o lança-foguete no bolso de outra calça.

Jericho quase abriu um sorriso.

— O que você trouxe? — perguntou o menino.

Jericho mostrou uma pequena bolsinha de couro com costuras.

— Ótimo — resmungou ele. — Pozinho mágico.

— Não despreze até experimentar — advertiu Jericho, guardando-o de volta no bolso. — Pó mágico é remédio dos fortes.

O ar ficava mais saturado de calor e umidade à medida que se embrenhavam na mata. Um pesado manto de folhas caídas sob seus pés abafava os passos que davam e deixava o ar mais quente. Depois de andarem menos de 90 metros, deixaram de ver e ouvir quaisquer sons do campus.

— Então, como vamos fazer isso? — indagou Will, sondando o terreno enquanto seguiam. — Procuramos pegadas, galhos quebrados?

— Por acaso parece que nasci em uma tenda?

— Não era *isso* que queria dizer...

— Não são as pegadas que interessam. Estamos atrás de uma aberração peluda e horrorosa de jaleco branco com 2 metros de altura. Não pode ser difícil de encontrar.

Quando passaram por uma alta bétula-branca, Jericho parou e apontou para uma mancha escarlate no galho à altura do ombro.

— Ok — disse Will. — Contanto que você tenha um método.

Jericho olhou para a frente e perscrutou a fileira de árvores. A floresta se adensava cada vez mais e de forma significativa à frente, o terreno subindo em uma ladeira e descendo de novo em pequenos montes, em muitas direções, deixando pouco espaço para moverem-se entre as árvores. Will esperou que Jericho dissesse que caminho seguir.

— Ele foi por aqui, mas só você sabe como encontrá-lo, Will — declarou. — Quero dizer... se *quiser.*

O garoto sentiu um calor por dentro com a provocação na voz do treinador, indignação transformando-se em determinação.

— Para falar a verdade, quero, sim — rebateu Will.

Fechou os olhos e invocou a Grade sensorial. Aquela visão extra se materializou em sua mente, e, quando olhou para a frente, a floresta ganhou vida com padrões e espirais de energia. O mundo em torno deles ficou tão silencioso quanto um globo de neve. Tornou-se consciente de pequenos animais correndo e rastejando ao redor, emanando ondas de calor do sistema nervoso. Ouviu cada um dos passarinhos, pontuando sua localização em uma tela tridimensional que abarcava tudo.

Uma perturbação na Grade lentamente se revelou, um caminho levemente brilhante se formou pelas folhas no chão, saindo da bétula. Will *sentiu* alguma qualidade ou sensação ser alçada do caminho, e percebeu que era como se Lyle tivesse deixado uma espécie de rastro energético para trás quando passou...

Esfomeado.

A palavra surgiu dentro da cabeça de Will. Sentiu um arrepio frio.

— Por aqui — disse o garoto.

Continuaram. Na pequena subida seguinte, toparam com a cabeça descartada e ossos mastigados do que devia ter sido um esquilo. Em seguida, 27 metros depois, os restos de um grande corvo, as penas espalhadas.

— Ele está com fome — comentou Jericho.

— Comendo o que vê pela frente — concordou Will. — Literalmente.

— Não é tão divertido quanto parece.

— Por que ele não foi direto até um supermercado?

Esperava ao menos um sorriso, mas o treinador não respondeu. Na realidade, sua expressão era um pouco preocupada, pensou Will. O que provavelmente significava que estava *muito* mais preocupado por dentro; um pensamento nada encorajador para se ter em meio àquela mata. Era metade da tarde de um dia quente e ensolarado de junho, mas ali parecia escuro e sombrio como Halloween.

Will ouviu o grito cavernoso de uma águia ou falcão circulando em algum lugar acima da cabeça deles. Jericho também ouviu. Olharam para cima — Will mal conseguia enxergar por entre as copas — e depois um para o outro. A mão do menino procurou a figura de pedra no bolso, e ele sentiu-se melhor no instante em que os dedos envolveram os contornos familiares.

Jericho assentiu para ele. Will sabia exatamente o que estava pensando: *Seu espírito animal está por perto. Estamos no caminho certo.*

— Se é o que você está dizendo — disse o menino entre dentes.

Will guiou-os quando começaram a seguir pelo "caminho" à frente. Captou uma forte assinatura de calor, confirmando que algo enorme havia passado por lá, a Grade tornando-se cada vez mais vívida em sua mente. Subiram na elevação seguinte e descobriram que, dali, o terreno afundava, formando uma depressão profunda e redonda.

No fundo, em uma faixa de luz que atravessava as árvores, jazia o corpo de um veado cuja galhada tinha oito pontas. Em sua grade, Will viu padrões fantasmagóricos de movimento, riscas e borrões. Deu-se conta de que eram ecos do que acontecera ali, uma energia tão poderosa que sua impressão fora deixada no espaço-tempo. Era quase rápido demais para acompanhar, mas ele podia distinguir o animal saltando pela mata, assustado e em pânico. Parara por um instante apenas alguns metros de onde estavam, e então fora encurralado e arrastado para baixo por uma forma indistinta que havia investido contra ele, saído de um matagal.

Enjoado com a violência — uma evisceração rápida e selvagem —, Will cambaleou até uma árvore, endireitando-se antes de quase cair. Não queria ver o que ainda restava lá, olhou para Jericho, balançando a cabeça.

Will ficou para trás, olhos desviados enquanto o homem examinava o que tinha sobrado da carcaça do veado. Não havia muito para contar história exceto cascos e galhada, o terreno ao redor escurecido de sangue seco. Em um galho próximo, Will encontrou um pedaço rasgado de tecido branco, tingido de vermelho profundo.

— Ele está subindo na cadeia alimentar — disse Will, respirando profundamente a fim de manter-se calmo.

— Com rapidez — complementou Jericho.

— Ainda acha que é uma boa ideia segui-lo, treinador?

— Não vai demorar muito.

— O que não vai?

— Até nós o encontrarmos — esclareceu o homem.

— Ou ele encontrar a gente.

— Por quê? Está com medo de nós não conseguirmos lidar com ele?

— Que "nós" o quê — retorquiu Will, depois indicou a escola. — Vou ser o cara correndo *naquela* direção.

Cerca de 45 metros depois, chegaram a outra pequena ladeira, a floresta tão densa que estavam quase na total escuridão. Do topo do pequeno monte, o declive acabava em uma ravina rochosa, de cerca de 6 metros de profundidade, marcado por um riacho lento e largo, que fluía por seu centro. Ali, deitada de barriga para baixo na água, uma figura imóvel de jaleco branco destacava-se na penumbra, como um trecho de neve.

Will e o treinador ficaram paralisados. O menino olhou para Jericho de soslaio, esperando que soubesse o que fazer, e sussurrou:

— Ele está tentando enganar a gente? Se fingindo de morto?

— Só tem um jeito de descobrir.

Jericho começou a descer a depressão, segurando-se nas raízes que saltavam da terra a fim de manter o equilíbrio. Will não o seguiu até o homem virar-se no meio do caminho e lhe lançar um olhar que o fez encolher-se todo.

— Vem ou não, West?

O treinador esperou Will na base da ravina, e juntos caminharam cautelosamente em direção ao corpo que continuava inerte. Will abriu o canivete e o manteve na lateral do corpo ao se aproximarem.

— Está morto? — indagou.

— Bem, eu não tentaria pedir a ele um café com leite no momento — ironizou Jericho.

O treinador ajoelhou-se ao lado do corpo para examiná-lo mais de perto. Will espiou por sobre seu ombro. Os olhos de Lyle estavam esbugalhados em um olhar sem vida. Estava de barriga para baixo, a cabeça virada para o lado. O rosto exibia uma expressão canina, quase selvagem, os incisivos alongados ultrapassavam os lábios, e também havia uma fissura estrelada em sua pupila aberta fixada.

A respiração de Will ficou presa no peito. Jamais gostara de Lyle — na verdade, tinha todas as razões para desprezar o garoto que mais de uma vez tentara matá-lo —, mas a visão dele em tal estado ainda o enchia de pena e horror.

— O que a gente faz com um wendigo morto? — perguntou Will, recuando um passo.

— Quer dizer, para se certificar de que permaneça assim?

— É, quero dizer, precisa ter algum tipo de regra, não é? Enfiar uma estaca no coração, ou cabeças de alho na boca...

— Vocês e esses seus vampiros malditos— praguejou Jericho. — Como diabos vou saber? Também nunca vi uma dessas coisas antes. E o que é que te faz ter tanta certeza de que está morto?

— Com certeza *parece* morto — argumentou o menino, apontando para o chão molhado e lamacento ao redor do corpo. — Com todos esses... fluidos e tudo mais.

— Só tem uma forma de descobrir — declarou o treinador.

Estendeu a mão e virou o corpo do garoto, e os dois se deram conta de que aquele não era exatamente Lyle. Era mais o que teria restado dele se alguém o tivesse talhado ao meio com um abridor de latas gigante. Uma espécie de rasgo fendia a extensão de seu corpo do pescoço à cintura. Com Lyle agora deitado de costas, peito e torso pareciam esvaziados, como se o garoto tivesse sido aplanado por um rolo compressor.

— O que diabos aconteceu com ele? — indagou Will.

— Se eu tivesse que dar um palpite, o que é o caso, parece que algo que estava... crescendo dentro dele agora está do lado de fora. E aparentemente deixou uma porcariada para trás.

— Espere, esse aí é ou não é o Lyle, afinal?

— Eu diria que... costumava ser.

— Então você quer dizer que é mais como se fosse um, o que, tipo um...

— Uma pele de cobra — explicou o treinador, voltando a se levantar. — Mas você pode apostar que, quando a polícia chegar aqui, vai decidir que encontrou o que estava procurando.

Will perscrutou a mata escura, com a intenção de sondar o conjunto de árvores, à procura de qualquer coisa que pudesse estar escondida e à espreita por ali. O medo gélido que o dominava quase lhe roubava a capacidade de evocar a Grade.

— Então isso aí é só um casulo... E Lyle *não* está morto — concluiu o garoto.

— Quem ele *era* está, sim, com certeza — corrigiu Jericho; depois olhou para cima e fitou a mata também. — Mas a parte que cresceu dentro dele, saiu do peito do infeliz e correu por esse riacho para ninguém segui-lo? Essa ainda está ativa e vigilante. E também não acho que devia continuar chamando essa coisa de "Lyle".

O treinador tirou o celular do bolso e discou o número de emergência.

— Que bom que não comi muito no almoço hoje — disse Will, desviando os olhos, seriamente enjoado.

— Provavelmente não seria uma ideia brilhante comentar a respeito de nossa teoria com a polícia — advertiu Jericho, a mão sobre o fone. — Ou com qualquer outra pessoa.

— Pode deixar.

— Nós dois saímos para correr, avistamos o corpo ali de cima e ligamos para a polícia. Eu disse para você voltar ao campus enquanto descia até aqui e dava uma olhada. Você nunca viu nada disso. Agora vá embora.

— Treinador, você está me estimulando a mentir?

— Vamos chamar isso de ensinando você a sobreviver.

Papai aprovaria, pensou Will.

— Por mim tudo bem.

Will saiu correndo na direção do colégio. Enquanto partia, ouviu Jericho falar com um atendente da emergência do outro lado da linha.

— Preciso reportar um corpo — disse ele.

A BARBEARIA

O alvoroço causado pela descoberta do corpo de Lyle durou três dias. Will e os colegas monitoraram as declarações e coberturas oficiais de perto e notaram que nenhum dos detalhes perturbadores que Will testemunhara fora incluído na versão final: um paciente profundamente doente escapou do centro médico e morreu na floresta, aparentemente quebrando o pescoço em um queda. Quem quer que estivesse no comando parecia determinado a conformar a narrativa àquela conclusão, um final triste para a vida de um jovem estudante problemático, que deu uma guinada tragicamente errada. O Centro também parecia mais que pronto para usar a morte de Lyle a fim de marcar o fim da história dos Cavaleiros de Carlos Magno. Apenas um relatório mencionava de passagem que o paradeiro de Todd Hodak, o outro grande personagem na hierarquia dos Cavaleiros que desaparecera em novembro, permanecia desconhecido.

Quando o campus se esvaziou, Will e os amigos puseram-se a trabalhar. Ajay já tinha seu estágio no laboratório de ciências, e os demais rapidamente garantiram suas atividades no Centro ao longo do verão. Elise encontrou trabalho, cuidando dos cavalos nos estábulos do colégio, e dava aulas de piano aos fins de semana, enquanto Nick arranjou emprego como salva-vidas na piscina comunitária de uma cidade nas imediações. Quando ficou sabendo que Lyle estava "morto", a família de Brooke arrumou um estágio para ela na administração da escola e a deixou retornar.

Will foi o último a encontrar ocupação, mas por um bom motivo. Depois de estudar os movimentos de seu alvo, teve que esperar outra semana até poder colocar o primeiro passo de seu plano em ação.

Nº 57: SE QUISER SABER O QUE ESTÁ ACONTECENDO EM UMA CIDADEZINHA, É SÓ FICAR DE BOBEIRA PERTO DA BARBEARIA.

A pedido de Will, Ajay instalara uma pequena câmera de segurança do lado de fora da barbearia do colégio, até um cliente em particular chegar para corte e barba, o que fazia a cada duas semanas.

Will fazia aquecimento no Celeiro antes do treino diário com Jericho quando recebeu a ligação em um dos telefones pretos.

— Está na hora de nosso estudo em grupo, Will — disse Ajay, usando o código que tinham combinado.

Will cobriu velozmente a distância de 1,6 quilômetro que separava o Celeiro da barbearia, chegando lá em menos de 3 minutos. Parte da história do colégio desde os Loucos Anos Vinte, o local era rebaixado uns poucos degraus em relação à calçada, na lateral sudoeste de Harvey Hall, um dos edifícios cobertos de hera mais velhos do pátio central.

Uma campainha soou quando Will empurrou a porta para entrar. Exatamente como acontecera durante o corte anterior, as imagens e cheiros que lhe deram as boas-vindas levaram-no de volta no tempo da mesma maneira como a máquina de refrigerante do colégio. Estivera em estabelecimentos assim algumas vezes quando criança — era seu pai quem geralmente cortava seu cabelo depois que cresceu —, e estes tinham criado lembranças sensórias poderosas. Eram seus primeiros vislumbres do mundo masculino.

Um piso de azulejos preto e branco. Duas cadeiras luxuosas de couro marrom-avermelhado encarando uma parede de espelhos acima de duas pias de porcelana brancas como neve. Barbeadores, tesouras e navalhas reluzentes, enfileiradas em uma prateleira como se fossem instrumentos cirúrgicos. Pentes e escovas em um jarro, mergulhados em uma marinada acre de desinfetante azul da cor do oceano. De algum lugar, uma ópera tocava em um diminuto rádio. Will sentiu no ar o cheiro ácido de tônico de cabelo e o apimentado e forte aroma de loção pós-barba industrial. Um relógio de pêndulo vintage tiquetaqueava em uma das paredes, ao lado de porta-retratos com fotografias esmaecidas de antigos heróis do esporte do Green Bay Packers, Milwaukee Braves e uma de um cavalo em uma pista de corrida. Algumas estavam autografadas — Fuzzy Thurston, Joe Adcock e outros nomes que Will não reconheceu.

O homem que fora procurar usava um terno ajustado e feito com esmero e estava sentado em uma das cadeiras, imóvel, totalmente reclinado, com uma toalha quente sobre o rosto. Outro homem, de calça social cinza e uma túnica com duas fileiras de botões parecida com um dólmã branca — os alunos o conheciam como o Barbeiro Joe —, saiu de uma sala nos fundos quando ouviu a campainha. Acompanhava a ópera com assobios e trazia uma toalhinha branca no braço. Os cabelos eram profundamente negros e penteados para trás de maneira elaborada com um de seus produtos próprios. Mascou um pedaço de chiclete que mantinha preso no molar de trás.

— Sr. West — cumprimentou, abrindo um sorriso treinado. — Que bom vê-lo outra vez, senhor.

— Obrigado, Joe.

— Venha por aqui, meu amigo — indicou o barbeiro, girando a segunda cadeira enquanto a rebaixava com o auxílio de um pedal, depois bateu no assento com a toalha.

Will sentou-se e se ajeitou no antigo couro macio. Com um floreio de mãos tão ágil e natural quanto o de um mágico, Joe pegou um avental de uma prateleira próxima, abriu, girou a cadeira para que ficasse de frente para o espelho, ajustou o tecido ao redor do pescoço do cliente e o prendeu.

— E o que podemos fazer por você hoje? — perguntou Joe com as vogais nasaladas e recortadas do sotaque de Chicago.

— O treinador Jericho disse que eu preciso de um corte de cabelo para o verão.

— Se foi o treinador quem aconselhou — disse Joe, erguendo a cadeira —, quem somos nós para discordar?

— Ele disse que não vou gostar de treinar com meu cabelo deste jeito nesse clima.

— Você é do Sul da Califórnia se não me engano — disse Joe.

— Sua memória é boa, Joe.

— Então não está acostumado com nosso adorável clima de verão. — Joe segurava a cabeça de Will e media o cabelo perto de suas orelhas.

— Até onde sei, é que nem correr dentro de uma sauna.

— Estamos em junho, amigo. Espere só agosto chegar. Você não viu nada ainda. — Estourou uma bola de chiclete para enfatizar.

Will deu um risinho educado. Olhou para o homem na cadeira ao lado, que ainda não se movera desde que ele entrara. Will se perguntou se teria caído no sono.

Joe começou atacando a cabeleira rebelde de Will com um spray e uma escova até torná-la submissa. Quase não sentiu o contato da água em qualquer outro lugar senão no couro cabeludo. Joe movia-se com rapidez em volta dele, deixando traços de loção pós-barba e chiclete mentolado para trás; da marca Beemans, talvez?

— Há quanto tempo você trabalha aqui, Joe?

— Já faz 17 anos, Will — respondeu.

— É de Chicago?

— O que, o sotaque me entregou? — perguntou e riu.

Nº 52: PARA QUEBRAR O GELO, SEMPRE ELOGIE A CIDADE NATAL DE SEU INTERLOCUTOR.

— É uma cidade ótima, Chicago — comentou Will. — Não tem nada disso de segunda cidade. Não fica em segundo lugar para nada nem coisa nenhuma, em minha opinião.

— Não posso deixar de concordar — afirmou Joe.

— Ainda tem família lá?

— Com certeza. Visito pelo menos de seis a oito vezes todos os anos.

Nº 53: E SEMPRE MOSTRE SIMPATIA PELO TIME DE FUTEBOL LOCAL.

— Parece que os Bears estão jogando sério este ano, não é? — perguntou o menino.

— E já era hora, também. Meu velho sempre tinha ingresso quando éramos crianças. Mal conseguia pagar, era gari, mas costumava dizer que preferia parar de comer a não ver os jogos.

— Isso não foi durante os anos de Walter Payton, foi?

— Pode crer que sim, amigo — afirmou o barbeiro. — "Doçura" era como o homem era conhecido.

Um timer na prateleira atrás das cadeiras soou.

— Qual seu time, Will? — A voz veio de baixo da toalha sobre o rosto do homem ao lado. Um barítono profundo, agradável e amigável.

Joe imediatamente seguiu para a outra cadeira a fim de pegar a toalha enquanto o cliente a retirava do rosto. O sujeito tinha a boa aparência genérica de um homem que faria o papel de presidente em um filme de grande orçamento: alto, bronzeado e em forma, provavelmente na casa dos 45 anos, com uma cabeleira castanha cheia e obediente, com faixas grisalhas tão precisas nas têmporas que gritava "cabelos pintados", mas, ainda que fosse o caso, tinha sido feito de maneira tão habilidosa, que não havia como se confirmar. Will lembrou-se de uma fala vaga de um velho comercial: "Só seu cabeleireiro sabe com certeza". Seria Joe esse tipo de pessoa? E quanto ele sabia?

— Não tenho um time de verdade — respondeu o garoto.

— Um dos perigos de se morar no Sul da Califórnia, acertei? — brincou o homem, sorrindo. Os dentes brilhantes eram tão impressionantes quanto os cabelos.

— Acertou, sim, senhor — confirmou Will. — Não existe para quem torcer.

— Com licença um momento — pediu Joe, que foi até o balcão, tirou um pouco de creme de barbear aquecido de um recipiente e começou a aplicá-lo no rosto do homem.

— Ai, meu Deus, o senhor é o Sr. Haxley? — perguntou o garoto, como se estivesse fazendo uma descoberta que o enchia de prazer.

— Acertou, Will — respondeu o homem, estendendo a mão na direção dele sem mover qualquer outra parte do corpo. — Stan Haxley. Prazer.

Stan Haxley, tipo o milhardário que é dono do castelo na ilha no lago Waukoma.

Tinha um aperto de mão devastador, e Will respondeu à altura. Joe, parado com uma navalha entre os dedos, esperou que o cumprimento acabasse.

— Reconheci sua foto do centro médico, senhor — explicou o menino. — Preciso dizer que acho incrível o que o senhor fez, sendo tão generoso no apoio à construção daquele lugar.

— Patricia e eu sempre apoiamos muito o Centro — disse ele, fechando os olhos e sinalizando que Joe podia começar a fazer sua barba.

Como se eu já devesse saber que esse é o nome da esposa dele (o que já sei.) Ele se acha muito, não é?

— Eles cuidaram de mim muito bem quando fiquei lá, posso garantir isso — continuou Will, parecendo tão sincero quanto podia. — Sou muito grato.

— Fico sempre feliz em ouvir — respondeu o homem de maneira genérica. — Vai passar as férias no campus, Will?

— Vou, sim, senhor.

— Que tipo de trabalho te colocaram para fazer?

— Não arrumei nada ainda — respondeu.

Nº 21: A SORTE FAVORECE OS DESTEMIDOS.

Vai fundo.

— Porque, na verdade, tinha esperança, senhor — começou Will —, tinha esperança de que pudesse encontrar alguma maneira de trabalhar para o senhor.

Haxley demorou um segundo para responder, uma vez que Joe estava com a navalha diretamente abaixo de seu nariz. O menino resistiu ao impulso de quebrar o silêncio desconfortável. Joe esperou um sinal do cliente, depois terminou o movimento e limpou a lâmina.

— E quais são seus interesses, Will?

— Medicina. Pesquisa médica.

Joe aguardou para ver se Haxley responderia antes de recomeçar a ser barbeado. O homem finalmente acenou, um pouco impaciente: *termine.* Joe posicionou-se para as últimas passadas e limpou a espuma do rosto de Haxley.

Ele sentou-se empertigado na cadeira, girou o pescoço e voltou a se deitar. O barbeiro aplicou uma camada de loção pós-barba em seu rosto e massageou as bochechas rosadas.

— Pesquisa médica é uma área de interesse bastante especializada para alguém da sua idade — comentou com um sorriso. — Por que justo isso?

— Era o campo do meu pai, senhor — explicou Will. — E é um jeito importante de ajudar as pessoas.

Will confiava que Haxley devia saber o suficiente da versão pública do desaparecimento e morte de seus pais para se compadecer com o que acabara de dizer de maneira irresistível.

O sujeito se sentou quando Joe colocou a cadeira de volta na posição normal e tirou o avental do pescoço.

— É um sentimento admirável, Will — elogiou, arrumando o colarinho enquanto se levantava.

— É mais que só um sentimento, senhor. É o propósito da minha vida agora. Seguir os passos de meu pai.

— Tenho certeza de que saber disso o deixaria muito orgulhoso — afirmou o homem. — E devia.

Haxley o perscrutou por um momento com um meio-sorriso condescendente que dizia: *pobre orfãozinho* — e era exatamente a expressão que Will estivera torcendo para ver. Em seguida, um cartão de visitas profissional surgiu na mão do homem, e ele o estendeu para Will.

— Vou ficar na cidade pelo resto da semana — disse ele. — Gostaria que fosse me visitar na Rocha se for conveniente, para podermos discutir suas... ambições.

— O que, na ilha?

— Isso mesmo — confirmou ele. — Ligue para meu escritório. O número está no cartão. Peça para falar com Barbara. Ela vai resolver tudo. Hoje, por volta das 6 da tarde.

— Agradeço muito pela oportunidade, senhor — disse Will, ficando de pé para apertar a mão estendida. — Não vou decepcionar.

— Will, você é um jovem impressionante — disse Haxley, vestindo o paletó. — Nosso Joe tomará conta de você.

Haxley o cumprimentou também — e, Will notou, deixou sutilmente uma nota de cem dólares em sua mão no processo — e seguiu para a porta.

— Vejo você, Will — despediu-se Haxley, com um sorriso.

A campainha ainda soava quando Joe começou a trabalhar em Will com o ritmo estável e desinibido de um cortador de grama.

Will estudou o cartão de Haxley e deu-se conta de que não era um cartão de visitas impresso em papel tradicional, mas uma chapa final de metal flexível. A única imagem nele — um logo em 3-D de um globo giratório com o nome de Haxley abaixo — brilhava, tudo feito com algum tipo de microprocessamento sofisticado. Quando Will tocou o nome, um número de telefone surgiu sob ele como se fosse um hiperlink na internet.

Joe ligou um barbeador elétrico e o passou ao redor do pescoço e orelhas do menino.

— Ele parece bem legal — comentou Will sem muita emoção.

— São muito especiais, o Stan e a esposa, Patricia. Construíram aquele centro médico há 15 anos. Você não acreditaria no trabalho que fazem pelas pessoas carentes.

Sem falar naquele piso ultrassecreto onde mantinham Lyle, com quartos que pareciam celas de prisão. Haxley construiu aquilo também. Fico pensando, será que Joe sabe dessa parte da "filantropia" dele?

— Pode tentar encontrar um ser humano melhor que ele — desafiou Joe. — Não vai. Porque não pode.

— Quando foi que ele comprou aquele castelo do lago?

— Antes de eu vir para cá. Acho que há uns 20 anos?

Joe colocou um pouco de tônico de uma garrafa verde opaca nas mãos e o esfregou vigorosamente pelos cabelos de Will. Tinha um cheiro agradável de menta e limão, e fazia a cabeça toda pinicar, eletrificada, mas de uma maneira prazerosa, como se o couro cabeludo tivesse acabado de ser lembrado de que estava vivo.

— De quem?

— De Franklin Greenwood — respondeu Joe.

— Mesmo? Ele não era o diretor daqui?

Sem mencionar meu bisavô.

Joe começou um ataque com escova e pente, dando forma aos fios e puxando, ajeitando e esticando os cabelos de Will nas mais variadas e inesperadas direções.

— Isso aí — confirmou o barbeiro. — Era ele quem estava no comando quando o Sr. Haxley estudou aqui. Depois que deixou sua marca, podia ter escolhido qualquer lugar do planeta para morar. Mas voltou para cá. Por quê? Lealdade. É disso que estou falando. Um homem de primeira, rico e de bom gosto. Não há ninguém no mundo que eu respeite mais que o Sr. Stan Haxley.

— Ele tem cara de ser um homem e tanto — disse Will.

— E, se ele se interessar por você, será um rapaz de sorte, meu amigo.

Joe terminou de arrumar os cabelos de Will com um floreio sutil. Pegou um pequeno espelho retangular branco e o entregou a Will, depois virou a cadeira. Quando o menino o levantou, podia ver a nuca pela parede espelhada atrás.

— Então, o que você achou? — perguntou o barbeiro.

Will mal se reconhecia. Os cabelos selvagens e hiperativos — que geralmente respondiam tão bem a cuidados quanto a floresta amazônica — foram domados até se transformarem no clássico estilo usado pelos garotos do Centro: *preppy*, meio mauricinho. Repartidos na esquerda. Com um leve topete acima da testa. Curtos, mas encorpados. Formal, mas ainda assim mantendo um certo estilo.

— Acho que vai ter o selo de aprovação Jericho — respondeu Will.

Joe fez uma leve mesura, como se o menino lhe tivesse feito o maior elogio do mundo. Afrouxou o avental e passou um pincel prata-acinzentado, cujas cerdas eram as mais macias que o menino já sentira, pelo rosto, pescoço e ombros de Will. O barbeiro arrancou o avental com um rápido movimento treinado, juntando todos os cabelos no chão, depois abaixou e virou a cadeira.

Will ficou de pé. Olhou-se no espelho e depois para o relógio na parede. Sua transformação durara menos de 10 minutos.

— Como pago, Joe? Você aceita o Cartão? — Will levou a mão à carteira para pegar o cartão de crédito preto da escola, que servia a todos os propósitos.

— Deixe isso aí. Para você, Sr. West — disse ele, oferecendo um sincero aperto de mãos duplo. — Este foi por conta da casa.

— Agradeço muito mesmo — disse o menino e saiu.

Depois que tinha ido embora, Joe esvaziou o conteúdo da lixeira — os cabelos cortados de Will —, passando-o para uma pequena sacola plástica, que colocou em uma gaveta do armário na salinha dos fundos.

Will encontrou o telefone preto mais próximo e deixou uma mensagem de duas palavras para Ajay:

— Estou dentro.

A ILHA

Depois de ter avisado aos amigos, Will chegou à garagem de barcos no lago Waukoma pouco antes das 18 horas. O barco de Stan Haxley o esperava na doca. Era uma pequena lancha de teca e mogno de cerca de 6 metros de comprimento, com dois motores a bordo. Quando o motorista acelerou, deslizaram pelos 400 metros até a ilha no que pareceu uma questão de instantes. Estacionaram em outra doca extensa que era visível da margem oposta, parte de um complexo que envolvia pista de pouso, onde o hidroavião de Haxley estava atracado.

Dois seguranças de uniforme preto o escoltaram do lago até o castelo. Podendo olhar a Rocha na luz do dia com mais atenção do que tivera chance durante sua escapada da ilha no último ano, Will viu que a propriedade exibia jardins extensos e bem planejados e que era meticulosamente bem cuidada. De perto, o tamanho avassalador do castelo era muito mais aparente, certamente a maior residência privada que Will já vira. Fora construída com blocos irregulares de granito em um tom que Will vira nas colinas das cercanias. Deviam ter sido extraídos localmente. Muitas das paredes eram escaladas por hera. A escolta o acompanhou por um caminho que circulava a lateral até chegarem a uma entrada separada, que, Will presumiu, era destinada aos empregados.

A porta levava a uma cozinha, ou a seção reservada para uso do pessoal, um vasto espaço de trabalho para comportar grande número de visitantes, em alvoroço com uma dúzia de pessoas trabalhando duro na preparação de uma refeição. A escolta deixou o menino com um sujeito robusto que Will supôs que fosse o mordomo, embora estivesse vestindo terno preto, camisa e gravata, em vez do uniforme que vira mordomos usando em filmes. O homem o olhou com um sorriso zombeteiro, transparecendo desprezo, e Will sentiu antipatia imediata por ele. O mordomo não disse uma única palavra quando acenou para que o seguisse, guiando-o por uma sequência de cômodos impressionantes — sala de jantar, sala de estar, salão de jogos — até chegarem a um escritório.

Estantes de livros ocupavam todas as paredes, chegando ao teto a 6 metros do chão, e uma enorme lareira de pedra avultava-se sobre o cômodo. Confortáveis poltronas de couro, grossos tapetes persas, mobília de madeira escura e uma poderosa escrivaninha que se impunha ocupavam a sala. O ar cheirava levemente a loção pós-barba temperada e charutos caros. Poderia ter sido o escritório de um membro do congresso ou de um explorador do século XIX.

O mordomo recuou, fechou as portas de correr ao sair e deixou Will sozinho. Ele olhou em volta, com medo de tocar em qualquer coisa, ou até olhá-las mais de perto. Não via câmera em lugar algum, mas tinha a sensação de que alguém o observava.

Uma porta no lado oposto do cômodo se abriu, e Stan Haxley entrou, fumando um charuto e vestindo calças, suspensórios e uma camisa de smoking com uma gravata borboleta, o nó ainda desfeito. Parecia animado com um tipo de vitalidade de vendedor que Will não vira no dia anterior.

— Foi pontualíssimo, Will, e eu, não — cumprimentou com um sorriso largo e um aperto de mãos. — Espero que não se importe com o charuto. Este é o único cômodo na casa em que posso me dar ao luxo.

Will não sabia o que responder. *Não, cara, você não pode fumar essa porcaria de aquecedor cubano no próprio escritório.*

— Minha amada esposa, Patricia, se esqueceu de me comunicar que daríamos um jantar hoje à noite — explicou ele, servindo-se de um drinque no bar atrás da escrivaninha. — Por isso receio que tenhamos de ser breves.

Haxley tomou um gole da bebida — uísque puro malte, de acordo com a garrafa — e se recostou em uma das poltronas. Gesticulou com o charuto para que Will se sentasse à frente dele, depois o estudou com um leve meio-sorriso, como se estivesse se divertindo com alguma piada que só ele entendia.

Will não disse coisa alguma.

Nº 12: DEIXE O OUTRO CARA FALAR.

— Perguntei por aí a seu respeito, Will.

O menino continuou calado.

— Com certeza me interessa achar trabalho para você aqui durante o verão — continuou.

Will assentiu, mas se manteve em silêncio. Haxley deu uma tragada descansada no charuto e soltou um aro de fumaça gordo, que pairou preguiçoso no ar.

— Na verdade, creio que talvez eu tenha uma atividade apropriada para você no momento. Quando estaria disposto a começar, Will?

— Amanhã — respondeu ele.

— Gostei do entusiasmo! Você se interessa pelos negócios? Quero dizer, como complementação a suas admiráveis preocupações altruístas?

— O senhor está perguntando se tenho interesse em ganhar dinheiro, senhor?

Haxley deu um sorrisinho.

— Creio que sim.

— Bem, quem não tem? — indagou Will, tentando dar um sorriso igual ao dele.

— Não há lei nenhuma contra — argumentou Haxley. — Pelo menos, nenhuma que o diga com todas as letras.

— Então não vou quebrar nenhuma lei? — perguntou Will, fazendo piada.

— Depende de com quem você falar... Estou brincando, claro. — Haxley riu com simpatia. — O mundo de hoje é complicado, Will, e sempre que as coisas são assim, o melhor é ficar no básico. Então vamos fazer você começar com tarefas relativamente simples, ver como se sai, e daí determinar para onde seguimos.

Haxley bebeu o restante do drinque, colocou o charuto na boca e se levantou. Will fez o mesmo.

— Isso é tudo, Will — disse ele, com seu sorriso de político. — Tirou nota dez na entrevista.

A porta atrás de Haxley se abriu. Um homem parou à soleira, iluminado por trás, difícil de se enxergar em um primeiro momento. Vestia um smoking, como Haxley, embora o nó da gravata já estivesse dado. Era alto e empertigado, esbelto, flexível, os braços longos pendendo nas laterais do corpo. Os sentidos de Will entraram em alerta vermelho.

— Will, este é o Sr. Elliot. Um colega meu.

O Sr. Elliot caminhou na direção de Will, estendendo a mão. Quando entrou na luz, o menino viu que era mais idoso, na casa dos 60 anos, pelo menos vinte anos mais velho que Haxley. A face era atravessada por linhas de expressão, criando uma textura quase como a de um pergaminho, mas movia-se com vitalidade, e seu aperto de mão era poderoso. Tinha o cabelo branco e cheio, usava óculos sem aro e bigode grisalho bem fino.

— Como é que vai, Will? — cumprimentou, pousando as duas mãos na de Will e sorrindo calorosamente. — Que prazer conhecê-lo.

— É um prazer conhecer o senhor também.

Will achou que o sujeito parecia inofensivo, mas algo nele perturbava seus nervos.

Os pálidos olhos azuis de Elliot brilharam com deleite, e ele bateu na mão do menino algumas vezes antes de soltá-la. Havia um ar de gravidade pesada a seu respeito, era provavelmente o adulto mais "adulto" que Will jamais conhecera.

— Stan me falou muito a seu respeito — disse o homem. Tinha uma rouquidão profunda na voz, que soava quase como o ronronar de um gato, mas suas palavras eram pontuadas com dicção precisa.

Haxley sutilmente guiou-os até a porta. Will escutou música de câmara sendo tocada ao vivo em um dos cômodos próximos.

— Eu o convidaria para jantar, Will — disse Haxley —, mas, sinceramente, não queremos te matar de tédio.

— Não, não íamos querer isso — concordou Elliot, com uma leve risadinha.

— Está tudo bem, senhor, esqueci de trazer o smoking, de qualquer forma — brincou Will.

Haxley e Elliot riram educadamente.

O tipo de risada que se dá quando seu pônei de jogar polo faz algo adorável.

— Nove horas em ponto amanhã de manhã, Will — avisou Haxley, e partiu enquanto dava o nó na gravata.

— Estamos ansiosos para vê-lo mais vezes por aí — disse Elliot; depois deu um aceno amigável e seguiu Haxley por uma passagem em arco.

Will respondeu ao aceno e sorriu largamente. *Consegui mesmo entrar. Agora vamos começar o reconhecimento da área.*

Quando girou nos calcanhares, uma mulher jovem estava logo atrás de Will. De vestido de festa preto e sapatos de salto, era um pouco mais alta que ele.

— O que está fazendo aqui, West? — indagou.

Demorou um instante até ele conseguir reconhecê-la: era a garota do grupo de conselheiros ex-alunos que o fitara do lado de fora do alojamento no outro dia. O cabelo escuro alcançava os ombros bronzeados e musculosos. Tinha o corpo de uma nadadora, pernas que não acabavam, e assombrosos olhos azuis escuros que de alguma forma pareciam familiares.

— Acabei de ter uma reunião com o Sr. Haxley — explicou o menino. — Desculpe, a gente se conhece?

— Minha família ouviu muito sobre um tal de Will West no ano passado — disse ela.

— Como assim?

— Você conheceu meu irmão.

Foi então que notou a semelhança. E seu olhar recaiu sobre o nome na etiqueta presa ao vestido:

COURTNEY HODAK

A irmã de Todd.

— Eu te vi chegando no outro dia — comentou Will, quando não conseguiu pensar em mais nada para dizer.

Courtney o circulou, olhando-o de cima a baixo com o tipo de desdém superior que o fez lembrar-se de Todd.

— É difícil de entender por que tanto falatório.

Will sentiu a raiva subir. Falou:

— Você disse que conheci seu irmão. Pretérito.

— Você não está *vendo* Todd aqui agora, está?

— Quase nunca o via mesmo — retrucou Will.

— Nem a gente o vê mais! — A menina quase gritou, bem no rosto dele.

Will esforçou-se para se controlar antes de responder:

— Seja lá o que tenha acontecido com ele... Sinto muito pelo seu irmão.

Uma expressão selvagem cruzou os olhos da garota, e ela se curvou, quase como se planejasse beijá-lo para sussurrar agressivamente:

— Não tanto quanto vai sentir por você mesmo.

O mordomo que escoltara Will até o escritório surgiu ao fim do corredor. Gesticulou para que o menino o seguisse outra vez. Ao saírem, ouviu o barulho dos saltos de Courtney Hodak enquanto caminhava na direção oposta. Passaram pelos grandes cômodos que tinha visto antes. Em um determinado ponto, Will vislumbrou a festa ocorrendo em outro salão e viu outros conselheiros com quem Courtney chegara, misturando-se com uma dúzia de adultos, inclusive Haxley. Logo depois, estavam de volta à cozinha, onde as preparações para o jantar haviam se intensificado e tomado um passo ainda mais frenético.

O mordomo abriu a porta dos fundos, e Will saiu. Os dois homens que o levaram da doca até lá mais cedo aguardavam por ele. Will viu as horas no relógio da cozinha — passavam de 19 horas, mas o sol não estava nem perto de se pôr.

Não o guiaram de volta ao complexo de doca e pista, porém — Will viu a distância que as visitas, em traje de gala, ainda chegavam em lanchas para a festa —, e em vez disso o acompanharam até uma doca menor do lado norte da ilha, onde outro barco esperava para fazer a travessia. A mesma doca por onde Will e os colegas haviam escapado durante a épica desventura na ilha no outono anterior. O menino olhou para a esquerda, para o caminho na floresta, e avistou a estrutura de madeira ao redor do alçapão pela qual tinham subido quando fugiram dos túneis. O acesso parecia tão fácil quanto antes.

Seu plano estava funcionando à perfeição: encontrara sua entrada. A cabeça já avançava para a próxima fase, a missão de reconhecimento do dia seguinte. Se corresse bem, estariam prontos para descer por aquele caminho e dar início à busca da chave de Nepsted. E, aproveitando o ensejo, investigar uma possível conexão entre Stan Haxley e os Cavaleiros. A presença de Courtney Hodak e os demais ex-alunos seria um bom lugar para começar.

Will reuniu os colegas aquela noite, inteirou-os com rapidez a respeito de suas descobertas e lhes disse que, se o dia seguinte fosse tão bom quanto aquele, deveriam estar preparados para ir na mesma noite. Checaram uma e outra vez tudo na lista de Will e memorizaram os horários, treinando Nick ao menos cinco vezes no que seria a sua parte do plano. Will lembrou Ajay de apressar sua pesquisa a respeito de como Haxley tinha feito fortuna — o amigo disse que precisava de mais tempo —, e foram dormir cedo para descansarem bem.

Will ainda estava acordado colocando todos os equipamentos na mochila quando Brooke bateu suavemente à porta. Ele a deixou entrar, certificando-se de que o quarto de Elise estava fechado, de maneira que ela não os visse, antes de fechar o próprio depois de Brooke ter entrado. A menina exibia uma expressão preocupada.

— Não queria falar isso na frente de todo mundo — confessou, debruçando-se sobre a escrivaninha, braços cruzados. — Você tem certeza de que é seguro entrar naquele lugar?

— Não tenho como saber isso ainda — respondeu Will. — Vai depender do nível de envolvimento de Haxley com os Cavaleiros.

— Ele deve saber dos túneis — ponderou ela. — Quero dizer, ele é dono daquilo tudo, Will.

— Tenho certeza de que ele sabe. Já estavam lá mais de um século antes de ele aparecer.

— Mas você não acha que ele concordou em te contratar um pouco fácil demais? E se for uma armadilha?

— Ah, vamos lá, me dê algum crédito — rebateu Will. — Persegui o cara e vendi meu peixe. Ele não conseguiu resistir aos meus grandes olhinhos órfãos.

Will entrelaçou as mãos na sua frente e olhou para ela com uma expressão patética e pidona. Brooke riu, mas imediatamente ficou séria outra vez.

— Corta essa, Will, não tem graça — disse a garota. — Os Cavaleiros tentaram te matar.

— Mais de uma vez — concordou ele, tomando a mão dela de maneira apaziguadora. — Vou tomar cuidado, prometo. E, se a coisa ficar feia, posso sempre... correr pelo lago.

Ela lhe lançou um de seus olhares gélidos e soltou a mão.

— Você acha que estou brincando — disse ele, impassível.

— Acho que você é *doido* — respondeu Brooke. — E se Haxley estiver no meio disso tudo? E se ele te quiser trabalhando ali para ficar de olho em você, ou coisa pior?

— Acho sinceramente que o cara sente pena de mim.

— Não é motivo para confiar nele. Como você sabe o que ele está fazendo lá?

— Isso é parte do que a gente tem que descobrir — argumentou Will. — Ajay está pesquisando a história dele... Aliás, seu pai sabia alguma coisa sobre Haxley?

— Eles se conhecem — contou Brooke, enrolando uma mecha de cabelo no dedo. — Papai disse que é um cara legal, muito confiável. Fizeram parte do conselho administrativo da escola juntos.

— Seu pai foi do conselho? — indagou Will.

— Foi. Achei que tivesse te contado.

— Vai ver que disse. Esqueci.

— Foi há um tempão, antes do último cargo dele no exterior. Muitos anos antes de eu começar aqui, de qualquer forma. Falando nisso, meus pais vão me obrigar mesmo a me mudar para outro alojamento quando as aulas começarem.

— Que pena! — lamentou o garoto, encobrindo o fato de que a notícia dera um nó em seu peito.

— Foi o acordo que tive que fazer para me deixarem voltar nas férias — revelou ela, indo até a janela e a abrindo. Debruçou-se para fora e apontou para Berkley Hall, o segundo edifício depois de Greenwood, onde as famílias de estudantes ficavam e onde Courtney Hodak e companhia estavam no momento.

— Podemos usar lanternas para mandar mensagens um para o outro — disse Will. — Código Morse.

— Não vai ser tão ruim — complementou Brooke. — Além do mais, se a gente descobrir que algum dos alunos ainda está envolvido com os Cavaleiros, posso trabalhar como agente disfarçada. Ficar de olho neles.

— Você conhece algum daqueles conselheiros que trabalham no acampamento de verão?

— O que é que tem? — perguntou ela, sem se virar.

—Ajay e eu vimos o grupo chegar. São formandos do ano passado, a turma anterior à de Lyle. A irmã mais velha de Todd Hodak faz parte.

Brooke virou-se, alarmada.

— Courtney está aqui?

— Está. Achei mesmo que vocês deviam se conhecer.

— Claro que sim. Cresci com ela. É só um ano mais velha que Todd.

Will a observou ficar tensa, a expressão tornar-se repentinamente difícil de ler.

— Qual é a história?

— Ela é igual a todos os monstros daquela família — respondeu a menina. — Teimosa que nem uma porta. Cheia de si e egoísta. E nunca para até conseguir o que quer.

— Não conheci os outros, mas todos têm um tipo de *vibe* de Cavaleiros. Estavam lá na Rocha hoje no jantar do Haxley.

— No que você está pensando?

— Se nossa teoria estiver certa, e os Cavaleiros formaram 12 pessoas por classe durante décadas a fio, eles podem ser parte da turma do ano passado...

Brooke virou de costas para a janela de supetão e o abraçou, quase ferozmente, atravessada por uma onda de emoção incontida. Will a envolveu de volta, confusão igualando-se ao entusiasmo.

— Não importa o que aconteça, sei que você vai ficar bem — sussurrou ela ao ouvido de Will.

Beijou-o uma vez e praticamente voou para fora do quarto, fechando a porta ao sair.

Will sentou-se na cama por um segundo para esvaziar a cabeça. Teve a sensação fugaz de que havia alguém com ele, observando-o. Virou-se para o notebook, aberto sobre a escrivaninha. O *syn-app* estava sentado à mesa virtual, girando um lápis e assoviando.

— Está olhando o que, Júnior? — disse Will.

— Não se importe comigo, chefe — respondeu a miniatura.

— O que acha disso? Duas garotas interessadas em mim ao mesmo tempo?

— Acho que — disse ele com um sorrisinho — ia aproveitar o máximo que pudesse.

Quando chegou ao lago na manhã seguinte, a mesma lancha esperava por ele na margem. Enquanto deslizavam pela água até a ilha, notou que o hidroplano partira do atracadouro perto da doca.

Stan Haxley estava fora de casa.

Não havia guardas para guiá-lo pela pista daquela vez. Aparentemente esperavam que chegasse à porta dos fundos sozinho, e assim Will pegou a mochila, deu a volta e entrou.

A cozinha estava quieta, a não ser pelo ruído de fundo de múltiplas máquinas de lavar. O mesmo mordomo forte estava sentado a uma mesa simples, bebendo café e lendo jornal. Soltou um suspiro quando viu Will chegar, seu momento de lazer terminado, mas em geral parecia mais relaxado quando se levantou e seguiu para o interior da casa.

— Venha comigo.

Enquanto passava por uma variedade diferente de cômodos, Will ouviu um pelotão de aspiradores de pó trabalhando nas proximidades e viu um rebanho de empregadas ainda limpando o que restara de bagunça da festa. O mordomo desceu um lance de escadas com ele, e os dois atravessaram uma porta que levava a mais escadarias até chegarem a uma passagem subterrânea de concreto, iluminada por lâmpadas simples. Seus passos ecoavam no ar frio.

— Onde está o Sr. Haxley? — perguntou Will.

— Fora a negócios — respondeu o mordomo sem se virar. — Então trate de cuidar de seus assuntos.

Will observou as costas largas do homem subirem e descerem à frente, o pescoço grosso raspado e corte de cabelo austero. Sentia uma antipatia tão visceral pela atitude superior do recém-conhecido que chegava a quase desafiar a razão.

Ao fim da passagem, alcançaram uma escadaria circular de ferro forjado em uma câmara de pedra arredondada, que seguia pelo menos quatro andares para cima, pelas contas de Will. Ficou alguns passos atrás do funcionário enquanto galgava os degraus sem variar o passo. Ao alcançarem o topo, passaram por uma porta de madeira redonda, cortada para se conformar à moldura de pedra, e entraram em um cômodo espaçoso de pé-direito alto.

Estavam em uma das torres gêmeas do castelo. Janelas triangulares altas e estreitas ornamentavam as paredes circulares que se encontravam no vértice do teto lá no alto, sob o pináculo. Não havia mobília, nem mesmo uma única cadeira ou sequer iluminação — as janelas deixavam entrar luz natural da manhã o suficiente —, apenas uma bagunça de caixas empoeiradas espalhadas. Will estimou que deveriam ser ao todo mais de uma centena.

— Isso tudo tem que ser organizado — declarou o mordomo.

— Não diga! Hércules estava ocupado?

O homem o fitou com uma carranca gélida.

— Devo dizer ao Sr. Haxley que você não quer o emprego?

— Não, porque isso não seria verdade. Qual é seu nome? — indagou Will.

— Lemuel.

— Lemuel. Se não se importa de eu perguntar, que tipo de nome é esse?

Agora o sujeito parecia irritado.

— É bíblico. Significa "devoto a Deus".

— Mesmo? — perguntou Will. — Não quis ser grosso. É só que jamais tinha ouvido antes.

— Era mais comum no século XIX — respondeu Lemuel, de forma condescendente.

O menino não conseguiu resistir:

— Varíola também, mas tem vacina para isso agora — rebateu.

O mordomo parecia querer soltar fogo pelas ventas. Will podia notar que estava acostumado a fazer o papel de rei do castelo quando Haxley não estava.

— É um nome de família.

— Entendi. As pessoas te chamam de Lem?

— Você pode me chamar de Sr. Clegg. É um nome de família também.

Will refletiu.

— Clegg. Hmm. — Olhou para as caixas ao redor. — Organizado como?

— O Sr. Haxley não especificou mais que isso.

— Por data, tamanho, conteúdo? E, só por curiosidade, o que tem aí dentro?

— Informações arquivadas a respeito da Rocha. Comece por data e continue daí — sugeriu Lemuel, e seguiu para a porta. — Isso deve mantê-lo ocupado por alguns dias.

Era um bônus inesperado: poderia fazer uma pesquisa sobre a história da Rocha enquanto trabalhava, mas tinha que se certificar de que Clegg o deixaria só.

— Tem banheiro aqui em cima? — perguntou.

— Descendo as escadas.

— E água? Tem muita poeira aqui. Vou ficar sedento, provavelmente.

— Você pode ir até a cozinha e pegar um copo — disse ele, virando-se outra vez.

— E o almoço?

— Servimos o almoço para os empregados ao meio-dia em ponto — declarou, ainda mais impaciente.

— Mas não sou um empregado de verdade.

— Nem vai ter esse emprego por muito tempo, desse jeito — retrucou Lemuel, o rosto ficando vermelho; saiu e bateu a porta com violência.

Will aproximou-se dela e ouviu o homem trotando escada abaixo. Não havia tranca na porta, então esperou que chegasse ao fim dos degraus, abriu um frestinha e o escutou marchando pelo corredor de pedra.

Pegou um dos aparelhos de Ajay da mochila e o usou para procurar sinais elétricos. Não detectou câmeras nem microfones. Foi até a janela e pegou um dos walkie-talkies compactos do amigo. Depois de ajeitar um fone no ouvido, ligou, sintonizou o botão e falou baixo ao microfone do fio:

— Aí, mano.

Ouviu a crepitação da interferência, e a voz de Ajay surgiu, fina e um pouco arranhada:

— QRD, Will?

— Estou em uma das duas torres. É perfeito. Tenho visão ampla de toda a ilha.

— Alguém pode subir e te surpreender?

— Não, fiz de tudo para garantir que o mordomo não queira chegar nem perto de mim por um tempo, e esse lugar não tem nada eletrônico. — Will pegou um pequeno binóculo da mochila, assim como o tablet, depois um sanduíche e uma grande garrafa d'água. — Tem certeza de que essa é uma frequência segura?

— É Freqüência Ultra Rápida — respondeu Ajay. — Ninguém vai ouvir nada a menos que seja um controle remoto de garagem.

— Vocês estão posicionados? — indagou Will.

— Estamos na ribanceira ao norte do lago — confirmou Ajay. — No pé da Colina do Suicídio. Daqui consigo enxergar as torres do castelo por entre as árvores.

— Estou aqui em uma das janelas da torre da esquerda. Consegue me ver acenando?

— Nick, passe o binóculo — pediu Ajay, e depois: — Aqui, fale com o Nick.

— Will, meu irmão de outra mãe — cumprimentou o menino pelo walkie-talkie. — Em que tipo de ensopado você meteu a gente agora?

— Até agora só tem um mordomo raivoso na parada.

— Só isso? Está fraco, cara — replicou Nick.

— Ainda são 9h30. Me dê mais um tempo.

— O que foi, Ajay?... Ele está dizendo que consegue te ver dando tchau que nem idiota e que devia parar antes que algum inimigo te veja.

— Diz para a mamãe parar de se preocupar — retrucou Will, e parou de acenar.

Escutou Ajay tomar o aparelho de Nick.

— Sua posição parece ideal, Will. Consegue ver a entrada dos túneis daí? Câmbio.

Ele levantou o binóculo e espiou os telhados de outras construções, depois seguiu um caminho que passava por um portão preto. Cerca de 18 metros para dentro da mata, avistou uma estrutura de madeira. Baixou as lentes até encontrar a porta redonda da escotilha.

— A gente está com sorte — disse Will. — Dá para ver perfeitamente.

— Parece trancada?

— Não dá para dizer de longe. Parece que a madeira foi reforçada.

— Tem guardas nas proximidades?

Will sondou as cercanias.

— Nenhum — respondeu. — Haxley foi embora hoje, então o lugar parece bem mais deserto.

— Isso é ótimo — falou Ajay. — Você consegue dizer se o alçapão é visível de alguma das janelas do nível do chão?

Will encaminhou-se para a janela ao lado a fim de mudar seu ângulo.

— Parece que pode estar escondido atrás de uma cerca e alguns arbustos.

— Maravilha. Dá para ver o cemitério daí? — indagou o amigo.

Will moveu-se para a direita e olhou por outra janela.

— Ou estou perto demais, ou não tenho o ângulo certo. E vocês?

Ajay fez uma pausa antes de responder:

— Dá, sim, consigo ver algumas lápides em uma clareira à esquerda.

— Vou dar uma olhada lá quando puder — disse Will. — As garotas já chegaram?

A voz de Elise se fez ouvir em meio à interferência, sussurrando:

— Não digam nada sobre a gente de que vocês possam se arrepender. Imediatamente.

— Nunca me arrependo de nada do que digo sobre garotas — afirmou Ajay. — Entendeu isso, Elise? QRD? Câmbio.

— Ajay, você vai mesmo ficar insistindo em usar esse código militar ridículo? — perguntou ela. — Quantos anos a gente tem, 7?

— Pelo amor de Deus, mulher, estou simplesmente respeitando uma tradição honrada há anos na comunicação secreta por rádio. — Will escutou Nick rindo ao fundo, por trás de Ajay. — Precisão e brevidade. A menos, é claro, que você prefira tagarelar incessantemente a respeito de sua nova cor de esmalte. Câmbio.

— Ótimo *argumentum ad hominem,* Ajay, atacando a pessoa e não o conteúdo — retrucou Elise. — Sempre bem-vindo.

— Homônimo? Isso não quer dizer que uma coisa tem o mesmo som da outra? — Will ouviu Nick perguntar.

— É, *homônimo* significa que duas coisas têm a mesma pronúncia — explicou Ajay, fora do microfone, irritado. — Mas na verdade não vem ao caso, porque não era isso que ela queria *dizer. Argumentum ad hominem*, no latim, significa um ataque pessoal usado em uma discussão para enfraquecer o ponto de vista da outra pessoa.

Uma pausa.

— Você começou a me confundir depois do "é" — respondeu Nick.

— Vamos usar linguagem normal — contemporizou Will. — Elise e Brooke, onde vocês estão agora?

— Na canoa que pegamos na garagem de barcos, atravessando o lago. Ou se você preferir — disse Elise, mudando para uma paródia ríspida do código militar —QRD é um-sete-nove graus do Alfabeto Bingo Bango Calcinhas. A caminho para chegar ao destino designado Zona Zamboni no horário previsto de nove horas e cinquenta e cinco minutos, CDT, BYOB, LOLZ. Câmbio.

— Devo dizer que não acho nada disso nem um pouco engraçado — falou Ajay, parecendo abafar o riso. — Câmbio.

Dessa vez, Will ouviu Brooke rir ao fundo. Foi para uma janela à esquerda e avistou a canoa na parte norte do lago, aproximando-se da ilha.

— Estou vendo vocês agora — disse ele. — Fiquem espertas para o caso de haver seguranças enquanto passam pela margem.

— Quem sabe vocês não podem tentar balançar a potranca para aqueles perdedores a fim de que deixem as armas caírem e fiquem babando?

— Me dê isso aqui, por favor? — pediu Ajay.

Will escutou Ajay tomar à força o walkie-talkie de Nick.

— Lembrem-se, essa é nossa missão de reconhecimento — disse Will. — Discrição, todo mundo. Só queremos ver se eles prestam atenção na gente.

Esperaram. Will os observou pelas lentes enquanto a canoa se aproximava. Podia discernir Brooke na frente, e Elise guiando atrás, mas depois começou a perdê-las de vista por entre as árvores.

— A praia norte está vazia — informou Elise, sussurrando no microfone. — Nenhum guarda à vista. — Will ouviu Brooke indicar algo para ela. — Tem uma câmera de segurança em um poste acima da doca dos fundos.

— Ela é móvel ou fixa?

— Móvel. Consigo ver também — disse Ajay com urgência na voz. — Está seguindo sua canoa, Elise. Pare de usar o walkie-talkie. Eles conseguem te ver.

Will vislumbrou a canoa por entre as folhas, a cerca de 18 metros da doca.

— Quatro câmeras mais — enumerou Ajay, baixando a voz. — Cinco no total, bem compactas e presas discretamente a árvores. E estão todas se movendo em sincronia com a canoa.

— Não estavam aí ano passado — comentou Will.

— Devem ter colocado depois de nossa excursãozinha — concluiu Ajay. — Provavelmente possuem sensores de movimento.

— Por isso não precisam de gente fazendo a ronda no lugar — concluiu Will.

— Provavelmente têm visão noturna também — ponderou Ajay.

— E agora... Que felicidade... Vamos remar TODO o caminho de volta até a garagem — disse Elise.

— Não, não vão, gatinha — respondeu Nick. — Dê uma chegada aqui e traga o almoço para nós. Vocês não trouxeram uma cesta de pique-Nick, não?

— Pode apostar que elas *têm* visão noturna — continuou Will, ignorando o amigo. — Vamos ter que entrar na escotilha antes de escurecer.

— Will, eles devem ter uma sala de segurança em algum lugar lá dentro — sussurrou.

— Vou procurar agora mesmo — respondeu Will, guardando o binóculo.

— A gente não pode simplesmente esconder a canoa na mata e usar mais tarde? — sugeriu Elise.

— E o que acontece quando vocês não levam a canoa de volta para a garagem no fim do dia? — perguntou Will.

— A gente fala que um monstro do lago comeu metade de nosso bote, e que mal escapamos com vida.

— Pode acreditar no que digo, se vocês voltarem lá só de biquíni, ninguém vai nem se importar com o que vão dizer — falou Nick.

— Cale a boca, cachorro no cio.

— Não se preocupem com a chegada à ilha — disse Ajay. — Vou cuidar disso.

— Sem uma canoa? — indagou Brooke.

— Só continuem remando, ó descrentes.

— Preciso começar a trabalhar aqui — disse Will. — Voltem ao apartamento e se aprontem. Vamos entrar hoje à noite.

O SR. ELLIOT

Will engoliu o sanduíche, bebeu metade da água e começou a examinar as caixas. Descobriu que todas tinham datas rabiscadas na lateral, então entrou no modo de velocidade máxima, percorreu o quarto as colocando no lugar, e, em menos de 20 minutos, já estavam meticulosamente organizadas em ordem cronológica. Três fileiras idênticas, quarenta caixas em cada, enfileiradas no centro do quarto. Algumas estavam fechadas; a maioria, aberta. Seu peso variava bastante: algumas eram carregadas de livros e diários contábeis, enquanto outras não continham nada além de mapas enrolados.

Começou a vasculhá-las, sem encontrar imediatamente qualquer conexão entre Haxley e os Cavaleiros, mas ficou empolgado com o que descobriu. Era um baú do tesouro; a história completa da Rocha parecia estar naqueles caixotes. De um deles, com a etiqueta CORNISH, tirou mapas da ilha que remontavam ao século XIX, além do projeto original do castelo. Will bateu fotos de tudo. Também se deparou com uma riqueza de informações a respeito do Centro, registros da escola até o ano de 2006.

Aquilo o surpreendeu: sempre tivera a impressão de que a Rocha era uma residência privada, então fazia sentido que documentos relacionados à história da casa estivessem presentes, mas o que faziam ali todos aqueles arquivos sobre o Centro?

Havia tanto material, que o maior desafio era decidir por onde começar a pesquisa. Optou por olhar tudo relacionado a um ano em particular, o primeiro momento que sabiam com certeza que os Cavaleiros de Carlos Magno e os Boinas Pretas tinham se cruzado no tempo: 1937. O ano em que aquela fotografia fora tirada, mostrando Hobbes e Nepsted no jantar em homenagem a Henry Wallace.

Will finalmente localizou um par de caixas com o número 1937 rabiscado na lateral. A maior parte do conteúdo parecia ser papelada comum, relacionada à manutenção da propriedade do castelo. Contabilidade e livros razão. Notas fiscais de fornecedores. Cheques cancelados em pastas, centenas deles, todos de uma conta da Fundação Greenwood — a organização-mãe que era proprietária do Centro e seus bens, incluindo a ANAE — e, em sua maioria, assinados pelo tesoureiro e contador da escola.

Nem todos, porém. Folheando os cheques de 1937, Will encontrou um feito em outubro na quantia de US$315,00. Aquele cheque da "Fundação Greenwood" era nominal a Henry Wallace — que, como já sabiam, tinha sido o secretário da Agricultura.

No canto inferior esquerdo estava escrito *reembolso de custos de viagem.* Aquela data se enquadrava com a da fotografia de Wallace no jantar privado na escola encontrada por Brooke.

Em seguida, descobriu algo ainda mais curioso a respeito: o cheque — e apenas *aquele* dentre as centenas que vira — estava assinádo pelo bisavô de Will, Thomas Greenwood, o fundador e primeiro diretor do colégio.

Parecia, portanto, que o Centro — e Thomas Greenwood *pessoalmente* — tinham convidado Wallace para ir à escola para aquele evento, e talvez outras atividades, chegando até a pagar por seu transporte para que pudesse comparecer.

Mas por quê? Aquilo certamente parecia confirmar que o Centro — e seu fundador e diretor — ainda dava sua aprovação aos Cavaleiros àquela altura. Até sugeria que, por alguma razão desconhecida, Thomas Greenwood queria que se encontrassem com uma figura nacional proeminente.

Will não conseguiu encontrar quaisquer outros documentos relacionados ao jantar, mas queria verificar o que o aguardava nas caixas de 1938. Checou as horas: quase 11 da manhã.

Lemuel Clegg esperava que estivesse na cozinha para o almoço dali a uma hora. Precisava procurar a sala de segurança e dar uma olhada no alçapão da escotilha, o que deixava pouco tempo para examinar as caixas restantes com o nível de detalhamento requerido. Com base na pequena amostragem que tinha, havia muitas informações — talvez de grande importância — que precisavam saber a respeito da Rocha e da escola nas caixas, mas, se começasse a correr com a tarefa, seus olhos ficariam vesgos e acabaria parando de prestar atenção, deixando algo passar despercebido.

Era um trabalho perfeito para Ajay. Daria uma olhada e reteria todos os dados na memória de maneira tão segura como se tivessem sido escaneados e guardados por um computador.

Mas como levaria aquilo até ele? Poderia sair com uma pequena quantidade de documentos escondida na mochila, mas daquela maneira levaria uma eternidade para processar todo o material, e não tinham tanto tempo. A alternativa era encontrar um meio de colocar Ajay dentro da torre, durante o dia, de forma que pudesse olhar tudo por si mesmo, mas aquilo representava riscos ainda mais óbvios.

Nenhuma solução imediata lhe vinha à cabeça.

Assim, o primeiro passo: teria que estender seu tempo naquele trabalho mundano para que Lemuel não lhe pusesse em outra tarefa mundana. Sem ter como saber o que o colocariam para fazer a seguir, e com Haxley fora da cidade, era melhor que correspondesse às expectativas do Sr. Clegg e confirmasse sua impressão de que era um preguiçoso insubordinado. Rapidamente bagunçou as caixas e fez parecer como se tivesse apenas começado a arrumá-las, memorizado a ordem a fim de poder manter a cronologia.

Depois, desceu para sair em busca da sala de segurança da Rocha.

O longo corredor de pedra, à medida que se distanciava da escadaria circular, levava a uma variedade de câmaras, uma infinidade de salas conectadas, algumas que davam em portas trancadas, outras em despensas poeirentas com mobília velha e pinturas emolduradas. Chegou até a encontrar uma grande adega fechada com um inventário provavelmente inestimável de garrafas de vinho.

O ar naquelas câmaras antigas parecia tão ancestral quanto as pedras nas paredes e pisos desgastados, provavelmente a parte mais velha de toda a propriedade. Seguiu as passagens enquanto serpenteavam ao redor de todo o castelo, torcendo para descobrir, em algum momento, que se conectavam com os túneis que acabariam sob o lago, mas, até ali, não encontrara o bilhete premiado, tampouco a sala de segurança.

Indo até as escadas que davam para a casa, Will sentiu um formigamento estranho subindo da base da coluna até o pescoço. Parou e, depois de ter certeza de que não havia ninguém o observando — uma sensação parecida com o tal formigamento —, fechou os olhos e tentou identificar a fonte da impressão perturbadora.

Jamais tentara usar a Grade sensorial dentro de um espaço fechado antes e foi um pouco atrapalhado de início. O mapa tridimensional batia nas paredes ao redor e acima dele, interrompendo o fluxo, mas, quando parou de se esforçar tanto — lembrando-se de uma das instruções de Jericho —, todas as barreiras se liquefizeram e seus sentidos passaram por cima delas.

Lentamente localizou a origem da sensação misteriosa de estar sendo *vigiado*. Era emanada de algum lugar nas cercanias, no mesmo piso em que ele se encontrava, e aparecia na Grade como uma cintilação suave atrás de uma parede próxima. Enquanto entrava em sintonia com a coisa e chegava mais perto, deu-se conta de que estava transmitindo mais que meras sensações físicas; o que quer que fosse, tinha um componente emocional também.

Não era baseado em medo. Era caloroso e receptivo.

Alguém — alguma coisa — está tentando me cumprimentar.

Fixando-se na impressão, Will rastreou sua origem depois de uma curva e mais para a frente em um corredor. Ela o atraiu até uma porta fechada, na metade do caminho. Era feita de madeira desgastada e antiga, arredondada no topo. Sequer parecia ter tranca.

A sensação saindo lá de dentro puxava-o como um ímã. Parecia tão agradável e benigna que resistir sequer lhe passou pela cabeça. Tocou na antiga maçaneta de ferro, e ela virou com um guincho. Abriu uma fresta da porta e espiou lá dentro.

Um cômodo longo, baixo, com um par empoeirado de pinturas de paisagens pendurado nas paredes. Uma lâmpada solitária sobre a única peça de mobília presente, na extremidade oposta — um móvel alto, simples. Grande, limpo, sem adornos, feito de carvalho escuro e maciço.

Qual era o nome de um móvel como esses, guarda-roupa?

O nome é armário.

Will caminhou na direção dele. A sensação agradável ficava mais forte à medida que se aproximava. Algo *dentro* do armário. Achou que conseguia ver um fraco brilho branco pelos vãos das portas.

É para eu abrir.

Will estendeu a mão para o móvel. O armário pareceu estremecer à aproximação, como se as portas estivessem ansiosas para se escancararem para ele. Podia senti-las vibrando quando os dedos envolveram os puxadores. Abriram sem dificuldade, com um leve rangido.

Havia um objeto descansando sobre a prateleira do meio, pouco abaixo do nível dos olhos de Will. Uma caixa simples, chata e retangular, de cerca de 30 x 45 centímetros. Não havia etiquetas nem anotações, a caixa parecia mais que antiga, surrada e arranhada. Will não conseguia resistir à tentação de pegá-la. A madeira era quente ao toque, oleada, escura e suave. Destrancou o trinco simples e abriu.

Dentro dela, aninhada em um molde bem ajustado, forrado com seda amarrotada de tom azul-marinho, descansava uma placa de latão de 15 centímetros, gravada com padrões complexos de linhas retas e curvas. Tinha uma configuração ornada de discos e círculos metálicos envelhecidos e desgastados, arrumados e empilhados no topo da chapa maior. Alguns formavam rodas, meias-luas e arabescos; outros terminavam em pontas afiadas. Os redondos eram fixos, como medidores. Embora estivessem presas naquele momento, todas aquelas pequenas partes pareciam capazes de movimento independente. Era claramente algum tipo de instrumento de medição antiquíssimo, mas o aparelho como um todo parecia funcional de maneiras que Will não podia começar a mensurar.

É um astrolábio.

Não sabia como a palavra surgira na sua cabeça. Sequer conseguia lembrar-se de tê-la pensado. Sabia que significava que aquela coisa tinha algo a ver com marinheiros e navegação antiga, mas era tudo o que podia recordar. Pegou o objeto. Era um prazer segurar o astrolábio, tamanho e harmonia perfeitos, peso e formato — podia imaginar o forte apego que o capitão de algum navio antiquíssimo talvez tivesse sentido em relação a um instrumento de cuja a existência dependia, mas Will não compreendia como alguém podia manusear algo tão intricado e complexo.

Foi então que algo mais, escondido sob aquelas impressões que não faziam sentido algum, veio à tona. Tinha a sensação de que o *próprio* objeto *gostava de ser segurado.* Aquilo não se adequava à lógica. O instrumento era apenas metal frio em suas mãos, não um organismo vivo...

Ouviu a sola de um sapato batendo na pedra. Will virou-se. Não havia ninguém à porta atrás dele. Seus olhos, no entanto, captaram um leve movimento: uma das pinturas na parede à direita tinha mudado.

Suas orelhas ficaram de pé, alertas, outra vez. Alguém *estava* o observando, afinal. Ficou perfeitamente imóvel e sentiu como se pudesse quase escutar algo ali perto *respirar.*

Cuidadosamente guardou o astrolábio no lugar. Ficou surpreso ao sentir uma pontada profunda de arrependimento ao deixá-lo escapar das mãos.

Fechou a caixa, recolocou-o dentro do armário e silenciosamente bateu as portas. Saiu da sala e fechou-a.

Não havia ninguém no corredor. Nenhuma entrada visível para qualquer cômodo à direita de onde o pudessem estar vigiando.

Não significava, porém, que não houvesse ninguém ali.

Ele correu, valendo-se de sua velocidade, virando uma e outra vez pelos vários corredores serpenteantes do porão ao longo de um minuto, até ter absoluta certeza de que ninguém poderia tê-lo seguido.

Se os olhos não conseguiam encontrar a sala de segurança, sua Grade conseguiria. Will subiu metade das escadas, parou à porta, fechou os olhos e abriu os sentidos outra vez.

Enquanto dirigia a Grade pelos cômodos acima, captou os rastros de energia da equipe da casa fazendo seu trabalho — passando aspirador, as roupas a ferro, guardando a louça, trocando a roupa de cama —, mas continuou seguindo em frente, em busca de picos notáveis de eletricidade.

Sua percepção mudou de caminho em direção a um aglomerado de energia ao nível do solo na ala à direita, o segmento que já identificara como a ala dos empregados. Era muito mais que energia humana, era eletricidade altamente concentrada. Silenciosamente abriu a porta e se esgueirou para dentro da casa. Movendo-se para a direita, não encontrou uma porta que se conectasse ao local de onde sentia a emanação, mas vislumbrou a ala oeste por uma janela nos fundos.

Fechou os olhos outra vez e rapidamente marcou o brilho energético. *Ali. Bem ali. Em uma sala no térreo. Acessível por uma porta do lado de fora.*

Will seguiu para a saída mais próxima, que dava para os fundos da casa, esforçando-se ao máximo em parecer que estava perdido ou algo do gênero. Abriu a porta e esperou que um alarme soasse, ou que seguranças viessem correndo em sua direção. Nenhuma das hipóteses aconteceu, portanto entrou, enfiou as mãos nos bolsos e foi caminhando casualmente até a ala oeste. Não havia patrulha, cães, nem fios detonadores à vista. Quando alcançou a parede, foi andando ao longo dela até chegar a uma pequena janela de esquadria de aço ao lado de outra porta.

Lá dentro, o menino viu a sala de segurança do castelo que tinha descoberto na Grade. Um escritório médio, com uma fileira de pelo menos 25 monitores, pilhas de aparelhos eletrônicos sofisticados e CPUs arrumados contra uma parede. Um jovem grande e gordo, de blazer azul e gravata, estava sentado à mesa, de frente para as telas. Um fone em uma orelha, com um fio em espiral desaparecendo sob o colarinho.

Will fitou a nuca do homem e projetou um pensamento para ele: *um relógio com os ponteiros andando.*

O homem olhou para o relógio na parede. Will lhe transmitiu outra imagem: *um bufê de almoço mais que generoso, repleto de pratos deliciosos, digno de um comercial de TV.*

O segurança olhou ao redor, colocou a mão na barriga ampla e deu uma olhada nas horas outra vez. Faltavam 10 minutos para o meio-dia, não era hora do almoço ainda. Will transmitiu imagens de um cheeseburguer gorduroso, uma pilha de batatas fritas e um refrigerante gelado, jogada certeira.

A força de vontade do segurança foi abalada, seu senso de dever guerreando com a fome súbita. Will podia praticamente ouvir o ronco do estômago. Uma imagem mais o fez perder as estribeiras: *um pedaço de torta de cereja com sorvete.*

O homem levantou-se e correu para a saída. Will se encolheu contra a parede atrás da porta enquanto esta era aberta com violência e o guarda marchava em direção à casa principal, trotando.

Will esperou até estar fora de vista, abriu a porta e entrou. Deu uma olhada nos monitores — imagens de todas as partes da propriedade, todas de definição surpreendentemente alta, tanto de dentro da casa quanto de fora. Como esperava, o cômodo na torre com todas as caixas *não* estava lá.

Capturado por uma das câmeras, viu o segurança faminto irromper na cozinha. Tinham acabado de servir a comida, e Will riu quando o homem atacou o bufê, como um cachorro voraz.

Will notou cinco monitores mostrando as imagens das cinco câmeras escondidas ao longo da margem norte da ilha, todas lentamente se movimentando da esquerda para a direita, em intervalos distintos. Estudou seu padrão de movimento, consultando o relógio a fim de cronometrar a varredura pela praia, percebendo que faziam uma breve pausa quando estavam todas com as lentes desviadas do lado direito. Também viu um botão no console que ligava o infravermelho; quem quer que estivesse monitorando daquela sala seria capaz de ver toda a parte norte da praia tão bem no escuro quanto à luz do dia.

Uma pessoa poderia se esgueirar pela margem sem ser notada, se tivesse sorte *e* perícia, mas cinco pessoas cruzando o lago em uma canoa carregada de equipamentos? Podiam esquecer a abordagem direta. Teria que fazer alterações no plano de chegada.

Identificou um problema mais desafiador em um dos monitores: outra câmera, fixa, focalizava diretamente a estrutura de madeira e a escotilha que levava aos túneis. Também se deu conta, olhando por aquele ângulo mais próximo, que o alçapão de madeira que encontraram no ano anterior não havia apenas sido reforçado, mas completamente substituído por outro, feito de metal.

E era cerrado por um grande cadeado nada discreto, grosso e de aço.

Will procurou no escritório por uma chave que pudesse abri-lo. Quando viu um armário metálico na parede perto da porta, aproximou-se para examiná-lo. Olhando pela pequena janela ao lado do móvel, viu que o guarda caminhava de volta para seu posto. Com montanhas de comida em dois pratos, o homem seguia com passo apressado e quase cômico, tentando não deixar cair sua recompensa.

Will correu para a única outra porta no cômodo, que levava mais para dentro da construção. Trancada. No instante em que o segurança empurrava a entrada com o traseiro considerável, Will pulou e se colocou atrás dela. O menino segurou a maçaneta e a manteve aberta.

O homem dispôs os pratos na mesa, cantarolando uma melodia feliz do tipo "vou entupir a cara de comida até explodir". Will se esgueirou para fora e observou o homem pegar um sanduíche de rosbife gorduroso do tamanho de uma bola de beisebol, mergulhá-lo no molho da carne e dar uma mordida. O menino inspirou fundo, recuperou a concentração e lançou a primeira imagem sem sentido que lhe ocorreu: um elefante indiano adulto surgiu no monitor mais próximo, entrando na ala oeste do castelo.

O guarda olhou a tela, no meio da mordida, molho escorrendo pelo queixo. Parou de mastigar quando "viu" o que havia lá e congelou.

— O que diabos... — balbuciou.

Will alterou a imagem. O animal ergueu a tromba e bramiu. O guarda "ouviu" o som. O sanduíche caiu e se esparramou na mesa quando ele ficou de pé em um pulo e correu para fora, ativando o sistema de comunicação enquanto pegava a pistola no coldre do quadril.

— Preciso de reforços — disse ao microfone. — Animal à esquerda da ala oeste.

Sequer notou que a porta continuou aberta. Will silenciosamente a puxou, entrou e abriu o armário metálico.

Havia chaves ali dentro, em ganchos. De todos os formatos e tamanhos, algumas em molhos. Fileira pós fileira ordenada, talvez uma centena delas. Etiquetas impressas coladas abaixo de cada gancho, descrevendo chave por chave. Sua cabeça rapidamente tentou processar o que lia enquanto seguia para baixo, passando os olhos em cada fila.

Então, perto do fundo, à direita: *Entrada dos túneis.*

Queria continuar olhando, mas o relógio em sua mente dizia que o tempo se esgotava. Pegou a pequena chave acima do rótulo, fechou o armário e correu para fora, certificando-se de fechar a porta ao sair. Podia ouvir vozes à direita, onde tinha plantado o "elefante", e sabia que mais seguranças estariam a caminho a qualquer instante. Não tinha tempo para voltar pela porta que usara originalmente para sair da casa principal.

Além disso, ela estava se abrindo naquele momento, e outro segurança saía em resposta ao alerta.

Will usou sua velocidade e seguiu para a mata. Quando estava embrenhado o suficiente para não ser detectado, parou, virou-se e esperou para ver se alguém o notara. Ouviu vozes à esquerda e viu que cinco guardas que haviam respondido à chamada do "elefante" retornavam para a casa. O segurança pesado que os alertara andava timidamente atrás. Quando passaram, Will disparou para a porta mais próxima na ala oeste e entrou na casa.

Uma lavanderia. Meia dúzia de máquinas de lavar e secadoras amontoadas contra uma parede, algumas centrifugando. Mesas com pilhas de lençóis e toalhas dobradas ao lado de uma fileira de tábuas de passar roupa. Ninguém no cômodo.

Will foi rapidamente até uma porta interna e escutou. Ouvindo empregados a distância, debruçou-se para fora e os viu amontoados ao redor de uma janela. Observavam os seguranças, curiosos para saber do que se tratava toda aquela comoção.

O menino correu por um longo corredor à direita, sentindo seu caminho em direção ao centro do castelo. Olhou o relógio: alguns minutos depois do meio-dia. Precisava chegar à cozinha antes que Clegg começasse a procurar por ele. Algumas portas depois, Will viu-se de volta a um corredor de mármore da residência principal. Foi até o fim e virou à direita em uma porta vai e vem, o instinto lhe dizendo que aquele era o caminho para a cozinha.

Em vez disso, entrara em uma pequena sala de jantar particular, intimista, cheia de móveis antigos, inclusive uma longa mesa de mogno magnífica. Pé-direito alto, com lareira de um lado e grandes janelas de vidro jateado.

Dois candelabros finos repousavam sobre a mesa, ferro escuro pesado com lâmpadas pequeninas à guisa de velas, e castiçais de parede no mesmo estilo.

Já vira decoração semelhante antes, e foi então que lembrou onde. *Esta é a sala na fotografia. Onde os Cavaleiros fizeram o jantar para Henry Wallace em 1937.*

Em uma cômoda logo em frente estava o que parecia um livro de visitas. Seguiu até lá e estava para abri-lo quando ouviu:

— Perdeu alguma coisa, Sr. West?

Virou-se. Lemuel Clegg estava parado à porta, com expressão severa, braços cruzados. Will abriu um sorriso largo e foi até ele.

— Gente, que felicidade te encontrar — disse o garoto, entrando no personagem de um adolescente idiota e impertinente.

— E por quê?

— Alô, fome? Perdi tanto peso lá em cima que estava quase comendo o próprio pé. Tentei voltar pelo mesmo caminho que usamos para chegar lá e me perdi totalmente.

— É mesmo? E como foi que acabou nesta área residencial privada?

— Sinceramente? Não faço a menor ideia — respondeu o garoto. — Virei quando devia ter continuado reto umas 12 vezes. Me diz que não perdi a hora do almoço, por favor.

— A cozinha fica *naquela* direção — disse Lemuel, apontando um dedo raivosamente para outra porta. — E se não for capaz de encontrar seu caminho no futuro, vou colocar alguém para ser seu acompanhante.

— Valeu, Sr. Clegg, mas está beleza — garantiu Will, passando pelo mordomo para chegar à porta.

— Que não volte a acontecer.

— O Sr. Haxley deve adorar seu senso de humor...

— Saia!

Depois de um almoço rápido, Will voltou à torre e encontrou um homem alto do outro lado do cômodo, de costas para a porta, olhando uma pasta que aparentemente pegara de uma das caixas. O sujeito se virou quando ouviu a porta fechar à entrada de Will.

O Sr. Elliot. O amigo mais idoso de Haxley da noite anterior. Vestia calças sociais de lã preta e aparência cara, uma camisa branca abotoada até o pescoço e um cardigã de cashmere cinza. O rosto enrugado se alargou em um sorriso cheio de dentes.

— Você descobriu meu segredo — disse ele.

Will não respondeu, preocupado que pudesse ter sido pego de alguma forma.

— Esta torre é minha parte favorita da casa — prosseguiu o homem. — Toda a história da propriedade está nessas caixas. Foi tudo muito negligenciado durante anos, infelizmente.

— É, estava tudo bem bagunçado — concordou o menino, aproximando-se.

Elliot sorriu outra vez — radiante, na verdade — quando Will se aproximou, e bateu amigavelmente no ombro do jovem.

— Estou tão feliz que Stan tenha encontrado a pessoa certa para colocar tudo em ordem.

— Não sei bem por que ele acharia que sou essa pessoa — comentou Will. — Quero dizer, é um trabalho bem importante, senhor.

— Ah, Stan é muito bom em julgar o caráter das pessoas. Confio nele para tomar a decisão certa quanto a uma tarefa tão importante quanto esta — respondeu o homem com sinceridade.

Will notou que segurava a mesma pasta de 1937 que ele próprio examinara anteriormente.

Estranho... Quais eram as probabilidades? Elliot, porém, não fazia esforço algum para escondê-la; portanto, ou não sabia, ou não se importava. Ou queria que Will notasse.

— Você teve tempo de dar uma olhada em alguma parte do material? — indagou, abrindo a pasta.

— Não, senhor. Por enquanto, só arrumei as caixas — mentiu o menino, empertigando-se.

— Talvez devesse ordená-las por ano. Ordem cronológica.

Sorriu outra vez, de uma maneira que Will começava a achar inquietante. O homem realmente o desconcertava. *Por que esse cara está tão interessado nisso tudo, e em mim?*

— Creio que o senhor trabalhe com o Sr. Haxley de alguma maneira, estou certo? — perguntou Will. — Se não for intrusão minha perguntar.

— Sou um conselheiro, sim.

— Nos negócios.

— Em muitas coisas — respondeu Elliot, olhando para baixo enquanto folheava o conteúdo da pasta outra vez. — Inclusive negócios.

— Estava me perguntando se o senhor tinha alguma ligação com o colégio.

— Não de maneira oficial. Informalmente, gosto de pensar em mim mesmo como um... historiador amador.

Will olhou ao redor, para as caixas.

— Acho que a história da escola deve ser bem interessante — comentou o garoto.

— História é um de meus muitos interesses — disse Elliot, ainda sem olhar para cima. — A desta escola me fascina. Você deve estar se perguntando por que tem todo esse material sobre o Centro guardado aqui, em uma residência privada.

Will não sabia como responder à observação, mas Elliot parecia estar ciente do que o menino pensava.

— A Rocha foi o lar dos dois diretores em algum momento. Este arquivo tem muitos dos documentos privados de ambos.

— Pensei que morassem na Casa na Pedra — respondeu Will.

— Você também deve estar se perguntando se estudei aqui — continuou Elliot, ignorando o que o menino dissera. — Ah, se tivesse tido a sorte. O número de homens extraordinários que passaram por esses corredores é notável. Por exemplo... — Virou a pasta que segurava e mostrou-lhe uma fotografia do (quem mais?) trigésimo terceiro vice-presidente dos Estados Unidos da América, Henry Wallace, uma que Will não vira antes.

— Uma das figuras públicas mais peculiares do país — comentou Elliot. — Sabe algo a respeito dele?

— Acho que não muito.

— Você faria bem em estudar a história de Henry Wallace. Aprenderia um bocado de coisas úteis. Você acha... Posso chamá-lo de Will?

— Pode, sim, senhor.

— E você pode me chamar de Sr. Elliot. Você acha história tão interessante quanto eu, Will?

— Não sei, senhor. Não tinha tanto interesse, pelo menos até estudar aqui. Vai ver foi a maneira de ensinarem.

— Sem dúvida. Os métodos de educação usados na maior parte das escolas americanas transformam mentes em pedra. O passado tem muito a nos ensinar, e o ignoramos por nossa conta e risco. Se você não sabe de onde veio, como pode saber onde está?

Will não sabia ao certo se Elliot queria uma resposta.

— E se não sabe onde está — falou o menino —, como vai saber aonde está indo?

O homem lhe deu outro sorriso radiante.

— Eu não poderia ter dito melhor. O Sr. Haxley tem expectativas altas para você. E com isso quero dizer que espera que faça bem mais que simplesmente organizar caixas. O material *dentro* delas precisa ser posto em ordem também.

— Entendi. O Sr. Clegg não informou que...

— O Sr. Clegg não fala pelo Sr. Haxley — rebateu Elliot com um quê de atrevimento. — O material deve ser organizado cronologicamente. Em *todas* as caixas.

— É bom saber. — O menino estava secretamente extasiado de ouvir que teria mais tempo com aquele conteúdo, mas tentou não transparecer. — Sr. Elliot, essa é uma tarefa tão importante que estava pensando em perguntar ao Sr. Haxley se podia trazer um amigo da próxima vez para me dar uma ajuda.

— Ah, é?

Nº 80: VAI COM CALMA PARA CIMA DO CARA DIFÍCIL
DE CONVENCER. PERSUASÃO É A ARTE DE FAZER OS
OUTROS ACREDITAREM QUE A IDEIA FOI *DELES*.

— Quero fazer um trabalho bom de verdade — garantiu Will, tentando não soar entusiástico demais. — E acho que duas cabeças podem ser melhores que uma.

— Presumo que seu amigo seja um aluno daqui?

— Um de meus colegas de apartamento — confirmou Will. — E ele é muito bom com esse tipo de coisa. O senhor acha que devo pedir ao Sr. Haxley?

— Ele vai ficar fora da cidade por um tempo — disse Elliot, fazendo uma pausa para observar Will, que tentou não se encolher sob a pressão dos olhos claros. — Mas creio que eu possa decidir por ele quando se trata de um assunto assim. Deixe-me pensar.

— Obrigado, senhor.

O homem continuava a fitá-lo, uma expressão impassível. Se tinha uma opinião a respeito da ideia, Will não sabia para que lado pendia.

— Por que é que não coloca isso de volta na caixa que já começou a olhar? — sugeriu Elliot, enquanto entregava a pasta ao menino. — E depois me acompanhe um instante. Falando em história, gostaria de mostrar algo a você lá fora. Não vai demorar.

Elliot começou a andar, não na direção das escadas em caracol, mas para longe delas, para o fundo do cômodo. Will colocou a pasta de volta na caixa de 1937, mas não sem antes dar uma olhadela no conteúdo; o cheque cancelado assinado por Thomas Greenwood e nominal a Henry Wallace desaparecera.

O homem guiou Will por uma porta que ele não havia notado antes, instalada de maneira quase imperceptível na parede de madeira escura. Não era exatamente uma porta secreta — tinha uma pequenina maçaneta discernível —, mas era algo próximo disso. Entraram em uma antecâmara sem janelas, que levava ao que Will concluiu ser o elevador mais antigo que já vira.

Não havia outras portas. Elliot abriu uma pequena grade retrátil de aço e gesticulou que Will entrasse à frente dele. O interior era revestido de madeira escura e vigas de metal fundido. Elliot entrou em seguida e fechou a grade.

— Receio que a boa e velha escada seja um desafio para mim hoje em dia — explicou Elliot.

Não havia botões. Elliot girou uma alavanca metálica em um disco rotatório — de prata, reluzente com a idade, do tipo que Will vira apenas nos filmes antigos — que operava o motor. O elevador, depois de um aquecimento difícil, começou a descer lentamente. Will conseguia ver as ásperas paredes de pedra da torre através da grade à medida que se movimentavam.

— Quando aprender mais sobre a casa — comentou Elliot, olhando para o teto —, vai descobrir que este elevador é um dos mais antigos em uso contínuo na América do Norte.

— Isso é tranquilizador.

A máquina tremia e dava solavancos a cada poucos centímetros, o que Will achou ainda mais inquietante.

— Não se preocupe — disse Elliot. — A manutenção é feita regularmente, e ele está em excelentes condições. O primeiro dono trouxe os filhos do Sr. Elisha Craves Otis em pessoa, inventor do dispositivo de transporte vertical, para confeccionar e instalar este aqui poucos anos depois de a propriedade ter sido construída em 1870.

Finalmente passaram por uma pequena janela, a cerca de 9 metros do chão, e Will vislumbrou a ilha e o lago.

Elliot operou habilmente a alavanca, enquanto se aproximavam do solo, e suavizou a velocidade do elevador até parar de maneira levemente chacoalhante.

— Sabe, Will, muitas coisas velhas funcionam perfeitamente bem contanto que recebam a manutenção adequada — falou com uma piscadela ao abrir a grade.

Saíram para uma antecâmara de pedra um pouco maior, e Elliot abriu uma porta que levava diretamente ao lado de fora, para um terraço no lado oeste do castelo. Flores coloridas margeavam os limites do pátio, todas tão meticulosamente bem cuidadas quanto o restante dos jardins.

— Venha comigo — chamou Elliot.

Tirou um chapéu redondo branco retrátil do bolso e cuidadosamente o colocou na cabeça. Sua pele parecia quase transparente sob o sol da tarde. Enquanto se movia, Will notou um estranho padrão de pele estriada — alternando faixas cor-de-rosa e brancas, quase como balas — logo atrás das orelhas do homem.

Não é uma cicatriz de Acompanhante, mas o que diabos é aquilo então?

Oscilando de leve enquanto andava, Elliot o levou por um caminho pavimentado até uma pequena elevação. No topo, continuava por uma reta até chegar a um bosque de bordos, balançando na brisa leve que suavizava o calor do meio do dia.

O caminho terminou em um prado de grama crescida, cercado pelo bosque, e Will se deu conta de que estavam para entrar em um pequeno cemitério, aquele que Ajay avistara da margem oposta. Cerca de uma dúzia de lápides antigas, desgastadas pelo tempo, algumas cobertas de líquen, espalhavam-se por uma área de 17 metros quadrados. As gravações nas pedras eram difíceis de ler, mas Will notou o nome Cornish em várias delas.

— O homem que construiu o castelo, Ian Cornish, escolheu esta área para enterrar a família — esclareceu Elliot. — A ilha permaneceu com os Cornish por apenas duas gerações antes de Thomas Greenwood comprá-la para o Centro, pouco antes da Grande Guerra. Que hoje sua geração conhece como Primeira Guerra Mundial.

Will viu outro monumento de pedra mais recente logo depois do cemitério, isolado por uma pequena cerca preta. Uma cruz solitária, grande e grossa, sobre um pedestal simples e sem adornos, com doze nomes gravados na base e a data de maio de 1938.

— O que é aquilo? — perguntou ele.

— Um monumento construído como homenagem.

— A quê?

— Pelo que sei, à pior tragédia da história da escola — explicou o homem, passando por ele. — Um acidente de avião que tirou a vida de doze alunos do terceiro ano e um de nossos professores.

Doze vítimas. Em 1938? Will pensou a respeito, a mente correndo de volta à fotografia do jantar dos Cavaleiros. *Aquilo foi em outubro de 1937. Sete meses antes. Doze alunos do terceiro ano. Doze Cavaleiros?*

— Membros da classe de 1938 — continuou Elliot, que não parecia muito interessado para alguém que se nomeava historiador do Centro.

A fim de acompanhá-lo, Will não teve tempo de parar e ler os nomes no monumento, mas agora que sabia onde estava, jurou voltar, como planejado.

Elliot apontou algo à frente e guiou Will até dois monumentos muito mais altos na extremidade esquerda do cemitério. Ficavam à beira do cume, antes de descer e correr gentilmente até a água, cerca de 90 metros abaixo. Feitas da mesma pedra usada para construir o castelo e viradas para o oeste, para o sol poente, estavam complexas estátuas das figuras presentes no brasão da escola.

Um anjo erguia-se sobre uma coluna de quase 2,5 metros, o olhar voltado para o céu, segurando um livro na mão esquerda e uma espada erguida na direita. Abaixo dele, esculpido como se estivesse dando um passo diretamente para fora do corpo da coluna, estava um cavaleiro, ou o que Will agora via que era mais provavelmente uma variação do mascote da escola, o Paladino. A figura mantinha a posição de defesa, com o escudo erguido e a espada apontada para baixo, para algum inimigo mundano indefinido.

O lema do colégio estava gravado em um pergaminho de pedra que se desenrolava aos pés do guerreiro: O *Conhecimento É o Caminho. A Sabedoria É o Propósito.*

À primeira vista, as duas estátuas pareciam idênticas uma a outra, mas a pedra da direita era levemente mais clara e parecia mais nova, menos castigada pelo tempo e clima.

— O lugar de descanso do nosso fundador — disse Elliot. — E seu filho. Os dois únicos diretores da escola.

Nosso fundador. *Mas Elliot disse que nunca estudou aqui.*

Havia dois nomes na base de cada estátua. Os da esquerda eram:

THOMAS WILLIAM GREENWOOD 1883 — 1958
MARY FRANCIS GREENWOOD 1890 — 1962

Na base da direita, estavam:

FRANKLIN WILLIAM GREENWOOD 1920 — 1995
ELIZABETH HOWARD GREENWOOD 1921 — 1993

Abaixo das duplas de nomes, um par de mãos enlaçadas fora desenhado junto à frase em latim *Requiescat in pace.*

Descansem em paz.

Will fitava as sepulturas dos avós e bisavós. Todas aquelas histórias que os pais haviam lhe contado sobre os próprios pais e como tinham morrido antes de ele ter nascido. Mais mentiras. Mentiras em cima de mentiras.

Jamais soubera o verdadeiro nome da avó. E o nome do meio de Franklin era William.

Então William é um nome de família.

Os olhos marejaram, e seu corpo ficou todo quente, e não apenas por conta do calor escaldante. Virou-se levemente e teve que se esforçar para não deixar emoção alguma transparecer no rosto.

O Sr. Elliot o observava com atenção.

— Mas o Sr. Rourke é o diretor agora — disse Will.

— Claro que é.

— O senhor falou que eles tinham sido os dois únicos diretores.

Elliot sorriu de maneira assustadora.

— Com ele são três, então, não é?

DOIS, QUANDO PELA ÁGUA

Ajay saiu do quarto e marchou até a sala, segurando o notebook, triunfante.

— Deu um pouco de trabalho, porque usam criptografia digna do Pentágono, mas entrei no banco de dados das Indústrias Haxley!

— Conte tudo! — pediu Will.

— Parafraseando Gilbert e Sullivan — continuou Ajay, seguindo para a mesa enquanto lia o que estava na tela —, Stan Haxley é o que se pode chamar do exemplo perfeito de um grande milionário moderno.

— Quem é Gilbert O'Sullivan? — perguntou Nick.

— Façam um círculo, crianças — pediu Ajay, chamando-os para a mesa. — Preparei uma humilde apresentação.

Já eram 18h30. Os colegas, cada um arrumando os equipamentos em suas mochilas, foram para a mesa da sala. Ajay expandiu a tela do aparelho para o tamanho da parede sem sequer tocá-la; em seguida o *syn-app* do menino ativou uma montagem rápida de artigos e fotos a respeito do magnata local.

— De acordo com os arquivos confidenciais, Haxley comanda duas empresas. Uma, um fundo de investimento privado que gera *beaucoup* de grana seguindo o caminho mais que conhecido de ganância voraz e oportunismo, usando o dinheiro de outras pessoas para comprar companhias de outras pessoas, tirando toda a carne e vendendo só o osso.

Fotografias de Stan Haxley em poses de "ação" cafonas, como as que se veria em panfletos corporativos, surgiram na tela: o homem usando um capacete de segurança, fazendo consultas a empregados enquanto se debruçava sobre projetos, apontando para um arranha-céu em construção.

— Estou sentindo um soninho — disse Nick, bocejando.

— Não ligue para ele — rebateu Elise. — Perde o interesse rápido se não puder colorir as figuras.

— Haxley também fundou uma *segunda* companhia em 1989, em Chicago — continuou Ajay, narrando enquanto mais imagens apareciam. — Com foco muito mais específico. Ao logo dos últimos anos, abocanhou uma série de pequenas empresas ao redor do país, que muitas vezes enfrentavam dificuldades. Foram 157, para ser exato, todas envolvidas em pesquisa científica. Mais especificamente, pesquisas genéticas.

Aquilo fez com que todos se sentassem empertigados e prestassem atenção.

— Agora, sim, estamos chegando a algum lugar — disse Will.

— Essa companhia é privada, então sua verdadeira natureza continua envolta em mistério — prosseguiu Ajay. — Mas impossível não achar que estão usando essa estratégia tendo em vista um objetivo unificado, mas não identificado.

— E o que você acha que é? — perguntou Brooke.

— E por que a gente devia estar dando a mínima para outro rato de Wall Street? — perguntou Nick.

— Por causa de dois detalhes significativos, meu amigo ignorante — respondeu Ajay com um sorriso cheio de segredos. — O braço direito de Haxley nessa empresa era o pai de Ronnie Murso...

— O quê? — perguntaram todos ao mesmo tempo.

— Tem mais... E o nome dessa organização secreta é o Grupo Paladino.

— Não! — exclamou Elise.

Will inspirou fundo algumas vezes para manter o equilíbrio. Olhou para Brooke; de quando em quando, tinha que se obrigar a lembrar que a garota era mais do mundo de Stan Haxley que do deles. Ela escutava atentamente, mas não falou palavra, as emoções imperscrutáveis.

— E, se alguém aqui estiver achando que é coincidência — disse Ajay, fechando o notebook —, tenho uma ponte no Brooklyn que gostaria de vender para vocês.

— Quanto Haxley vale? — indagou Will, levantando-se e começando a andar de um lado a outro.

— Segundo minhas estimativas — respondeu o amigo, verificando a tela —, algo em torno de 17 bilhões de dólares.

— Uau, como é que tiro uma casquinha? — perguntou Nick.

— Ele é um dos homens mais ricos do país.

— Que atropelaria a própria mãe se ela estivesse com o pé em cima de uma moeda — ironizou Elise. — Então, para alguém com a renda desse cara, comprar um castelo é praticamente um requisito.

— Ok, então o cara é um Riquinho safado, mas isso quer dizer que é ele quem está por trás da Profecia? — indagou Nick.

— É uma pergunta pertinente, Nick — disse Will, e virou-se para Elise. — Pense no que aconteceu ano passado, quando Ronnie fez aquela gravação de Lyle com Hobbes. Elise, você achou que talvez Ronnie tivesse mostrado aquilo para o pai em algum momento. O que aconteceu depois?

— Os dois sumiram — respondeu ela.

— Você está dizendo que Haxley teve alguma coisa a ver com isso? — indagou Brooke.

— É possível — disse Will, seu tom pedindo cautela. — E se Haxley e Murso fossem parte dos Cavaleiros quando estavam na escola? Os dois eram da turma de 1976. E 13 anos depois, abrem uma empresa, o Grupo Paladino.

— Continue — pediu Ajay.

— Vamos dar o benefício da dúvida ao pai de Ronnie. Vai ver ele não sabia de tudo a respeito do programa da Profecia. Vai ver ficou tão desorientado quando o filho mostrou a gravação que decidiu confrontar Haxley. E Haxley decidiu que seria muito mais simples se Ronnie e o pai desaparecessem.

A possibilidade de *assassinato* com um *motivo* razoável fez o cômodo ficar gelado.

— Aposto a fortuna de Haxley que você acertou na mosca — disse Ajay.

— Vamos torcer para a chave de Nepsted nos ajudar a pegar essa mosquinha — falou Will, fechando a mochila. — Ajay, você achou alguma coisa sobre um parceiro de Haxley chamado Sr. Elliot?

O menino olhou para cima e para a direita. Um gesto que Will sabia que significava que estava acessando seu monumental "hard drive" de memórias.

— Não — respondeu. — Por quê?

— Conheci o cara quando fui me encontrar com Haxley no castelo. São parceiros de algum jeito, mas os dois foram bem vagos a respeito disso. Tem alguma coisa sinistra nesse tal de Elliot que não consigo identificar.

— Ele disse alguma coisa mais específica para te dar essa impressão? — indagou Brooke.

— Não, foi uma coisa que ele fez. Quando estava procurando informações sobre o jantar dos Cavaleiros de 1937 em uma pasta, achei um cheque cancelado assinado pelo Thomas Greenwood, o fundador da escola.

— Qual é a importância disso? — inquiriu Ajay.

— Não sei ainda. O cheque era nominal a Henry Wallace, o convidado de honra naquela noite, para cobrir os gastos da viagem. Então parece que foi o próprio Thomas Greenwood quem convidou Wallace a comparecer ao evento com os Cavaleiros.

— Por que o diretor da escola faria isso? — indagou Brooke.

— Não faço ideia, mas temos que descobrir.

— Mas então, o que é que você ia dizer sobre o cheque, Will? — perguntou a menina.

— Uma coisa esquisita aconteceu depois — continuou ele. — Achei um artefato estranho em uma sala do porão, um antigo astrolábio, dentro de uma caixa de madeira. O tempo todo fiquei com a sensação bizarra de que estava sendo observado. Quando voltei para a torre depois do almoço, o Sr. Elliot estava segurando aquela *mesma* pasta que eu pegara para ver antes. E o cheque que Greenwood fez para Wallace havia sumido.

— Então você acha que o Sr. Elliot não quer que você saiba dessa história do diretor ter convidado Wallace para vir ao Centro — concluiu Elise.

— Talvez — respondeu o menino. — Também encontrei a sala que aparecia naquela foto, onde o jantar aconteceu. Fica no castelo. E tem um monumento na ilha em homenagem a 12 alunos do terceiro ano que morreram em um acidente de avião, em maio de 1938. Alguém quer apostar que os nomes lá são os mesmos das pessoas do jantar?

Will esperou um momento para deixar toda a informação nova assentar.

— Uau! — exclamou Nick.

— Mas se as pessoas no avião eram do grupo, sabemos que pelo menos dois sobreviveram — disse Ajay. — Nepsted e Hobbes.

— Certo — disse Elise, refletindo. — E, se não quisessem que ninguém *soubesse* que tinham sobrevivido, colocariam os nomes no monumento junto aos outros.

Não seria a última vez que alguém teria sobrevivido a um "acidente de avião" por aqui, pensou Will.

— Parece que as coisas dão voltas e voltas e param nesse mesmo momento — disse Will, mostrando a fotografia. — Hobbes, Nepsted e os Cavaleiros de Carlos Magno na mesma sala que Thomas Greenwood e o futuro vice-presidente do país.

— Como é que você sabe que Greenwood estava lá? — perguntou Nick. — Ele nem está na foto.

— Acho que foi ele quem a tirou.

— Tem mais dez alunos aí — disse Ajay. — Ainda estou tentando descobrir quem eram, mas todos os anuários de 1937 desapareceram da biblioteca.

— Acho que a gente consegue os nomes no monumento — sugeriu Will.

— Henry Wallace — disse Elise, como se fizesse uma anotação mental. — A gente tem que descobrir mais a respeito dele também.

— Ajay, também estou mexendo uns pauzinhos para conseguir permissão para te levar até a torre e mexer nas caixas.

— Agradeço a oportunidade — disse o amigo, amontoando os últimos itens que restavam na mochila abarrotada.

Nick pegou uma machadinha e uma lata de fluido para isqueiro que Ajay estava prestes a guardar.

— Moleque, para que você vai levar essas coisas?

— É o espírito do lema do escoteiro, meu bom amigo — explicou o menino, tomando-os de volta e colocando na bolsa. — Por exemplo, e se a gente precisar fazer uma fogueira? *Sempre alerta.* Eu mesmo fiz essa machadinha nos laboratórios, com aço-carbono. Acho que pode ser incrivelmente útil.

— Gente, vamos entrar amanhã à noite — disse Will. — É sábado, então vão estar mais relaxados com o toque de recolher. Melhor terminar de arrumar as coisas e descansar. Vamos precisar.

Os outros continuaram o trabalho de arrumação, determinados e quietos. Ajay colocou a mochila sobre o ombro e cambaleou pela sala. Will estimou que devia pesar pelo menos 18 quilos — o menino tinha colocado ali dentro todas as engenhocas que possuía —, mas o amigo não reclamou uma única vez.

Will gostava do que via; solidificar a conexão entre Stan Haxley e a Profecia do Paladino reforçara a determinação de todos.

Eram 19 horas de sábado. O sol poente ainda pairava bem acima do horizonte, mas o calor tinha enfim começado a esmorecer quando saíram de Greenwood Hall. Partiram em dois grupos, meninos e meninas, com minutos de diferença e em rotas distintas, a fim de evitar levantar suspeitas. O toque de recolher era muito menos rígido nos meses de verão. Se algum segurança se desse o trabalho de pará-los, deviam dizer que fariam uma trilha e depois um piquenique perto do lago. Como permaneceria claro até quase as 22 horas, ninguém sequer estranharia.

Os garotos bateram direto para o antigo ginásio que todos chamavam de Celeiro. Passaram pela feroz estátua do mascote da escola — o Paladino —, ou mais precisamente uma réplica que fora recentemente instalada depois da original ter se soltado de lá e atacado Nick em novembro.

— Quando foi que isso voltou? — indagou Ajay.

— Semana passada — respondeu Nick. Observou a figura com desconfiança, e aquilo fez com que se lembrasse de algo. — Ei, era para eu ter mostrado antes. Olhe só isso. Estavam distribuindo na piscina hoje.

Tirou a mochila das costas, vasculhou os conteúdos da abertura da frente e tirou de lá um folheto amarelo, do tipo que se acha sob os para-brisas do carro após uma ida ao shopping.

— Era desse cara que eu estava falando para vocês — disse ele, apontando para um dos retratos no papel. — É o minilutador que parece com Nepsted.

Era uma propaganda barata de uma "festa" de luta livre. Aconteceria na noite do sábado seguinte, na velha arena do depósito de armas em New Brighton, a cidade próxima onde Nick trabalhava como salva-vidas na piscina comunitária.

Seis lutadores estavam representados em poses ensaiadas e cafonas — quatro homens e duas mulheres. Usavam maquiagem e fantasias horrendas, e eram como gigantes fazendo caretas agressivamente bobas.

À exceção de um homem na fileira de baixo, um anão musculoso, de corpo proporcional, que chamavam, em letras grandes sob a foto, de O Professor. Comparado aos demais, sua expressão era um retrato de autocontrole e distinção, mas aparentemente fazia parte do personagem. Tinha uma bengala, usava uma versão cartunesca sem manga do terno de um dândi, com gravata, uma cartola descontraída e monóculo no olho direito.

Will tinha que admitir que, embora a fotografia fosse uma simulação tosca e o homem estivesse vestindo aquela parafernália ridícula, era óbvio que o Professor era surpreendentemente parecido com Happy Nepsted.

— Viu? O que foi que eu disse? — comentou Nick. — São praticamente gêmeos!

— É, estou vendo — concordou Ajay. — Mas isso quer dizer o quê?

— Não faço a menor ideia — disse Nick. — Mas, moleques, no próximo sábado? A gente *tão* vai estar na primeira fila. Já até comprei os ingressos.

Will e Ajay entreolharam-se, indecisos.

— O que a gente tem a perder? — indagou Will.

— Só nossa dignidade — respondeu Ajay, abanando as mãos para o folheto. — O que, graças a deus, é muito mais que se pode dizer desses palhaços.

Seguiram em frente, descendo a colina perto do Celeiro em direção à mata.

— Maneiro — comemorou Nick. — Agora só tenho que convencer as garotas.

Às 19h30, chegaram ao ponto de observação que Ajay estabelecera anteriormente no mesmo dia. Elise e Brooke os alcançaram 15 minutos depois, seguindo uma trilha ao longo do lago, pelo lado leste. Até aquele momento, estavam completamente sozinhos na mata e ninguém vira qualquer um dos grupos chegar.

Até ali, tudo bem.

Will e Ajay deram uma boa olhada na margem norte da ilha. Novamente, não havia guardas à vista. Ajay sequer precisava do binóculo para confirmar que as cinco câmeras de segurança afixadas em árvores ainda faziam sua varredura de praxe pela margem do lago.

— Vamos nessa, galera — disse Nick, dando pulos ao redor com excesso de energia. — O que estamos esperando?

— O sol se esconder atrás das árvores — explicou Will. — Aí você atravessa primeiro.

— Beleza — respondeu Nick. — Quando der o sinal. Estou pronto, prontíssimo.

Nick despiu as roupas e ficou só com o traje de banho sob o short, depois tirou pés de pato, uma máscara e um snorkel da mochila.

— Fiquem de olho no show, garotas — disse ele, depois fez pose de fisiculturista.

— E eu que esqueci o saquinho para enjoo — comentou Elise.

Esperaram atrás do arbusto até o sol finalmente escorregar para trás das árvores a oeste, às 20h10, e o crepúsculo envolveu o mundo ao redor deles com um filtro cinza-azulado, refletindo a nuance na superfície do lago. Uma brisa leve agitou a água, mas as condições permaneceram as mesmas, calmas.

— Estava pensando aqui... — começou Nick, com concentração determinada.

— Machucou? — perguntou Ajay.

— Sobre o quê? — indagou Elise.

— Sério, a pior hora de todas para ter um derrame? Tem que ser durante uma partida de mímica.

Will verificou as horas outra vez.

— Está na hora, Nick — avisou.

— Vejo vocês do outro lado, galera.

— Tome cuidado, Nicky — pediu Elise.

— Ela se importa comigo — disse ele, entrelaçando as mãos sob o queixo como um boboca apaixonado. — Ela realmente se importa.

Elise lhe deu um tapa no braço. O menino foi se arrastando pela mata e se esgueirou até a beira d'água enquanto os demais vigiavam a margem da ilha a quase 200 metros de distância. Nick chegou à última parte que oferecia abrigo antes da praia, e olhou de volta para os amigos à espera de um sinal; Will ergueu um polegar.

Mergulhou no lago sem criar ondulação alguma. Colocou os pés de pato, máscara e snorkel, imediatamente tomou impulso sob a superfície e ficou fora de vista. A quase 15 metros da margem, a ponta do snorkel apareceu discretamente, apenas tempo o bastante para Nick pegar ar, e submergiu outra vez.

— Nossa Senhora, olhe só a distância que ele já cobriu — admirou-se Ajay, observando-o com atenção. — Ele nada que nem uma foca.

— Joga um peixe que ele equilibra uma bola no nariz — comentou Elise.

— Tem alguém na ilha — avisou Brooke, olhando pelo binóculo.

Will virou o próprio binóculo para onde o dela estava apontado.

Um guarda caminhava pela praia de pedra, seguindo diretamente para a seção onde Nick deveria chegar.

— O que ele está fazendo? — perguntou Elise.

Will observou o segurança parar perto da linha d'água e tirar um maço de cigarros e um isqueiro do bolso, olhando em volta um tanto furtivamente enquanto acendia um.

— Está fumando escondido — disse Will.

— Bom saber — comentou Elise com secura. — Até os caras maus são contra o cigarro.

A ponta do snorkel de Nick surgiu na superfície outra vez, já quase na metade do caminho para a ilha.

— Ele vai ver — disse Ajay, os olhos saltados com alarme. — Temos que avisar a Nick!

Will e Elise se entreolharam, pensando a mesma coisa.

Quer tentar?, Will lhe perguntou em silêncio.

Elise deixou a cabeça pender um pouco para o lado e respondeu: *Ué, se funciona com o golden retriever de minha família, tenho que conseguir falar com o Garoto Golfinho.*

Baixou o binóculo, fechou os olhos e se concentrou.

Will passou a lente pelo lago outra vez. Viu a ponta do snorkel subir novamente, a 15 metros da praia. Voltou a ficar submerso e, um momento depois, retornou à superfície, no mesmo lugar.

Elise abriu os olhos e piscou para Will.

— O que aconteceu? — perguntou Ajay.

— Ele está parado — respondeu Brooke. — Nick deve ter percebido o guarda.

— Por que aquele guarda maldito tem que fumar tão devagar? — resmungou Ajay. — Está tentando desenvolver um câncer com um cigarro só?

— Não se preocupe, Nick deve conseguir ficar assim por coisa de um mês — disse Elise.

— Só por curiosidade, Ajay, você consegue ver que marca de cigarro ele está fumando? — perguntou Will.

Ajay abriu os olhos e fitou o guarda, sem o binóculo.

— Tem filtro, mas ele já fumou a parte com nome — respondeu. — E guardou o maço no bolso.

— Você consegue enxergar esse tipo de detalhe? — indagou Brooke, baixando o binóculo. — Sem *nada?*

Ajay hesitou.

— Bem, você sabe, longe assim só dei um palpite razoável...

— É, ele consegue ver a essa distância e com essa riqueza de detalhes — respondeu Will. — Você está entre amigos, Ajay. A gente não vai falar nada para ninguém.

— Mas achei que seu grande trunfo era *lembrar* tudo o que via — comentou Elise.

— Correto — afirmou Ajay.

— Além disso, ele consegue *ver* tudo — continuou Will.

— Dentro do razoável — complementou Ajay.

— Quantos dedos estou mostrando atrás das costas? — indagou Brooke.

— Posso ver as coisas a distância — falou Ajay. — Não disse que consigo ver *através* das coisas.

— Então, por exemplo, você não consegue ver nossa roupa de baixo agora — comentou Elise, a expressão absolutamente séria.

Ajay ficou corado e soltou um risinho, então abafou-o com as mãos e desviou o rosto.

Brooke e Elise bateram as mãos em um cumprimento.

Will olhou para o guarda através do binóculo outra vez. Tinha apagado o cigarro, sentado em uma pedra e pegado um doce.

— Que ótimo! — ironizou o garoto. — Agora ele está fazendo um lanchinho.

— Snickers — disse Ajay. — Para ser preciso.

Você não pode dar um toque nele? Will ouviu Elise perguntar dentro de sua cabeça.

O menino não achava que pudesse projetar uma sugestão àquela distância, mas respondeu: *Que diabos, a gente está perdendo um tempão mesmo. Vale a tentativa.*

Concentrou-se na cabeça do guarda, fechou os olhos e transmitiu todo um cenário para ele — outros guardas conversando perto do castelo: *Aquele idiota está fumando escondido de novo? Alguém cheque lá perto do lago.*

Demorou um pouco para alcançar o segurança — mais de três segundos —, mas, quando Will ergueu as lentes outra vez, viu o homem reagir como se tivesse acabado de ser pego furtando algo de uma loja. Olhou de volta para o castelo, rapidamente jogou a embalagem do chocolate na água e entrou apressado na mata.

— Ele já foi — disse Will.

— E é um porco — comentou Ajay.

Momentos depois, o snorkel de Nick surgiu à superfície. Sua cabeça veio à tona para dar uma olhadela rápida e viu que o segurança tinha ido embora. Voltou a submergir e, 10 segundos depois, chegou à praia. Em um primeiro momento, ficou abaixado para olhar em volta, mas, quando notou que as câmeras estavam viradas para longe dele, seguiu em direção às árvores, correndo pelas pedras com agilidade.

Will avistou o amigo pelo binóculo, dando um sinal de positivo para ele.

— Ele atravessou — confirmou Will, olhando o relógio. — Vamos nessa.

O menino levantou-se e acenou para Nick. Ele respondeu e depois correu pela mata em direção à árvore onde ficava a câmera de segurança mais distante, à esquerda. Escalou o tronco até onde estava escondida, posicionando-se atrás da lente.

Will seguiu seus passos com o binóculo outra vez.

— Nick está na posição. É contigo, Ajay.

O garoto cambaleou sob o peso da mochila até a beira d'água e se libertou do fardo próximo à margem. Tirou um cubo pesado e compacto lá de dentro, de cerca de 30 centímetros quadrados, colocou-o na areia e puxou uma corda que saía do centro. Uma rajada de ar entrou no objeto, e ele começou a se expandir e desdobrar rapidamente. Em segundos, o cubo havia se reconfigurado e tomado uma forma inteiramente nova: um bote oblongo e preto feito de borracha, de cerca de 1,8 metro de comprimento e 91 centímetros de largura.

Will, Brooke e Elise tiraram remos retráteis das mochilas e os abriram. Will pegou mais um na mochila de Nick, e correram todos para o lago.

Assim que Nick os viu à margem, colocou uma das mãos ao redor da câmera e começou a desacelerar seu arco da direita para a esquerda. Will verificou as horas no relógio. Tinham três minutos antes do dispositivo de segurança seguinte movimentar-se o suficiente para pegá-los.

Entrando na água até ela alcançar os tornozelos, Ajay posicionou o bote em um ponto profundo o bastante para flutuar. Ele e as meninas colocaram suas mochilas ali dentro, subiram e posicionaram-se de acordo com o combinado. Will jogou o segundo remo para Ajay, empurrou o bote mais para dentro do lago e pulou para junto dos amigos. Todos os quatro começaram a remar em direção à ilha.

— Bom trabalho, Ajay — sussurrou Will, sentando-se ao lado de Brooke, atrás.

— Ela está aguentando fantasticamente bem, não acham? — falou o menino, sorrindo com orgulho. — O bote, quero dizer

— Como você fez isso? — indagou Brooke.

— É um molde de látex que criei clandestinamente no laboratório, inspirado pelos botes da Zodiac usados pelos SEALs da Marinha. Simplesmente acrescentei uma válvula de fricção para ele se autoinflar quando puxasse a corda... Desculpe, não quero entediar ninguém com os detalhes.

— Não — disse Elise —, por favor, continue.

— De qualquer forma, os resultados não podiam ter me deixado mais satisfeito...

— Menos conversa — disse Will — e mais força no remo. O som viaja pela água.

— Aliás, por que o bote é "ela", e não "ele"? — sussurrou Brooke.

— Uma história bem interessante, na verdade — respondeu Ajay. — Na antiguidade, os marinheiros batizavam os navios com os nomes de várias deusas, um apelo a sua benevolência durante jornadas perigosas...

Elise deu uma cotovelada na amiga:

— Você tinha que perguntar.

—... e o costume sobreviveu até os dias de hoje, quando os capitães dão os nomes das esposas ou namoradas aos navios; na verdade, é curioso que na língua inglesa os navios continuem sendo um dos poucos objetos inanimados a que se atribui *gênero*, o que é uma ironia, uma vez que ter uma mulher *de verdade* a bordo é considerado sinal de má sorte.

Naquele instante, um furo se abriu na parte da frente do bote, espirrando água na frente de Brooke.

— Então acho que a má sorte é dobrada com nós duas aqui — comentou ela.

— Por que você não conserta isso com sua machadinha? — indagou Elise.

— Muito engraçado — respondeu o menino. — Acontece que tenho um kit de reparos bem aqui na mochila.

Ajoelhou-se a fim de remendar o furo e quase caiu no lago.

— Pega leve, ô Ismael — disse Elise, ajudando-o a se equilibrar.

Will olhou para a margem. Tinham coberto quase dois terços do caminho, e ele podia ver Nick na árvore, impedindo a câmera de virar o suficiente para capturá-los na imagem.

Olhou para a câmera seguinte, em uma árvore a 17 metros à direita de Nick, que começara lentamente a fazer o giro de volta na sua direção. Com Ajay ocupado com o remendo e apenas três remando, Will se deu conta de que seriam pegos por aquela segunda lente antes de alcançar a praia.

— Vão ver a gente, não vão? — indagou Brooke, observando os olhos de Will.

— Espere um segundo — disse ele.

Transmitir uma sugestão a alguém do outro lado de um lago era uma coisa. Totalmente diferente era afetar fisicamente um objeto àquela distância. Jamais tentara nada parecido antes. Will deixou o remo de lado, focalizou a segunda câmera, estreitou os olhos e concentrou-se ferozmente, esvaziando a mente de todo o resto, da maneira como Jericho havia ensinado.

— O que você está fazendo? — sussurrou Brooke.

Absorto, sem poder responder, Will sentiu os dedos de sua intenção atravessarem a água até a segunda câmera, e, daquela vez, o olho da mente viajou com eles. Repentinamente, estava "vendo" o objeto em pleno ar, ao lado daquela árvore. "Envolveu" os dedos ao redor da estrutura que fixava a câmera à árvore, fez força e sentiu o motor protestar à medida que seu movimento ia sendo desacelerado consideravelmente.

— Todo mundo remando — grunhiu o menino, os dentes cerrados, suor escorrendo pela testa e pescoço. — Rápido.

Ajay terminou o conserto e pegou o remo, e as meninas mergulharam os seus na água, coordenando as remadas com a contagem sussurrada de Brooke. Will "segurou" a câmera pelo tempo que aguentou, liberando-a no instante em que o fundo do bote bateu na praia rochosa.

Pularam todos juntos e puxaram seu transporte em direção à floresta. Nick desceu do tronco e correu para ajudá-los. Tiraram-no do caminho e se jogaram para dentro da mata, procurando abrigo no momento em que as câmeras viravam-se para seu lado da praia.

Esperaram que se voltassem para o outro lado, depois começaram o trabalho de esconder o bote com galhos soltos. Will sentiu uma tontura e tombou de joelhos, respirando com dificuldade depois do esforço duplo. Brooke viu e se ajoelhou a seu lado, preocupada.

— Seu coração está a mil — sussurrou, tomando a mão dele. — E seu pulso, irregular. Está tudo bem?

O menino assentiu, ainda incapaz de falar.

— Respire fundo — instruiu ela baixinho.

Ele inspirou e sentiu o coração desacelerar para um ritmo fora da zona de perigo.

— Como você sabia o estado de minha frequência cardíaca sem checar meu pulso? — perguntou o garoto.

Brooke refletiu um momento.

— Não sei. Mas não errei, errei?

Ele balançou a cabeça.

A menina pegou sua mão outra vez.

— Está desacelerando agora. Mas você estava perto de duzentos por minuto antes, e sua pressão sanguínea estava nas alturas. O que você fez lá no bote?

Will não queria responder — Brooke jamais o vira usar a habilidade telecinética antes, e nunca haviam conversado a respeito —, mas antes que pudesse falar algo, Elise limpou a garganta, chamando a atenção. Ela e os outros estavam agachados atrás deles, observando e esperando. Brooke tirou a mão. Will evitou os olhos de Elise.

— Você acha que notaram que as duas câmeras ficaram mais lentas lá na sala de segurança? — indagou Ajay, dando uma olhadela nervosa para o castelo.

— Provavelmente já teriam feito alguma coisa se fosse o caso — ponderou Will, ficando de pé. — Mas vamos garantir.

— Cara, foi a coisa mais irada do mundo! — exclamou Nick, vestindo as roupas sobre o traje de banho outra vez. — Eu estava lá ralando peito, sabe, quando, do nada, eu simplesmente *soube* que tinha que parar. Aí subi, e, na mosca, tinha um guarda lá, fumando em uma pedra. Totalmente tive uma precondição sobre ele.

Elise e Will se entreolharam e tiveram que suprimir um sorriso.

— Premonição — corrigiu Ajay. — Não é nada de precondição. *Burrice* é uma precondição que você também tem.

— Moleque — disse Nick. — Você precisa fazer um teste de cabeça.

Todos colocaram os sacos de viagem sobre os ombros e seguiram Will para dentro da mata. Ele encontrou um caminho simples, pouco melhor que uma trilha feita por animais, que seguia até o castelo. A mata ficou menos densa cerca de 90 metros depois, e Will tirou a mochila das costas, guiando-os em direção à estrutura de madeira sobre a escotilha.

A faixa de área aberta atrás da casa estava deserta. Não ouviam sons saindo do castelo, e poucas luzes estavam acesas. Quando Haxley estava fora, Will supôs que os empregados deviam voltar cedo para sua ala, logo depois do cair da noite. Quando avistou a porta dos fundos, sinalizou para todos se agacharem, e sondou as janelas com o binóculo.

Sob uma lâmpada de teto forte, Lemuel Clegg estava sentado à mesa da cozinha, debruçado sobre papéis, de costas para a janela. Will não viu ninguém lá dentro, tampouco no lado de fora.

— Fiquem aqui um minuto — pediu ele. — Vou checar o cemitério.

Ajay lhe entregou uma caneta pequena.

— Isso deve servir.

Will avançou correndo para a esquerda, para longe da casa, dando a volta por dentro da floresta. Aumentando a velocidade e se fiando na memória do lugar para guiá-lo, logo viu o cemitério antigo.

Pulou a cerca ao redor do monumento em lembrança ao acidente de avião de 1938 e pegou a caneta que Ajay lhe dera. Ao tirar a tampa, revelou as lentes de uma câmera digital escondida. Will focou a imagem na lista de nomes gravados na base e tirou quatro fotografias, um flash mínimo de LED iluminando as letras. O menino não conseguiu ler todos os doze nomes na escuridão crescente, mas, com o flash momentâneo, seus olhos vislumbraram o que estivera esperando encontrar. Guardou a caneta no bolso e voltou pelo caminho que fizera até o local onde os amigos esperavam.

— Deu sorte? — sussurrou Ajay.

— Raymond Llewelyn está lá na pedra — revelou.

— Então a história de Nepsted confere — argumentou Elise.

— Até a parte de ter existido alguém com aquele *nome* na escola, sim, é verdade. — Will tirou o molho de chaves roubado da mochila e o entregou a Nick. — Vamos. Está tudo limpo.

— Qual é a chave? — indagou Nick. — Tem cinco aqui.

— Não sei. Vai tentando até encontrar a certa.

— Todo mundo ative o sistema de comunicação, por favor — pediu Ajay, sintonizando os controles no cinto. — E coloquem os fones.

Todos ligaram os walkie-talkies presos aos cintos, ajeitaram os fones com Bluetooth nas orelhas e os ativaram. Ajay testou o sistema com cada um, depois tirou da mochila um pequeno aparelho feito por ele e o deu a Nick: uma caixa preta do tamanho de um celular, com uma armadura exterior.

— Fiz isso especialmente para a tarefa — disse Ajay. — Mas as dimensões são apenas estimadas. Vai ter que ajustar os braços depois que prender isso na câmera.

— Saquei, saquei — disse Nick. Guardou o aparelho no bolso e deu uma piscadela com um sorriso presunçoso para os dois. — Hora do show.

Will olhou o relógio.

— Vai.

Nick engatinhou até a estrutura de madeira ao redor da escotilha, a 15 metros de onde estavam.

— Aquela geringonça vai funcionar? — indagou Elise.

— O protótipo funcionou — afirmou Ajay. — Mas como é o Tarzan, rei da floresta, que o está usando, resultados passados não garantem o sucesso de desempenhos futuros.

— Elise, vigie Nick pelo binóculo — pediu Will. — Vou ficar de olho no cara na cozinha. Ajay, você se encarrega de toda essa área da frente. Brooke, observe o lago.

Nick progredia lentamente, mantendo-se perto do chão para que a câmera fixa acima do alçapão não o pegasse. Quando se aproximou, não conseguiu resistir a algumas cambalhotas que o deixaram atrás da estrutura.

— Como está aí? — sussurrou pelo walkie-talkie.

— Tudo limpo — garantiu Will.

Nick circundou a madeira; seria seu momento mais vulnerável, totalmente à vista caso alguém passasse por perto, ou olhasse por uma janela, e totalmente fora do campo de visão dos colegas. Se qualquer um na sala de segurança virasse os olhos para o monitor exibindo imagens da escotilha naquele instante, estavam acabados.

Nick pegou a criação de Ajay, abriu o esqueleto e o fixou ao redor da câmera apontada para o alçapão. Abriu o objeto até atingir seu tamanho máximo, posicionando a tela escura diretamente entre lente e escotilha.

— Pronto — disse ele, aos sussurros no microfone. — Serviu que nem uma luva.

Ajay sorriu para Will.

— Agora tire a foto.

Nick apertou um botão no aparelho, e a imagem do alçapão apareceu na tela.

— Feito — disse ele.

— Você está superando minhas expectativas — sussurrou Ajay, observando-o com atenção. — Agora inverta a tela e aperte o outro botão.

Nick a virou, de modo que passou a ficar de frente para a câmera de segurança, exibindo a foto que o menino acabara de tirar da escotilha.

— Isso vai funcionar? — indagou Brooke.

— Um minuto — avisou Will, olhando o relógio. — Se nenhum guarda vier em nossa direção, a gente vai saber.

Esperaram. Elise sondou os dois lados da casa.

— Não tem ninguém vindo — anunciou.

— Ok, admitam — disse Ajay com um sorriso pretensioso. — Sou um gênio, não sou?

— Tenta o cadeado agora — instruiu Will para o microfone.

O menino saiu de seu campo de visão.

— Estou aqui. — Todos ouviram-no sussurrar. — É um filho da mãe grande e feio. Vou tentar a primeira chave... Não. Agora a segunda... Nada feito. Terceira... Moleque, a chave entrou, vou virar e... Vencedor, vencedor, galinha para o jantar. A escotilha está aberta.

— Agora a feche e vá para trás da madeira — instruiu Will. — Todo mundo ligue as luzes.

Nick voltou a ficar à vista, nos fundos da estrutura. Todos pegaram faixas elásticas com uma luz de LED frontal pequena acoplada e as colocaram ao redor da testa.

— Nick, vou até aí — avisou Will. — A gente vai descer a escada, um de cada vez, na ordem que já combinamos.

O menino correu e se juntou a Nick atrás da estrutura, recostando-se nela, ombro com ombro.

— No três — disse ele a Nick.

O amigo fez sinal de positivo. Will contou com os dedos: no três, seguiram por laterais diferentes. Will abriu o alçapão, e Nick entrou, encontrou a escada e rapidamente desapareceu no escuro. Will baixou a porta e voltou correndo para trás da estrutura. Brooke esperava por ele.

— Tudo bem aí, Nick? — perguntou.

— Tudo na boa — respondeu ele. — Mande a próxima vítima.

Will virou-se para a menina, que parecia nervosa, e pousou as mãos em seus ombros.

— Segure nos degraus com as duas mãos. Não olhe para baixo. Nick está lá e vai te ver. Vai dar tudo certo.

— Vou ficar bem — garantiu ela, encontrando os olhos dele sem vacilar.

— Tem certeza de que quer fazer isso? — indagou, pegando sua mão.

— Está um pouco tarde para pensar melhor, mas valeu por perguntar. E tenho certeza, sim.

— No três — disse Will ao microfone.

Moveram-se juntos ao redor da estrutura. Will levantou a porta e viu a luz de Nick iluminar o topo da escada. Brooke ficou de joelhos, virou-se, encontrou os primeiros degraus e saiu de vista. Will baixou o alçapão e voltou depressa para trás do barracão.

Elise estava abaixada, aguardando, os olhos alertas, tensa, mas dona de si, controlando a adrenalina, como se fosse um de seus cavalos.

— Adoro poder fazer isso — sussurrou, com um largo sorriso.

— Eu também — respondeu Will, sentindo a mesma empolgação enquanto levantava a mão para contar. — No três.

— Tem alguém vindo — ouviram Ajay sussurrar em seus ouvidos.

Will e Elise congelaram.

— Quem? — perguntou Will.

— Um guarda... Não, dois. E estão com um cachorro.

— Onde?

— É um cachorro enorme.

— *Onde* eles estão, Ajay?

— Estão circulando a casa pelo lado mais próximo de vocês — respondeu o amigo. — Parece que é uma ronda de rotina e... Ai, Deus...

— Ai, Deus *o quê?*

— Está parecendo que o cachorro é um boerboel.

— O que é um boerboel? — perguntou Will.

— Uma raça mastim excepcionalmente grande e relativamente rara da África do Sul, criada apenas para proteção do lar na estepe e renomada pela habilidade de caçar e matar leões...

— Já entendi, Ajay — interrompeu Will. — Eles sabem que a gente está aqui?

— Ainda não — garantiu Ajay. — O vento está vindo predominantemente do oeste, então não acho que o cachorro tenha farejado... Desculpe, falei cedo demais.

— O quê?

— O cachorro acabou de sentir o cheiro de vocês e está guiando os guardas em sua direção. Cheguei a mencionar o faro extraordinário da raça?

Will virou-se para Elise e sabia que já pensava a mesma coisa que ele.

— A gente vai dar um jeito — disse Will.

— E, Will, até para os padrões de um boerboel, esse daí parece ser *excepcionalmente* grande.

— Eu preciso subir aí para dar uma surra nele? — perguntou Nick pelo walkie-talkie.

— Já falei que a gente dá um jeito — respondeu Will. — Onde eles estão?

— Se aproximando rapidamente da sua posição, a coisa de 15 metros à direita — sussurrou Ajay.

Will arriscou uma espiada pelo canto da estrutura e viu os guardas e seu cachorro seguindo diretamente para eles, as lanternas cortando a escuridão do crepúsculo que se intensificava.

— É um cachorro bem grande mesmo — sussurrou para Elise.

Quer que eu tente primeiro?, perguntou ela em silêncio.

Will assentiu.

A menina se esgueirou até a extremidade do barracão de madeira e abriu a boca. Will não conseguia ouvir nada, mas sabia que estava emitindo sons a uma frequência que seres humanos não eram capazes de captar.

— O cachorro parou — disse Ajay. — Está ouvindo alguma coisa... Espere aí. Olhe só isso! Ele está ficando louquinho, pulando e puxando a correia. Os guardas estão surtando.

Will debruçou-se e projetou uma imagem para o cão — desde que se dera conta de que tinha aquela habilidade aos 5 anos de idade, nunca mais tentara usá-la em animais, mas por que não?

Um leão. Do outro lado da ilha, perto da doca principal. Erguendo a cabeça e rugindo como naquele logotipo de filme antigo...

— Ah, isso é muito bom. O cachorro se soltou — narrou Ajay. — Está correndo na outra direção, para a doca, e os guardas estão indo atrás dele.

Elise olhou para Will com um sorriso torto.

Um leão?, perguntou.

Ele deu de ombros. A menina teve que reprimir uma risada.

— Isso aí, Dr. Doolittle — disse.

Apressaram-se, e, cinco segundos depois, Elise tinha descido pela escotilha. Mais cinco segundos, e Will já estava de volta atrás da parede de madeira ao lado de Ajay, de olhos esbugalhados, ofegante.

— Não tenho boas lembranças dessa escada, Will — disse. — Sei que você queria que eu fosse agora, mas... se importa se eu descer por último e for no meu próprio ritmo?

— Tenho que fechar o alçapão, Ajay — explicou Will. — Não se preocupe com ritmo. É só imaginar um boerboel fungando no seu cangote.

Will contornou a estrutura e abriu a escotilha. Ajay ficou de joelhos e lentamente deslizou para dentro da passagem, de costas, até seus pés tocarem os degraus.

— Por que diabos fui concordar com isso? — gemeu Ajay. — Tenho a tecnologia adequada. Podia ter monitorado toda a operação do conforto do quarto.

— É que nem tirar doce de criança — encorajou-o Will. — Você consegue.

Segurou o braço de Ajay até ele encontrar e segurar firme a escada com ambas as mãos. Will se ajoelhou e acendeu a luz frontal na testa do amigo.

— Se eu cair, pelo menos vai ser em cima das garotas — gracejou Ajay com um sorriso fraco e depois desapareceu. — Um lugar muito mais agradável que o chão, não concorda?

Will se esgueirou para dentro depois do amigo. Fechou a porta até a metade, virou o corpo, encontrou a escada com os pés e uma das mãos, depois recolocou o cadeado no lugar — sem fechá-lo — e lentamente abaixou o alçapão com a outra mão.

TEOTWAWKI

Todos fizeram o caminho de maneira calma e ordeira. As luzes na testa lhes davam ampla iluminação, e nem mesmo Ajay entrou em pânico. Quando finalmente colocou os pés no chão, todos se deram conta de por que não reclamara durante a descida.

— São 339 degraus — disse ele. — Com 30,5 centímetros de separação, então calculo que estejamos 104 metros abaixo do nível do chão, mas deixem eu confirmar isso...

Enquanto Ajay tirava um pequeno GPS multiuso de um dos vários bolsos do colete, Will pulou os últimos degraus e aterrissou a seu lado.

— A gente deve estar mais fundo na terra do que o lago — comentou Brooke.

Ajay ergueu o GPS.

— Cento e *cinco* metros, para ser mais exato. Ao redor da ilha, na parte mais rasa do lago, na verdade, a profundidade máxima é de 18 metros. Então, sim, Brooke, estamos consideravelmente abaixo do lago.

Todos tiraram lanternas compactas e potentes das mochilas e as ligaram.

— A gente está na mesma câmara de pedra irregular de antes — lembrou Ajay, movendo a luz pelo local. — E aquele túnel, a única saída, leva para o sul na direção do lago.

— Nada mudou — concluiu Nick.

— Só uma coisa. — Will virou a lanterna para a escada. — Dessa vez, ninguém sabe que a gente está aqui. — Tomou a frente do grupo. — Vamos andando.

Will guiou-os para fora da câmara, até o túnel, com Nick por último. Elise foi passando a mão pelas paredes.

— As pedras estão suadas — observou ela.

— É a pressão que o lago faz para baixo — explicou Ajay. — Procurando o lençol freático abaixo de onde a gente está.

— Isso é ridículo — disse Nick.

— Como assim?

— Não tem por que a água querer qualquer coisa com um lençol — disse ele. Um momento depois, continuou: — Já com um colchão, combina.

A passagem inclinou-se gradualmente para baixo, por pelo menos outros 7,5 metros, as pedras revestidas com pedaços grossos e desgastados de madeira. Ouviam o gotejar regular da água ao redor deles, e o chão do túnel ficou escorregadio com a umidade.

— Agora estamos diretamente abaixo do lago — disse Ajay, olhando com nervosismo para o GPS.

— Dá para sentir o peso dele — comentou Brooke.

— Esse túnel está aqui há um tempão — disse Elise, iluminando a madeira com a lanterna.

— Há pelo menos 150 anos — revelou Ajay. — Você deve se lembrar da minha teoria de que foram escavados pelo mesmo homem que construiu o castelo.

— Achei um livro sobre ele na biblioteca no ano passado, lembram? — indagou Brooke.

— O Sr. Elliot falou dele ontem — comentou Will. — Se chamava Ian Cornish.

— Ian Lemuel Cornish — acrescentou Ajay.

— O nome do meio era *Lemuel?* — perguntou Will, virando-se para o amigo.

— Era, por quê?

— É o nome do mordomo de Haxley. Ele me disse que era um antigo nome de família.

— Tem que ser a família antiga *dele,* então, moleque — disse Nick, balançando a cabeça. — *Lemuel?* O que é que *eles* estavam fumando?

— Pode ser só coincidência — ponderou Elise.

— Ou um descendente da família Cornish está trabalhando como *mordomo* na casa que o tatara-qualquer-coisa construiu — disse Ajay.

— O que explicaria por que ele se comporta como se fosse dono do lugar — continuou Will. — Dê o histórico completo de Cornish, Ajay.

— Ian Lemuel Cornish, dono de uma empresa da indústria bélica especializada em rifles e munição, que fez uma tremenda fortuna durante a

Guerra Civil — disse o garoto, enquanto parava e olhava para cima e para a direita. — Arrasado pela morte de seu filho querido, Josiah, que tinha sido morto na batalha de Appomattox no dia anterior ao término da guerra, ele fez uma longa viagem pela Europa. Quando voltou, Cornish se mudou para Wisconsin e construiu este castelo, inspirado em um dos maneirismos românticos que viu na Alemanha enquanto descia o Reno.

— Quem precisa de internet? — indagou Nick. — A gente tem *ele*.

— Cornish teve algum outro herdeiro? — inquiriu Will.

O menino prosseguiu:

— O único filho sobrevivente de Cornish, *Lemuel*, vendeu o castelo para Franklin Greenwood em 1932, 17 anos depois do pai, Thomas, ter fundado o Centro.

— Verdade — disse Will. — O Sr. Elliot me contou isso ontem.

— Então para que ele precisava desses túneis? — indagou Brooke.

— Desculpe, não tenho essa informação — respondeu Ajay.

— Você acha que Cornish pode ter sido um cavaleiro? — perguntou Elise.

— É possível — disse Will. — A gente sabe que os cavaleiros estão usando os túneis agora.

— Mas para quê? — inquiriu Brooke.

— Dã — disse Nick. — Para chegar no "hospital" e na "catedral antiga", o que quer que isso seja.

— Nepsted vai contar toda essa história direito se a gente achar a chave — lembrou Will. — E tem uma caixa inteira só sobre Ian Cornish na torre que quero que você veja depois.

— Aí está um trabalho feito para mim — comemorou Ajay. — Em vez de perder meu tempo aqui nos cafundós do Judas sob a terra.

O túnel começou a se elevar outra vez, no mesmo ângulo e grau que tinha descido anteriormente. As pedras sob seus pés eram mais secas, e a passagem começou a se estreitar gradualmente.

Ajay consultou o GPS.

— Saímos da área do lago. Estamos sob a margem sul agora.

— A gente deve estar chegando perto daquela bifurcação da última vez — disse Will, iluminando a área à frente.

Fizeram uma curva fechada, e, 15 metros depois, outro corredor virava para a esquerda em ângulo reto enquanto logo adiante o caminho fazia outra curva para a direita. Will parou e iluminou a passagem estreita cercada de pedras à esquerda.

— Foi por aí que a gente passou no ano passado, lembram?

— É, esse túnel vai dar lá no vestiário auxiliar — disse Ajay, segurando o GPS.

— E o que tem por ali? — indagou Elise, apontando para a frente.

— Não deu para fazer o reconhecimento — disse Nick. — Foi aqui que os Cavaleiros deram uma de Coiote para cima da gente e tivemos que ralar peito que nem o Papa-Léguas.

— Bem, se vocês já sabem o que tem para *lá*, então vamos por *aqui* — disse Brooke, e começou a andar.

— Espere — pediu Will.

Algo que rondava seus pensamentos ficou mais claro. Aquele túnel. Aquela curva em especial. Uma sensação de familiaridade misturada a um *déjà vu* duplo o paralisou até conseguir se dar conta do que era: *tenho outra lembrança deste lugar. Não é só de quando estivemos aqui no ano passado. De onde é que está vindo? Sonhei que estava aqui em baixo? Foi isso?*

Não, não parecia certo. Will encostou a mão na parede, fechou os olhos e tentou aproximar a visão.

— Sei o que tem lá — disse ele. — Para a direita.

— Moleque, eu acabei de *falar* que a gente veio até aqui, nesse lugar, ano passado...

— Não, estou falando depois da *curva*. Vi em um sonho ou... alguma outra coisa assim, não sei explicar.

Não, não tinha sido um sonho. O mais próximo de uma explicação que ele podia dar a si mesmo parecia absurda demais para dizer em voz alta: *tem alguém projetando imagens para dentro de* minha *cabeça.*

Mas quem?

— O que você está vendo, Will? — indagou Elise, colocando-se a seu lado.

— Tem duas portas trancadas enormes à direita — disse ele, apontando para a frente. — E tem alguma coisa escrita nelas. Ajay, nenhum de nós três olhou por ali da última vez, não é?

— Não tivemos tempo — afirmou o amigo. — Começaram a correr atrás da gente.

— Vamos testar isso, então — disse Will. — Preciso saber se é real mesmo. Vão lá dar uma olhada.

— Ok — concordou Brooke, insegura.

Brooke, Nick e Ajay rapidamente fizeram a curva. Elise ficou com Will.

— Você está vendo alguma coisa? — sussurrou ele para a menina.

— Não.

— Não faço a menor ideia de onde esse negócio está vindo...

Foi interrompido pelas batidas dos outros em algo sólido, de madeira. Um momento depois, Brooke voltou correndo com expressão de grande preocupação.

— Não estou dizendo nem que *tem*, nem que *não* tem, ok, mas você lembra o que, se é que tinha mesmo alguma coisa, estava escrito na suposta porta? — indagou ela, levemente ofegante.

— Ou gravado! — gritou Nick de longe.

— Não dê nenhuma *pista* para ele — repreendeu Ajay.

Voltaram logo depois. Will fechou os olhos outra vez, recostou-se na parede e viu a porta em sua visão: grossa, maciça, feita de tábuas de madeira compridas.

Duas palavras flutuaram diante de seus olhos — uma delas gravada de qualquer jeito na superfície, como se tivessem usado uma faca —, mas não conseguiu discerni-las completamente.

— A primeira começa com *C*, tudo em maiúscula — disse. — A segunda está logo abaixo e começa com *T*.

— Agora você está começando a me assustar de verdade — falou Ajay, com cautela. — Você veio até aqui uma segunda vez sem contar para a gente?

— Claro que não — defendeu-o Elise, observando o amigo com preocupação.

— E, naturalmente, estou inclinado a acreditar nisso — garantiu Ajay. — Will, você consegue de alguma forma olhar para trás no tempo e ver *quem* escreveu as palavras?

— Desculpe — disse o menino, abrindo os olhos enquanto a visão se dissipava. — É tudo o que sei.

— Uau, isso é tão decepcionante! — exclamou Nick.

— Então, quais são as palavras na porta?

— Vem dar uma olhada — chamou Brooke.

O túnel se alargou, e o pé-direito ficou mais alto assim que viraram. As portas bloqueavam o caminho à frente, feitas de enormes tábuas de madeira irregulares e verticais, com quase 2,5 metros de largura e 4,5 metros de altura. Uma divisão quase invisível corria entre elas. Will viu que uma das palavras da visão tinha sido gravada com cuidado e toda por igual, cerca de 30 centímetros acima da linha dos olhos, toda em maiúsculas:

CAHOKIA

Abaixo dela, rabiscada com muito mais pressa e descuido, e também mais recentemente, quase arranhada na madeira:

TEOTWAWKI

— Teotwawki... e Cahokia — leu Ajay.

— Significa alguma coisa para vocês? — indagou Elise.

— Não — respondeu Will.

— Também não tenho lembrança alguma, tenho que dizer — afirmou Ajay.

— Cara, não é o *nome* de alguém, não? — perguntou Nick, fitando as palavras.

— Você está falando sério? — indagou Elise, com expressão incrédula.

— Ué, pode ser norueguês, não pode?

— Claro, Cahokia Teotwawki, a grande cantora de ópera norueguesa — ironizou Ajay, revirando os olhos.

— Mesmo?! — exclamou Nick, ansioso.

— Não.

— Bem, se você vai começar a ser *mau*, não brinco mais.

— As duas meio que lembram palavras nativo-americanas, vocês não acham? — arriscou Brooke.

— Talvez — concordou Will. — Vou perguntar ao treinador Jericho sobre elas.

— Elise, você estuda caligrafia e famílias tipográficas. O que acha disso? — perguntou Ajay.

A menina já examinava as letras de perto.

— Quem quer que tenha feito as gravações não se apressou na hora de escrever *Cahokia*. Parece oficial... Estão vendo como está centrada no meio? Como se tivesse sido alguém no comando quem mandou gravar aí. E é definitivamente do século XIX, com todas essas serifas.

— Quem colocou a porta também escreveu a palavra? — indagou Ajay.

— Acho que sim.

— E a outra? — perguntou Brooke.

— É diferente — disse Elise, seguindo o traço entalhado com os dedos. — Veio depois. As cicatrizes na madeira parecem mais novas. *Teotwawki.* Foi escrita rápido, quase como um rabisco, como um tipo de comentário a respeito da primeira palavra. É quase tipo grafite.

Nick ficou de pé em um pulo, recuou para dentro do túnel e saltou em direção à porta, dando um chute com os dois pés nela antes de voltar ao chão. A madeira não cedeu nem uma fração de centímetro.

— E, caso vocês estejam se perguntando, as bichinhas estão mais fechadas que escotilha em submarino nucular — disse Nick, examinando as bordas.

— Nuclear — corrigiu Ajay, exasperado.

— Não tem maçaneta nem fechadura. Não tem jeito de abrir. Nada.

— As dobradiças devem estar na parte de dentro — disse Ajay, medindo uma das paredes com outro aparelho tirado do colete. — E de acordo com minha leitura de densidade, a madeira é absurdamente grossa... pelo menos 25 centímetros. Provavelmente reforçada do outro lado também.

— Parece que é por aqui que a gente vai ficar, então — disse Brooke.

— Temos que passar — rebateu Will. — A chave de Nepsted está em algum lugar aí do outro lado.

— Todo mundo para trás — disse Nick. — Deixem comigo.

Nick aproximou-se da porta, abriu os braços e gritou:

— Amigo! — Nada aconteceu. — *Friend*! — Nada, então virou-se para os outros e sussurrou: — Alguém sabe como se diz *amigo* em alguma outra língua?

— *Mon ami* — respondeu Brooke.

— *Mon ami!* — gritou ele para a porta.

— O que você está fazendo? — indagou Elise.

— Tentando pensar fora da caixinha — respondeu ele, e depois quando a menina revirou os olhos: — Ei, funcionou em *O Senhor dos Anéis.*

— Mais burro que uma lata de tinta — disse Ajay, balançando a cabeça. — Talvez eu deva usar a machadinha.

— E você não gostou da *minha* ideia?

— Espere — disse Will, erguendo a mão, pedindo silêncio.

Fechou os olhos. Outra visão entrou flutuando em sua mente. Outra *imagem.*

— Tem outra coisa — falou. — Por aqui.

Guiou-os de volta pelo túnel até a bifurcação. Will recuou para o corredor menor, mantendo os olhos fixos na parede à frente. Nick tentou segui-lo, mas Elise empurrou-o para fora do caminho.

— Dá espaço para ele, dodô — disse.

Will abriu e fechou os olhos algumas vezes, tentando alinhar a imagem que se materializara em sua cabeça com a parede verdadeira diante dele.

— Tem alguma coisa enterrada aí dentro — anunciou, caminhando lentamente até ela. — Coberta de pedra ou lama ou musgo. Na altura dos olhos. Em algum canto aqui.

Tirou o canivete suíço, abriu a lâmina e desenhou os quatro lados de um quadrado na parede. Os outros apontaram as lanternas para a figura de 60 centímetros traçada por Will.

— Quer que eu use a machadinha? — ofereceu-se Ajay, levando a mão à mochila.

— Não precisa, amiguinho — disse Nick atrás de Ajay, enquanto tirava uma faca bowie da mochila. — Vamos ver o que uma faca de verdade consegue fazer.

Pegou uma lâmina admirável de 30 centímetros e a afundou na superfície junto à de Will enquanto os outros iluminavam o quadrado. Depois de terem escavado pedaços de pedra ao longo de quase 1 minuto, algo reluziu, refletindo a luz de uma das lanternas. Nick ajeitou a faca na mão e a enterrou no local. Ouviram um ruído sólido de metal com metal.

— É isso — disse Will.

Dobraram os esforços, raspando lama e sujeira rapidamente de uma superfície metálica enferrujada: latão opaco, com 30 centímetros quadrados, incrustado profundamente na pedra.

— É um tipo de chapa de metal — disse Nick.

Will tirou um último pedaço que a cobria e revelou o que parecia ser um grande buraco de fechadura antigo no centro da placa.

— Não — corrigiu Will. — É uma fechadura.

Limparam a sujeira e os detritos que ainda restavam, depois recuaram para estudá-la.

— Aposto cinquenta contos que isso aí abre aquela porta — disse Elise.

— Claro, como se eu fosse aceitar *essa* aposta — respondeu Nick.

— Me empreste as chaves, Nick — pediu Will.

O menino entregou o molho a Will, e ele foi passando uma por uma. Nenhuma das cinco chaves no aro parecia nem de perto ser grande o bastante para se encaixar no buraco da fechadura.

— Imaginei — disse Nick, chutando a sujeira, frustrado.

— Você acha que se alguém coloca uma porta super-ultra-triplamente secreta em um lugar, vai deixar a chave pendurada em um gancho? — indagou Elise.

— A gente nem sabe se tem uma chave para isso — disse Will.

— Posso dar uma porrada com a machadinha — ofereceu Ajay.

— Não foi das suas melhores sugestões — retrucou Brooke.

— Parece que estamos estagnados, então — concluiu Ajay. — Não é lugar nem hora para chamar um chaveiro.

Will virou-se para Nick.

— É sua deixa, irmão.

— Ceeeerto — respondeu ele, e vasculhou os bolsos externos da mochila.

— Do que vocês estão falando? — inquiriu Brooke.

— Vocês já têm um mestre das fechaduras no grupo, *mis amigos* — explicou Nick, abrindo a mochila. — E estão olhando para ele.

— Nick acabou aprendendo várias... habilidades diferentes enquanto crescia — falou Will.

— Um dos benefícios acidentais — disse o menino, pegando o conjunto de gazuas profissionais — de uma juventude transviada. Um pouco de luz aqui, galera.

Os quatro focalizaram suas lanternas na placa de latão. Nick direcionou a própria para o buraco da fechadura e, em seguida, colocou a mão na massa com duas de suas gazuas. Enquanto ia experimentando com as ferramentas curvas, ouviram, dentro do buraco, cliques e ruídos que pareceram promissores. Seguidos imediatamente de uma série bem menos promissora de estalos e sons de mecanismos trituradores que arrancaram os instrumentos da mão de Nick e puxaram-nos para dentro, terminando com o som de metal se partindo.

— Essa coisa maldita comeu minhas gazuas! — exclamou Nick, estupefato.

— O que você acha, Will, isso é algum tipo de tecnologia afótica? — indagou Brooke.

— É pior que isso. Essa droga é *carnívora* — respondeu Nick.

Will sacou os óculos escuros, colocou-os e olhou a chapa com cuidado.

— Não estou vendo nada...

— Paguei 39 contos por essas ferramentas.

— Onde? Na Vida Bandida Ltda.? — perguntou Elise.

Nick bateu com o punho na placa, frustrado. Todos recuaram um passo, como se ela pudesse contra-atacar.

— Não é afótica — disse Will, guardando os óculos. — Mas vamos pensar. Se *for* mesmo algum tipo de fechadura, quem quer que tenha instalado isso aqui tem que ter feito ao mesmo tempo em que colocou as portas, não é?

— Não sei — disse Ajay. — Levaria milênios para a placa ser coberta assim por qualquer processo geológico natural, a menos que...

— A menos que o quê? — indagou Brooke.

— A menos que as pedras tenham sido postas aí artificialmente — completou Will. — Como uma camuflagem. O que faz mais sentido.

— Vai ver é uma armadilha — ponderou Nick. — Vai ver tem um monstro lá dentro que arranca a cabeça de quem abrir aquela porta.

— É, talvez devêssemos deixar essa história para lá — disse Ajay, dando passos incertos em direção à saída. — Afinal de contas, precisamos estar de volta no alojamento antes do toque de recolher...

— Seja homem, minhoquinha — desafiou Elise, segurando Ajay pelos cotovelos e o impedindo de seguir adiante. — São só 9h30, e a gente ainda nem começou a tentar direito.

— É, você acha que a gente quer fazer toda aquela viagem ambígua de novo só para descer até aqui?

— Anfíbia — corrigiu Ajay.

— Vai ver a chave está escondida em algum lugar perto — sugeriu Brooke. — Vocês sabem, que nem uma chave extra dentro de um vaso de planta na varanda dos fundos.

— Notei a ausência gritante de magnólias em vasos nas cercanias imediatas.

— Boa ideia, Brooke — disse Will. — Vamos dar uma olhada por aí.

Passaram 5 minutos vasculhando cada centímetro da bifurcação, todo o caminho até a porta e voltando, olhando cada cantinho do lugar.

Nenhuma chave. Nada.

— Tenho uma pergunta — disse Brooke, erguendo a mão.

— Sim, Srta. Springer — chamou Ajay.

— Sem querer ser um balde de água fria, mas a gente tem certeza absoluta de que *quer* abrir aquela porta?

— Cara — disse Nick com impaciência, apontando para a madeira. — A gente não precisa da chave de Nepsted?

— Mas não vale a pena considerar a hipótese de que talvez a porta não tenha sido feita para manter as pessoas do lado de fora? — argumentou. — Que talvez tenha sido colocada lá para manter alguma coisa, do outro lado, presa *lá dentro*.

Os cinco refletiram. Ajay secou o suor da testa com um lenço.

— Olhe — falou Will. — Nepsted disse que existe uma chave... lá em baixo, no fim da escada... que vai abrir aquele cadeado mágico na sua gaiola. E ele não vai contar o que sabe sobre o colégio, os Cavaleiros e todo o resto até a gente entregá-la para ele.

— E, pode crer, ele sabe *muita* coisa — garantiu Nick.

— Então não vou embora até a gente abrir essas portas e achar o que veio até aqui buscar.

Elise fez um movimento com as mãos, como se pesasse duas possibilidades.

— É, tá. Vamos abrir a porta.

Outra ideia foi soprada para dentro da mente de Will. Tinha desistido de questionar de onde vinham, e caminhou até Elise, murmurando:

— Cante para ela.

— Você está falando sério? — indagou a menina.

— Nem sei por que acho que a tentativa vale a pena, mas acho.

— Você está dizendo cantar... tipo uma música?

— Não — respondeu ele, tentando ser discreto. — Não uma música de *verdade*. Uma daquelas *outras* habilidades que você disse que tinha treinado.

Elise entendeu a mensagem. Caminhou até a placa, inspirou fundo, fechou os olhos e juntou as mãos em uma posição de ioga, concentrando-se. Segundos depois adotou uma postura de artes marciais, virou a cabeça para trás e abriu a boca.

Um som claro, alto, como o de um sino em uma toada contínua, dominou o espaço fechado. A menina ergueu as mãos e as moveu à frente, e a qualidade do som mudou, como se ela estivesse dobrando ou dando forma a ele, ou...

Afiando-o. Ficou mais tenso e sensivelmente poderoso. Elise dirigiu o som — Will jurava que podia quase *vê-lo* movendo-se pelo ar — para a parede. Quando entrou em contato com a chapa, uma segunda nota subiu, em harmonia com a primeira, como se o latão a ecoasse. Vibrando, lentamente no início, depois em uma velocidade continuamente mais elevada, dominando o ar com som.

Os outros recuaram, alarmados. Nick chegou a cobrir as orelhas, mas Will aproximou-se para ver melhor.

Isso é incrível. Ela tem um controle tão maior agora. Como se tivesse dominado um instrumento... A diferença é que o instrumento é ela.

Elise refinou o som, diminuindo-o até concentrá-lo em um raio fino — Will podia enxergar o metal oscilando ferozmente, como se estivesse sendo perfurado por uma furadeira — e depois moveu as mãos a fim de posicionar a faixa solitária de som para a frente e diretamente dentro...

Do buraco da fechadura.

O ruído sumiu, transformando-se em uma onda supersônica que não eram capazes de ouvir, engolido pela fechadura, mas gerando grande calor e som ali dentro.

Elise olhou para Will, os olhos selvagens, precisando falar, mas concentrada demais para pronunciar as palavras em voz alta. Tinha fechado a boca, como se soprasse um raio laser.

E agora?, perguntou a ele.

— Como assim? — indagou ele de volta.

O que estou procurando aqui?

— Nick, como se abre uma fechadura?

— Sei lá, cara, você tem que ir sentindo.

— Ok, então o que você procura quando quer abrir uma?

— É meio difícil de explicar.

— Agora seria um excelente momento para tentar — disse Will, acenando para que o amigo se aproximasse da parede e de Elise. — Aqui. Diga a *ela*.

— Então, tem essa coisa redonda, certo? — começou Nick, usando as mãos vagamente para simular as formas que descrevia. — E tem um monte de... como é que se diz... coisinhas bem pequenininhas e afiadas que saem para baixo dela?

— Você está procurando um *cilindro* que tem uma série de *pinos* descendo do meio — explicou Ajay.

— Isso, obrigado. Pinos, isso aí que *ele* disse — completou Nick.

Elise pediu ajuda a Will outra vez com os olhos.

— E o que ela tem que tentar fazer com eles? — perguntou Will.

— Levantar os pinos a alturas específicas e na sequência certa — respondeu Ajay. — O que vai permitir que o cilindro rode livremente e libere a lingueta...

— Ok, cale a boca e deixe eu me concentrar — exigiu Elise entre dentes.

Esforçava-se para manter a pressão do raio sonoro dentro do cilindro. Tamanho era o controle que tinha da respiração que ainda era capaz de gerar som enquanto inspirava, mas Will podia ver que o esforço começava a drenar sua força. Olhou para trás e notou Brooke, afastada, fitando Elise como se fosse uma alienígena que tinha acabado de pular de bungee jump da nave-mãe.

— É essencial que você mantenha o torque constante no cilindro, para os pinos que já foram empurrados para cima não voltarem a cair — instruiu Ajay. — Aí você puxa a lingueta...

— Pare de ajudar — pediu Will a Ajay.

Elise olhou para o amigo: *Não sei quanto tempo mais aguento assim.* O corpo inteiro tremia com o esforço, o suor escorrendo da testa.

Estou sentindo alguma coisa. Olhe. Vou tentar puxar.

Will aproximou-se do buraco. Ouviu o raio sonoro vibrando lá dentro, sibilando com tensão, depois um clique forte e o zumbido de engrenagens que paravam abruptamente.

— É isso aí — disse Will. — Acho que você quase conseguiu.

Elise invocou sua última gota de força e dobrou a pressão. Will sentiu a placa de latão ficar fervente ao toque, a superfície toda trepidando. Em seguida, um clique mais alto, uma pausa de enlouquecer, e finalmente o ruído de engrenagens cedendo, que se sustentou, vindo detrás da placa.

Elise tombou. Nick correu e a pegou antes de chegar ao chão, gentilmente se abaixando com a menina aninhada nos braços. Estava semiconsciente, as pálpebras tremendo, os braços caídos, flácidos.

Will olhou para Brooke com urgência, pedindo ajuda. Ela se ajoelhou e colocou a mão no braço da amiga.

— Vai ficar tudo bem com ela — garantiu, olhando-a concentrada. — Está exausta, não ferida.

— Como você sabe disso? — perguntou Nick, confuso.

Antes que Brooke pudesse responder, ouviram um estrondo vindo além da curva, crescendo em volume e intensidade.

— As portas estão abrindo — disse Ajay.

E naquele instante Will foi atingido por outra impressão que não podia confirmar com os sentidos, tampouco rastrear a origem. Fitou o corredor atrás deles, tanto na direção pela qual tinham chegado quanto na do túnel que levava ao vestiário. Não viu nem ouviu coisa alguma, mas seus sentidos ainda mandavam a mesma mensagem.

Alguém, ou alguma coisa, os estava seguindo.

PALADINOS

Enquanto Brooke e Nick cuidavam de Elise, Ajay e Will se apressaram em virar a curva a fim de dar uma olhada. As portas gigantescas tinham se separado onde anteriormente havia um veio, e as duas metades abriam-se para o lado de fora, muito lentamente, centímetro por centímetro, acompanhadas do rangido de engrenagens imensamente pesadas, movendo-se e girando.

Apontaram as lanternas para a abertura enquanto ela aumentava, mas os raios mal penetravam a escuridão profunda e ameaçadora ali dentro. Uma rajada de vento vinda de lá soprou na direção deles, quase uma brisa suave, sugerindo umidade, ruína e sujeira antiquíssimas.

— Quando acha que foi a última vez que se abriram? — indagou Ajay, piscando rapidamente.

Will iluminou o chão, o lugar onde a beirada de ambas as portas arranhava de leve enquanto faziam o movimento, desenhando sulcos no solo junto ao trajeto elíptico. Ajoelhou-se para examiná-los.

— Não está com cara de que abriram muitas vezes — respondeu Will. — Teriam feito uma marca no chão com o tempo.

— Will, dê só uma olhada nisso — chamou Ajay.

Apontava a luz para a parte de trás das portas. Eram revestidas de placas de aço pesado, de pelo menos 2,5 centímetros de grossura. Padrões aleatórios de ranhuras profundas cruzavam a superfície metálica nos dois lados.

— O que você acha que fez isso? — indagou Will, aproximando-se para estudá-las. — Não parecem trabalho de uma ferramenta nem de máquina, parecem?

— Não. Eu diria que algo... orgânico fez isso. Talvez Brooke estivesse certa. — Ajay parou. — Não quero te alarmar, mas tem alguma coisa... *Ou alguém...* Parado mais para a frente do túnel.

Will virou-se e juntou sua luz com a de Ajay, mas os raios desapareceram na escuridão.

— Onde? Não estou vendo nada.

— Bem, eu consigo ver *tudo* — lembrou Ajay. — Espere seus olhos se ajustarem.

Will aguardou. As portas já tinham se aberto o suficiente para criar um espaço de quase 1,20 metro. Lentamente, uma forma surgiu, flutuando na escuridão, a uma distância indeterminada da porta. Para Will era quase impossível calcular onde estava.

— O que é? — perguntou.

— Não está se mexendo — respondeu Ajay, ainda sussurrando. — É grande demais para um ser humano, mas tem a forma de um. E está brilhando, uniformemente, com algum tipo de fosforescência. Desligue a luz.

Os dois o fizeram, mergulhando no breu total. O rangido pesado dos mecanismos das portas prosseguia e parecia ainda mais alto no escuro. Will continuava sem conseguir ver coisa alguma.

— Você vê melhor no escuro também? — perguntou Will.

— Naturalmente — sussurrou Ajay.

— Uma pergunta importante: ele consegue nos ver?

— Não está se movendo nem parece reagir de qualquer maneira.

Luzes e vozes vieram da curva atrás deles: Nick, Brooke e Elise, outra vez de pé.

— Fala! O que é que está rolando?

— Quieto! — ordenou Ajay em um sussurro ríspido. — Desliguem as lanternas. Usem uma luz frontal para iluminar o caminho. Caminhem lentamente até onde estamos e parem.

Os três seguiram as instruções, juntando-se aos dois à frente. A mão de Will encontrou a de Elise e a apertou. *Você está bem?*, perguntou em silêncio.

Tudo bem. Só não me convide para um karaokê por um tempo.

As portas pararam abruptamente, com apenas a metade do caminho percorrido, soltando um rangido alto, enferrujado. A brisa que soprava na direção do grupo intensificou-se o suficiente para agitar os cabelos das meninas.

— Com esse cheiro, parece até que foi uma das pirâmides que abrimos — sussurrou Brooke.

— De certo modo — respondeu Ajay —, pode ter sido *exatamente* isso que fizemos. Quero que todos apontem as lanternas à frente, no lugar onde estou focando a minha, e acendam quando eu disser. — Esperou que se aprontassem antes de dizer: — Agora.

Todas as cinco luzes foram acesas, direcionadas adiante, e os outros rapidamente alinharam os raios com o de Ajay.

Não podiam ver sua face, pois estava virada para longe da porta. Uma estátua, 4,5 metros à frente, bem no meio do corredor. Uma figura humana, como Ajay sugerira. Exibindo um homem de pelo menos 4,5 metros de altura, musculoso, de ombros largos. Esculpido de alguma liga metálica com uma opaca nuance esverdeada que quase não refletia os raios.

— Vamos dar uma olhada — disse Will.

— Você acha mesmo aconselhável? — perguntou Ajay. — E se a gente entra, e as portas fecham?

— Eu diria que é uma hipótese válida — concordou Elise.

— Eu vou, então — ofereceu-se Will. — Consigo voltar bem antes de elas fecharem.

— *Ninguém* entra sozinho — disse Brooke, incisiva.

— Já entendi — respondeu Will, incerto de como proceder.

— Espere — disse Nick. — Fiquem aqui, galera.

Nick jogou a mochila no chão e correu para a passagem principal, depois da curva, fora do campo de visão dos amigos. Instantes depois, escutaram-no grunhindo e fazendo força. Ouviram pedras rolando; algo bateu no chão com um baque alto e depois foi arrastado.

— O que diabos ele está fazendo? — indagou Elise.

— Antes de alguém ficar esquentadinho — disse Nick, quando voltou a ficar visível, puxando uma das pesadas tábuas de madeira das paredes —, essa aqui já estava solta e não causou um desabamento nem nada.

Nick deixou a madeira tombar. Era retangular como um dormente, de 15 centímetros de largura e 1,8 metro de comprimento. Will ajudou-o a colocá-la entre as portas, perpendicular à parede. Deixaram uma distância de menos de 2,5 centímetros de cada lado.

— Se começarem a fechar, isso aí vai segurar as portas um tempinho — disse Nick.

Will não se sentia à vontade deixando a passagem aberta. Fitou o túnel vazio atrás deles, pegou Nick pelo braço e sussurrou:

— Você viu ou ouviu alguma coisa lá atrás?

— Não, cara. Nada, ninguém. Por quê?

— Só estou tentando ser cuidadoso — explicou o amigo; depois voltou-se para os demais. — Vamos entrar.

Todos passaram pela abertura. Exceto Nick. Will virou-se para ele.

— Não vem?

— Tive uma experiência ruim com uma, ahn, estátua bem recentemente — falou, constrangido.

— É verdade — disse Will. — A gente entende totalmente. Espere aqui se preferir.

O ginasta hesitou.

— Não, e se a coisa começa a querer briga? O que *vocês* vão fazer, matar ela de tédio?

Nick juntou-se a eles e seguiram em frente com cautela. Piso, paredes e teto do outro lado eram revestidos com algo parecido com tijolos de terra firmemente unidos; cinzentos, empoeirados e desgastados pela idade. O túnel inteiro tomou um formato mais circular e simétrico.

— Um estilo completamente diferente de construção — observou Ajay, apontando a lanterna ao redor.

— Estranho — comentou Elise. — Não parece com nada do que a gente já viu antes.

— Pode crer — concordou Nick. — Parece uma droga de túnel do metrô.

As paredes se afastavam outros três metros ao redor da estátua, formando uma câmara levemente arredondada. A figura ficava sobre um simples pedestal quadrado de pedra irregular, com cerca de 90 centímetros de altura. Posicionaram-se em volta dela, percorrendo sua extensão de cima a baixo com os raios de luz enquanto davam uma primeira olhada.

— Parece familiar? — perguntou Ajay.

— O Paladino — respondeu Will. — Uma versão moderna do Paladino.

Mantinha a mesma postura do mascote da escola, a arma erguida, fitando vigilantemente a escuridão à frente. Entretanto, em vez de mostrar um cavaleiro medieval empunhando espada e escudo, esta era a representação de um soldado norte-americano, de capacete e com um fuzil na mão.

— O que é isso? — indagou Brooke.

— Um soldado de infantaria da Segunda Guerra Mundial — explicou Ajay, direcionando a lanterna para vários pontos. — Alistado, um soldado raso. Repare na faixa única da manga. Está com um fuzil M1 Garand semiautomático de ferrolho rotativo na mão, a arma padrão do exército americano.

— Isso interessa? — indagou Elise.

— Sim, e vou explicar por quê. O M1 começou a ser usado em 1939. A *carabina* M1, totalmente automática com um clipe maior, só começou a ser utilizada em 1942. Então, essa arma nos diz quando a estátua foi feita.

— Ou você podia simplesmente ter olhado a data que está gravada na base, bem aqui — disse Brooke, apontando a lanterna para um pequeno número romano no canto direito superior.

— Criada em 1939 — leu Will, a luz posicionada no número.

— Estou me sentindo muito bem com minha estimativa original — disse Ajay com um sorriso orgulhoso.

— Então alguém já *esteve* aqui — disse Will. — Pelo menos em 1939.

— É feita de bronze — constatou Elise, que subira no pedestal a fim de olhar o soldado mais de perto. — Uma coisa desse tipo só pode ter sido feita em uma fundição.

Brooke juntou-se a ela na base.

— A grande questão é como foi que a trouxeram até aqui — comentou a garota.

— A grande questão é o que está fazendo aqui — rebateu Will.

— Moleque, é tão óbvio: montando guarda — afirmou Nick.

— Para quê? — indagou Elise.

— O que, ficou difícil demais para você? — Nick virou-se e mirou a lanterna para dentro da ampla escuridão à frente deles. — Tem alguma coisa *lá*.

Naquele instante, a brisa suave que passava pela câmara se intensificou e soltou um uivo fraco. O que não ajudou a diminuir o nervosismo dos amigos.

— Então quem foi que colocou isso aí e por quê? — inquiriu Brooke, estremecendo visivelmente.

— Não dá para responder ainda — disse Will, estreitando os olhos para conseguir enxergar mais além no túnel.

— Vamos ver o que dá para deduzir — propôs Ajay, a voz um pouco tremida. — Esta é uma variação moderna da estátua original do Paladino, que foi originalmente instalada na frente do Celeiro em 1917.

— Certo — concordou Will.

— O Paladino é o mascote do Centro — continuou o outro —, mas os Cavaleiros de Carlos Magno também eram conhecidos como Paladinos. Podemos, portanto, supor que isso tem algo a ver com os Cavaleiros ou com o Centro?

— Ou com os dois — complementou Will. — Mas a gente ainda não sabe por quê.

Elise e Brooke desceram do pedestal, e todos seguiram em frente em grupo. Ao saírem da câmara, o túnel se estreitou e voltou às dimensões anteriores.

— Agora todo mundo desligue a lanterna e olhe para trás — pediu Will.

Assim o fizeram. A estátua do soldado, a cerca de 23 metros mais para trás, brilhava fortemente no escuro, apontando a arma para eles, um espectro sinistro e ameaçador.

— Nossas luzes recarregaram a fosforescência — disse Ajay.

Will ainda não se livrara da sensação de que havia algo mais além da escuridão, atrás da figura, os observando ou seguindo, mas guardou a impressão para si.

— Acho que dá para arriscar um palpite sobre a razão de existir da estátua — disse Ajay, a voz tremendo muito obviamente. — É para matar de medo quem quer que a veja.

— Moleque, eu te falei! — exclamou Nick. — É uma sentinela, montando guarda.

— Mas contra o quê? — indagou Brooke, voltando-se para olhar o caminho pelo qual tinham vindo.

Ninguém respondeu, mas os demais rapidamente viraram e ligaram as lanternas, os raios engolidos pela escuridão infernal.

— Vamos continuar andando — decidiu Will, reprimindo o medo e tomando a frente do grupo.

— O túnel está sutilmente se inclinando para baixo — observou Ajay momentos depois, examinando o GPS. — E estamos seguindo, ainda mais sutilmente, para a esquerda, ou sudoeste.

Apertaram o passo. Com as luzes das lanternas combinadas iluminando o túnel ao redor deles, perceberam que viravam à esquerda enquanto continuavam a descer.

— Esperem — disse Ajay. — Desliguem a luz.

Todos desligaram. Ajay deu alguns passos adiante e perscrutou o breu.

— Tem outra estátua lá na frente — anunciou. — Brilhando no escuro também.

Foram lentamente caminhando ao lado de Ajay, mas tiveram que percorrer mais 18 metros antes de uma segunda figura surgir da escuridão, reluzindo com uma cor verde pálida luminosa, provavelmente uns 30 metros à frente e ligeiramente abaixo do grupo. Ligaram as luzes outra vez e correram até ela. O corredor se alargou, criando uma câmara idêntica à que abrigava a última escultura.

Como a anterior, a estátua repousava sobre um pedestal, com o rosto virado para longe deles. Outro soldado, de tamanho similar, feito de liga metálica. Circundaram-na, estudando todos os ângulos. Uma pose idêntica à do soldado de infantaria e Paladino original, pronto para ação, rifle a postos.

— Este aqui é da Primeira Guerra Mundial — disse Ajay, os olhos enormes, absorvendo os detalhes. — Alistado, também da infantaria, soldado raso, na mesma postura defensiva, mas com um rifle Lee-Enfield inglês, o que significa que é de...

— 1917 — cortou Elise, iluminando outro número romano no canto da base.

— Se ele é americano, por que está com um rifle inglês? — indagou Brooke.

— O Lee-Enfield era uma arma padrão das forças armadas britânicas — respondeu Ajay —, mas foi usado pelos americanos, porque não tínhamos armamento o suficiente quando entramos na guerra. Mas, de qualquer forma, *nossa* versão do rifle era 5 centímetros mais longa e 450 gramas mais pesada que...

— Meu Deus, cara, se você fizesse um aplicativo para curar insônia ia dar *tão* certo! — exclamou Nick.

— Obrigado, Ajay — contemporizou Will.

— Esse aí é mais antigo que o outro — disse Elise, passando a mão na perna da figura. — É de cobre e está muito mais corroído.

— Mas, moleque, por que esses caras *brilham*? Achei que isso fosse algum tipo de tecnologia moderna de Halloween.

— Diria que os materiais devem ter sido misturados com um composto de fósforo — arriscou Ajay.

— Vamos continuar — disse Will.

Encontraram uma terceira estátua cintilante em outra câmara, algumas centenas de metros mais adiante. Essa variação representava o Paladino como um soldado de infantaria da Guerra Civil, armado com mosquete, pistola e machado. Elise achou que era feita de ferro forjado, uma vez que parecia mais rudimentar que as demais.

— Esse pedestal não mostra a data — observou ela, examinando a base. — Mas as iniciais I. L. C estão gravadas no canto.

— Ian Lemuel Cornish — deduziu Will.

— Se foi ele quem colocou isso aqui — disse Ajay —, deve ser do fim da década de 1860.

— Vou perguntar de novo — disse Brooke, mais atrás. — Por que isso está aqui?

— Eles são todos soldados — respondeu Nick. — Sentinelas.

— Versões do Paladino, atualizados sempre que colocavam um aqui — disse Will, refletindo a respeito. — Versões americanas.

— Na forma de qual fosse a figura que representasse o arquétipo de guerreiro da época — completou Ajay.

— E acho que o instinto de Nick está correto — argumentou Will. — São sentinelas, montando guarda.

— Como espantalhos — comentou Nick. — Só que bem duros.

— Então quer dizer que pelos últimos 150 anos, alguém se deu ao trabalho considerável de trazer essas estátuas até aqui — disse Ajay. — Isso elimina o Centro. Começou cinco décadas antes de a escola ser aberta.

— O Paladino foi o símbolo dos Cavaleiros da Carlos Magno durante mil anos — disse Elise. — Se não foi a escola, só podem ter sido eles, não acham?

— A gente sabe que foi Cornish quem colocou o primeiro aqui — disse Will. — Então, ou foram os Cavaleiros que continuaram a tradição...

— Ou o próprio Ian Cornish era um deles — concluiu Ajay.

— E se ele tiver sido o primeiro Cavaleiro moderno? — indagou Elise. — Talvez tenha ressuscitado o grupo.

— A gente sabe que foi ele quem abriu os túneis, pelo menos até o ponto em que as portas estão — ponderou Brooke. — Mas será que foi ele quem fez *este* aqui?

Uma resposta clara, intuitiva invadiu a mente de Will enquanto olhava ao redor.

— Não — disse ele, examinando a construção da câmara. — A seção atrás das portas estava aqui desde *antes.* É *muito* mais antiga que as estátuas. Em algum momento da escavação, Cornish chegou aqui.

— Então ele instalou a primeira estátua — disse Elise. — E por alguma razão colocou aquelas portas lá?

— Ainda não entendo como elas servem de sentinelas — confessou Brooke. — O que poderiam fazer?

— Tenho um palpite sobre isso — disse Ajay, circulando a figura. — Esta poderia ser uma variação moderna de uma antiga tradição tribal que era comum no mundo todo.

— Tipo? — perguntou Elise.

— As gárgulas que você encontra nas paredes externas de catedrais góticas como a Notre Dame, ou os anjos armados de espadas que flanqueiam a entrada do pavilhão do Grande Buda de Nara, no Japão. São guardas espirituais, deixados em lugares sagrados para protegê-los.

— Proteger de quê? — indagou Nick.

— Algumas teorias sugerem que foram feitos para repelir entidades demoníacas de outros reinos — respondeu Ajay, olhando de relance para Will.

— O Nunca-Foi — sugeriu o menino, como se tudo começasse a fazer sentido para ele. — As estátuas foram colocadas aqui por pessoas que descobriram o Outro Time.

— De onde os monstros vêm — completou Elise, encontrando o olhar dele.

— Espere, então você está dizendo que tem uma daquelas paradas de portal para a Central dos Monstros aqui embaixo? — indagou Nick.

— Não sei — confessou Will. — Mas a gente não vai descobrir nada ficando parado. As respostas estão por ali. — Apontou para a frente, no instante em que um sibilo de vento uivou de algum lugar distante. Will o sentiu soprar um arrepio frio na alma. Livrou-se dele, andou alguns metros no escuro e apontou a lanterna para o caminho adiante.

— A parede da direita do túnel vai descendo a partir desse ponto — esclareceu. — Parece que tem um tipo de rebaixamento. Todo mundo ilumina aqui.

Combinaram as luzes a fim de formar um único raio que perfurava o breu. Não conseguiam ver nada naquela direção, mas todos sentiram a desorientação vertiginosa, quase de enjoo, de estar fitando o vazio.

— Já cansei de dançar no escuro — disse Nick. — Está na hora de se fazer a luz.

Tirou um par de sinalizadores grandes e vermelhos da mochila, pegou luvas de couro espessas, então os acendeu. A câmara e o túnel se encheram de luz vermelha viva em ambas as direções. Nick pulou e encaixou um dos sinalizadores em um vão entre o rifle e a mão da estátua, depois desceu e segurou o outro acima da cabeça.

— Trouxe um montão desses para o caso de a gente precisar, e uma pistola sinalizadora também — explicou o garoto. — Serve para uma hora de iluminação. É o suficiente para encontrar a droga da chave de Nepsted?

Ajay olhou para o relógio.

— São pouco mais de dez horas da noite.

— É mais ou menos esse o tempo que ainda quero ficar aqui — disse Will. — E vocês?

Estavam todos de acordo.

Nick avançou com cautela até conseguir ver o começo do declive com sua luz. Mesmo com toda a claridade, não conseguiam enxergar coisa alguma na escuridão diante deles.

— Segura isso aqui um segundo — pediu Nick, entregando o sinalizador aceso a Will.

O menino pegou a pistola de emergência, abriu e a carregou com uma única cápsula. Apontou pouco acima do nível do ombro e a disparou. O sinalizador fez um arco para cima e para a frente, traçando uma linha de pelo menos 400 metros no ar antes de ser detonado e transformar o escuro com a luz branca de uma repentina lua cheia.

A explosão revelou que o vazio que confrontavam era uma caverna de pedra abobadada, de pelo menos 1,6 quilômetro de largura e 800 metros de profundidade. A chama desceu lentamente, como se estivesse de paraquedas, e finalmente iluminou o chão bem abaixo deles.

— O que isso te parece? — indagou Nick, apontando para a base plana da caverna.

— Parece uma cidade — respondeu Will.

CAHOKIA

Daquela distância, com a luz do sinalizador, tudo o que conseguiam discernir eram formas — Ajay identificou-as como telhados —, mas dominavam uma porção considerável da caverna monumental abaixo, e a escala das construções do lugar parecia agigantada. Não encontraram novas estátuas. Evitando o lado aberto da parede, desceram o caminho serpenteante por mais de 10 minutos até chegarem a uma larga e íngreme escadaria esculpida da pedra, aberta para o vazio em ambos os lados à medida que mergulhava na escuridão. O grupo parou, ergueu os sinalizadores e não conseguiu ver seu fim.

— Lembrem o que Nepsted falou — disse Will.

— A chave está na caverna no fim das escadas — complementou Ajay.

— Bem, a gente achou a escada — comentou Nick, enquanto disparava outro sinal luminoso no ar. Quando se acendeu acima deles, puderam ver que a escadaria seguia por pelo menos 400 metros antes de chegar ao chão da grande caverna.

— Os prédios de Nepsted têm que estar aí — disse Will. — A catedral e o hospital.

Tinham descido tanto que a cidade já não era mais visível, com algo enorme e cinzento obscurecendo-a ao longo de 1,6 quilômetro da extensão de uma planície.

— Cuidado com os degraus — advertiu Will. — A gente não sabe em que estado estão.

Nick assumiu a dianteira, estabelecendo um passo lento, certificando-se de que todos o acompanhassem no próprio ritmo; os degraus eram irregulares, rachados em muitos pontos, completamente erodidos em outros. Demoraram 20 minutos para chegar ao fim. A escadaria se estreitava abruptamente pouco antes de acabar em uma câmara de pedra, exibindo uma passagem em arco como a única maneira de continuar. Passaram por ela cautelosamente, chegando à área plana que levava ao elemento cinzento desconhecido a distância. O ar era estagnado e frio, portanto pararam e vestiram roupas mais quentes que tinham trazido nas mochilas.

— Olhem, dá para ver o lugar onde a gente estava. — Brooke apontou para cima e para trás.

A luz do sinalizador que haviam prendido na estátua aparecia como um brilho vermelho fraco bem acima deles, à direita, o que fez com que Ajay pudesse obter sua localização com o GPS.

— Ninguém vai comentar como essa parada toda é bizarra, não? — indagou Nick. — Deixe para lá, acabei de fazer isso.

Will fechou os olhos, evocou a Grade e pensou ter visto um breve lampejo de calor no topo das escadas; a coisa evaporou e não voltou a aparecer. Um fio de suor correu por suas costas.

— Me dê mais dois desses sinalizadores — pediu.

Vestiu luvas de couro enquanto Nick os acendia para ele. Will levantou a chama e seguiu em frente. Um tapete de poeira de mais de 7 centímetros de espessura recobria todo o chão, visível como se fosse neve cinza, e levantava pequenas nuvens a cada passo. A uniforme superfície cinzenta brilhava de um tom escarlate sinistro com a luz dos sinalizadores.

De longe, conseguiram identificar o que havia obscurecido sua visão da cidade: uma muralha alta avultava-se sobre o horizonte inteiro. A planície monocromática cinza tornava difícil determinar a que distância deles o muro estava, e qual sua altura, mas se estendia perpendicularmente, fazendo uma curva nas duas direções, sem fim que pudessem enxergar.

Uma cidade murada.

Will piscou, invocou a Grade outra vez, e sondou a área à frente, procurando sinais de vida. Nada. Cinza e árido como a lua. Limpou um espaço no chão com o pé e jogou um dos sinalizadores ali.

— Isso vai ajudar a gente a encontrar o caminho de volta — explicou. — Vamos.

Não queria assustá-los dizendo que também o deixara ali para ver se alguém os seguiria. Ergueu a outra chama, como se fosse uma tocha, enquanto partia, e os demais seguiram logo atrás. Caminhavam lentamente, em silêncio, impressionados demais para falar, tornando o contato dos pés com a poeira o único som que ouviam.

— Que lugar é esse? — sussurrou Brooke.

— O Jericho me disse uma coisa no ano passado, na sala de troféus — lembrou Will, a voz não passando de um sussurro. — Uma lenda lakota sobre uma raça antiga que vivia na área muito antes da raça humana aparecer.

— Vivia onde, aqui? — indagou Ajay.

— Uau, tipo em *Wisconsin?* — perguntou Nick.

— Ele disse "nesta mesma terra", então vai ver isso inclui "bem abaixo dela".

— Estamos pelo menos 2,4 quilômetros sob a superfície — disse Ajay, os olhos colados no leitor de um de seus medidores. — Essas "lendas" podem ter subido até a superfície?

— Ou o contrário — disse Will, enquanto prosseguia. — Tem muitas cavernas na área. Talvez os lakota tenham encontrado esse lugar, ou artefatos que foram deixados.

— Ou, moleque, quem sabe até uns *carinhas.*

— O que aconteceu com essa raça mais antiga? — inquiriu Brooke. — Segundo a lenda.

— Jericho disse que foi destruída por... Espere, não é isso. Ele falou que ela *se* destruiu. Por algum tipo de loucura ou... desarmonia.

— Está com cara de que aconteceu alguma coisa bem pior que só sair do tom — disse Nick.

— Ele mencionou se essa raça de habitantes subterrâneos era de... p-p--pessoas como a gente? — indagou Ajay, pela primeira vez nem se dando ao trabalho de reagir à fala de Nick.

— Não.

— Bem, mas *que* útil! — exclamou Nick.

— Qual é a relação que você acha que existe entre isso e o que a gente está procurando? — perguntou Brooke. — Tem alguma coisa a ver com os Cavaleiros ou o Outro Time?

— Ainda não tenho a menor ideia de como isso se encaixa — confessou Will, erguendo o sinalizador.

— Bem, na minha opinião, isso pode ser muito, muito bom — disse Nick. — Ou muito, muito ruim.

— Valeu pela análise de expert — ironizou Elise.

— Até onde me interessa — continuou o menino, vasculhando o interior da mochila outra vez —, a gente está aqui para achar a chave de Nepsted. E quanto mais cedo isso acontecer, mais cedo a gente pode ralar peito desse i-n-f-e-r-n-o de poeira infernal.

— Para que soletrar "inferno" se você foi dizer "infernal" duas palavras depois? — disse Ajay.

— Como é?

— Ajay, você consegue ver uma abertura em algum lugar daquele muro? — cortou Will.

— Estava indo te dar uma ajuda com isso agora mesmo — declarou Nick. Levantou o braço e disparou outro sinalizador para o alto, acima do topo da muralha. Quando entrou em combustão, toda a área se iluminou como se fosse dia.

— Você ficou *maluco?* — exclamou Brooke, segurando-o pelo braço. — E se a gente não estiver sozinho?

— Fala sério — respondeu ele. — Dê só uma olhada em volta, Brooks, esse lugar é um deserto.

Will olhou para trás, para o sinalizador que deixara à esquerda da escada. Pensou ter visto uma sombra passar entre eles e o local, mas talvez seus olhos estivessem lhe pregando peças. Quando voltou-se para a frente, a chama lançada por Nick revelara que grande parte da muralha havia sofrido danos pela erosão e gravidade.

— Lá — disse Ajay, apontando para uma seção à esquerda. — Estou vendo uma rachadura na parede bem ali.

Viraram de leve enquanto Ajay os guiava até a abertura. O trajeto demorou muito mais para ser coberto do que Will previra; era impossível calcular distâncias na planície imutável e mal iluminada, e, à medida que se aproximavam, o muro começava a parecer muito maior que a primeira impressão sugerira. Tinha bem mais que 15 metros no topo de suas partes ilesas, formando uma barreira larga o bastante para fazer um caminhão desviar. Estavam próximos o suficiente para ver que tinha sido construída com os mesmos tijolos de terra que pavimentavam o túnel. Entretanto, enquanto as passagens continuavam intactas, a muralha estava em ruínas, revelando cada vez mais partes em degradação avançada e sem reparo possível quanto mais o grupo se aproximava.

— O que você está vendo? — perguntou Will a Ajay, que estudava o muro.

— Várias marcas e talhos nos tijolos que não posso atribuir aos desgastes do tempo — sussurrou o menino. — Em diversos lugares, na metade da parede e mais no alto, afundados pelo que podem ter sido projéteis.

— Que você interpreta como...? — indagou Elise.

— Parece que este lugar foi sitiado em algum momento. Como uma cidade murada medieval.

— Vai ver é por isso que está deserta — disse Will.

— Vamos *torcer* para que esteja deserta — retrucou Brooke.

— "All along the watchtower, princes kept the view" — citou Elise baixinho, olhando para a extensão em ruína da parede.

— Jimi Hendrix — disse Nick.

— Bob Dylan — corrigiu Elise.

— "There must be some kind of way out of here, said the joker to the thief" — completou Will. — Meus pais tinham esse disco.

— Foi Dylan que compôs — comentou Ajay.

— É, mas Hendrix arrasou tocando — argumentou Nick.

— Vamos torcer para ter uma saída daqui também — disse Brooke.

— Vocês já acabaram? — indagou Ajay, e chamou atenção para a muralha. — Essas marcas são notavelmente diferentes dos entalhes que vimos nas portas da entrada.

— Entalhe? Você não falou nada sobre entalhe algum — disse Nick, preocupado. — Que entalhes?

— Não cheguem muito perto ainda — advertiu Will, ignorando a pergunta. — Vamos até a abertura.

Continuaram seguindo à esquerda, até que a rachadura que Ajay avistara entrou em foco para o restante do grupo, parecendo um grande buraco negro.

— Dispara outro sinalizador — pediu Will.

Nick lançou um diretamente para cima, e, quando a chama se expandiu, iluminando o buraco adiante, viram o que acontecera. Dois portões de metal gigantescos haviam caído, desabado ou, mais provavelmente, sido derrubados. Foram parar no lado de dentro da muralha, com marcas afundadas e de corte. Dobradiças de ferro enormes, que antes os sustentavam, projetavam-se para fora da beira do portal, torcidas e disformes.

— O que fez isso? — indagou Nick.

— Parece que aconteceu algum tipo de guerra aqui — observou Elise enquanto as contemplavam, impressionados.

Algo que Dave dissera voltou à memória de Will, e ouviu a voz do anjo soar em sua mente: *Uma guerra entre a Hierarquia e os Antigos, a raça corrupta que dominou e arruinou o planeta. Até a Hierarquia mandá-los de volta pelos Portões do Inferno.*

Pode ser aqui o lugar?

— Vocês acham mesmo que a gente devia entrar? — perguntou Brooke.

— Viemos até aqui — respondeu Will.

— Ei, não tentaram comer a gente até agora — disse Nick.

— Tão encorajador — zombou Elise.

— Se alguém quiser voltar agora — declarou Will —, é só dizer.

Ninguém respondeu.

— Sinta-se à vontade para guiar o caminho, Will — avisou Ajay, segurando as pontas, mas querendo que alguém tomasse a dianteira.

— Depois que a gente entrar, ninguém toca em nada — advertiu Will, acenando para se aproximarem uns dos outros. — Fiquem juntos, falem baixo e se preparem para correr. Se a gente precisar dar o fora daqui, todo mundo vai para a escada e de volta ao túnel.

Will ergueu o sinalizador e guiou-os pelos portões enquanto Nick ficou em último na fila. A luz do último sinalizador que o menino disparara havia se apagado, deixando-os dentro de uma bolha de itinerante luz vermelha.

Alcançaram os portões caídos, cada um com pelo menos 15 metros de altura. Feitos de metal sólido e espesso, com grandes extensões de aço presas ao redor das beiradas, exibiam as marcas de um ataque furioso; lacerações, pontos afundados e arranhões desfiguravam a superfície.

— Diferentes das marcas que vimos nas portas lá em cima — disse Ajay.

— Você quer dizer os entalhes? — perguntou Nick.

— É.

— Tem alguma coisa gravada nos portões — disse Elise, apontando a lanterna para uma e depois outra. — Dê uma olhada.

A faixa de luz seguiu as formas de uma letra ou glifo indecifrável gigante estampado no metal.

— Bem-vindo a Cahokia — disse Nick, pulando sobre o portão e abrindo os braços. — Capital turística do submundo.

— É uma das maiores descobertas arqueológicas na história humana — admirou-se Brooke.

— Eu não colocaria a palavra *humana* em jogo tão rápido — disse Elise.

Passaram os portões. Dentro, o estrago não parecia ter sido tão devastador, mas o mesmo tapete grosso de poeira cobria o chão até onde eram capazes de enxergar. Embora muitas paredes lá dentro estivessem em ruínas, restava o suficiente para que pudessem identificar os padrões de uma planta ortogonal. Uma rede de caminhos e pistas saía de ambos os lados da larga avenida principal que começava nos portões.

Will viu Brooke abraçar o corpo com os braços e se encolher.

— Está tudo bem? — sussurrou ele.

— É tudo tão vazio e frio. Igual a um cemitério, só que em outro planeta. Nem parece que já pode ter tido vida aqui.

— Espere um minuto aí — pediu Elise, parando e aguardando os outros fazerem o mesmo. — Conte mais sobre como exatamente a gente está planejando encontrar essa chave. Por exemplo, como ela é?

Will perguntou-se se a irritação da menina vinha do fato de tê-lo visto falando aos cochichos com Brooke.

— A gente não sabe mais nada sobre ela — explicou —, a não ser que é algum tipo de instrumento afótico, e que Nepsted disse que a gente a encontraria na caverna no fim da escada.

— Caverna, escada, beleza — disse Nick.

— E que estava dentro do hospital — complementou Ajay. — Aonde só poderíamos chegar passando pela "catedral antiga".

— Acho que você não chegou a pedir um guia da cidade para ele, né? — disse Elise.

— Olhe, marcos assim não devem ser difíceis de achar — argumentou Ajay. Fez um gesto diante da tela do GPS; o aparelho projetou um mapa tridimensional no ar à frente, e cada movimento de dedos de Ajay acrescentava mais detalhes à planta.

— Cidades primitivas evoluíam seguindo linhas lógicas, com lugar e propósito práticos. Deveria existir um mercado, por exemplo, perto de uma entrada principal, com áreas residenciais dos dois lados, e uma vizinhança para os vários artesãos locais teria sido formada para colocarem os negócios em prática.

— Que negócios? Nem sabemos que tipo de pessoas vivia aqui — disse Elise.

— Se é que eram pessoas — lembrou Brooke.

— O *tamanho* do que resta dessas construções parece ser um tanto grande para humanos — observou Ajay, seguindo em frente com o mapa do GPS, forçando o grupo a segui-lo. — Com base no que vi, calculo que era uma comunidade com população de mais de 15 mil... sei lá o quê.

— Você tem noção de que sai atirando um monte de fatos para todos os lados sempre que está assustado, não tem? — indagou Elise.

— E você faz o que, critica os outros? — retorquiu.

— Não, isso ela faz o tempo *todo* — disse Nick.

— Cuidem da ansiedade de vocês à própria maneira, que cuido da minha — retrucou Ajay; depois, continuou sem perder tempo: — E como Nepsted mencionou uma catedral, isso sugere que os habitantes respeitavam alguma forma de adoração conjunta. Dada a importância dos assuntos espirituais para os organismos sociais avançados, o lógico seria que o local escolhido para praticar essa adoração fosse proeminente e visível... Por exemplo, no ponto mais alto da cidade...

— Tipo lá em cima — disse Will, apontando para uma sombra distante.

Nick disparou outro sinalizador na direção. Cerca de 180 metros à frente, a larga avenida em que estavam abria-se em uma área comum ou praça. Ao chegarem lá, a pista dividia-se em três caminhos. Um seguia para a esquerda, para um conjunto confuso de pequenas ruas sinuosas; outro virava para a direita, e levava a um padrão simétrico de avenidas espaçosas — uma área residencial, possivelmente.

O terceiro caminho continuava reto, e, coisa de 46 metros depois da praça, terminava em um lance de escadas que subia 6 metros, até um pátio que circundava a estrutura mais impressionante que tinham visto dentro daqueles muros. Sofrera danos significativos. Will achou que parecia uma daquelas construções arruinadas pelos bombardeios urbanos da Segunda Guerra Mundial.

— Catedral, alô? — disse Elise.

À medida que se aproximavam, quatro objetos peculiares entraram em seu campo de visão ao pé das escadas. Formas altas, delgadas, serpenteantes que saíam do chão e subiam 3 metros no ar antes de se abrir em grandes esferas irregulares.

— Parecem... árvores — observou Ajay.

— Como é possível, tão fundo na terra? — indagou Brooke. — Sem luz nem água?

— Não faço ideia.

Ajay, porém, estava certo. Os objetos pareciam árvores, com algo semelhante a troncos saindo do chão, e um conjunto complexo de galhos finos e sem folha mais acima. Quando apontaram as lanternas para eles, os galhos cintilaram, refratando os raios de modo a criar formas pontiagudas e coloridas, como se fossem lustres abstratos. Chegando mais perto, viram que eram cravejados de pequenos buracos alongados e que eram mais similares a vidro que madeira, como se tivessem sobrevivido, mas sido recobertas por uma furiosa nevasca.

— Parecem mais com joias que com árvores — disse Brooke.

— Se são mesmo árvores, são tão antigas quanto nossa era geológica — explicou Ajay. — Como fósseis na Floresta Petrificada.

— Vai ver eles tinham luz e água aqui embaixo — ponderou Elise. — Um dia, muito tempo atrás.

— Só uma pergunta: a gente encontrou o Inferno? — indagou Nick, movendo-se inquieto. — Porque seja lá quem inventou aquela história toda de "o Inferno é um poço de fogo com um bando de demônios pulando por aí" viajou legal.

— Vamos dar uma olhada na igreja — disse Will.

— É, de repente me deu uma baita vontade de acender uma vela — ironizou Nick.

O ginasta avançou pela escada. Os degraus de pedra davam a impressão de serem frágeis, quase esfarelando sob os pés. Will vinha atrás. Em um determinado momento, pensou ter ouvido ruídos suaves e esvoaçantes atrás dele. Virou-se para olhar, e levantou a chama.

Nada se movia na penumbra implacável, mas sentiu um vago desconforto, o sistema nervoso registrando algo que não podia enxergar. Will evocou a Grade para sondar o terreno em volta deles. Nenhum sinal de calor — ou vida — surgiu, mas captou uma pequena movimentação.

As árvores ao pé da escadaria. Os galhos balançavam, como se tivessem sido agitados por uma brisa gentil.

Will não sentira o ar movendo-se desde que tinham passado pelos portões. Presumiu que as muralhas deviam servir como barreira para o vento, uma vez que mais cedo, no túnel, tinham sido acompanhados por uma brisa constante. E os galhos das árvores estavam a 6 metros do chão, onde não poderiam ser atingidos pelo vento.

Alcançou os amigos quando chegaram a uma ampla colunata no topo das escadas, salpicada com as ruínas de uma fileira de grossos pilares que talvez tivesse outrora formado um pórtico. Apenas duas continuavam parcialmente de pé. Ultrapassadas as colunas, uma abertura feia de onde se projetavam várias pontas afiadas levava ao interior da construção.

Algo a respeito do buraco fez Will pensar em uma boca aberta com dentes quebrados. Podia sentir o pulso se acelerando, e, quando olhou ao redor, notou que estavam todos inquietos. À exceção, talvez, de Nick, que parecia uma criança na fila para a atração das xícaras que giram na Disneylândia.

— Tem certeza de que a gente precisa passar *por dentro* da catedral para chegar ao hospital? — indagou Elise.

— Tenho — garantiu Will. — Não consigo entender o que ele queria dizer com aquilo, mas foi o que Nepsted falou.

— E não é hora de ficar nos desviando das instruções que ele deu — complementou Ajay.

— Como o único católico do grupo, eu entro primeiro — declarou Nick. — Para o caso de ter padres zumbis lá dentro, o que estou quase torcendo para ser verdade, porque tem alguns pescoços do pessoal da escola St. Francis Elementary que eu adoraria quebrar, e essa pode ser a coisa mais próxima que vou conseguir.

Levantou o sinalizador, assoviou um hino de igreja, como "Marchai, Soldados de Cristo", e atravessou o buraco, caminhando igual a um militar. Esperaram até Nick sinalizar que estava tudo deserto e o seguiram, com Will na retaguarda. Ele olhou uma última vez por sobre o ombro e pensou ter visto uma forma alta, obscurecida, deslizar para trás de um dos prédios em ruínas a distância. Will não perdeu tempo em seguir os amigos.

Visto à luz dos sinalizadores, o lugar se encaixava na descrição de Nepsted de uma "catedral". O espaço era imenso, e havia um ponto se elevando como um altar central deveria fazer. A maior parte do teto alto despencara, mas algumas vigas intactas preenchiam o espaço aberto no alto, como costelas expostas. Fileiras de grossos bancos de pedra, muitos quebrados e virados de cabeça para baixo, ocupavam os dois lados de uma nave central e encaravam um estrado de pedra onde esta terminava.

Enquanto caminhavam por ela, Will se deu conta de que os bancos não foram feitos para proporções humanas. Tinham algo entre 1,2 e 1,5 metro de altura, o que indicava que quem quer que tivesse se sentado ali deveria ter no mínimo 2,10 metros.

Will olhou de soslaio para Ajay, que examinada os assentos do outro lado. Ergueu a mão 30 centímetros acima da cabeça, e Ajay assentiu.

— Bem-vindos à igreja da NBA — disse o menino baixinho.

Quatro altos degraus de pedra levavam até o estrado. Nick galgou-os e chamou os outros para darem uma olhada. Uma plataforma de pedra quadrada e vazia, do tamanho de um ringue de boxe, elevava-se a cerca de 60 centímetros em relação ao estrado e ocupava o centro do espaço.

— Tem que ser um altar — concluiu Elise. — Ou alguma coisa do tipo.

Diretamente atrás dele ficava uma estrutura de pedra retangular de 3,6 metros de comprimento e 1,5 metro de altura. Um pedaço de pedra cobria oitenta por centro dela; o restante havia desmoronado, deixando uma abertura no topo. Nick pulou nela e aproximou-se do buraco.

— O que é isso? — indagou Elise, apontando a lanterna pelas laterais.

— Parece uma cripta — respondeu Ajay.

— É isso aí, baby. — Nick iluminou o espaço lá dentro. — Ahn, Will?

Nick estendeu a mão e puxou Will para se juntar a ele. Os dois direcionaram a luz para o interior.

Entre os restos de pedra quebrada e outros materiais decompostos não identificáveis, um esqueleto enorme jazia ali dentro. Tudo o que enxergavam era a cabeça enorme, disforme, uma espécie de esferoide bulbosa e oblonga, do tamanho de uma bola de praia inflável, com quatro cavidades oculares e um conjunto deformado de presas, que ocupava toda a largura do crânio.

— O que é? — indagou Ajay, olhando para os dois amigos.

— O túmulo do Papa Pútrido I — respondeu Nick, fazendo uma careta. — O cara devia ter tipo dois metros e meio.

— É por isso que ficou com o melhor túmulo — argumentou Will.

— O Monstro Rei do Pedaço. Tire umas fotos da melancia desse cara — pediu Nick, enquanto puxava Ajay e Elise para olhar. — E eu que pensava que *você* tinha um cérebro grande.

— Ai, meu Deus! — exclamou Elise. — São alienígenas.

— Não são alienígenas — retrucou Will.

— Você não vai me dizer que são *seres humanos*.

— Extraordinário — admirou-se Ajay, imediatamente tirando fotografias. — Você precisa ver isso, Brooke.

— Não, valeu — recusou a menina, a cabeça abaixada.

— Não são seres humanos, mas também não são alienígenas — continuou Will.

— Como isso é possível, Will? — indagou Ajay, tirando mais fotos.

— Eles não vieram de outro lugar — explicou. — São *daqui*.

— Daqui? Daqui onde? Onde como? — perguntou Nick.

— Da Terra. Estavam aqui antes — disse Will. — Esses devem ser os "Antigos" das lendas lakota. Ou talvez, só talvez, parte de uma raça anciã que está tentando voltar, o Outro Time. Também é possível que sejam as duas coisas.

Will viu Brooke se afastar, abraçando o corpo. Pulou e correu até ela.

— Você vai ficar bem? — perguntou o garoto.

Brooke recusava-se a fitá-lo.

— Não acho que a gente devia estar aqui. Mesmo. Acho que devíamos ir embora agora.

— Eles estavam aqui antes do *que*, Will? — indagou Elise, com maior urgência.

— Antes da gente. Antes dos seres *humanos*. Muito tempo antes. Milhares de anos.

— Considerando tudo isso — disse Ajay, olhando ao redor —, a linha do tempo parece plausível.

— Como você sabe de tudo isso, Will? — perguntou Elise, os olhos se estreitando com agudez.

— Boa pergunta — concordou Nick. — Qual é a sua?

Will estudou Brooke com atenção — ainda insistia em não olhá-lo — depois voltou-se para o grupo. *Mude de assunto. Não é a melhor hora para jogar a bomba de toda a história do "Dave e a Hierarquia" em cima deles.*

— Por causa de tudo que Jericho me contou, ligando os pontos. Alguém está vendo algum jeito de entrar ou sair, sem ser pela passagem que usamos?

Nick pulou e procurou pelo perímetro da catedral. Não havia mais entradas ou saídas.

Você precisa ficar em cima dele.

As palavras deslizaram para dentro da cabeça do menino com tanta facilidade quanto antes, mas daquela vez ele identificou tom e ritmo familiares. Teria repentinamente descoberto de onde vinham as instruções e de quem poderia ser aquela voz? Quando parou um momento para refletir, começou a fazer sentido, ou tanto quanto qualquer coisa em sua vida nos últimos tempos poderia fazer.

Will subiu no altar e o examinou. A superfície inteira era marcada por entalhes, desgastados a ponto de serem lisos ao toque, uma treliça de gravações que corria para baixo em direção a um buraco redondo, de 90 centímetros de diâmetro, grande o bastante para engolir uma pessoa.

— Todo mundo suba aqui — chamou ele.

Todos à exceção de Brooke juntaram-se a ele.

— Venha, Brooke.

— Quero dizer oficialmente que essa é uma péssima ideia — disse ela.

— E aí...? — indagou Elise pacientemente.

— A gente vai votar — disse Will. — Ou a gente continua procurando a chave de Nepsted, ou volta agora. Quem quer continuar?

Todos menos Brooke levantaram a mão. Ela suspirou e subiu na plataforma.

A elevação se sacudiu bruscamente, e, em seguida, acompanhado do som de pesadas correntes tilintando, o altar inteiro começou a descer lentamente.

— Você tem que estar me zoando — disse Nick, rindo.

— Alguém *mais* quer mudar o voto? — indagou Brooke, irritada.

Ajay pulou da plataforma móvel, que afundara até estar na mesma altura do estrado, e ela parou de súbito.

— Pelo amor de Deus, gente! — exclamou ele. — Será que posso perguntar, Will, qual é o propósito da gente sair se jogando nesse buraco?

—Nepsted disse que a gente tinha que *descer* pela catedral — lembrou o garoto.

— Sei muito bem o que Nepsted disse, Will. — Ajay cruzou os braços.

— A gente votou, Ajay — argumentou Elise.

— E, moleque, a gente não está se *jogando* — disse Nick.

— Me desculpe, mas isso configura uma mudança nas circunstâncias — retrucou Ajay. — Não tinha todas as informações necessárias naquele momento para tomar uma decisão totalmente informada.

— Não corte nossa onda agora, amigo — disse Elise. — É óbvio que a gente não tem peso suficiente para ativar essa coisa sem você.

— Sinto a necessidade de ressaltar que nosso progresso não será afetado desfavoravelmente por uma pausa para autorreflexão de última hora — disse Ajay. — Antes de sair usando de maneira imprudente uma plataforma móvel de pedra, que fica no meio de algum lugar de adoração demoníaca em ruínas esquecido por Deus, e descer até as partes mais baixas do submundo.

— Espere um segundo — disse Nick, procurando algo na mochila. — O que a irmã Maria Margarida aí está falando até que faz sentido. Deixe eu amarrar isso aqui em algum canto.

Nick pegou uma longa corda enrolada e prendeu uma extremidade a um pequeno pilar de pedra no canto do estrado, depois segurou a outra ponta e pulou de volta para a plataforma.

— Tem trinta metros de corda aqui. Está se sentindo melhor agora? — perguntou Nick a Ajay.

— Brooke? — apelou Ajay.

— A gente chegou até aqui, então... vamos acabar logo com isso. — Soltou um suspiro, resignada.

Will olhou o relógio.

— Vai no seu ritmo — encorajou, sem fitar Ajay.

O menino hesitou por alguns segundos mais e depois falou:

— Ah, carambolas. — E voltou cautelosamente para junto dos demais.

Outro solavanco, e a plataforma imediatamente começou a descer outra vez.

— Irrá — disse Elise em voz baixa.

Enquanto entravam pelo piso do altar, Nick ajoelhou-se próximo do centro, iluminando o buraco.

— Isso é tão maneiro! — exclamou.

— O quê? — indagou Ajay.

— Dá para ver uma pilha enorme de ossos por aqui.

— Deus, se existe mesmo um Deus, por favor, me deixe morrer de forma rápida e indolor — sussurrou Ajay, caindo de joelhos e apoiando as mãos no chão.

Não precisa ficar todo esbaforido, disse uma voz na cabeça de Will. *Esses ossos são velhos que nem o Himalaia, parceiro.*

Não havia dúvidas. A voz era de Dave.

O HOSPITAL

O altar foi descendo no mesmo ritmo regular ao longo do que Will calculou ser algo entre 15 e 18 metros.

Dave, oi, Dave? Está por aí?

Will repetidamente *pensou* a resposta ao protetor, mas a voz não se saiu.

Os cinco se amontoaram no centro, longe das bordas. Movendo as luzes ao redor, notaram que desciam por uma estreita câmara de pedra que parecia feita por mãos humanas, ou que, ao menos, não era uma formação natural. Alargou-se levemente ao se aproximar do fundo, e a plataforma parou de repente a 90 centímetros do chão.

O solo ao redor não estava apenas apinhado de ossos: parecia composto somente de uma vasta pilha destes. Pálidos, poeirentos e compactamente unidos. Havia algo semelhante a um caminho ou trilha aberta pelos restos, que levava para a direita.

— Se a gente descer dessa coisa, será que ela sobe sem a gente? — indagou Elise.

— Só tem um jeito de descobrir — ponderou Will.

— Deixe eu garantir que a gente vai estar pronto para isso — disse Nick. Tirou uma peça de equipamento de escalada da mochila — faixas de um tecido forte que formavam uma cadeirinha — e passou a ponta da corda por ela, depois a atirou no centro da plataforma.

— Se subir, escalo pela corda. Vocês usam a cadeirinha, e eu puxo vocês para cima — explicou Nick, enquanto trabalhava.

— Vamos sair um de cada vez, mas é para todo mundo ficar junto — instruiu Will. — Nick, fique segurando a corda e faça força caso a plataforma volte depois de um tempo. Se não se mover, a gente continua.

— É um plano — disse Nick. — Na verdade, era *meu* plano.

Foram descendo um a um. Primeiro Nick, que se abaixou sob o elevador antigo e pegou a corda. Will foi o último, esmagando ossos sob os pés quando pulou. Esperaram um minuto em silêncio tenso, mas o altar não se moveu. De olho nele, Will guiou os outros à frente, chamando sua atenção para o novo cenário.

As lanternas iluminavam ossos em todos os lugares, empilhados ao redor da plataforma móvel em uma câmara que aparentava ser do tamanho de um campo de futebol americano. O ar parecia morto e tinha um levíssimo odor de podre.

— Uma caverna debaixo de uma caverna — admirou-se Nick, abaixando o tom de voz. — Precisa haver uma palavra para isso, não é, tipo *subcaverna?*

— É um ossuário — sussurrou Ajay. — E tenho que dizer que é uma palavra que nunca pensei que usaria.

— O que significa, cabeção? — indagou Nick.

— Um depósito ou cripta para os ossos dos mortos — explicou. — Ou uma caverna onde são deixadas as carcaças antiquíssimas que resultaram de uma carnificina. Ênfase em *antiquíssimas.*

— Está memorizando o dicionário outra vez? — indagou Elise.

— O Oxford — respondeu Ajay. — Já estou na metade do *T.*

— Estou tendendo mais para uma palavra no *A* — disse Elise. — Tipo *abatedouro.*

— Quando vocês dois terminarem de jogar ping-pong dos espertinhos, avisem a gente — reclamou Nick.

— Significa matadouro — esclareceu Elise.

— Ótimo. Minha nova palavra do dia. Agora vamos *abatedouro* por aí para procurar aquela chave e dar o fora.

Will guiou-os em fila indiana, seguindo o caminho estreito entre as pilhas. Direcionando a luz para os ossos, viu formas e tamanhos de todas as ordens; cabeças de dois crânios, colunas vertebrais de 3,5 metros, braços com pinças reptilianas, mais que alguns indicavam asas. Muitos o faziam lembrar as várias criaturas que o tinham perseguido no ano anterior, coisas que Dave chamara de gulvorgs ou lâmias. *Vai ver a gente encontrou a casa do Outro Time, ou algum tipo de colônia perdida.*

— Tem violência aqui — disse Brooke, estremecendo enquanto olhava ao redor. — Violência horrível.

— Você acha? — indagou Nick.

Will lhe deu uma cotovelada ríspida.

— Não precisa ser arqueólogo para chegar à fonte de tudo — disse Elise. — Faz parte das celebrações oferecidas lá em cima. Começa com alguns hinos inspirados, um sermão bem elaborado do Cardeal Cabeça de Melancia, e aí, para fechar bem as festividades, três horas de sacrifício humano.

— Pare de dizer *humano* — repreendeu Brooke.

— Gostaria de analisar alguns desses ossos, para descobrirmos exatamente o que são — declarou Ajay.

— Você pode pegar um suvenir na saída — disse Will.

— Pena que não temos cachorro — lamentou-se Nick. — Ele ia ficar doidinho aqui em baixo.

Will olhou as horas.

— Vamos nos concentrar.

Não tinha voltado a ouvir Dave, mas não conseguia entender por que podia escutá-lo outra vez. Talvez aquele lugar o colocasse mais próximo de onde o homem estava, ou permitisse alguma espécie de conexão mais forte com o Nunca-Foi. Will continuou fazendo perguntas silenciosas para ver se o "guardião" desaparecido respondia de, bem, onde quer que estivesse: *Há quanto tempo o Outro Time viveu aqui? Cahokia era o quartel-general deles, ou algum tipo de capital? Foi aqui que a batalha final aconteceu?*

Nada. Dave não respondia.

— Cara, acho que saquei para que serve aquele buraco no centro — disse Nick, enquanto continuavam a seguir o caminho entre ossos. — É tipo uma lixeira para depois que eles acabavam com a comilança lá em cima. E, quando a plataforma ficava cheia demais, eles podiam descer, jogar a carga toda, dar uma limpada na área e subir para mais uma rodada.

— Ok, já pode colocar a imaginação de volta na caixinha agora — disse Elise, fazendo uma careta.

— Mas é verdade que a maioria das civilizações antigas dependia de sacrifícios de um tipo ou outro — ponderou Ajay. — Era como apelavam para o mundo espiritual, pedindo ajuda. O mais frequente era sacrificar animais, mas muitas sociedades não paravam por aí.

— Pode ser pior — avisou Nick. — Vai ver eram canibais.

Will lançou um olhar preocupado para Brooke. Ainda tremia e parecia sobrecarregada. Will colocou um braço ao redor da garota e disse baixinho:

— Você está captando muita coisa. Não dá para tentar se fechar para se proteger?

Ela balançou a cabeça.

— É avassalador.

— Vai ficar tudo bem com a gente. Tudo isso aconteceu há muito, muito tempo, e acho que você consegue controlar o que está sentindo mais que imagina.

Ela conseguiu dar um sorriso pequeno.

— Posso tentar.

Nick assumiu a dianteira, mantendo o sinalizador no alto.

— Tem algum tipo de luz lá na frente. Quem sabe não é uma saída?

Marcharam em silêncio por um tempo, acompanhados pelo ruído seco dos ossos sendo revirados e esmagados, até que parou, e eles se deram conta de que andavam sobre pedra e terra outra vez. Avançando na direção do brilho distante, seguiram o caminho até uma inclinação curta, que dava para uma longa abertura horizontal na parede. Tinha pouco menos de 2 metros de altura, com margens agudas que indicavam ter sido cortada direto da pedra com ferramentas precisas. Agacharam-se, atravessaram uma pequena passagem na rocha e chegaram a outra câmara espaçosa de pé-direito alto, sobre uma elevação que vigiava o chão da caverna, 6 metros abaixo.

Havia uma construção no centro da câmara, a quase 30 metros de onde estavam. Intacta, feita de concreto, moderna, ou ao menos da metade do século, como um edifício de escritórios. De um andar apenas, longo e amplo, de teto plano. A parede que os encarava e ficava mais próxima tinha janelas que iam do chão ao teto, mostrando uma quente luz âmbar que iluminava seu interior e imbuía a escuridão das cercanias de um brilho fantasmagórico.

— Tem que ser o lugar que Nepsted descreveu — disse Will.

— O hospital — complementou Ajay. — E tem eletricidade, mesmo aqui embaixo.

— Loucura total! — exclamou Nick.

— Então Nepsted não estava mentindo — falou Elise.

— Apaguem as lanternas e os sinalizadores — pediu Will. — Fiquem todos abaixados.

Nick se desfez dos sinalizadores, e o grupo se ajoelhou atrás de um aglomerado de pedras. Will pegou o binóculo, e Ajay o imitou. Will sondou a parede de vidro. Parecia algum tipo de área administrativa ou recepção. Avistou mesas e cadeiras e portas lá dentro, e o que pareceu ser um chão de linóleo, mas ninguém — tampouco criaturas — à vista.

— Está vendo alguma movimentação? — perguntou ele a Ajay.

— Nem um rato — respondeu o menino.

Ajay alargou o escopo de sua busca enquanto Will piscava e evocava a Grade, procurando sinais de calor. Nenhum dos dois detectou seres vivos dentro ou fora da construção.

— O que a gente faz agora? — indagou Elise.

— Olha, galera, a gente não perseguiu esse coelho branco até o País das Maravilhas a fim de parar na marca dos pênaltis no meio do quartel general nazista — disse Nick. — Não é?

— Não, mas, se você tentasse, podia misturar mais algumas metáforas — retrucou Elise.

Will olhou o relógio.

— Quantos sinalizadores você trouxe, Nick?

— O bastante para a gente voltar lá para cima.

Will refletiu um segundo.

Nº 56: DESISTIR É FÁCIL. TERMINAR É DIFÍCIL.

— Nick está certo — anunciou ele. — Liguem as lanternas de novo e me sigam.

Desceram cuidadosamente da elevação por uma estreita passagem de pedra, que os deixou no nível da construção, a 4,5 metros de distância, encarando a parede de vidro. O interior parecia uma pintura de natureza morta ou um diorama em um museu. Will levou-os pela lateral esquerda a fim de não passarem diretamente na frente das janelas. O edifício era muito maior que parecera inicialmente, estendendo-se dezenas de metros para trás, mas com apenas um andar. As paredes eram de simples blocos de cimento, pintados de um verde-escuro industrial. Pouco depois, chegaram a uma porta de tamanho comum. Will girou a maçaneta. Destrancada. Desligou a luz frontal, e os outros fizeram o mesmo.

— Fiquem juntos — sussurrou Will. — Fila indiana. Nada de se aventurar.

Abriu a porta e entrou. A mesma suave luminescência âmbar dominava o corredor do lado de dentro, vinda de lâmpadas escondidas no teto. Linóleo industrial barato revestia o piso entre paredes de madeira, e um leve zumbido saía de algum lugar além das paredes. Caminharam pelo corredor até chegarem a uma interseção e viraram à direita, seguindo para a área que haviam visto pelas janelas. Alcançaram-na depois de atravessar outra porta.

O cômodo passava a impressão de que fora abandonado no meio de um dia de trabalho normal. Cadeiras estavam afastadas das mesas. No balcão principal havia papéis, canetas e livros abertos, perto de uma xícara de café vazia, tudo coberto por uma espessa camada de poeira. Telefones, sim; mas nenhum sinal de computadores ou impressoras: nada tão moderno a esse ponto. O relógio na parede ainda tiquetaqueava sonoramente, o segundo ponteiro avançando em pequenos espasmos ao redor do visor. Uma das lâmpadas fluorescentes tubulares tremeluziu, criando um efeito estroboscópico fraturado ao redor do lugar.

Ajay se aproximou do balcão, soprou a poeira das páginas do maior livro e examinou-o.

— É uma espécie de livro razão — revelou. — Datas, rubricas, na nossa língua, mas com várias abreviações estranhas.

— Tem o ano escrito?

— Parece que é de 1938 — respondeu o menino; depois rapidamente folheou as páginas anteriores. — E volta seis meses, para, adivinhem só, o fim de 1937... Aí pula várias páginas... E tem outra seção mais atrás de 1935, escrita com bico de pena. Letras e números, ordenados enigmaticamente. Suponho que seja algum tipo de código.

— Tire fotos — pediu Will, jogando a câmera disfarçada de caneta para ele.

— Não vou ter dificuldade para memorizar...

— É para mim, não para você — explicou Will. — Gente, chequem as gavetas e os armários.

— Isso aqui não tem cara de hospital — comentou Nick, olhando ao redor.

— Se você fosse uma chave, onde estaria? — perguntou Brooke.

A garota abriu um pequeno armário e encontrou uma variedade de jalecos brancos em cabides e uma caixa cheia de capacetes de segurança.

— Não deixem rastros de nossa presença aqui — avisou Ajay, enquanto terminava de tirar as fotografias.

— Não sei por quê — retrucou Elise. — Ninguém entra aqui há uma eternidade.

— Para o que vocês acham que o lugar era usado? — perguntou Nick, abrindo as gavetas em uma mesa.

Elise passou por ele para chegar a uma das gavetas, e tirou um punhado de etiquetas dizendo OLÁ, MEU NOME É _________.

— Vai ver era uma recepção ou centro de visitantes, onde faziam questionários e exames nas pessoas que entravam ou saíam de seja lá o que for isso aqui.

Will encontrou um calendário de 1938 com fotografias de máquinas agrícolas em outra gaveta.

— Construído na década de 1930. E esta parte, pelo menos, foi abandonada pouco depois.

— Verdade? — indagou Nick. — Como as pessoas que trabalhavam aqui chegavam?

— E que tipo de trabalho faziam? — perguntou Brooke.

Will abriu uma pequena caixa sob o balcão e encontrou um molho de chaves suspenso em um gancho.

— Vamos descobrir — disse o garoto.

Pegou as chaves e guiou o grupo novamente ao corredor, passando pelo hall de entrada. O corredor se estendeu por mais trinta passos, onde terminou em outra passagem perpendicular que os levou para a direita. Portas aqui e acolá se abriam para cômodos menores de ambos os lados, baias vazias ou pequenas demais que não pareciam valer a pena explorar. Um deles, porém, dava para um espaço maior, semelhante a um dormitório, com duas fileiras de macas ao longo das paredes. Duas portas à frente, encontraram um corredor com seis celas de cadeia.

— Isso aqui parece um edifício militar — observou Ajay, examinando a construção. — Rápido de construir, robusto, relativamente barato. O exército construiu quartéis assim aos milhares por todo o país durante a Segunda Guerra Mundial e a Guerra Fria; quase da noite para o dia.

— Mas um quilômetro e meio debaixo do chão? — indagou Elise. — Perto de uma antiga cidade alienígena?

— E foi de propósito ou acidentalmente? — indagou Brooke.

— Não tenho certeza — confessou Will. — Mas tem que haver alguma conexão.

— Mas como eles podem ter feito isso? — perguntou Brooke. — Como podiam ter acesso a tudo que era necessário para construir isso aqui embaixo?

— Deve existir alguma outra maneira de voltar à superfície que não descobrimos — ponderou Will.

— Você se surpreenderia com o que alguns bilhões de dólares podem fazer — disse Ajay.

O corredor terminou em uma parede de concreto sólida, com uma porta blindada pesada no meio. O número 19 estava estampado em vermelho com estêncil. Will tentou abri-la. Trancada.

Foi passando as chaves do molho que pegara no escritório, e encontrou uma ligada a um pequeno disco de papelão com metal onde estava escrito "19" em vermelho. Encaixou a chave, a tranca se abriu, e o menino empurrou a porta.

As luzes estavam apagadas do outro lado. Will acendeu a lanterna e encontrou o interruptor perto da porta. Ligou. Lâmpadas fluorescentes tremeluziram acima deles, e o cômodo foi tomado pela agressiva luz branca. Tinham entrado em uma seção mais nova, inteiramente distinta, do prédio.

O piso era de azulejo branco lustroso. Armários de aço inox e escaninhos de metal cobriam as paredes. Havia vários suportes para placas de identificação no topo dos escaninhos, mas as placas foram removidas. Brooke os abriu: encontrou vários pijamas cirúrgicos vermelhos no interior de todos.

— Isso aqui é um vestiário médico — disse ela. — São pijamas cirúrgicos.

— Por que vermelhos? — indagou Nick, pegando uma das mangas entre os dedos.

— Para não destacar o sangue — disse Brooke.

— Ah! — exclamou o menino, cautelosamente guardando o uniforme no lugar.

— Não tem poeira aqui — observou Elise, correndo o dedo por um armário. — A sala está limpa.

— Achamos o hospital — disse Will.

Abriu outro escaninho e viu latas de rolo de filme redondas, fileiras de fitas de vídeo, pilhas de DVDs.

— O que é tudo isso? — indagou Nick.

— Latas de filme — explicou Will, mexendo nos materiais. — Das décadas de 1930 e 1940.

Nick vasculhou o restante.

— As fitas são dos anos 1980, os DVDs são dos 1990.

— Coloquem tudo de volta no lugar do jeito que a gente achou — disse Will, guardando as latas.

— Tem circulação de ar na sala — observou Ajay, erguendo a mão para alcançar uma grade de ventilação acima de sua cabeça. — Um sistema de filtragem em funcionamento.

— Seja lá para o que for, esta seção ainda está sendo usada — concluiu Will.

— É consideravelmente mais moderna — observou Ajay, examinando as portas. — Um estilo mais robusto de construção. Definitivamente feito depois da guerra.

Will abriu a porta no outro extremo e os guiou até o cômodo seguinte, um espaçoso laboratório, equipado com computadores, servidores e todas as invenções tecnológicas imagináveis.

— Microscópios eletrônicos... Cíclotrons avançados... — enumerou Ajay, caminhando por ele. — Equipamentos tão modernos quanto os dos laboratórios da escola.

— Adequados para pesquisa genética, splicing, esse tipo de coisa? — indagou Will.

— Mais que adequados.

— Quando você acha que anexaram essa parte? — indagou Elise.

— Provavelmente na década de 1980 — respondeu Ajay. — Não antes.

Perto de uma bancada, Ajay abriu um grande compartimento de depósito. Lá dentro, encontraram recipientes de vidro vedados, a maioria abrigando uma variedade de ossos suspensa em solução líquida transparente. Um deles tinha um crânio similar, porém muito menor, àquele monstruoso que haviam descoberto na cripta da catedral.

— Tenho um palpite da razão para eles terem construído o prédio — disse Will.

— "Eles" quem?

— Os Cavaleiros — respondeu Will, apontando para uma insígnia na porta, a imagem do Paladino. — Encontraram Cahokia e quiseram estudar a comunidade. Chegaram ao ossuário por esse lado da caverna, não pelo outro caminho. É para isso que servia a seção mais velha, construída nos anos 1930, é um centro de comando para a escavação.

— Então por que construíram a ala do hospital? — indagou Nick.

— Para quando parassem de estudar — explicou Will, apontando a lanterna para a porta que dava para o cômodo seguinte. — E começassem as experiências.

As luzes se acenderam ao entrarem, ativadas por sensores. A sala tinha pé-direito mais alto e era perfeitamente circular, com assentos elevados circundando um espaço com aqueles mesmos azulejos brancos, sem uma mancha sequer. Uma mesa ajustável de aço inoxidável, cercada de equipamentos médicos, estava posicionada no centro. Havia canhões de luz suspensos acima da mesa. Tudo parecia imaculadamente limpo.

— Uma sala de cirurgia — constatou Elise.

Nick olhou a mesa com mais atenção e levantou algumas tiras nas beiradas que terminavam em algemas complexas.

— É normal algemar pessoas durante as operações?

— Claro que não — respondeu Brooke.

— Foi o que pensei.

— Eles estavam fazendo cirurgia em quem? — indagou Ajay.

Will não respondeu.

— Vamos continuar — disse o garoto, em vez disso.

Nick os guiou por portas vaivém na extremidade da sala, que davam para outro corredor, dessa vez todo branco: piso, paredes e teto. O zumbido elétrico que ouviam desde a chegada ficou mais alto; estavam se aproximando do que quer que fosse a fonte.

Ao fim do corredor, encontraram outra porta metálica, com um 9 vermelho estampado, no meio de uma parede de concreto. Will pegou a chave correspondente no molho e a destrancou. Ligaram os interruptores ao lado da entrada e acenderam tudo.

O espaço quadrado diante deles era o maior e mais profundo com que haviam se deparado no complexo hospitalar. Na metade do caminho ficava uma parede com três portas de vidro equidistantes, que dividia a área. Atrás da porta à esquerda havia apenas escuridão; o zumbido pulsante que ouviam, muito mais alto naquele momento, saía de lá. A porta parecia blindada.

Havia lâmpadas no interior da sala à direita; olhando por ela, viram uma grande parede na lateral direita, que se elevava até não conseguirem mais enxergá-la, tornando impossível avistar o teto. Fixas naquela parede estavam portas duplas de aço escuro — de 3 metros de largura e 2 metros de altura — e um painel de operações com lâmpadas pequenas à esquerda.

— O que parece para vocês? — perguntou Will aos amigos.

— Não sei — respondeu Brooke.

— Nada que eu já tenha visto antes — acrescentou Elise.

— Tipo portas de aço enormes em algum laboratório científico do mal super-ultra-secreto? — ofereceu Nick.

— Vai ser difícil superar essa descrição — disse Ajay, os olhos esbugalhados. — Mas talvez seja a entrada para um freezer? Tem leituras digitais naquele painel que podem estar relacionadas à temperatura.

Will direcionou a atenção para a seção do meio, aproximando-se da porta de vidro. Atrás dela estava o menor cômodo dos três, retangular, de pé-direito baixo, todo pintado de branco. Lâmpadas suspensas revelaram os únicos dois objetos na sala — cilindros de aço reluzente idênticos, esculpidos como dois estranhos barris de cerveja elípticos, no centro do espaço.

— Vamos dar uma olhada aqui dentro — disse Will.

A grossa porta de vidro para a sala central não estava trancada. Entraram para examinar os dois cilindros mais de perto. Tinham 1,5 metro de altura, feitos de uma reluzente substância metálica que refletia tanta luz que era quase doloroso de se olhar. Não havia bordas ou cantos retos, todos os ângulos eram arredondados e lisos.

— É só impressão minha ou essas coisas têm cara de ser afóticas para vocês também? — indagou Ajay.

— Total — respondeu Nick.

Os três meninos tiraram os óculos escuros para olhar, mas, fora um brilho branco estranho que era emanado dos objetos, não notaram nada de diferente neles.

— Vê se você consegue pensar em um jeito de abrir — pediu Will a Ajay, guardando os óculos.

Ajay circulou e estudou os dois cilindros por todos os lados.

— Parece que não tem emendas no metal — disse o garoto.

Tirou outro pequeno medidor eletrônico do colete. Ligou-o, e ele emitiu raios de luz que varreram o objeto à esquerda de cima a baixo; em seguida fez o mesmo com o remanescente.

— São um pouco diferentes um do outro — revelou Ajay. — O da esquerda é mais denso. Parece ter mais massa dentro. — Correu a mão pelo topo do cilindro. — E tem uma coisa estranha aqui. Um afundamento bem pequenininho... Parece até... Uma forma de mão... Só que bem maior que a minha.

Coloque sua *mão lá* — disse a voz na cabeça de Will.

Ele deu um passo adiante e colocou a mão onde Ajay indicara. Tateou até encontrar o padrão descrito de dedos e palma. Era um afundamento tremendamente sutil, mas sua mão se conformava perfeitamente ali, e, tão logo a encaixou, sentiu o metal frio sob a pele se aquecer e começar a ceder, quase como se estivesse se derretendo a seu toque.

— Tem alguma coisa acontecendo — disse Will.

— Acho que você conseguiu destrancar — comentou Elise.

Uma abertura finíssima surgiu ao longo da frente do metal, correndo simultaneamente a superfície de cima a baixo, até fender o cilindro inteiro. Quando as metades começaram a se separar, Will tirou a mão, e os outros recuaram. As partes se moveram para trás, e uma prateleira solitária se desdobrou, formando uma bandeja semicircular. Feita do mesmo material metálico, parecia estar flutuando no ar. Will olhou mais atentamente e percebeu que estava presa ao cilindro por uma única articulação nos fundos.

Havia três depressões diferentes na prateleira, para três objetos notavelmente distintos. Estavam vazias, mas mantinham o formato dos instrumentos para os quais tinham sido projetadas: a depressão à esquerda era de 30 centímetros de diâmetro, depois um buraco de formato semelhante a um gancho onde deveria ficar algo como uma arma com um bico de spray, e a última era perfeitamente quadrada, de cerca de 10 centímetros de largura e altura.

— Os Cavaleiros devem ter construído isso aqui — disse Will, passando a mão pelos afundamentos. — Provavelmente para guardar instrumentos que usavam aqui, feitos por eles mesmos ou trazidos para cá.

— Instrumentos afóticos — disse Ajay. — Do Nunca-Foi.

— Você já viu mais dessas coisas que a gente — disse Brooke. — Alguma dessas formas aqui parece familiar?

— A do meio — respondeu Will. — Nunca segurei um, mas aquela coisa que Lyle usou para abrir o portal para o Nunca-Foi provavelmente caberia aqui. Era tipo uma arma.

— Você está falando da coisa que vimos Hobbes dar para Lyle na gravação de Ronnie? — indagou Elise.

— É. Hobbes chamava aquilo de Entalhador.

— Onde está agora? — inquiriu Nick.

— Droga, nem pensei nisso — disse Will. —Lyle jogou para dentro da caverna depois do wendigo passar.

— Você acha que a gente ainda pode encontrar aquilo lá? — perguntou Ajay.

— É melhor a gente tentar — sugeriu Will. — Antes deles.

— O que você acha que essas outras formas guardavam? — indagou Elise, correndo a mão pela superfície afundada da prateleira.

— Objetos que encontraram nas ruínas, ou que trouxeram do Nunca-Foi, não tenho certeza — respondeu Will. — Mas isso quer dizer que há pelo menos mais duas engenhocas dessas por aí que eu gostaria de dar uma olhada.

— Vai ver estão aqui dentro — disse Nick, batendo no outro cilindro.

— Por que iam esconder *nesse* cilindro uma coisa que deviam guardar no *outro?* — indagou Ajay, irritado.

— Sei lá, moleque. Diz aí por que qualquer coisa que esses caras fazem precisa ter algum sentido? Todo mundo não para de dizer que não são *seres humanos.*

— Pessoas comuns construíram esse lugar, Nick — explicou Will. — Pessoas que estão ajudando o Outro Time. É para isso que serve esse prédio inteiro.

Will percebeu que Brooke o olhava intensamente.

— Se foram os Cavaleiros que construíram isso — começou ela —, por que *sua* mão conseguiu abrir?

— Não faço a menor ideia — confessou o menino.

— Bem, então vem ver se consegue abrir o outro — chamou Elise, olhando mais de perto para o objeto cilíndrico da direita.

Will se aproximou e passou a mão pelo topo, procurando outra depressão. Não conseguiu sentir nada, mas depois deslizou a mão pela lateral. No meio do cilindro, sentiu o mesmo padrão de dedos e palma no metal. Nada aconteceu quando encaixou os seus nele, então correu a mão esquerda pelo outro lado e encontrou outro afundamento igual.

Assim que as duas estavam encaixadas, ele sentiu uma carga energética passar pelo metal. O cilindro começou a se mover, daquela vez dividindo-se em quatro partes iguais até o fim, desconectando-se um pouco umas das outras. Will rapidamente puxou a mão de volta, pois no instante em que as seções terminaram de se separar, viraram para encarar umas às outras e começaram a rodar em sentido horário, ganhando aceleração rapidamente. Dentro de segundos, estavam girando em um círculo pequeno, tão depressa que tudo o que podiam ver era um borrão.

O que *conseguiam* enxergar era um objeto parado, ao redor do qual as portas rodavam: suspenso no ar, no que seria a parte central do cilindro, estava um fino tubo de metal simples e luzidio, de cerca de 15 centímetros de comprimento.

Sem perder tempo, Will pegou os óculos escuros — Ajay e Nick fizeram o mesmo — e viu o já familiar brilho afótico sendo emanado do tubo prateado, com uma série de pinos e botões complexos que emergiam ritmicamente do material e depois se fundiam como líquido de volta à estrutura.

— Se essa não for a chave de Nepsted — disse Ajay —, eu como meu topômetro espectrográfico.

— Não entendi o jargão — disse Nick.

— Acho que você está certo, Ajay — falou Will.

— Maravilha, mas como a gente tira isso daí? — indagou Nick, emprestando os óculos para Brooke e Elise a fim de que pudessem ver.

Will tirou um pedaço de papel da mochila e o estendeu lentamente em direção às seções giratórias do cilindro. As lâminas fizeram o papel em pedacinhos no mesmo instante.

— Não dá para pegar por cima? — sugeriu Elise.

Will, o mais alto do grupo, chegou mais perto e ergueu o braço acima do centro. Captando movimento, as lâminas ajustaram sua posição, duas delas rodando imediatamente acima do tubo de prata. Brooke puxou a mão do amigo no instinto de protegê-lo.

— Cuidado, essas coisas podem cortar sua mão fora — advertiu a menina.

— A gente não vai embora sem a chave — decidiu Will, a cabeça a mil. — Temos que atacar isso juntos.

Um plano formou-se em sua cabeça, e ele deu as instruções aos outros. Brooke era a única incerta a respeito da sugestão, mas aceitou ajudar. Quatro deles recuaram e colocaram-se em posição, esperando o sinal de Will. Nick voltou a vestir as pesadas luvas de couro e se aproximou do cilindro. Ajay ajoelhou-se e fitou com atenção as lâminas. Brooke foi para junto de Elise, ergueu as mãos perto das costas da amiga e esperou.

Will assentiu para Elise, depois seguiu até os fundos da sala.

Ela inspirou fundo algumas vezes e começou a emitir um fluxo de som de baixa frequência ressonante que tomou a forma de uma nuvem transparente, distorcendo o ar diante dela. Direcionou-a devagar para a frente, no caminho das lâminas giratórias, criando resistência. Começaram a diminuir a velocidade, mas o esforço de sustentar a nuvem contra a força bruta quase esgotou a maior parte das energias de Elise.

— Agora, Brooke! — ordenou Will.

Brooke fechou os olhos e pousou as mãos no centro das costas de Elise, apoiando-a. A menina pareceu renovada, e o poder da projeção vocal ganhou um novo gás: as lâminas diminuíram o ritmo o suficiente, quase pela metade da velocidade original, de forma que podiam quase ser vistas.

E Ajay, por sua vez, conseguia enxergá-las bastante bem.

— Agora, Nick! — disse ele, fitando-as fixamente.

Nick estendeu a mão e segurou a lâmina mais próxima, fincou os pés e colocou todo o peso sobre ela; as chapas diminuíram seu giro em 20%, mas sua força arrastava Nick pelo chão.

— Agora, Will! — gritou Ajay.

Will deu dois passos e saltou, mergulhando sobre o cilindro. Esticou a mão entre as pás desaceleradas. Antes que pudessem reagir, ele pegou o tubo prateado, depois desviou e rolou no chão, do outro lado.

— Saiam de perto! — gritou o garoto.

Nick liberou a lâmina, Elise dissolveu a nuvem de som, e foram todos jogados para trás por um choque energético quando as chapas voltaram a correr livremente. Will olhou para o tubo em sua mão, intacto, brilhando com uma leve pulsação de luz. Quase não sentia seu peso, como se pudesse sair flutuando se não o segurasse bem.

As seções do cilindro pararam e voltaram a se juntar em um único bloco com um tinido alto. O metal mudou de cor, transformando o prateado reluzente em um tom escarlate fechado.

— Não pode ser coisa boa — comentou Nick, sacudindo as mãos doídas enquanto tirava as luvas. — Nunca é bom quando as coisas ficam vermelhas.

— Não sei — disse Will.

— Seus dedos estão sangrando — notou Elise.

— Sorte a minha que a gente está no hospital — respondeu casualmente o garoto, enquanto Elise examinava os cortes.

Brooke aproximou-se de Will, levou-o para um canto e falou em um sussurro urgente:

— O que foi aquilo que fiz ali? Como você sabia que eu podia fazer uma coisa daquelas?

— Foi uma coisa que notei mais cedo — respondeu ele. — A gente não tem tempo para conversar agora.

Ela parecia assustada.

— Mas isso quer dizer...

— Sei o que quer dizer — sussurrou ele, tentando sorrir. — Não se preocupe, está tudo certo contigo. A boa notícia é que não vai mais ter que se sentir excluída.

— Will, olhe atrás de você — chamou Ajay, apontando.

Ele se virou. A parede à esquerda da sala tinha uma janela. Luzes no teto tinham diminuído no cômodo seguinte, permitindo que vissem seu interior. Era, de longe, a maior das salas, e também a mais estranha.

Duas fileiras ordenadas de grandes latas metálicas, uma dúzia delas, todas de 3 metros de altura, ocupavam a maior parte do espaço. Vários eletrônicos, instrumentos tecnológicos e monitores avançados as cercavam.

— Will, a gente já achou o que veio procurar — disse Elise, segurando-o pela camiseta, sussurrando energicamente. — Vamos embora daqui.

— A gente tem que dar uma olhada lá dentro primeiro — decidiu Will.

HOBBES

Os outros seguiram Will enquanto saía da sala dos cilindros e se aproximava da porta da câmara à esquerda. Não conseguiam enxergar muitos detalhes através da parede envidraçada, mesmo com luzes acesas ali dentro, pois o vidro era fosco e opaco.

— Está conseguindo ver alguma coisa? — perguntou Will a Ajay.

O menino pressionou o rosto contra o vidro e abriu os olhos.

— Não tem nada se movendo. Só consigo identificar equipamentos grandes e imóveis.

Brooke pediu a Will que esperasse, só o bastante para envolver as mãos de Nick com os curativos que pegara da mochila. Parecia até que o amigo tentara agarrar um fatiador de frios, mas, ao limpá-las, os cortes provaram-se superficiais. Quando terminou, o menino voltou a colocar as luvas.

— Novinho em folha — anunciou Nick.

Will colocou os óculos escuros e examinou o cadeado na porta. Tinha uma aparência complexa, não mundana, semelhante ao da gaiola de Nepsted, pinos de metal deslizando ao redor de um eixo central que parecia uma pedra preciosa, como se a estrutura inteira estivesse viva, brilhando com um fantasmagórico halo verde. Will olhou para o lado e viu que Ajay colocara os óculos também.

— Acho que pode funcionar — disse Ajay.

— Vamos tentar — sugeriu Will.

Will ergueu a chave prateada, segurando-a perto do cadeado, e o objeto ganhou vida em sua mão. Pinos de metal líquido saíram do corpo do tubo, se esticaram e interagiram com as partes móveis do cadeado em uma dança complexa, retorcendo-se e se fundindo, enquanto mudavam de cor rapidamente, tudo de uma maneira que parecia orgânica, um processo que Will conseguia intuir que era a chave persuadindo o cadeado a se abrir.

A interação terminou com um ruído satisfatório, e o cadeado cedeu. Todas as partes móveis dos dois objetos se recolheram instantaneamente, e eles voltaram à forma original enquanto a luminescência verde de aspecto doentio deixava a fechadura. No instante em que ela se imobilizou completamente, a porta cedeu e se abriu, como se tivesse sido empurrada por mãos invisíveis.

Will escancarou o que faltava e entrou. Ajay e Elise o seguiram, mas Brooke parou à soleira.

— O que foi? — sussurrou Will.

— Não sei. — Balançou a cabeça. — Não consigo entrar aí.

— Fique com ela, Nick — pediu Will.

O menino assentiu. Will, Ajay e Elise foram mais para dentro. Fileiras imensas de equipamento, a maioria chegando até o teto de maneira estranhamente aleatória, geravam um zumbido incapacitante que superava todos os sons e tornava difícil até o ato de pensar.

Will fitou Elise e perguntou em silêncio: *Consegue dar um jeito no barulho?*

Posso tentar.

A menina tomou um instante para se concentrar, abriu a boca e emitiu uma nota alta acima da audição de Will, mas, quando ele ativou a Grade, conseguiu vê-la se estendendo energeticamente pelo cômodo, tal um paraquedas se abrindo, neutralizando o zumbido, abafando seus efeitos debilitantes pela metade.

— Me lembre de te convidar para o baile — disse Ajay, enquanto se aproximava dela, fazendo leituras com um dos medidores.

As latas ficavam em plataformas de concreto elevadas, de 90 centímetros de altura, afastadas o suficiente para criar um corredor entre as duas fileiras. Os três amigos caminharam devagar por ele. Cada objeto tinha um cadeado afótico semelhante ao da porta em sua base. Não eram totalmente de metal, como Will pensara de início: cada um exibia um painel de vidro na frente, cerca de 1,5 metro acima do chão. Eram negras por dentro, mas eles podiam enxergar o suficiente para se darem conta de que todos estavam cheios, ao menos até o nível da janelinha, com algum tipo de líquido escuro.

— Tem placas numeradas na base de cada recipiente — observou Ajay, apontando para pequenas peças de latão fixas no concreto. — De um a doze.

Depois vêm letras... Duas em cada... Todas essas iniciais estavam nas páginas de 1937 daquele livro razão lá da frente...

— Os últimos dois tanques estão vazios — disse Will, chegando ao fim da fileira. — Mas a placa no número 12 tem iniciais que nem o resto... E. S.

— O número 11 também — disse Elise, lendo a chapa na lata anterior. — R e L.

Um arrepio percorreu a espinha de Will.

— Ajay, mostre aquela imagem que tirei do monumento em homenagem ao acidente de avião.

— Me dê um segundo — pediu o amigo, pegando a caneta com a câmera.

Transferiu a imagem digital para um aparelho manual, que a projetou no ar. Will virou-se para Elise, os olhos acesos pelo que estava pensando, e transferiu para ela uma rápida imagem do que tinha em mente — sabendo que a amiga era forte o bastante para lidar com a informação, e era mesmo.

Preciso de sua ajuda, disse ele.

Estou aqui para o que for, respondeu ela.

— Leia os nomes, Ajay — pediu Will, ao lado do primeiro recipiente. — Em ordem.

— Gerald Alverson... Thomas Bigby... Thornton Cross... Jonathon Edwards... Professor Joseph Enderman... Carl Forrester... George Gage... Richard Hornsby... Robert Jacks... Theodore Lewis... Raymond Llewelyn... Edgar Snow.

Will e Elise percorreram as fileiras, comparando as iniciais com os nomes.

— Os Cavaleiros de Carlos Magno, da turma de 1937 — disse a menina, baixinho. — Dez deles, pelo menos.

— Doze alunos e um professor caíram com aquele avião — disse Will, olhando para a foto no monumento. — Abelson, o professor, não está aqui. Nem dois dos alunos.

— Edgar Snow e Raymond Llewelyn — complementou Elise. — Também conhecidos como Hobbes e Nepsted.

Ouviram o ruído inconfundível de líquido em movimento dentro de uma das latas, em algum lugar no meio da fileira, perto de onde Ajay estava. Todos os três congelaram.

— O que foi isso? — perguntou Ajay, a voz apenas um fio.

Will e Elise entreolharam-se e sabiam que estavam pensando a mesma coisa. Viraram as lanternas e as apontaram para um tanque no centro da fileira esquerda, dando alguns passos na direção do mesmo.

Outro som igual saiu de dentro do recipiente. Virados para os amigos, os olhos de Ajay pareciam esbugalhados a ponto de saltar da cabeça.

Will enviou uma palavra para Elise: *AGORA!*

Ligaram as luzes e miraram no painel de vidro na frente do recipiente. O líquido lá dentro, lodoso, amarelo-esverdeado e grosso de sedimento, agitava-se.

Ajay ainda não se virara para olhar, mas o fez, lentamente, quando viu as lanternas se acenderem.

Algo bateu no vidro logo acima de Ajay. Uma massa disforme, grande e derretida, que fazia Will pensar em um aglomerado de algas marinhas deixado em uma praia pela maré, pálido e de aspecto doentio, e, em algum lugar no meio dele, podiam discernir um par de olhos dilatados, quase humanos. Um uivo de lamentação que quase congelou seus corações saiu do tanque.

Foi então que, ao redor deles, líquido começou a se agitar no resto dos recipientes. Outras coisas monstruosas ali dentro jogavam-se no vidro. Will desviou os olhos, mas captou impressões: pés de pato, nadadeiras, olhos, sacos de carne malhada. Outros sons, que inspiravam tanta piedade e estranheza quanto o primeiro, emanavam dali, um coro de vozes horrendas.

Correram por instinto cego, pegando Ajay no caminho e carregando-o para fora da porta — os olhos do amigo fechados enquanto tentava recuperar o fôlego, paralisado de horror. Will bateu a porta ao saírem, o que não bastou para sufocar as vozes que os perseguiam. O cadeado afótico travou outra vez quando fecharam o cômodo.

Brooke e Nick não estavam na sala onde os haviam deixado.

— Nick! — gritou Will.

— Aqui! — chamou Nick.

Avançaram para a sala à direita, arrastando Ajay. Nick e Brooke estavam à entrada, olhando para o painel ao lado das grandes portas de aço. As luzes tremeluziam intensamente; o cômodo inteiro estava dominado por um zumbido vindo de algum tipo de maquinário atrás das portas.

— Moleque, não é *freezer* coisa nenhuma...

— O quê? — Will mal conseguia pensar direito.

— É um *elevador* — revelou Brooke.

Will olhou para cima; a parede começava a vibrar, os sons aumentando.

— E está *descendo* — disse Nick.

Will levou Brooke para um canto, pegou suas mãos e as colocou nos ombros de Ajay. Ele gemia de leve e ainda não voltara a abrir os olhos.

— Ajude ele — pediu Will com urgência. — A gente não vai conseguir sair daqui a tempo se ele não se mover.

— O que é que aconteceu? — indagou ela.

— Está em estado de choque, não dá para explicar agora. Vou tentar ajudar; agora *vai*.

Brooke assentiu, fechou os olhos e segurou Ajay, concentrando-se. Will pôs suas habilidades em prática ao mesmo tempo, transmitindo um pensamento em forma de imagens para o amigo: *a sala onde estavam os tanques. Nada neles. Vazios.*

Ajay caiu para a frente. Will e Elise o ajudaram. O menino abriu os olhos instantes depois. Parecia ter voltado a si, mas estava confuso e ainda cambaleante.

— O que aconteceu? — indagou.

— Você desmaiou um segundo — respondeu Will.

— Que estranho — disse ele, calmamente. — Não lembro...

— Está na hora de ir, amigo — avisou Will.

Will olhou para trás. As portas de aço e a parede ao redor tremiam agora, como se o que quer que descesse pelo poço estivesse se aproximando.

— Com certeza, melhor a gente se escafeder — concordou Ajay.

Elise e Brooke levaram-no pelos braços para estabilizá-lo, e todos correram para a saída. Enquanto seguia os amigos, Will viu que Nick havia se distanciado e ido até a porta da sala dos tanques.

— Nick! — gritou Will.

— Mas ouvi uma coisa aqui...

— Agora, NÃO! — berraram Will e Elise juntos.

Nick apressou-se em segui-los, sendo o último a sair pela porta de aço por onde haviam entrado.

— Batam todas as portas atrás da gente — ordenou Will.

Nick a fechou. Will encaixou a chave correta e a girou. Seguiram os outros até a sala de cirurgia e para fora da ala hospitalar, Will parando para fechar cada uma das portas que ultrapassavam.

No instante em que tirou a chave da porta de aço de número 19, um ruído tremendamente alto fez a construção inteira balançar: o elevador parara.

— Eles chegaram — exclamou Will. — Rápido!

Bateram em direção aos corredores de lambris, até mesmo Ajay acompanhando o ritmo, correndo sem precisar que ninguém o impelisse. Estavam em tamanho pânico, que Brooke e Ajay passaram batido pela porta por onde tinham entrado no edifício; Will assoviou, e os dois voltaram e seguiram os demais para o lado de fora.

— Vamos voltar para a elevação que usamos para chegar aqui — instruiu Will, apontando. — Fiquem atrás das pedras. Em silêncio, sem os comunicadores e nada de lanterna.

Nick assumiu a dianteira, e Will ficou em último, lançando um olhar de volta para a construção, procurando sinais de perseguidores. Viu flashes de luz vindo dos fundos do hospital e se perguntou se teriam usado outro caminho para sair do edifício. Quando estavam no meio do caminho até a elevação, a caverna inteira ao redor do prédio acendeu-se com um dossel de luz. Will olhou para cima e se deu conta de que um sinalizador havia sido disparado.

Esconderam-se apressadamente atrás das pedras e procuraram abrigo no instante em que a luz crescia e se espalhava pela câmara, forte o suficiente para lançar sombras que se moviam.

— Fiquem abaixados — sussurrou Will. — Quando eu der o sinal, voltem para a plataforma de pedra.

— E aí é torcer para subir — disse Nick.

— Lembrem que ela não se move a menos que nós cinco estejamos nela.

— Quem é, Will? — indagou Elise. — Quem está lá em baixo?

— Vou ficar aqui mais um pouco para descobrir — disse Will. — Agora vão, Ajay com Elise, depois Nick com Brooke. Só usem os walkie-talkies se me ouvirem primeiro.

Will observou o edifício enquanto Ajay e Elise subiam, atrapalhados, pelo caminho e seguiam pela passagem que levava ao ossuário.

— Não demore — disse Nick, dando palmadinhas amigáveis no ombro do amigo.

Brooke apertou sua mão e correu com o ginasta. Will pegou o binóculo, sondou os dois lados da construção e depois virou-o para a recepção iluminada.

Quatro homens irromperam no cômodo, as armas sacadas. Casacos esportivos e chapéus escuros: os Boinas Pretas. Will sentiu algo pulsar no bolso. Pegou o par de dados preto; vibravam enlouquecidamente com algum tipo de energia interna. Um momento depois, um quinto homem surgiu na sala. Não usava boina, e a cabeça calva brilhava sob a luz âmbar.

Era Hobbes. E parecia *furioso.*

Ao seu comando, os outros vasculharam o cômodo rápida e eficientemente. Hobbes foi até a janela, olhando a caverna, e falou em um microfone preso ao colarinho.

Pelo mais breve dos momentos, Hobbes olhou em direção à elevação. Will abaixou-se para sair de seu campo de visão e baixou o binóculo. Com a cabeça abaixada, ativou a Grade, esperou a luz do sinalizador se apagar e espiou por sobre as pedras novamente.

Captou cerca de 15 sinais de calor se espalhando por ambos os lados do prédio, fazendo uma busca lenta e metódica pelos arredores. Will voltou a olhar para Hobbes, à janela.

No instante em que levantou o rosto, a aura de calor ao redor do homem, cinco vezes mais forte que a dos demais, acendeu-se em uma coroa vermelho-fogo e laranja. Levantou o braço direito, segurando algo na mão, apontando na direção de Will.

O que o levou a se perguntar: *Será que Hobbes consegue me ver como eu o vejo?*

A resposta veio com rapidez: o homem irrompeu para fora da janela, quebrando o vidro, e começou a correr para a elevação, vociferando instruções. Will desativou a Grade, virou-se e correu pelo caminho que ia dar na passagem.

Lançando-se pelo buraco na parede, Will acendeu a lanterna, depois aumentou a velocidade até a colina de ossos e correu pela trilha. Avistou luzes à frente e dentro de instantes alcançou Nick e Brooke, movendo-se tão depressa que os ultrapassou em 3 metros antes de pisar no freio.

— Estão vindo — avisou, voltando.

Os dois amigos correram mais rápido, e Will fez o que podia para ajudá-los pelo caminho incerto. Olhando para trás, o menino não viu luzes os seguindo. Alcançaram Ajay e Elise pouco depois, no momento em que subiam na plataforma.

— Todo mundo suba rápido — instruiu Will. — Apaguem as luzes.

Nick suspendeu Brooke até a plataforma. Will correu os últimos passos e pulou atrás dela. Nick fez o mesmo logo depois, com um único salto, e, quando seu peso atingiu o estrado, sentiram-no dar um solavanco, ouviram o tinir de correntes, e a estrutura começou a subida.

— Fiquem abaixados — disse Will. — Não façam barulho. É Hobbes lá atrás, com uma tropa de Boinas.

Todos à exceção de Nick trocaram olhares preocupados.

— Ei, a gente está seguro — disse ele, tranquilo. — Como vão seguir a gente por aqui?

— Talvez já tenha mais gente lá em cima, esperando por nós — disse Ajay.

— Valeu, Sr. Otimismo.

— Talvez eles saibam usar esse negócio — arriscou Brooke.

Will os mandou ficar em silêncio. A plataforma já tinha subido 4 metros quando viram a primeira faixa de luz mover-se pela extremidade final do ossuário. Will viu que estava ao lado de Elise; ela fitava a claridade que avançava com um olhar sombrio e perigoso.

— Quero explodir tudo — disse a garota, com frieza. — Quero destruir esse lugar inteiro. Tudo.

Will virou-se para o grupo, frio e determinado.

— Se a gente estiver certo e o Outro Time estiver por trás disso, tudo o que vimos é só um pedacinho do que são. Tenham isso em mente. Caso a gente precise lembrar por que tem que impedir esses monstros.

Elise agarrou o braço de Will, os dedos cravados nele, e seu olhar fixou-se no amigo, fitando-o profundamente. Palavras da mente da garota, intensificadas pela emoção forte, queimaram a dele: *Vou fazer uma promessa para você agora. E é melhor você fazer a mesma coisa para mim.*

O menino assentiu. *O que você quiser.*

Pelo que fizeram com aquelas almas miseráveis lá atrás: vamos descobrir quem são os responsáveis e vamos acabar *com eles.*

— Prometo — disse Will.

Não avistaram raios de luz individuais movendo-se em sua direção pela trilha na câmara até o momento em que a plataforma passou pelo chão da catedral. Só então Will viu um raio forte da lanterna da pessoa que vinha à frente: Hobbes, presumiu.

— Pulem rápido — instruiu. — Vão lá para fora e esperem a gente. Ajay, preciso de uma coisa de sua mochila. Nick, fique comigo.

Will puxou a lata de fluido combustível e um isqueiro da mochila do amigo.

— Tem certeza de que não quer usar minha machadinha? — indagou, oferecendo o cabo.

— Moleque, desiste dessa machadinha de uma vez! — exclamou Nick.

— Vão! — mandou Will.

Ficaram de pé e pularam quando a plataforma ficou no mesmo nível do chão da catedral. Ajay e as meninas correram pelo corredor em direção à abertura por onde tinham entrado.

— Rasgue a camiseta — pediu Will. — Faça uma tocha com ela.

Will borrifou o spray de líquido de isqueiro na plataforma de pedra enquanto Nick rasgava um pedaço da roupa e a enrolava em um nó. Conforme esperado, momentos depois a plataforma começou a descer. Will embebeu os trapos com o fluido, depois acendeu o isqueiro. Esperou o elevador primitivo descer um terço do caminho, depois incendiou o tecido e lançou-o na plataforma. Ela explodiu em chamas.

— Chupa essa, Hobbes! — exclamou Nick, olhando para baixo.

Correram para a entrada da catedral.

— A boa notícia é que a plataforma está pegando fogo — disse Nick.

— A má é que está descendo de novo — completou Will. — Vamos embora.

Saíram da catedral. O vento uivante voltara a soprar intensamente, agora assoviando entre as ruínas, muito mais forte que antes, chicoteando os galhos espigados das quatro árvores, cintilantes como joias na base das escadas.

Enquanto desciam apressados os degraus longos e altos em frente à catedral, os troncos se dobraram em sua direção, mais flexíveis que qualquer espécie de árvore deveria ser. O que aconteceu em seguida foi tão rápido que Will mal teve tempo de registrar. Com altos sons crepitantes vindos do grosso emaranhado de galhos, ramificações individuais serpentearam para fora das árvores em direção ao grupo, desdobrando-se e estendendo-se, como cabos elétricos à velocidade da luz.

— Cuidado!

Uma delas lançou-se à frente de Ajay, fazendo-o tropeçar, e, enquanto cambaleava para a frente, um segundo galho agarrou-o pelo braço e outro enrolou-se em volta de seu tornozelo, capturando-o antes que tombasse no chão, e elevando-o no ar.

Outras ramificações investiram contra o restante do grupo. Will acelerou e foi mais rápido que o aglomerado que tentava alcançá-lo. Ouviu o som de algo batendo repetidamente, olhou para baixo e se deu conta de que as extremidades dos galhos tinham aberturas — não sabia do que mais chamá-las senão *bocas* — imbuídas de fileiras de ferozes dentes pretos.

Escutando o aviso de Will, Brooke desviou de um galho grosso que se lançava contra ela; depois mergulhou e rolou para longe de outro. Will a puxou para fora do alcance das árvores.

À esquerda, um ramo pegou Elise pelo braço, girando-a, mas a menina se libertou, e, quando outros dois a capturaram pela cintura, as presas prontas para abocanhar, Elise soltou uma explosão curta e letal de som que estilhaçou seus captores, como vidro.

Nick abaixou-se e desviou dos braços que o seguiam, depois viu os galhos que tinham prendido Ajay, levantando-o no ar e o arrastando em direção às escadas. O menino correu para as ramificações mais próximas, pulou sobre elas e correu ao longo de sua extensão até Ajay. Quando o alcançou, Nick transformou-se em um borrão furioso de pés e mãos, distanciando galhos que insistiam em tentar capturá-lo enquanto quebrava os que tinham se enrolado em volta do amigo. Para cada dois que quebrava, outro crescia, mas finalmente conseguiu agarrar Ajay com uma das mãos e jogá-lo para o chão.

Ajay rolou para desviar de outro galho. Brooke e Elise puxaram-no para fora do alcance. Will pisou na extensão, segurando-a no chão, e Elise a quebrou com uma explosão letal de som. Ajay pegou a machadinha, mas nada o atacou, então ficou apenas girando no lugar, brandindo a arma.

Nick continuou lutando, mas os ramos restantes tinham-no agora como alvo principal, e outros continuavam a voar em sua direção. Aguentava firme, mas Will sabia que, em desvantagem numérica, não sustentaria a situação por muito mais tempo.

Will correu de volta na direção dos inimigos, gritando, sacudindo os braços, até que o galho que fazia uma arremetida a fim de envelopar Nick voltou sua atenção para o outro garoto. Ganhou mais velocidade, desviando, costurando e pulando, ao alcance dos ataques, mas frustrando todas as tentativas de agarrá-lo enquanto mais e mais ramos investiam contra ele.

— Continuem correndo! — gritou Will para os demais. — Para os portões!

Com o foco desviado dele, Nick quebrou os últimos poucos galhos serpenteando ao seu redor, depois correu e subiu no ramo mais grosso; tomou impulso e deu um salto de costas, aterrissando de pé em uma área fora do alcance. Will viu que tinha voltado ao chão com segurança e se esquivou de mais dois assaltos. Virou, se abaixou e correu velozmente, quase instantaneamente deixando os últimos galhos para trás.

Juntou-se a Nick, e bateram em direção aos outros, usando as lanternas na escuridão à frente, como farol.

— Tudo bem contigo? — indagou Will.

Sem fôlego, o amigo assentiu enquanto corria.

— *Árvores* do mal, mano.

— Não eram árvores. São algum tipo de cão de guarda do Nunca-Foi.

— Não dou a mínima para o que eram... Pode apostar que vou voltar aqui... com uma motosserra.

Ao se aproximarem dos portões onde os demais aguardavam, outro sinalizador subiu no ar em algum lugar atrás deles, iluminando a cidade morta, criando sombras fantasmagóricas e ameaçadoras em todos os cantos.

— Droga, conseguiram sair da plataforma — praguejou Nick, olhando para trás.

Will tirou a mochila das costas.

— Todo mundo! Para as escadas. Aquele sinalizador que a gente deixou na base ainda deve estar aceso.

— E o que você vai fazer?

— Vou atrasá-los, mas vocês têm que ir na frente — explicou Will.

— Não vou te deixar aqui sozinho, cara, pode esquecer.

— Nick, você sabe que eu consigo te alcançar. Os outros precisam mais de você que eu agora. Me dê alguns sinalizadores e vá logo.

Will diminuiu o passo enquanto Nick lhe entregava dois dos três sinalizadores restantes e relutantemente corria à frente. O menino enfiou os objetos atrás do cinto, pegou o binóculo e olhou para a extremidade mais distante da cidade. Sob a luz da chama, viu movimentação nos degraus da catedral. Depois um raio forte de luz foi lançado no céu e se espalhou em todos os sentidos.

Revelou Hobbes de pé nas escadas largas além do pavilhão, cercado por um grupo grande de Boinas Pretas. A luz tinha sido emanada de algo que segurava na palma. Era tão ofuscante que Will não conseguia enxergar a fonte, mas lembrava o formato de um cubo.

Raios de luz do cubo giraram acima deles e focalizaram as quatro árvores hediondas, criando padrões que quase cegavam enquanto iluminavam a extensão das couraças cristalinas. Os raios penetraram o vidro, depois passaram, em turbilhões, pelos ramos até atingir o chão. Clarões saíram da terra, libertando-se por rachaduras nos troncos, e as árvores se curvaram e abaixaram os galhos, pressionando o solo para tomar impulso e, com esforço extremo, arrancaram as raízes — imensas ramificações espigadas, deformadas, retorcidas e escuras — do chão.

— Nada bom — disse Will.

No instante em que as criaturas se libertaram, Hobbes apontou o cubo na direção da abertura na muralha. Os raios investiram na direção de Will, ricocheteando nos portões caídos, e ele percebeu que Hobbes pintava um alvo para os monstros que soltara.

Um cubo. Que nem os que Dave me deu. E do mesmo formato que uma daquelas depressões que vimos no cilindro metálico.

As quatro árvores se juntaram, retomando a forma das enormes esferas de 4 metros, e começaram a rolar para Will, ganhando velocidade, como gigantescos arbustos secos no deserto, saídos de um pesadelo.

— Ei, Dave — sussurrou Will, segurando os dados e o falcão no bolso para dar sorte. — Seja lá onde você estiver, agora seria uma hora excelente para mandar ajuda.

Guardou o binóculo e saiu correndo pelos portões. A distância, podia distinguir vagamente o brilho vermelho do sinalizador que deixaram na base da escadaria gigante. Acelerou e avançou por um caminho sinuoso em forma de S coberto de poeira espessa, que o menino chutava e fazia subir pelo ar. Em pouco tempo, havia criado uma nuvem sufocante que pairava atrás dele, tão alto quanto as muralhas antigas. Manteve a estratégia, estendendo a nuvem depois dos portões, tornando-a mais densa e alta, ficando sempre à frente dela a fim de conseguir ver e respirar.

A longa escadaria entrou em seu campo de visão, e pôde identificar os amigos reunidos perto do sinalizador. Will ligou o walkie-talkie e falou ao microfone:

— Subam as escadas. Encontro vocês lá em cima.

— Tudo bem contigo? — indagou Nick.

— Tudo. Mas andem logo.

Quando viu a chama vermelha se sacudindo e subindo as escadas, Will se lançou para a esquerda, para longe dos amigos. Abriu a mochila e tirou a lata de fluido para isqueiro.

Escutou as criaturas antes de avistá-las. Sons de trituração e movimento giratório, como se fossem um grupo imenso de ciclistas pedalando para fora da nuvem que o menino criara, a 90 metros atrás dele. Uma após a outra, as gigantescas árvores rolantes saíram da poeira, avançando na direção dele, sem se deixarem enganar pela sua mudança de rumo. Como os demais monstros do Nunca-Foi que encontrara, pareciam capazes de rastreá-lo pelo faro. Ele sabia que era mais rápido, mas os inimigos eram quatro, todos maiores que caminhões-monstros. Precisava executar seu plano à perfeição.

Tirou a tampa da lata, deu a volta e correu direto para as criaturas. Elas se separaram e alinharam, investindo contra o menino em duplas. Will fez uma curva fechada para a esquerda e depois, assim que reagiram, voltou pelo outro lado. Tentaram ajustar sua rota, mas não conseguiram fazer a manobra com tanta rapidez. Will lançou-se para a esquerda outra vez, e novamente os atacantes foram mais lentos para segui-lo. Confiando que podia fazer aquilo funcionar, Will ativou a Grade, diminuindo a velocidade do mundo ao redor, ainda que estivesse no topo de sua capacidade de corrida.

Vistas pela Grade, as criaturas lembravam rodas gigantes de calor. Pontas de galhos individuais se projetavam das bordas, como auréolas de serpentes contorcionistas. Will podia enxergar energia negra correndo pelas formas insanas enquanto arremetiam contra ele; um núcleo de inteligência selvagem irradiava malícia do centro de cada roda, onde o coração dos troncos havia se instalado, direcionando a caçada. Era lá que precisava atacar. Lutando contra o medo, Will parou de pensar e deixou seus sentidos tomarem o controle.

E então estavam em cima dele. Enquanto se lançava entre as rodas, para um lado e outro ou no meio delas, esquivando-se do ataque de galhos que investiam contra ele de todas as direções, Will jogava jatos de fluido para isqueiro dentro de cada roda sempre que passavam por ele. Cada vez que uma criatura zunia por perto, os dentes de suas bocas rasgavam as calças, camiseta e mochila do garoto, mas ele conseguiu sair ileso, e tinha acertado os alvos, encharcando-os até ter esvaziado o recipiente.

Jogou-o fora ao mesmo tempo em que fazia um arco largo para voltar e encarar os monstros, desativou a Grade e tirou um sinalizador do cinto. Ouviu as rodas dando a volta na poeira logo atrás, realinhando-se para arremeter contra ele outra vez.

— Will, e aí? — A voz de Nick surgiu no fone. — A gente está te esperando.

— No topo das escadas? — perguntou o menino.

— É, onde você está?

— Um segundo e você vai ver.

Will acendeu o primeiro sinalizador e correu para as criaturas que se precipitavam contra ele a toda velocidade. A julgar pelo primeiro encontro que tiveram, elas se separariam para tentar atingi-lo de ângulos diferentes. Sua tarefa seria mais difícil daquela vez também; tinha que se aproximar delas, chegar perto o suficiente para tocá-las.

Separaram-se quando a distância entre elas e seu alvo diminuiu. Com um único ataque bem sucedido, Will sabia que aqueles galhos viriam para ele, como uma matilha faminta. Ativou a Grade outra vez, fazendo o mundo desacelerar a fim de poder prever cada passo. A primeira criatura passou perto o bastante para arrancar um fio de cabelo do menino, e dentes rasgaram sua camiseta, ralando seu ombro, mas ele conseguiu fazer a chama encostar no coração da roda, em contato com o fluido, e o fogo se espalhou rapidamente pelo centro.

A segunda investiu de um ângulo à direita, por pouco não o pegando pelas costas; outra mordida abocanhou a mochila e a puxou de suas costas, mas Will girou e passou a chama no monstro enquanto rolava para longe e seu alvo se incendiava.

O menino tinha, porém, perdido quase toda a velocidade, e a terceira roda aproximava-se dele pela frente. Cambaleou, lançou-se para a esquerda e sentiu a besta passar rugindo por ele. Will virou, voltou e encostou a chama no núcleo da criatura. O fluido pegou fogo, e o centro da roda se acendeu.

Ele virou para a direita, pegando o segundo sinalizador, mas o quarto inimigo estava quase em cima dele. Sem tempo para reagir, seria atropelado quando ouviu um grito agudo de algum lugar acima de sua cabeça, e de repente algo alçou a criatura do chão no instante em que estava para aniquilá-lo.

Sentiu a agitação de asas imensas e vislumbrou algo enorme e brilhante que voava por cima dele, capturando a última besta com grandes garras prateadas. Um falcão? Fosse o que fosse, subiu rapidamente para longe, levando o monstro com ele para fora de seu campo de visão.

— O quê... — começou Will.

Não tinha tempo para pensar naquilo. As outras rodas estavam em chamas, mas ainda corriam tão rápido quanto antes, e agora viravam-se para atacá-lo. Will acendeu o último sinalizador e seguiu para as escadas, dando tudo de si. As criaturas não conseguiam alcançá-lo, mas não perdiam velocidade, a 13 metros, as línguas de fogo em seus núcleos iluminando a caverna. O menino olhou para trás e viu galhos caindo, morrendo incendiados, mas a porção central das criaturas malévolas ainda se precipitava em sua direção.

Viu raios de luz penetrando a poeira, e em seguida seus perseguidores humanos emergiram da nuvem: Hobbes e o esquadrão de Boinas, correndo na direção das escadas, tentando impedi-lo de seguir seu caminho. Um deles disparou um sinalizador no ar acima da escadaria, transformando tudo em luar.

O menino não hesitou ao alcançar os degraus, acelerando na inclinação íngreme, ligando o walkie-talkie:

— Nick, corra para a saída, *feche* a porta.

— Mas e você...

— Vou chegar, agora vai.

Tomou fôlego enquanto galgava as centenas de degraus, a energia começando a diminuir, forçando-se a subir mais rápido. Olhou para baixo e vislumbrou as rodas incendiadas alcançarem a base das escadas e continuar rolando atrás dele sem hesitação. Quando chegou ao topo, viu Elise na beirada de braços abertos, olhando para um ponto além dele. Estava prestes a gritar um aviso, quando a garota exclamou:

— Fique atrás de mim!

O menino superou os últimos degraus e mergulhou para trás dela enquanto Elise erguia os braços. Sentiu os ouvidos se fecharem, e todo o som se desvaneceu como se tivesse pulado no vazio. O ar ao redor dela se dobrou e cintilou com força crescente enquanto liberava a energia que tinha reunido. Will assistiu à onda de choque visível varrer as escadas. Houve uma ensurdecedora explosão sônica, e as três rodas em chamas foram atingidas, debatendo-se no ar, tornando-se ruínas incendiadas.

A onda não diminuiu ao chegar ao fim dos degraus, levantando a cama de poeira, como um tsunami, e correndo todo o chão da caverna, deixando--o distorcido. Perto do fim da escadaria, Hobbes e seus homens foram derrubados como pinos de boliche. A onda continuou viajando, subindo a muralha da cidade antiga, e, na luz esmaecida do sinalizador lá em cima, Will viu que o topo das paredes tremia, e os muros começavam a desmoronar sob o impacto. Outra explosão se fez ouvir, e o eco se espalhou pela grande redoma da caverna antes de se assentar em um silêncio impressionante.

Quando os ouvidos pararam de zumbir, o menino escutou as paredes antiquíssimas desabarem a distância, levantando outra imensa nuvem de poeira. Quando voltou a ficar de pé, um sibilo assustador saiu de algum lugar lá embaixo; ele pegou e ergueu o sinalizador vermelho que caíra ali perto.

Três silhuetas escuras escalavam rapidamente as escadas. Em um primeiro momento, pensou que fossem aranhas gigantes, estendendo longas patas pegajosas e escamosas à frente enquanto avançavam. Ele ativou a Grade e se deu conta de que aqueles eram os corações das árvores, que haviam se desfeito dos galhos, sendo reduzidas à fonte da inteligência maléfica que vislumbrara dentro delas. Olhos gelatinosos enormes bem na porção central das criaturas fixaram-se nele, e os monstros dobraram a velocidade.

Will encontrou Elise ali perto, recostada em uma parede de pedra, quase desmaiada pelo esforço da explosão que gerara. Ele a segurou, colocou-a por sobre um ombro e correu o mais rápido que pôde pelo corredor sinuoso. Passaram pela primeira estátua, a do soldado da Guerra Civil, e, quando a luz do sinalizador iluminou a câmara ampla, Will arriscou uma olhadela para trás.

Não conseguia ver as criaturas ainda, mas as ouvia, as patas repelentes batendo no chão de pedra, chegando mais perto. A fadiga o exauria e o puxava para trás. Ouviu Nick chamando seu nome pelo fone, mas com o sinalizador em uma das mãos, e a outra segurando Elise, não podia ativar o microfone para responder. Também sentiu a mesma presença do que quer que estivesse os seguindo desde o início em algum lugar próximo. Ao ultrapassarem outra câmara, a chama do sinalizador revelou a sombra de algo perto da parede à direita, uma figura desgrenhada, alta e magra. Não tinha sequer tempo para pensar nela; tudo o que podia fazer era torcer para que não atacasse.

Estavam ainda a 400 metros das portas, e o menino mal conseguia respirar, que dirá pedir ajuda a Nick.

Então é uma corrida. Aí está uma coisa que faço bem.

Nº 70: QUANDO ESTIVER EM PERIGO, COLOQUE
SUAS QUALIDADES EM EVIDÊNCIA.

Parou de escutar as criaturas atrás deles e concentrou-se no que podia fazer. Will forçou os pés a continuarem em movimento. Ordenou as pernas a seguirem em frente. Regulou e moderou a respiração para poder tirar o máximo proveito dela. Quando viraram para a câmara onde ficava a estátua do soldado da Primeira Guerra, encontrou seu segundo — ou terceiro, ou quarto — fôlego. Aquilo lhe deu esperanças. Ficou ainda melhor quando Elise se moveu em seu ombro.

— Elise? Acordou?

— Por que você está me carregando? — indagou ela.

— Você desmaiou.

— A gente pode ir muito mais rápido se me colocar no chão.

— Acha que consegue correr?

— Mais rápido que você agora.

— Ok, vou te colocar no chão.

— E, Will?

— Oi?

— Aconteça o que acontecer, não olhe para trás.

Sem perder o ritmo, ele a colocou no chão e obviamente olhou para trás. Os monstros-raízes estavam a menos de 18 metros, dominando o corredor, esticando as centenas de patas odiosas e barulhentas à frente, os olhos luminosos irradiando crueldade. Já estavam mais lentas, mas continuavam tão cheias de maldade quanto antes.

Will e Elise entreolharam-se e correram mais rápido, pelo menos em um primeiro momento, preservando a vantagem que tinham em relação aos perseguidores.

— Será que você não consegue, sei lá, criar outra explosão daquelas?

— Não. Estou inofensiva feito um gatinho. Você acha que foi fácil o que fiz lá atrás?

— Não quis dizer que foi *fácil*...

— Porque não foi.

— Eu *sei* — disse Will.

— Ok, então.

Will ligou o walkie-talkie.

— Nick, e as portas?

— Ah, até que *enfim* — respondeu o menino. — Estão fechando, cara. A gente só precisou tirar a madeira, então se manda.

— A gente está indo — garantiu Will. — E tem companhia logo atrás.

— Positivo, Will — disse Ajay.

Elise tropeçou, e Will a segurou antes que caísse.

— Não vou conseguir — disse a menina, resfolegando.

— Claro que vai.

— Falta quanto? A palavra é essa mesmo, ou é "quando"? Estou confusa.

— Quanto — apaziguou ele. Envolveu a cintura da menina com um braço, estimulando-a a seguir em frente. — Não devem ser mais que 90 metros.

— Estou vendo manchinhas — disse ela. — E linhas e rabiscos pequenininhos. Acho que vou desmaiar.

— Acontece comigo sempre que estou correndo. Você só tem que continuar.

— Eles estão mais perto?

— Bastante — respondeu o menino, puxando-a para a frente.

— Ei, West.

— Oi?

— Caso eu não tenha outra chance... — disse Elise.

— O quê?

— Agora parece uma boa hora para dizer que te amo.

— Uau.

— Uau o quê?

— Seu *timing* é inacreditável.

— Não estou esperando que você *faça* nada... Só queria que soubesse. Para garantir.

— Ok, então. Que bom que você falou — respondeu Will, o estômago dando cambalhotas. — E acho que eu meio que... te amo também.

À frente, uma faixa de luz revelou a abertura que diminuía entre as portas.

— Estão fechando. Você passa primeiro. Acho que dá para se espremer.

O espaço tinha menos de 30 centímetros quando alcançaram as portas. Will empurrou Elise à frente, e ela mal conseguiu passar, caindo nos braços de Nick do outro lado. Will se espremeu para caber na abertura, esvaziando o peito de ar, e, um segundo depois de ter passado, a distância entre as portas já era pequena demais para ele...

...mas não para uma pata indescritivelmente afiada e cortante deslizar atrás do menino e o agarrar pelo tornozelo, arrastando-o de volta para a passagem que se fechava, em direção aos olhos terríveis e bocas implacáveis.

Ajay pulou para a frente, com algo afiado e reluzente na mão, e atacou, quase decepando o membro hediondo com um único golpe; ouviram um grito rascante enquanto a perna quebrada se recolhia para fora do campo de visão deles. Will cambaleou para longe, e as imensas portas de carvalho finalmente se fecharam com um baque incisivo.

Ajay virou-se para os quatro amigos com um sorriso triunfante no rosto enquanto brandia a ferramenta útil de modo que todos a vissem.

— Não falei que era bom trazer a machadinha?!

NEPSTED

Para surpresa dos cinco amigos, nada pulou para fora da escuridão ou os perseguiu enquanto saíam do túnel. Ninguém os esperava ou parecia segui-los na superfície tampouco. A costa também estava livre no trajeto entre o alçapão e o bote, e cão ou guarda algum reagiu enquanto remavam pelo lago. Estranho, chegava até a ser suspeito, mas estavam tão exaustos que ninguém reclamou. Na metade da travessia, com o peso da chave de Nepsted no bolso, Will relaxou e se deu conta de que sentia-se empolgadíssimo. Era uma noite quente, sem vento, com uma massa de estrelas vibrantes acima, e tinham conseguido voltar com a missão cumprida depois de um assalto quase suicida nas entranhas das linhas inimigas.

Ao entrarem no apartamento, os colegas desmaiaram em sacos de dormir espalhados no chão e sofás da sala. Nick e Will se revezaram na vigília, só por garantia.

Por que Hobbes e os Boinas não vieram atrás de nós depois de sairmos? Will perguntava-se enquanto se espreguiçava, lutando contra o sono. *É possível que não soubessem quem estavam perseguindo? Mas Hobbes não me viu e reconheceu antes de passar pela janela do hospital?*

Ao nascer do sol, Will e Nick concordaram que podiam parar de montar guarda. Will apagou por uns dois bons ciclos de 90 minutos de sono. Quando finalmente acordou, com a chave ainda na mão, passavam das 10 horas, a luz do sol invadia o quarto, e o menino se sentiu melhor vendo um dia normal raiar depois de todas aquelas horas sob o solo. Seu humor melhorou ainda mais quando lembrou que era domingo e sentiu o cheiro de bacon e café no ar.

A maioria dos amigos já tinha se levantado e saído, mas, quando Will caminhou trôpego até a mesa, Nick saiu da cozinha e pousou à frente dele uma grande caneca de café com uma travessa de ovos fritos, bacon, salsicha, panquecas e broas de milho com manteiga.

— Recarregue a bateria, cara — disse Nick.

Will percebeu que estava faminto.

— Por que você não me acordou?

— Achei que você precisava tirar um cochilo.

— Onde está todo mundo? — indagou Will, atacando o café da manhã com as duas mãos.

— Brooke saiu para trabalhar, e Elise foi treinar. Ajay foi para o laboratório estudar um osso.

— Um osso?

— Ele trouxe na mochila — disse Nick, relaxando o pescoço. — Tinha alguma coisa a ver com data e papel carbono?

— Datação por carbono?

— Isso aí. Então, qual é o próximo passo agora?

— A gente vai falar com Nepsted, rápido — disse Will, nas pausas da mastigação. — Antes de Hobbes fazer isso.

— Deixe eu dar uma olhada nisso — pediu Nick, e os dois analisaram a chave juntos. — Moleque, essa noite foi sinistra.

— Agora a gente sabe muito mais coisas que antes. Estamos chegando perto, Nick. Com sorte, Nepsted vai contar o que falta.

— A pergunta que fica então é: será que a gente pode *ajudar*? Você acha que ele quer sair daquela gaiola?

— Eu ia querer — respondeu Will. — Mas não sei para onde ele iria.

Nick dobrou-se para trás, colocou as mãos no chão, arqueando as costas em uma ponte.

— Estou com uma ideia aqui no forno.

— Foi você quem fez o café da manhã também? — indagou Will, incapaz de parar de comer.

— Tenho um tio que é dono de uma lanchonete em Brookline. Se o esquema do ginasta super-herói não der certo, trabalhar na fritadeira é meu plano B — disse Nick, mudando de posição para plantar bananeira com uma só mão, e depois voltando a ficar de pé.

Ajay irrompeu pela porta, sem fôlego, usando grandes óculos de proteção que aumentavam seus olhos enquanto segurava algo atrás das costas.

— Bom dia, senhores — anunciou sua chegada. — Posso comunicar duas descobertas preliminares após minhas, ainda que apressadas, investigações iniciais.

— Manda — disse Will, a boca cheia de panqueca.

Ajay segurava o osso como se estivesse apresentando um prêmio.

— Tem pelo menos 10 mil anos. E, até agora, nenhum traço de material genético que indique que seja um primo distante de DNA humano.

— Você está surpreso?

— Não, estou fascinado. Por dois motivos. Prova, para começo de conversa, que não estamos totalmente enlouquecidos. E, se um dia chegarmos ao fundo desse mistério que é o cão chupando manga, um Prêmio Nobel pela descoberta não é mera possibilidade, mas já está praticamente no bolso.

— Moleque, você tem meu voto — exclamou Nick.

— Também comecei a pesquisar sobre Cahokia e aquelas letras, Teotwawki. Os primeiros resultados são mais que assombrosos.

— Conte para a gente no caminho — disse Will, enquanto empurrava o prato para longe, engolia o restante do café e soltava um arroto. — A gente tem que ir falar com um cara sobre uma certa gaiola.

Mostrou a chave de metal prateado.

— Cahokia é o nome de um sítio arqueológico bem grande no sudoeste de Illinois — revelou Ajay, um pouco sem fôlego, sofrendo para acompanhar os outros dois enquanto corriam pelo campus. — A cerca de 240 quilômetros ao sul daqui.

— Espere um segundo, então tem *duas* Cahokias? — indagou Nick.

— É o que parece. E acredita-se que Cahokia tenha sido a maior comunidade urbana na América do Norte na sua época.

— O que é que encontraram lá? — indagou Will.

— Tudo o que restou da arquitetura foi uma série de montes de terra antiquíssimos, que foram transformados em parque nacional, mas pesquisas indicam que, no seu auge, há pelo menos dois mil anos, Cahokia se estendia ao longo de 15 mil quilômetros quadrados... Maior do que qualquer cidade europeia na época, e quase tão grande quanto Londres hoje em dia, geograficamente falando.

Will e Nick entreolharam-se com estupefação.

— Qual é a conexão entre as duas? Eles sabiam quem vivia lá? — indagou Will.

— Esse é o mistério: ninguém sabe. Mas não podem ter sido grupos indígenas, a colônia precede o surgimento de todas as tribos conhecidas no continente. O *nome*, no entanto, é indígena, de uma tribo próxima afiliada aos povos algonquinos, mas a área só começou a ser chamada assim no século XVII, por exploradores europeus que estavam traçando mapas.

— Moleque, então os *primeiros* carinhas que moravam lá eram os mesmos *alienígenas* que moravam aqui *embaixo*.

— Não eram alienígenas, Nick... — começou Will.

— Relaxa, você sabe o que eu queria dizer, a galera do Outro Time.

— Pode ser. Se estava no auge há dois mil anos, qual é a idade máxima que os pesquisadores estimam para Cahokia?

— Ninguém sabe também — respondeu Ajay. — Por causa da ausência de artefatos datados. Muitos milhares de anos mais, pelo menos. Mas tem outro detalhe que liga o lugar a nossa localização: a colônia ao sul também apresentava seções extensas de construções subterrâneas.

— Está esquentando — disse Nick.

— Então, para dar continuação à teoria de Nick — continuou Ajay —, e se aquela Cahokia foi criada por um civilização ainda mais antiga? Muito mais?

— Uma que não é nem humana, nem alienígena — disse Nick.

— Exato! Uma raça de seres anciãos que depois instalou outras bases ou colônias em lugares próximos à região centro-oeste. Pelo menos mais uma, bem aqui na vizinhança, que nunca foi oficialmente descoberta.

— No mínimo — disse Will —, isso quer dizer que a pessoa que gravou *Cahokia* nas portas tinha a mesma teoria.

— E a outra palavra, *Teotwawki*? — indagou Nick. — Não pode ser o nome do lugar na língua deles?

— Na verdade, não — disse Ajay. — Tem outro significado.

— Qual? — indagou Will.

— É um acrônimo, e estou um pouco envergonhado por não ter reconhecido antes, porque é um meme de internet.

— Que nem aqueles caras que pintam o rosto de branco e não falam?

— Isso é um mímico, idiota — disse Ajay. — TEOTWAWKI significa "The End of the World as We Know It", o fim do mundo como o conhecemos.

Ninguém falou mais nada por um segundo.

— Caramba! — exclamou Nick.

Nick tocou a campainha sobre o balcão.

— Nepsted! A gente voltou, cara! — chamou Nick. — E trouxemos um presente para você. — Esperou, mas não ouviu resposta. — Aquela coisinha especial que você pediu para a gente achar, lembra?

Tocou a campainha outra vez. Ainda sem resposta. Sequer ouviam os ruídos e lamúrias da cadeira motorizada. Nick levantou Ajay por cima da bancada, e o menino perscrutou a escuridão profunda da gaiola de equipamentos através da grade de aço.

— Não tem nada se mexendo — disse Ajay. — Não estou vendo Nepsted em lugar algum.

— Acham que está tudo bem com ele? — indagou Nick, com expressão preocupada.

— Vamos entrar e ver onde ele está — decidiu Will. — Vão checar se não tem ninguém por perto.

Nick e Ajay fizeram uma busca na área isolada do vestiário enquanto Will se aproximava da grade e colocava a mão ao redor do cadeado, testando-o uma última vez.

— Tudo limpo — declarou Ajay, retornando.

— Óculos — disse Will.

Colocaram os óculos escuros. Will tirou a chave do bolso. Seus componentes animados e incansáveis projetaram-se do tubo e começaram a fazer peculiares movimentos giratórios. Quando o menino aproximou-o mais das chapas móveis do cadeado na gaiola, tanto a chave quanto a fechadura iluminaram-se com a mesma doentia energia verde. Um conjunto de dedos de aço líquido deslizou para fora da chave e envolveu o cadeado, fundindo-se e flutuando para dentro da coluna central que lembrava uma joia.

Ouviram uma série de sons pesados, cliques e sussurros, e finalmente a fechadura se abriu, a coluna de diamante escorregando das placas, cedendo. A lingueta recolheu-se com elegância para o centro, e o cadeado caiu no chão, seu brilho tóxico desaparecendo para dar lugar a um tom cinza opaco.

Will prensou as mãos contra a grade e empurrou. Dobradiças enferrujadas guincharam, mas o portão moveu-se apenas poucos centímetros. Os três fizeram força com os ombros contra a porta, que não era aberta em décadas e tinha sido pintada muitas vezes. Na quinta tentativa, cedeu apenas o espaço suficiente para os meninos se espremerem por ela. Nick ligou o interruptor na parede oposta, e luzes fluorescentes tremeluziram e iluminaram todo o caminho para os fundos da longa e estreita sala de equipamentos.

Ajay instalou uma câmera do tamanho de um botão na grade, apontando para o vestiário. Ligou-a com um controle remoto das dimensões de uma carta de baralho; a imagem da sala surgiu na tela dele. Will deu uma olhada e fez sinal de positivo para Ajay.

— Vamos — disse.

— A gente não devia fechar a porta? — indagou Ajay, olhando para ela.

— Não dá para trancar daqui de dentro — disse Will. — Mas você tem razão, é melhor ninguém ver que está aberta. Coloque o cadeado no lugar.

Nick pendurou-o em seu lugar na porta, e os três a empurraram até que se alinhasse com a moldura.

Ajay foi caminhando com cautela para dentro da gaiola, entre as fileiras altas de equipamentos de esporte. Quando tinham percorrido 9 metros, o menino apontou para uma câmera de segurança fixa na parede, perto do teto. Fora de visão no corredor do meio, Ajay tirou do colete um pequeno aparelho do formato de uma pistola d'água. Apontou para a câmera por um buraco na prateleira e puxou o gatilho. Um pulso de energia foi disparado e quebrou a lente. Ajay assentiu para Will. Continuaram pelo corredor central.

— Nepsted? — chamou Nick.

— Raymond! — gritou Will.

Nenhuma resposta. Tudo o que ouviram até chegar ao fim do caminho foi o som dos próprios pés batendo no concreto. Quando alcançaram a parede dos fundos, encontraram uma passagem baixa e larga que seguia para a esquerda, por onde continuaram até uma porta simples, sem marcas.

— *Chez* Nepsted? — indagou Ajay.

— Achava que o primeiro nome dele era Happy — disse Nick.

— Significa "casa de Nepsted"— explicou Ajay.

— O nome dele — disse Will ao abrir a porta — é Raymond Llewelyn.

Uma lâmpada solitária estava acesa em um cômodo escuro, sem janelas. Havia pilhas de coisas amontoadas em todas as direções, nas sombras. A cadeira de Nepsted estava vazia à esquerda de onde o feixe de claridade caía. Deram mais alguns passos e ali, em um círculo de luz, encontraram Nepsted, ou algo parecido, em uma banheira de aço galvanizado, cheia de um líquido escuro e denso da consistência de melaço e cor de ameixa. O fundo emanava calor, como se fosse uma fonte quente natural, levantando vapor.

Nepsted parecia estar flutuando ou pairando sobre o líquido, deitado de barriga para cima, o atrofiado corpo flácido sob ele. Os braços e pernas subiam e desciam dentro do líquido, pouco abaixo da superfície, e pareciam oscilar lentamente entre a forma sólida unificada e os tentáculos pálidos e filamentosos que haviam vislumbrado antes. Os grandes olhos fitavam o teto sem expressão, e ocasionalmente o rosto parecia perder sua estrutura, derretendo-se em uma massa amorfa antes de voltar a se reagrupar. O homem pareceu notar que tinham entrado no cômodo, mas não reagiu de qualquer outra maneira distinguível.

— Espero que não seja um incômodo para você a gente ter aberto a porta — disse Will.

— A gente achou sua chave, cara! — exclamou Nick, mostrando-a.

— Não achei que fosse vê-los de novo — respondeu Nepsted, quase sem entonação, os olhos fixos em algo acima dele.

— Não foi fácil — continuou Will. — Mas estava no lugar que você disse.

— Embora, a bem da verdade, suas instruções pudessem ter sido um pouco mais específicas... — começou Ajay, antes que Will o interrompesse com um gesto.

— Vimos tudo, Raymond — disse Will. — A cidade, a catedral.

— A Sepultura do Cabeça Cônica Desconhecido — comentou Nick.

— A câmara de ossos e o hospital — acrescentou Will. — E a sala onde guardam todos os seus amigos.

Aquilo chamou a atenção dele. Os olhos de Nepsted voaram para Will.

— O que mais você sabe?

— O jantar com Henry Wallace em 1937 — respondeu. — O acidente de avião em 1938. Sabemos que Raymond Llewelyn e Edgar Snow são os únicos que sobreviveram de verdade, porque vocês eram Cavaleiros e alguém fez alguma coisa horrível com todos vocês, depois de ter encontrado aquela cidade lá embaixo e de construir o hospital. Sabemos que Snow é conhecido como Hobbes, e que começaram outro programa de pesquisa. E agora é a sua vez de preencher as lacunas sobre o que aconteceu antes e depois.

— Como você prometeu — lembrou Nick, apoiando-se na beirada da banheira.

— Alguém viu vocês? — Nepsted parecia em pânico. — Eles seguiram vocês?

— Viram, sim — afirmou Will. — Mas ninguém nos seguiu, e não vão impedir que a gente continue o que está fazendo.

Nepsted estudou Will, como se o estivesse vendo pela primeira vez.

— Então preciso cumprir minha promessa — disse Nepsted simplesmente.

— Quer que a gente te ajude a sair daqui? — ofereceu Will. — Se você não se sentir seguro, podemos conversar em outro lugar.

— Não. Vou contar o que tenho para contar. Esperei muito tempo por isso.

— A gente fica de olho na porta — prometeu Will, depois estendeu a mão para Ajay, que lhe deu a telinha onde podiam ver o que a câmera na gaiola capturava.

Will deu uma olhada. Quieto. Nada se movia no vestiário.

Com movimentos mínimos das gavinhas que ocasionalmente saíam do negrume, Nepsted lentamente virou-se em um giro preguiçoso enquanto começava sua história. Com um aceno de cabeça de Will, Ajay ligou um gravador — disfarçado de caneta — no bolso do peito do casaco.

— Eles faziam tudo parecer tão divertido, sabe? — começou o homem. — Os Cavaleiros eram modelos para nós, motivo de inveja para toda a escola. As festas que davam. Todo o espetáculo que faziam. O espírito que encarnavam: sofisticados, cheios de dons, sábios, muito além do que indicava a idade. Todo mundo queria ser um Cavaleiro, mas sabíamos que só aceitavam 12 por ano.

— Não eram uma sociedade secreta ainda — disse Ajay.

— Não quando cheguei, em 1934 — respondeu Nepsted. — Isso foi depois. Todo mundo sabia quem eram os membros, do passado e do presente; o clube existia publicamente. Mas não sabíamos qual era o critério para ser aceito nem como faziam as seleções. Você simplesmente se apresentava na sua melhor forma e torcia para ter causado boa impressão. Depois, algum dia no fim do segundo ano, eles nos avisavam.

— Como?

— Uma máscara. Encontrei uma no meu travesseiro aquela noite. A cabeça de um cavalo. Todos recebemos uma diferente, que devíamos usar na noite seguinte, no nosso primeiro jantar, quando nos davam nossos nomes. Eu era Ganelon, o Artesão. Daquele momento em diante, tínhamos que nos referir uns aos outros, em particular, pelos codinomes secretos.

Will pensou nas 12 máscaras antigas e na lista de nomes que tinham encontrado no baú escondido no vestiário auxiliar no ano anterior.

— A gente já sabe dessa parte também — disse Will.

— Mas não sei se vocês conseguem mensurar o que isso significava para nós. Ser recebido de braços abertos dentro de um grupo assim! A ilusão de privilégio embriagante que tivemos quando ficamos sabendo da história por trás dos Cavaleiros e nossas razões para existir de verdade.

— Quais eram? — indagou Will.

— Ao longo de mil anos, os Cavaleiros tinham sido os guardiões secretos de tudo o que é bom e verdadeiro criado pela civilização ocidental: educação, ciência, medicina, caridade, as artes, esclarecimento espiritual. Eles nos fizeram acreditar que os Cavaleiros se dedicavam à preservação dessas questões e seus ideais mais altos, durante toda a Idade das Trevas, a Era Medieval, a Reforma, a Renascença, da fundação da América até chegar à Idade Moderna.

Will e Ajay entreolharam-se. O segundo esbugalhou os olhos, e Will sabia que pensavam a mesma coisa. *Isso é muito maior e mais velho do que imaginávamos.*

— Meus pais tinham uma loja de ferragens em Columbus, Ohio — continuou Nepsted. — Eu era um garoto inteligente, nada de especial, mas tinha bolsa de estudos e entrei no Centro por mérito, não por conexões da família. Mas os Cavaleiros rapidamente nos fizeram acreditar que estávamos nos juntando a uma ordem de moral mais alta que operava a níveis globais de influência e tinha servido à humanidade durante séculos.

— Então vocês sofreram uma lavagem cerebral — concluiu Will.

— Uma bela de uma lábia — disse Nick, quase murmurando.

Nepsted, porém, ouviu.

— Você deveria se lembrar, meu jovem amigo, de quantos problemas existiam no mundo naquela época. No poço da Depressão, no horizonte uma segunda guerra mundial que todos viam como inevitável. Alguns meses depois, quando pediram que fizéssemos nossa contribuição com um sacrifício, parecia a coisa mais natural do mundo.

— Quem pediu? — indagou Will.

— Nosso orientador, o Dr. Abelson.

Will recordou-se dos nomes no monumento.

— Um professor?

Nepsted pareceu surpreso novamente.

— Isso. Ele era o adulto que mandava na Ordem.

— Mas vocês o chamavam de o Velho Cavalheiro — disse Ajay, olhando para Will.

— É assim que os Cavaleiros sempre chamaram o homem no comando — respondeu Nepsted. — Abelson ensinava ciências e filosofia, e era o diretor dos dois departamentos. Um papel tradicional para o Velho Cavalheiro. Por mais de mil anos, os Cavaleiros sempre estiveram associados a uma escola ou academia, e sempre havia um membro trabalhando na vanguarda dos avanços na ciência e filosofia.

— De onde Abelson era? — indagou Will.

— Ele era sueco, mas havia sido educado na Alemanha. Veja bem, o Dr. Abelson era influente no desenvolvimento da eugenia. Era essa sua área de especialização.

— Eugenia? — indagou Nick, confuso, virando-se para Ajay à procura de esclarecimento.

— A ciência aplicada que visava a melhorar a genética de uma população reduzida — explicou o menino em tom baixo e apressado. — Era um meio de aumentar os traços desejáveis nos cidadãos mais bem capacitados enquanto ao mesmo tempo... reduzia a reprodução de pessoas com... traços menos desejáveis.

— Por meio da manipulação genética — complementou Will.

— Ah — disse Nick, baixo.

— Mas ele levou a eugenia muito além — disse Nepsted. — Abelson tinha desenvolvido técnicas experimentais que ele acreditava serem provas das teorias criadas na Alemanha.

Will sentiu o estômago revirar-se ao se dar conta do que estava sendo dito.

— Na Alemanha — falou. — Com os nazistas?

— Não sabíamos disso quando nos juntamos ao grupo — respondeu Nepsted, com rispidez. — Ninguém sabia. Abelson jamais falava no assunto. Se tivéssemos ideia de como a cabeça dele era deturpada, isso tudo nunca teria acontecido.

— Deturpada como? — inquiriu Ajay.

— Os avanços que fez significavam que não teríamos mais que esperar gerações, como os limites da eugenia impunham, para ver melhoras radicais no potencial humano. Abelson acreditava que seus tratamentos podiam transformar esse potencial, que pessoas saudáveis poderiam ser elevadas a estados físico, mental e espiritual superiores em questão de meses. Ele chamava essa forma acelerada de evolução de o Grande Despertar.

— Deus do Céu! — exclamou Ajay.

— Então foi Abelson quem construiu o hospital lá embaixo? — indagou Will. — Para isso?

— Acho que isso foi pouco depois de ele ter chegado, em 1932. Ele dizia que nosso grupo de Cavaleiros fora escolhido para uma grande honra: os primeiros membros da Ordem a se beneficiarem dos... aprimoramentos dele. Os primeiros a Despertarem, os fundadores da ordem de Paladinos moderna. Uma raça nova de guerreiros na causa pela qual lutavam havia um milênio.

— Foi Abelson quem fez isso com você? — indagou Nick, furioso.

Nepsted assentiu.

— Cara, mas que diabo, então vocês simplesmente concordaram? — perguntou o menino.

Nepsted parecia frustrado com a indignação de Nick.

— O que posso dizer para que entendam como tudo aconteceu? Nós éramos só garotos, estúpidos, confiantes demais, egoístas. Não tinha nada de racional naquilo. Acreditamos nele e na glória que estava nos concedendo.

— Não pode ter sido a única razão.

— Você está certo, Nick. Tínhamos um líder na nossa turma de Cavaleiros também, que acreditava tão cegamente no Despertar do Abelson que fez a recusa parecer impensável.

— Tem que ter sido Hobbes — disse Will. — O garoto que vocês conheciam como Edgar Snow.

— Não, Will, ele era um membro importante, o segundo no comando, mas o líder não era Edgar.

— Quem era, então? — indagou Ajay.

— Franklin Greenwood — respondeu Nepsted.

Will inspirou com força, involuntariamente.

Meu avô.

— Franklin Greenwood, o segundo diretor? — perguntou Ajay, incrédulo. — O filho do fundador do Centro?

— Frank era da nossa turma de recrutas. O nome que usava na Ordem era Orlando. Tradicionalmente, o Orlando faz o papel de conselheiro do Velho Cavalheiro.

A cabeça de Will corria a mil: *meu avô estava envolvido nessa loucura? Como pode ser?*

— Ele está na foto do jantar? — indagou Will, pegando uma cópia do bolso.

— Claro, Frank estava lá naquela noite — garantiu Nepsted.

— Me mostre, por favor — pediu, aproximando a fotografia de Nepsted.

O homem a olhou, impassível. Um tentáculo saiu do líquido escuro e tocou delicadamente uma das figuras que Will mal notara antes. Um garoto alto, esguio, sentado ao fim da mesa, o mais distante da câmera. Parecia mais jovem que os demais. Os braços apoiados no tampo, inclinando-se para a frente, com um sorriso vago.

Algo em seus olhos, porém, contradizia o sorriso, e foi então que Will percebeu que não estava olhando diretamente para a lente.

Olhava para as costas de Henry Wallace, sentado em primeiro plano, mais perto da câmera, virado na cadeira para encarar Thomas Greenwood se a teoria de Will a respeito do fotógrafo estivesse correta.

Quando Will o estudou com atenção, viu que Franklin não parecia apenas cheio de *suspeita*, mas também de raiva.

— Isso quer dizer que o Centro estava envolvido? — indagou Nick.

— Não, não, pelo contrário — afirmou Nepsted. — O diretor sabia que o filho tinha entrado para os Cavaleiros, mas parecia pensar que não passava de uma fraternidade. Frank ajudou a impor toda a política de sigilo para o pai não descobrir o que fazíamos. Era o líder do grupo, um líder natural, estava em sua personalidade, e o Despertar de Abelson foi o caminho pelo qual nos guiou.

— Mas Thomas *descobriu* tudo, no fim das contas — concluiu Will. — Ou pelo menos tinha suspeitas sérias. Por que mais ia convidar Henry Wallace para visitar o colégio?

— Os dois eram velhos amigos, leais um ao outro — respondeu Nepsted, assentindo. — Thomas sentiu que havia alguma coisa errada com o filho e os Cavaleiros, e pediu ajuda a Wallace para descobrir o que era. Não sabíamos disso na época.

— Ele chegou tarde demais? — indagou Nick.

— Na noite daquele jantar, já tínhamos recebido as primeiras semanas de tratamento. Eram só injeções na época, mas tudo corria às mil maravilhas. Todo mundo se sentia saudável, forte e otimista. Melhor que nunca, sinceramente. — Seus olhos estavam anuviados de dor. — E Abelson estava convencido de que Wallace não suspeitava de nada.

— Mas estava errado — arrematou Will, estudando-o atentamente. — Wallace *tinha* sacado, não tinha?

Nepsted fechou os olhos, o rosto marcado pela dor das lembranças.

— As fases finais já tinham data marcada. Duas semanas de tratamento intenso que nos obrigavam a ficar isolados, fora de vista.

— Como arranjaram isso? — indagou Nick.

— Criaram uma história para encobrir a verdade por trás de nossa ausência. Os Cavaleiros tinham a tradição de fazer uma viagem juntos no terceiro ano; em tese, íamos para a Europa, com o Dr. Abelson como supervisor. Montamos tudo para parecer real.

— O jantar fez parte disso?

— Fez, para comemorar a viagem. Arrumamos as malas e demos uma festa de despedida na noite seguinte. Mais de duzentos alunos vieram se despedir. Na manhã seguinte, embarcamos em um jato alugado. Com uma hora de voo, demos a volta e aterrissamos em um campo de pouso próximo, depois voltamos escondidos na calada da noite. Foi aí que nos levaram para o hospital pela primeira vez.

— Naquele elevador grande? — indagou Will.

— Isso. Tinham construído aquilo a fim de ajudar na obra, com uma recepção para dar uma cara normal ao prédio e nos deixar à vontade. Mas antes disso, nem tudo correu conforme o plano. Frank não entrou naquele avião conosco — revelou Nepsted, o rosto passando por outro ciclo de mudanças. — O Dr. Abelson disse que estava doente.

— Não era verdade? — indagou Will.

— Não. Foi assim que separaram Frank de Abelson. Nunca mais o vimos de novo.

— E você acha que foi coisa de Wallace?

O homem assentiu.

— Henry Wallace ajudou o diretor Thomas Greenwood a resgatar o filho. Foi para isso que ele veio. Mas Abelson não parecia preocupado. Na verdade, ele *nos* disse que Frank tinha recebido uma tarefa ainda mais importante.

— Se o pai dele sabia de tudo, por que não tirou o resto de vocês de lá? — indagou Nick.

— Não sei a resposta. Talvez não soubesse. Vai ver era porque não éramos filhos dele. A *maioria* de nós nunca mais viu Frank.

— A maioria de vocês nunca mais saiu daquele prédio — disse Will.

— O que aconteceu lá, Raymond? — indagou Nick com suavidade.

Nepsted fez uma pausa, e as palavras saíram muito hesitantes:

— Estávamos no hospital havia poucos dias. Confinados nos quartos. Os novos tratamentos eram muito mais dolorosos que antes. Quando ficou pior, nos mantiveram dopados... E foi aí que o processo deu errado. No começo, foi só com um de nós: George Gage, de Baltimore. Acordamos um dia, e ele tinha desaparecido. Depois disso, os outros foram transformados rapidamente. Em menos de um mês. — Nepsted piscava repetidamente, os olhos cheios de tristeza. — Vi como ficaram, Will.

O corpo inteiro do menino tremeu de raiva, e ele precisou se esforçar para se conter.

— A gente viu também. Ainda estão lá.

— Eu sei — disse Nepsted.

— Viu o quê? — indagou Ajay, confuso. — Como você pode ter visto isso?

— Cara, eles estavam naquela sala dos *tanques* enormes? — perguntou Nick.

— Explico *depois* — prometeu Will, e se certificou de que Nick tivesse entendido a mensagem antes de se voltar para Nepsted. — Continue, Raymond.

— Estávamos morando em um quartel juntos, mas nos separaram em quartos trancados como celas de cadeia depois que outros começaram a sumir.

— A gente viu as celas também — disse Nick.

— Levaram meus colegas um a um, até nove terem desaparecido. Ninguém na equipe nos contava o que acontecera ou aonde eles foram parar. Mas vi George, ou o que ele se tornou.

— Até só sobrarem dois do grupo — disse Will. — Você e Edgar Snow.

— Isso mesmo, Will — confirmou Nepsted. — Nossas celas eram vizinhas. Dava para sussurrar pelas barras à noite. Eles nos deixaram presos por meses, constantemente fazendo testes, mas nem eu, nem ele apresentamos alterações ou ficamos doentes como os demais. No meio tempo, e só fiquei sabendo disso muito depois, haviam encenado o acidente de avião para explicar nosso desaparecimento. Fizeram um avião de verdade cair no lago Superior, dizendo que tinha acontecido na volta da Europa. Claro que nenhum corpo foi encontrado.

Isso soa familiar também, pensou Will.

— Então ergueram aquele monumento — disse Will. — E as famílias de todos vocês pensaram que estavam mortos.

— Isso. Edgar e eu percebemos que éramos prisioneiros. Tinha cadeados nas portas agora. Depois, acordei certo dia para descobrir que tinham levado Edgar também. Supus que havia ficado doente e que, se ainda estivesse vivo, devia pensar o mesmo de mim.

— Mas você estava normal — disse Ajay. — Nada tinha mudado.

— Ah, sim, perfeitamente normal. A própria imagem da saúde. — Levantou as mãos em contentamento irônico. — Continuei vivendo, me ajustando da melhor forma possível ao meu confinamento solitário. Era filho único, nunca tive muitos amigos, então estava acostumado à solidão. As enfermeiras me trouxeram meus livros e me deixavam estudar, gravavam filmes para mim, me davam jornais, sempre me trataram com gentileza. Mas logo percebi que não tinham nenhuma intenção de me deixar levar a vida como "Raymond" outra vez. Após o "acidente", aquilo estava fora de cogitação. Mas isso só fiquei sabendo um ano depois, quando Edgar foi me ver.

— Por quê?

— Para me convencer a cooperar. Mostrar que o programa fora um sucesso, no fim das contas. Porque Edgar *havia* mudado, finalmente, mas o processo não o matara nem o desfigurara. Tinha perdido todo o cabelo, estava muito mais alto e forte, mas, fora isso, parecia igual. Ele me mostrou todas aquelas habilidades, as coisas que podia fazer só com o olhar, a força e invulnerabilidade física, insensibilidade a dor, doença, calor ou frio, e como tinha aprendido a controlar tudo. Mais impressionante ainda, para eles, era que Edgar podia parecer perfeitamente normal sempre que quisesse ou precisasse.

— Ele era um deles — disse Will. — Um Cavaleiro.

Nepsted assentiu.

— Edgar sempre teve esse brilho de fanatismo nos olhos, mas então estava mais forte do que nunca. E por que não? A existência dele significava que o plano de Abelson tinha gerado um dos Guerreiros Sagrados que prometeu criar.

— Para quê? — indagou Will.

— Para servir aos Cavaleiros. Eram mais espertos, veja bem, que governos e países. Acreditavam na chegada de uma guerra que destruiria o mundo. Os Cavaleiros seriam a única força poderosa o bastante para sobreviver e construir uma civilização nova das cinzas.

— Então Edgar se tornou o primeiro Paladino moderno — concluiu Ajay. — O que fez com que o resto dos fracassos se tornasse aceitável.

— E, se ele tinha sobrevivido, queria dizer que esperavam que o mesmo acontecesse com você — disse Will.

— Foi por isso que me mantiveram preso lá embaixo — concordou o homem.

— Abelson continuava no comando? — indagou Nick.

— Não, ele parou de visitar poucos meses depois que fomos para lá... Nunca mais o vi depois disso.

— E quando foi? — indagou Will.

— No começo da primavera de 1939. Dali em diante, só vi Edgar. Passei a aceitar que era ele quem mandava agora. Ele me disse que o diretor Thomas Greenwood demitira o Dr. Abelson quando baniu os Cavaleiros do campus. Poucos meses depois de resgatar o filho. Não sei o que aconteceu com o professor.

— Quanto da verdade Greenwood sabia? — inquiriu Will. — Deve ter descoberto o hospital.

— Se o diretor tomou conhecimento ou não, e quando, jamais fiquei sabendo — explicou Nepsted, com um sorriso apagado. — Continuei prisioneiro lá embaixo pelos 14 anos seguintes.

— Meu Deus! — exclamou Ajay.

— E, durante todo aquele tempo, nunca mudei. E o que quero dizer com isso é que continuei *exatamente* igual. Durante todo o cativeiro, jamais fiquei doente, nem resfriado peguei. E não envelheci um dia.

Outra vez, Will se recordou de algumas das primeiras palavras que o homem lhe dissera: *Sou bem mais velho do que pareço.*

Isso está começando a ficar parecido demais com o que está acontecendo conosco, pensou Will.

— Então, percebam, os tratamentos haviam funcionado, afinal, só que não de uma forma que tivessem previsto. A única coisa que mudou foi minha disposição para cooperar. A partir do momento em que vi as mutações, me recusei a fazer parte daquilo, mesmo que significasse passar o resto da vida naquela cela.

— Eles te contaram mais alguma coisa? Algo sobre a cidade subterrânea que tinham encontrado? — indagou Ajay. — Ou sobre a raça mais antiga de seres que vivia lá?

— Não. Só sabia o que lia nas revistas e nos jornais que me davam — explicou o homem. — Até 1956. Quando, por razões que jamais descobri,

Edgar me disse que meus captores tinham resolvido me soltar por algum impulso de caridade. Sob certas condições.

— Quais eram? — perguntou Will.

— Me dariam uma vida diferente. Sob um nome novo, em uma cidade distante. Flagstaff, Arizona.

— Por que te deixariam partir assim, depois de tudo aquilo? — indagou Nick.

— Acho que sei por quê — interrompeu Will. — Em 1956?

— Isso mesmo.

— Foi o ano que Franklin se tornou diretor do Centro — explicou Will. — Ele deve ter tido alguma coisa a ver com isso.

Um dos tentáculos de Nepsted saiu do líquido e flutuou por cima da beirada da banheira, procurando e pegando um antigo caderno, enterrado sob pilhas aleatórias de livros e coisas largadas no limite do alcance do círculo de luz.

— Acho que você tem razão, Will — confirmou o homem. — Acho que Frank ficou com pena de mim. Talvez tenha sentido remorso de verdade pelo que aconteceu conosco, ou pelo papel que desempenhou na trama quando era jovem.

— O que Edgar te disse?

— Como fora fácil se adaptar à vida nova. Ele se chamava Hobbes agora. E como eu podia fazer o mesmo. Até ofereceu um pedido de desculpas, dizendo que nada daquilo devia ter acontecido com nenhum de nós, que o hospital seria destruído, assim como todos os registros desses eventos. Eu ficaria livre para começar essa nova vida, contanto que mantivesse segredo e nunca dissesse nada a ninguém.

— E você acreditou? — indagou Nick.

— Que escolha eu tinha? Havia ficado sozinho por tanto tempo que já não conhecia mais ninguém lá fora. Foi Hobbes em pessoa que me levou até Flagstaff. Tinham criado toda uma nova identidade para mim. Me deu o carro que usamos para chegar lá e dinheiro o bastante para recomeçar. Uma semana depois, consegui emprego em uma loja de ferragens, o único ofício que conhecia e que não tinha mudado muito.

Mais gavinhas flutuaram atrás da primeira, ajudando a levantar o caderno, abrindo-o e segurando-o de modo que os meninos pudessem ver o que tinha nele. Era um álbum de fotografias, com páginas de fotos esmaecidas, presas por pequenos triângulos de plástico nas pontas.

O olhar de Will recaiu sobre um retrato amarelado de Nepsted na frente de uma loja de ferragens ensolarada. Os carros na rua pareciam ser do início ou talvez de meados da década de 1960.

— Estava com 37 anos e ainda tinha cara de 18 — disse Nepsted. — Jamais morara sozinho. Não saía para o mundo havia quase 20 anos. Edgar sempre foi gentil comigo, mas deixou claro que os Cavaleiros estariam vigiando o tempo todo e, se tentasse fugir ou contatar minha família, ou contar para alguém o que tinha acontecido, iam me trazer de volta para cá para sempre. Nunca nem cheguei a saber se meus pais ainda estavam vivos. Estava tão ansioso para me ver livre, que concordei com tudo.

Nepsted inspirou fundo e com dificuldade, tendo problemas para conter as emoções. Ajay também parecia prestes a chorar. Will pegou o álbum e folheou lentamente as páginas cheias de momentos congelados da vida de Nepsted.

— E acreditei nele. Acreditei que descobririam se eu falasse com alguém sobre tudo o que tínhamos passado, mas também que iam acabar com o programa. Então obedeci às regras e continuei totalmente reservado, durante 9 anos. Edgar nunca mais voltou para me visitar, então, no final, parei de pensar tanto nas advertências que fizera.

Will virou a página e viu uma fotografia de Nepsted em um parque com o braço ao redor da cintura de uma jovem bonita e esbelta, de longos cabelos castanhos.

— Quando me apaixonei por Julie, já era raro pensar sobre o que Edgar tinha me dito. Continuei seguindo o roteiro à risca, e nunca disse uma palavra a ela sobre o que aconteceu de verdade. Mas também já quase não sentia como se estivesse mentindo. Até onde me interessava, eu era *mesmo* Stephen Nepsted, porque tinha sido naquele lugar e momento que minha vida começou de verdade. Passaram a me chamar de Happy na loja de ferragens, como uma piada, porque estava sempre tão sério... Mas, por um tempo, depois que conheci Julie, fui mesmo feliz.

Na página seguinte, Will encontrou retratos de uma cerimônia de casamento simples, em uma capela pequena, apenas Raymond e Julie, de roupas do dia a dia, na frente de um padre e uma testemunha.

— Cara, você *casou?* — indagou Nick.

— Já estávamos juntos havia dois anos. Ninguém nos incomodou, Edgar não apareceu, então, na semana em que fiz 41 anos, fomos para Las Vegas e achamos uma daquelas capelas ridículas.

Um dos tentáculos de Nepsted amorosamente tocou outro retrato dele com sua noiva sorridente, que trazia um pequeno buquê na mão.

— Julie tinha 23 anos, mas nossa diferença de idade nunca teve importância para mim. Na maioria dos sentidos, eu não era realmente mais velho do que parecia, mesmo que não tivesse envelhecido desde que cheguei a Flagstaff.

Os três colegas se juntaram, olhando as fotografias, o único som no cômodo era o suave borbulhar do líquido na banheira. A última figura era de Julie, posando em um pequeno cômodo que havia sido transformado em quarto de bebê.

— Tinha mentido para Julie dizendo que não devíamos ter filhos por causa de problemas de saúde na minha família, e que por isso tínhamos que ser cuidadosos. Mas ela engravidou mesmo assim, e tentei fingir... queria tanto acreditar que tudo ficaria bem...

Não conseguiu continuar por um momento.

— Foi aí que aconteceu, Raymond? — indagou Will com gentileza.

Nepsted assentiu.

— Foi o estresse que fez tudo se desenvolver, acho... Todos os medos terríveis que trouxe de volta... O que fizeram comigo havia ficado dormente todos aqueles anos, os tratamentos... Mas aí comecei a mudar... Para isto...

Will virou a página. O resto estava em branco.

— Primeiro tentei esconder, esconder de todo mundo... E consegui por algum tempo... Mas depois, de maneiras sutis, começou a... acontecer em público. Controlei as mutações o melhor que podia, mas depois de um tempo, meu corpo "normal" começou a mudar também, permanentemente. Não consegui manter o emprego. Não sabia como sustentaria minha família quando o bebê nascesse. Então, um dia, depois do trabalho, encontrei Edgar esperando no meu carro. Não me ameaçou; sabia que não tinha descumprido o acordo. Disse que só queria ajudar. Mas só podia fazer isso me trazendo de volta para cá. Onde poderiam me dar um lugar para morar e cuidar de mim de novo.

Lágrimas rolaram suavemente pelas bochechas de Nepsted. Will notou que Nick secava o canto do olho.

— Edgar me prometeu que cuidaria de minha família também... Mas que eles teriam que acreditar que eu estava morto. Eu não sabia mais o que fazer. Ele tinha razão, de certa forma. Se as pessoas descobrissem o que eu era de verdade, que tipo de vida poderíamos ter tido, que tipo de futuro minha esposa e meu filho teriam? Não tinha escolha, entendem?

— Acho que sim, Raymond — respondeu Will.

— Edgar me arrumou um seguro de vida. Assim, Julie e Henry teriam tudo de que precisavam.

— Exceto um pai e um marido — retrucou Nick entre dentes.

Will mandou que se calasse.

— Eu tinha uma condição: disse a ele que não voltava para aquele hospital nunca mais — lembrou Nepsted, balançando a cabeça com lentidão. — Precisava de um lugar de verdade no mundo, um emprego real que tivesse sentido e me colocasse em contato com pessoas mais jovens, para eu poder... ter alguma ideia da vida que meu filho estaria levando.

— Você nunca nem chegou a conhecê-lo, não é? — indagou Nick.

— Fui embora de Flagstaff um mês antes de Henry nascer. Encenaram um acidente de carro que até a companhia de seguros acreditou.

— São bons nisso — disse Will.

— Edgar me trouxe para cá em um jato particular à noite. Me trouxe para este quarto. Em 1974. E fiquei aqui desde então. O gestor de equipamentos no vestiário masculino.

— E ainda assim um prisioneiro, Raymond? — indagou Ajay.

— O cadeado foi ideia minha — revelou Nepsted, balançando a cabeça vigorosamente. — Não queria ficar tentado a sair. Se os garotos me vissem quando não conseguia controlar a aparência, se suspeitassem de que era algo mais que o aleijado atrás da grade que lhes dava seus tênis, até isso seria tirado de mim.

— Então por que você pediu para a gente achar a chave? — indagou Nick, confuso.

— O que mudou, Raymond? — perguntou Will.

Nepsted baixou a voz:

— Ouço sussurros. As pessoas me contam coisas, ou as escuto falando. Às vezes até ouço o que pensam. Quando olham para a gaiola, não sabem como estou observando e ouvindo com atenção. E, muitos anos atrás, quase vinte agora, percebi que os Cavaleiros de Carlos Magno tinham voltado para o Centro.

Will sentiu um arrepio correr até a nuca.

— Na verdade, parece que nunca foram embora. Presumi que Edgar estivesse no comando o tempo inteiro, mas estava errado. Ele recebia ordens de outro alguém.

— De Franklin? — indagou Will.

— Não, pelo que fiquei sabendo, ele também se voltou contra os Cavaleiros — respondeu Nepsted. — E Frank morreu em 1995. Quem quer que seja a pessoa que está na liderança agora, é alguém com aliados poderosos.

Haxley, pensou Will.

— Três gerações de ex-Cavaleiros estão por aí, no mundo — prosseguiu Nepsted —, uma rede secreta de pessoas proeminentes, em posições de poder e influência tremendos. Edgar insinuou que tinha algo novo no horizonte, algo inimaginável.

— Um programa novo baseado nas ideias de Abelson — disse Will, olhando de soslaio para Ajay e Nick. — Manipulação genética. É chamado de a Profecia do Paladino.

— Deus do Céu! — exclamou Nepsted, surpreso. — Do que mais você já ficou sabendo, Will?

— Sei que recebe muito financiamento, é bem organizado e pode ser que envolva muito mais gente desta vez. Raymond, é possível que Franklin tenha descoberto que os Cavaleiros haviam reativado o programa do Paladino e tentado impedir?

Nepsted leu a insinuação no olhar de Will.

— Você está querendo perguntar se teriam matado Frank por isso?

— É.

— É possível. Você tem que entender, e acho que já entende, que essas pessoas não permitem que nada fique no caminho. É *exatamente* o mesmo programa que usaram em nós? — indagou Raymond, com a voz trêmula.

— É pior — respondeu Will, decidindo que não deixaria nada de fora. — Agora é o futuro do planeta que está em jogo. Estão trabalhando com uma raça mais antiga... Talvez a mesma que construiu aquela cidade lá embaixo. Aquelas coisas foram banidas séculos atrás para alguma outra dimensão, mas estão tentando voltar e retomar o controle da Terra. Uma guerra está vindo, desta vez não só entre humanos. Há pessoas ajudando, pessoas como os Cavaleiros, em troca de riqueza, poder, tecnologia avançada... E uma posição de destaque depois que essa raça antiga tomar o controle.

— É, mas a gente vai dar um fim deles — disse Nick, sem muita convicção.

— Vocês três? — indagou Nepsted.

— Somos cinco, na verdade — corrigiu Will.

— Bem, graças a Deus — murmurou Nepsted.

— E a gente espera, claro — disse Will —, que você possa ajudar.

— Então, o *objetivo* do programa não mudou — disse Nepsted, a voz falhando. — Tentar criar uma raça de seres avançados. Paladinos.

— Mas agora a *ciência* alcançou a filosofia.

— Então, desta vez eles não só possuem o conhecimento, mas também têm fortuna, tecnologia e disposição — disse Raymond, os olhos encontrando os dos garotos. — Temos que fazer alguma coisa, qualquer coisa, para impedi-los.

— Por que você não agiu antes, se tinha suspeitas? Por que esperou até agora? — inquiriu Ajay.

Nepsted olhou diretamente para Will.

— Estava esperando você — disse.

O menino viu algo mover-se na telinha em sua mão, que mostrava as imagens capturadas pela câmera na gaiola do balcão.

— Tem alguém lá fora — anunciou.

A MANDALA

— Quero que vocês olhem para o outro lado — disse Nepsted, com urgência. — Agora, por favor. Façam isso por mim.

Os três colegas viraram-se de costas e ouviram Nepsted alçar-se da banheira de aço, e depois o ruído sincopado de mil tentáculos molhados batendo no concreto enquanto o homem rapidamente se movia em direção à porta.

Will olhou para Ajay de soslaio e viu que tinha se virado apenas o suficiente para vislumbrar uma parcela daquilo pela visão periférica; a boca estava levemente aberta, os olhos esbugalhados. Ajay virou-se para Will com expressão de estupefação desamparada.

Will balançou a cabeça: *não olhe.*

O menino fechou os olhos e tapou-os com as mãos. Ouviram uma sequência de sons estranhos, carne batendo na carne, gavinhas enrolando-se umas nas outras e se conectando.

— Ah, *cara*! — exclamou Nick, contraindo-se todo.

— Obrigado — disse Nepsted, quando terminou. — Agora venham comigo.

Quando se viraram para ele, estava vestido e na forma como sempre o viam: um homem pequeno e deformado, sentado na cadeira motorizada, operando a alavanca com a mão, direcionando a cadeira para a porta.

— Deu para ver quem era? — perguntou ele a Will, com a voz baixa, enquanto voltava para a gaiola.

— Não — respondeu o menino. — Só peguei o movimento.

— Vocês têm que se esconder. Aqui nos corredores onde ninguém vai vê-los.

— A gente colocou o cadeado de novo na porta, mas não trancou — lembrou Nick. — Não dava para alcançar pela grade.

— Vou dar um jeito nisso. Espero que tenham desativado aquela câmera quando entraram — disse Nepsted, com um aceno de cabeça para a câmera de segurança perto do teto, quase na metade do corredor.

— Eu a coloquei para dormir — respondeu Ajay.

— Ótimo — disse Nepsted. — É assim que me vigiam.

— Ninguém viu a gente entrar, isso posso garantir.

— Aconteça o que for, não se mostrem — pediu Nepsted, com solenidade. — Não é seguro para vocês estar aqui.

Os três se agacharam atrás de caixas de equipamento na última fileira à esquerda enquanto Nepsted seguia pelo corredor em direção ao balcão.

— Aí, não quis falar nada lá no quarto — sussurrou Nick, fazendo uma careta —, mas, putz, qual era a do banho de espuma roxo?

— Deve ter alguma coisa a ver com a... vocês sabem — disse Will.

— Lulice dele?

— Meu palpite é que deve servir como algum tipo de veículo para nutrientes ou medicamentos que o mantêm vivo — arriscou Ajay.

— Quanto tempo acha que ele consegue viver sem aquilo? — indagou Will.

— Não tenho ideia — confessou Ajay. — Qual foi o tempo máximo que você já o viu ficar na forma normal?

Will pensou em suas conversas anteriores.

— Talvez meia hora?

— Se ele quiser ir embora, não vai ser mole ficar arrastando aquela banheira de meleca enorme por aí — disse Nick. — O que acham que tem lá dentro? Ele é tão velho que, se bobear, é um tipo de conservante.

Will espiou pelo canto das caixas e viu que Nepsted havia chegado ao balcão.

— Quem é? — Ouviram-no chamar.

O menino viu algumas gavinhas deslizarem da manga direita do homem, flutuarem em direção ao portão e passarem pelas aberturas da grade.

— Ele está fechando o cadeado daqui de dentro — sussurrou Will. Recostou-se e segurou a tela à frente de modo que todos pudessem ver.

— Sei que tem alguém aí — disse Nepsted. — Apareça.

Will notou uma mancha borrada aproximar-se rapidamente do balcão, e depois uma figura humana nua materializou-se em um clarão de luz fragmentado, bem na frente da gaiola, imediatamente ganhando forma ao sair de uma nuvem de poeira.

Era Courtney Hodak. Alta, absurdamente em forma e parecendo não se importar com sua nudez. Ergueu a mão esquerda, agarrando com violência um punhado dos tentáculos que se contorciam de Nepsted, sorrindo com desdém para ele pela grade.

— Fiquei sabendo que é aqui que deixam as aberrações — disse ela.

— Este é o vestiário *masculino* — retorquiu Nepsted, com dor, fazendo força para se desvencilhar.

— Está sozinho aí atrás, aberração? — indagou Courtney, olhando para trás dele.

Os olhos de Ajay se esbugalharam. Tanto Will quanto Nick cobriram a boca do amigo com as mãos.

— O que você acha? — indagou Nepsted, quando finalmente se libertou, os tentáculos recolhendo-se para dentro da gaiola e desaparecendo na manga.

Courtney virou-se para a escuridão atrás de si e acenou para alguém se aproximar. Os dados no bolso de Will começaram a vibrar outra vez; teve que segurá-los para abafar o som. Usando o casaco e boina pretos, Hobbes caminhou para fora das sombras, flanqueado por dois rapazes altos e musculosos, que Will reconheceu como da turma de Cavaleiros de Courtney. Hobbes casualmente segurava uma camiseta branca e shorts com o dedo em gancho e os entregou a Courtney quando chegou ao balcão. Ela vestiu as roupas, sem pressa, divertindo-se claramente ao perceber como sua nudez deixava Nepsted constrangido.

Nick puxou a tela mais para perto. Ajay tentou tirá-la dele para assistir. Will fez um gesto para os dois pararem.

— É a irmã de Todd. — Will movimentou a boca sem falar.

— É *Courtney?* — sussurrou Nick, parecendo impressionado.

— Não a reconheceu, não?

— Moleque, eu não estava olhando para a cara dela. — Nick puxou a tela para si, a fim de dar outra olhada, e baixou a voz ainda mais: — Totalmente *pelada* da silva.

— Para ser mais preciso — sussurrou Ajay —, ela estava de tênis.

— Olá, Raymond — cumprimentou Hobbes com um sorriso agradável, os estranhos olhos claros brilhando.

— Quem são seus coleguinhas? — indagou Nepsted.

— Você não se esqueceu do grande motivo de orgulho da turma do ano passado, esqueceu, Raymond? Os Srs. Halsted e Davis? — indagou Hobbes, gesticulando em direção aos dois garotos. — Se bem que, é claro, não poderia ter visto Courtney antes.

— Agora viu — provocou ela.

— O que você quer, Edgar? — indagou Nepsted.

Hobbes debruçou-se sobre o balcão, relaxado e amigável.

— Vim para te dar um aviso, velho amigo. Alguns jovens alunos acharam que deviam meter o bedelho onde não foram chamados, e bisbilhotar nossa história. Assuntos que não têm nada que ficar sabendo. Coisas em que só eu e você somos as partes interessadas.

Com a mão esquerda, Hobbes pegou e puxou o cadeado com força. Tilintou, mas não cedeu; Nepsted tinha conseguido trancá-lo a tempo. Hobbes sorriu outra vez.

— O que isso tem a ver comigo? — indagou o homem.

— Acredito que você saiba de quem estou falando — disse Hobbes.

Will olhava a tela com atenção. Hobbes se inclinou sobre o balcão; perto da câmera, os olhos do homem queimavam com ardor antinatural, fitando Nepsted até que finalmente o outro desviou o olhar.

— Pode ser — respondeu ele.

— Você sabe como isso pode ser devastador, Raymond. Não me surpreenderia se esses garotos tentassem falar com você a qualquer momento. A menos que já tenham estado aqui?

Hobbes esperou até que Nepsted balançasse a cabeça.

— Não preciso enfatizar como é vital que você não conte nada a eles. Preciso?

— Não, Edgar — murmurou Nepsted.

— Porque, se você precisa de um lembrete, tem algo que vinha querendo te falar há muito tempo, mas nunca tive oportunidade, ou melhor, uma *razão*, até agora.

Hobbes tirou algo do bolso do casaco e colou-o na grade na frente de Nepsted. Parecia uma fotografia, mas Will e os outros não podiam vê-la pela tela.

— Sabe quem é esse, Raymond?

— Não faço ideia.

— Seu filho, Raymond — revelou Hobbes. — Esse aí é Henry Nepsted, como está hoje. O menino dos seus olhos.

Ouviram Nepsted engolir um soluço. Will sentiu Nick ficar tenso ao seu lado, a raiva aumentando e subindo, e pousou a mão no braço do amigo para acalmá-lo.

— Como dá para ver, Henry é... uma pessoa um tanto especial. — Hobbes sorriu. — Igualzinho ao pai.

— Como vou saber que você está dizendo a verdade? — indagou Nepsted, a voz rouca e estrangulada.

Hobbes parecia genuinamente perplexo.

— Sua pergunta magoa meus sentimentos, de verdade. Quando foi que menti para você, Raymond? Sempre pudemos acreditar um no outro. Você não sabe o quanto confio em você, depois de tudo pelo que passamos juntos?

— Como vou saber se esse é mesmo meu menino?

— Porque estou te dando minha *palavra* — respondeu Hobbes, já sem sorrir.

— Onde ele está? — inquiriu Nepsted depois de alguns instantes, soando mais fraco.

— Ah, sabemos exatamente onde ele está. Na verdade, fui eu mesmo quem tirou essa foto outro dia. Vou deixar com você caso abra a gaveta.

Um momento depois, Will ouviu a gaveta de metal na parede da gaiola ser aberta. Hobbes deixou a foto ali dentro, e Nepsted a pegou. Hobbes debruçou-se sobre o balcão.

— Henry está a menos de meia hora daqui, Raymond. Mas não se preocupe; ele não sabe nada sobre isso, nem de você, da escola ou de coisa nenhuma, na verdade. Não está em perigo imediato algum. Você ia querer deixar tudo igual, não ia? Sei como é preocupado.

— Por favor... — suplicou Nepsted.

Hobbes reajustou o tom, soando como se fossem dois amigos conversando enquanto bebem uma cerveja.

— Você tem uma imaginação tão fértil, Raymond. Então quero que imagine o que aconteceria com seu filho... se você fizesse qualquer coisa para ajudar esses jovens sem rumo. Devo ser mais claro que isso?

— Não — respondeu Nepsted, baixo.

— O que, Raymond?

— Entendi, Edgar.

— Fico tão feliz que tenhamos tido a chance de conversar — disse Hobbes. — Antes das coisas ficarem mais atrapalhadas.

Hobbes sorriu, mostrando os dentes afiados, afastou-se do balcão, virou e voltou para dentro da escuridão, acenando uma vez por cima do ombro. Os três jovens Cavaleiros o seguiram, com Courtney lançando um último sorriso desdenhoso para a gaiola enquanto soprava um beijo para Nepsted.

Will, Ajay e Nick não se moveram até escutarem a cadeira motorizada de Nepsted voltar para onde estavam e parar ali perto. Nepsted parecia pálido e não tinha energia para encará-los. Apertava com força na mão esquerda a foto que Hobbes lhe dera.

— Vocês têm que ir embora agora — disse o homem.

— Raymond, não acredite nele. Você não pode confiar em uma palavra que aquele cara diz... — começou Nick.

— Me deem a chave para eu abrir o cadeado e deixar que saiam. — Nepsted estendeu a mão, ainda sem os fitar. Will relutantemente entregou a chave prateada.

— Mas não pode ser verdade — apelou Nick.

— Edgar nunca mentiu para mim — disse Nepsted, girando a cadeira, voltando para a gaiola.

— O que a gente faz?

— Vamos embora — respondeu Will. — Não há nada que possamos fazer agora.

— Ele já contou o que precisávamos saber, de qualquer jeito — disse Ajay.

— Mas a gente não pode simplesmente deixar ele aqui assim. A gente tem que ajudar — argumentou Nick, fervorosamente.

— Precisamos deixar Nepsted sozinho um pouco — disse Will. — Se Hobbes não descobrir que estivemos aqui, ele deve ficar bem.

Will levantou-se, e os outros o seguiram até o balcão. Nepsted já destrancara o cadeado. Um aglomerado de tentáculos abriu o portão, depois deslizou de volta para as mangas do homem. Ele abaixou os olhos enquanto o grupo passava.

— Raymond, você não precisa mais fazer o que aquele cara manda — insistiu Nick. — A gente pode te ajudar; a gente pode parar aquele...

— Não voltem aqui nunca mais — ordenou Nepsted, friamente.

Com fogo nos olhos, bateu a porta atrás dos meninos; em seguida, mais gavinhas passaram pela grade e usaram a chave para trancá-lo ali dentro outra vez. A chave caiu no chão com um som metálico aos pés de Will enquanto a cadeira virava e seguia em frente, uma roda chiando a cada volta completa.

Will pegou o objeto e o guardou no bolso.

— E agora? — indagou Nick.

— Achamos Elise e Brooke e conversamos. Vamos pelos fundos, para o caso de estarem vigiando a porta... O que foi, Ajay?

Ajay continuava a fitar Nick, com expressão desconfiada.

— Consegui olhar aquela foto de relance — disse o garoto.

— E o que tem ela? — indagou Nick.

— Acho que sei quem é o filho de Nepsted.

O pager de Will bipou. O menino atendeu no telefone do balcão, e a operadora repassou a ligação.

— É Will — disse.

— Me encontra no Carvalho Partido — ordenou a voz.

O treinador Jericho.

Em um primeiro momento, Nick não acreditou quando Ajay lhes contou o que vira na fotografia de Raymond, mas depois que o menino lembrou o porquê a ele, os dois decidiram investigar imediatamente. Saíram do Celeiro pela porta dos fundos. Nick e Ajay voltaram para o pátio, usando uma rota longa pela floresta a fim de evitar serem vistos, enquanto Will seguia para o Carvalho Partido.

Quando Will chegou, Jericho já o aguardava dentro da grande árvore rachada, encostado contra a madeira. O treinador não se moveu, parecendo tranquilo e relaxado.

— Por que demorou tanto? — indagou, sem mudar a expressão.

— Foram só três minutos — retrucou Will.

O homem acenou para que entrasse no buraco, para ficarem fora do campo de visão de qualquer um que estivesse por perto.

— O que foi? — indagou Will.

— Fofoca — disse Jericho. — Você está criando um rebuliço e chamando atenção.

— Estou? — Will tentou esconder a preocupação. — Onde você ouviu isso?

— Nas entrelinhas — respondeu Jericho, depois o examinou com cuidado. — O que você quer me perguntar?

Will estava prestes a dizer "ei, foi você quem chamou", depois se deu conta de que queria fazer seis perguntas ao mesmo tempo, mas se contentou com:

— Você se lembra de uma história que me contou sobre uma raça antiga que vivia aqui antes do seu povo?

Jericho pareceu ficar com a expressão ainda mais séria, se é que aquilo era possível.

— O que você descobriu?

— Provas de que você está certo. Estou tentando decidir o que fazer. Sem "causar muito rebuliço".

— E como está se saindo? — indagou o treinador, olhando para cima, para dentro da árvore.

— Estou pensando.

— Que mente está usando?

— Não entendi a pergunta — disse Will.

— Você tem mais que uma — afirmou Jericho, apontando para a cabeça, depois o coração e, então, para o estômago do menino. — Decida qual delas vai escutar. A mente mais elevada é a que importa. Então ela vai falar com você.

Como grande parte do que Jericho dizia, Will não conseguiu entender aquilo, mas tinha aprendido que normalmente era preciso dar tempo aos conselhos do treinador. Naquele caso, tempo para deixá-lo ser absorvido pela tal "mente mais elevada", presumia. Sem se dar conta, tirara o falcão do bolso e corria um dedo por ele, despercebido, como se fosse um rosário. Jericho abriu a mão do menino e fitou a figura, como se a pudesse ler, depois olhou para Will.

— É — disse. — Falcão.

— O quê?

— É definitivamente seu espírito animal — afirmou Jericho. — E você viu o We-in-di-ko.

— Vi?

Jericho hesitou.

— A menos que eu esteja errado.

— Não — disse Will, lembrando-se da figura trôpega que o seguira pelos túneis. — Na verdade, acho que você está certo.

— Você e Lyle ainda não resolveram o que têm para resolver — disse Jericho em voz baixa.

— O que ele quer? — indagou Will.

— Ele vai te responder. Mas, quando a hora do acerto de contas chegar, você vai ter mais ajuda do que imagina.

Em seguida, desapareceu como uma nuvem de fumaça. Will não tinha certeza se algum dia já o vira correr. Não tinha certeza se o vira correr naquele instante.

Will seguiu pela floresta, desviando das trilhas principais. Quase na metade do caminho para o pátio, o pager bipou, e um instante depois ouviu a voz de Elise em sua cabeça.

A gente precisa conversar. Não ligue para a mensagem no pager se ouvir isso. Me encontre nas salas de artes.

Will apressou o passo e, depois de chegar às imediações do campus, rumou para Adams Hall.

O último andar do Adams abrigava uma série de salas espaçosas, com janelas que iam do chão ao teto e claraboias para possibilitar a melhor luz, e era lá onde os alunos de arte tinham estúdios. Will encontrou Elise aguardando do lado de fora da sala que compartilhava com Brooke. Puxou-o para dentro e fechou a porta.

O menino estava prestes a abraçá-la quando notou Brooke esperando atrás dela. Aquilo o surpreendeu, mas torcia para que não estivesse com expressão decepcionada por encontrá-la ali. Não estava decepcionado; estava feliz por ver as duas e poder compartilhar o que tinham descoberto. Então abraçou ambas — Elise primeiro, depois Brooke —, certificando-se de tratá-las igualmente. Ficou aliviado de ver que nenhuma delas pareceu se importar. Inteirou-as com rapidez a respeito da história de Nepsted e seu encontro com Hobbes, que parecia confirmar tudo o que Raymond lhes contara. Ficaram preocupadas, mas pareceram não se deixar afetar nem desanimar pela informação.

— Então os Cavaleiros já tentaram isso antes — disse Brooke. — Alterar geneticamente os alunos.

— Isso aí — confirmou Will. — Nepsted e Hobbes foram os primeiros Paladinos.

— Paladinos 1.0 — comentou Elise.

— Os únicos que sobreviveram, pelo menos — disse Will.

— Quer dizer que reiniciaram o programa com o nome de a Profecia do Paladino — disse Elise, tamborilando com os dedos. — Cinquenta anos depois.

— Depois que as pesquisas e tecnologia tornaram tudo mais factível — explicou Will. — E, como parece que fazemos parte disso, vamos torcer para que tenham tornado tudo menos obviamente perigoso.

Will bateu na madeira. As meninas também.

— Por que fizeram isso, Will? — indagou Brooke. — Ele sabia? Contou para você?

— Não. Pessoalmente, acho que a Profecia faz parte do pacto, seja qual for, que fizeram com o Outro Time. Criar soldados, quem sabe, para lutar ao lado deles na guerra que vem por aí.

— Mas a gente não tem certeza disso, não é?

— É a próxima coisa que precisamos descobrir: por que os Cavaleiros aceitaram isso — respondeu Will.

— Pelo menos agora a gente sabe de onde veio a ideia para o que fizeram com a gente.

— E "nós" inclui todo mundo desde a época de Courtney e de sua turma — observou Elise — até Lyle e sabe-se lá quem mais.

— Verdade — concordou o menino. — Se fosse dar um palpite, o que querem, provavelmente, é que a gente entre na dança que nem os outros e se junte a eles.

Brooke ficou pálida e sentou, com aparência de quem estava ficando nauseada.

— Apresentando os novos e melhorados Paladinos 2.0 — disse Elise, com uma voz falsa de locutor de comercial. — Ainda na fase de testes beta, mas até agora sem efeitos colaterais debilitantes.

— Você disse que Courtney estava *invisível?* — indagou Brooke.

— Não exatamente — respondeu Will. — A gente viu alguma coisa se movendo pelo ar antes de ela aparecer. Ajay acha que ela pode ter algum jeito de controlar a luz ao redor.

— Controlada é o que aquela doida não é — disse Elise. — O irmão era só um instrumento imprestável, mas Courtney é uma psicopata de aço inoxidável.

— A gente conversou sobre o que aconteceu comigo também — disse Brooke, olhando de relance para Elise. — Aquelas coisas que eu não sabia que podia fazer quando estávamos nos túneis.

— A que conclusão vocês chegaram?

— Para começar, ela é o que chamam de curadora intuitiva — explicou Elise. — Consegue intuir os problemas físicos das pessoas com precisão incrível, usando algum tipo de habilidade diagnóstica de toque.

— Você também pode curar, usando o toque, suas mãos — lembrou Will. — As duas sugestões se encaixam se você pensar bem. Foi isso que te pareceu?

Brooke assentiu, olhando as mãos.

— Não sei como. Aconteceu tão rápido — falou ela. — Podia sentir o que estava errado, com você e com Elise. Dava para ver dentro do corpo de ambos onde estava a fraqueza, e, com a intenção, direcionei energia para lá, e ajudou. Não dá para fingir que entendo como. Nem sinto que posso controlar.

— É novidade para você — apaziguou-a Elise. — A gente se sentia assim também, no começo. Controle é algo que você tem que desenvolver ou treinar, como nós fizemos.

— Tem outra coisa também — disse Will. — Percebi quando estávamos tentando tirar a chave daquele cilindro. Foi por isso que pedi a sua ajuda. E se você for pensar, também se encaixa direitinho com as outras habilidades, porque envolve toque.

— O quê?

— Se usar aquela... como quiser chamar, energia de cura, que seja... você parece ser capaz de ampliar o poder que a outra pessoa tem.

— E isso... é sinistro — disse Elise, batendo na mão de Brooke em comemoração.

— É verdade — concordou Will. — Talvez esse seja até o aspecto mais poderoso de sua habilidade. Você vai precisar experimentar para ver.

— Você consegue — encorajou-a Elise, batendo no ombro de Brooke. — A gente sabe que consegue.

Parecia ser demais para a menina absorver. Ela se levantou e caminhou até a janela, observando o campus lá embaixo. Will olhou de soslaio para Elise.

Ela vai ficar numa boa com isso?, indagou ele.

A gente ficou no começo?

Não mesmo.

Fato: a gente surtou como se nosso cabelo tivesse pegado fogo. Dê um tempo a ela.

— Pelo menos não tenho mais que me sentir de fora — disse Brooke com um sorriso torto.

— Isso aí, amiguinha — disse Elise. — Você já pode levantar a bandeira dos esquisitões que nem a gente.

Pelo menos isso está aproximando as duas, pensou Will. *Tem que ser uma coisa boa. Contanto que elas não comecem a falar de mim.*

— A gente devia mostrar para ele? — indagou Brooke, olhando para Elise.

— Devia. Venha aqui, West, a gente tem novidade para contar.

Elise o guiou pelo cômodo até uma grande tela quadrada no chão. Mostrava um círculo enorme, com linhas intrincadas e nuances sutis, todo em padrões rodopiantes e simétricos. Quando olhou mais de perto, o menino se deu conta de que era inteiramente feito de dúzias de cores diferentes de areia.

— O que é isso? — indagou.

— Uma mandala. É um quadro de areia — explicou Elise. — Uma nova forma de arte com que estou brincando. Tive um sonho sobre isso há algumas noites.

— Mesmo? — indagou Will, intrigado. — É lindo.

— Que bom que gostou, mas não é isso que precisamos te mostrar.

Em um cavalete na frente de um pequeno sofá, Elise e Brooke tinham arrumado os notebooks e os expandido até ficarem do tamanho de uma pequena televisão.

— Coloque o seu aí — disse Elise. — Você pode copiar o arquivo enquanto a gente mostra o que encontrou.

Will o deixou no cavalete, e o aparelho fundiu-se com os outros, expandindo a tela conjunta em alguns centímetros mais. Todos os três *syn-apps* surgiram no monitor, aguardando ordens.

— Mostre a Will o que a gente descobriu sobre Henry Wallace — pediu Elise a sua versão em miniatura.

O avatar gesticulou para o de Brooke, que ligou um projetor antigo. Aquilo ativou um arquivo de vídeo que tomou a tela. Júnior sentou-se para assistir, enquanto os *syn-apps* de Brooke e Elise revezavam-se para fazer a narração das fotografias e filme que surgiam.

— Henry Wallace nasceu e cresceu em uma fazenda em 1885, em Iowa. Formou-se pela Iowa State University, onde estudou botânica e agricultura e se tornou grande amigo de um colega chamado George Washington Carver. Fez outro bom amigo ali dentro, um estudante que compartilhava seu interesse em educação: Thomas Greenwood.

Um vídeo antigo se abriu, mostrando o jovem Thomas Greenwood cumprimentando Wallace com um aperto de mãos enquanto davam uma volta pelo Centro, onde o pátio ainda estava sob construção.

— Wallace foi conselheiro particular de Greenwood quando ele fundou o Centro, e continuou nessa posição por muitos anos. Durante esse tempo, Wallace não só criou transgênicos novos e mais produtivos, como também desenvolveu métodos científicos de avanços na produtividade agrícola, o que fez dele um homem rico e empreendedor reconhecido.

Agora viam Henry Wallace em Washington, encontrando-se com o presidente Roosevelt e outros funcionários do governo, e um vídeo dos dois homens na primeira posse de Roosevelt.

— Em 1933, Franklin Roosevelt nomeou Wallace o décimo primeiro secretário da Agricultura dos Estados Unidos. O presidente gostava e confiava tanto nele que, sete anos mais tarde, pediu que Wallace servisse como o trigésimo terceiro vice-presidente do país.

Um novo vídeo de Wallace sendo empossado no terceiro mandato de Roosevelt surgiu.

— O que é isso, o History Channel? — indagou Will com impaciência.

— Espere que lá vem a bomba — disse Elise.

Imagens de montanhas nevadas se seguiram — estranho, pensou Will, quase pareciam o Himalaia —, com Wallace fazendo parte de uma expedição de escalada.

— O aspecto controverso da história de Wallace está associado a suas crenças espirituais. Na década de 1920, ele se envolveu com a Sociedade Teosófica, um movimento do início da Nova Era. Sua crença principal era de que toda a história humana, inclusive nossa evolução, teria sido dirigida secretamente por um grupo de seres sobrenaturais altamente evoluídos. Tais seres supostamente viviam nas áreas remotas do Himalaia, em um vale místico chamado Shambhala, onde são conhecidos como a Hierarquia dos Mestres...

— Pare! — Will quase deu um pulo para fora do sofá. — Onde vocês acharam isso?

— Na Biblioteca do Congresso — respondeu o *syn-app* de Elise, quando a gravação sobre a expedição congelou.

— O que foi? — indagou Brooke.

Will olhou ao redor, com os olhos arregalados.

— Não é a primeira vez que a gente ouve isso.

— Que parte? — perguntou Elise.

— Shambhala já apareceu antes, na mensagem secreta de Ronnie, só que como *Shangri-La*, lembram? E essa Hierarquia... — Will fez uma pausa. *Será que pode ser...?* — Tem mais alguma coisa sobre isso?

Os avatares das duas meninas se entreolharam.

— Não — respondeu a miniatura de Elise. — Mas uma fonte sugere que Roosevelt não via com maus olhos os interesses espirituais do vice-presidente... E que, na verdade, talvez tenha até partilhado deles até certo ponto. É a única referência a esse respeito. O resto fala da queda política de Wallace.

— Mostre — pediu Will.

Mais filmagens entraram na tela, e o *syn-app* de Elise continuou a narração:

— Wallace cumpriu apenas um mandato como vice-presidente. Em 1944, foi forçado a se desligar do governo por membros dos dois partidos políticos, que argumentavam que Wallace não era adequado para o cargo. Foi substituído por um senador pouco conhecido do Missouri, Harry Truman. Quando Roosevelt morreu, poucos meses depois do reempossamento em 1945, Harry Truman tornou-se presidente.

— Então Wallace perdeu a presidência por uma questão de poucos meses — concluiu Will.

— Isso aí — afirmou Elise, parecendo preocupada com o interesse demonstrado pelo amigo. — Será que pode ter tido alguma coisa a ver com os Cavaleiros ou a trama dos Paladinos?

— Não sei — respondeu Will. — O que mais existe sobre Wallace no Himalaia? Quando ele foi para lá?

— No início de 1944 — respondeu o avatar de Elise. — Guiou uma longa expedição pela região durante mais de dois meses.

Mais imagens surgiram: Wallace levando um grupo de tamanho considerável pelas altas cordilheiras nevadas, acabando com uma sequência do vice-presidente sendo cumprimentado pelos monges tibetanos em uma lamaseria no alto de uma montanha.

— Pare aí — pediu Will.

A tela mostrando Wallace e os monges congelou. Enquanto Will a estudava, sua mente se afogava em ideias que ameaçavam esmagá-lo.

— Isso aconteceu quando Wallace ainda estava no governo?

— É — respondeu o *syn-app* de Brooke. — Aparentemente foi algum tipo de missão diplomática que o presidente aprovou. Alguma coisa a ver com agricultura.

— Qualquer que tenha sido o objetivo — disse o avatar de Elise —, essa missão parece ter tido um papel importante na razão pela qual a oposição forçou Wallace a renunciar antes das eleições naquele ano.

— O que isso tudo quer dizer, Will? — indagou Brooke.

— Melhor começar com outra pergunta: O que acontecia no país em 1944?

— Isso foi perto do fim da Segunda Guerra Mundial — disse Brooke. — Aconteceu menos de um ano depois.

— O Projeto Manhattan — complementou Elise, os olhos se acendendo.

— Foi nisso que pensei também — confirmou Will.

— Um programa para desenvolver armas nucleares secretamente — esclareceu Elise. — Em 1944, elas estavam a alguns meses de serem testadas.

— Coisa que Wallace devia saber — disse Will.

Brooke assentia.

— Depois de a gente usar as armas na guerra e da corrida armamentista começar, Wallace declarou oficialmente que as armas nucleares representavam a maior ameaça ao planeta na história humana.

— Então, alguns meses antes de testarem a primeira bomba — disse Will, pensando enquanto andava de um lado a outro —, Roosevelt manda o vice-presidente para o pico do mundo em uma falsa missão diplomática.

— Mas por quê?

Will não queria compartilhar com elas ainda — continuava a soar como loucura, até mesmo para ele —, mas, baseado no que tinha acabado de descobrir, a única explicação que podia encontrar ia perigosamente ao encontro de segredos particulares:

A agricultura pode ter sido a razão pública, mas, se Henry Wallace estava mesmo trabalhando como algum tipo de intermediário para a Hierarquia, e se ele próprio fosse um Iniciado, como eu? Talvez a viagem ao Himalaia envolvesse o papel de Wallace na batalha que já estava acontecendo entre a Hierarquia e o Outro Time.

— Ele estava preocupado, por um bom motivo — disse Will. — Preocupado que essa arma pudesse cair nas mãos erradas.

— Talvez estivesse com medo de que já tivesse caído — argumentou Elise, quase lendo os pensamentos de Will.

— Vocês estão falando de pessoas no governo? — indagou Brooke.

— Pessoas da ordem dos *Cavaleiros* — respondeu Will, olhando de relance para Elise. — Que já tinham se infiltrado no governo. Se a gente cavar mais fundo, tenho quase certeza de que vamos descobrir que as forças arruinando a carreira de Wallace cumpriam ordens dos Cavaleiros de Carlos Magno.

— Por quê?

— No ano seguinte, por questão de semanas, ele deixa de se tornar o trigésimo quarto presidente dos Estados Unidos — disse Elise, sentando-se para pensar.

— E poucos meses depois, os Estados Unidos lançam duas bombas atômicas no Japão — complementou Will. — A arma de maior poder destrutivo na história humana.

— A gente já entendeu a cronologia — disse Brooke. — Mas o que isso significa, Will?

O menino hesitou. Em algum momento teria que contar aos amigos a respeito de Dave e a Hierarquia e sua conexão com eles, então poderia muito bem começar por uma ponta da história toda.

— Pelo que ele fez aqui, já sabemos que Henry Wallace era contra os Cavaleiros de Carlos Magno — disse Will. — Quando ajudou a salvar Franklin Greenwood e parou os experimentos de Abelson, ele se jogou na linha de frente de uma batalha que já vem acontecendo contra o Outro Time há uma eternidade. A mesma batalha que destruiu aquela cidade que vimos a 1.600 metros sob o chão. A mesma batalha que estamos lutando agora.

Elise e Brooke entreolharam-se com preocupação crescente.

— Se era isso que Wallace estava combatendo — indagou Brooke —, quem estava *aliado* a ele?

Will respirou fundo.

— Vou dar um palpite aqui e dizer que pode ter sido... esse grupo chamado Hierarquia.

— Os seres quase míticos superdesenvolvidos que ficam de bobeira no Himalaia? — indagou Elise, cética.

Will gesticulou para a imagem de Wallace e os monges na lamaseria.

— Bem, está bastante claro que ele foi até lá para encontrar *alguém*, não está? E, por favor, agricultura no Tibete? Tem que ter sido um pretexto. Quero dizer, esse pessoal barbudo não tem pinta de lobistas que prestam atenção na cotação do milho na bolsa.

— Então o que ele estava fazendo lá? — perguntou Brooke com calma.

— Pode parecer loucura, mas acompanhem a lógica — pediu Will. — Se "seres" assim realmente existem e você está tentando salvar o planeta, não faz sentido avisar a eles que esse tipo de arma está sendo desenvolvido? Uma arma que o Outro Time receberia de braços abertos, porque encorajava nossa autodestruição, o que tornaria as coisas muito mais fáceis para voltarem e tomarem o controle.

— TEOTWAWKI — citou Brooke.

— Então tiveram que impedir Wallace de alcançar uma posição de poder de verdade, que poderia usar para destruir as armas — falou Elise.

— Foi por isso que o derrubaram politicamente — confirmou Will.

Outro pensamento alarmante se insinuou na mente do garoto: *E se a conexão entre Wallace e Thomas Greenwood fosse ainda maior do que sabemos? Talvez meu bisavô também fosse um Iniciado.*

Como se algo tão perturbador quanto aquilo lhe tivesse ocorrido também, o *syn-app* de Will, Júnior, se levantou na tela e gesticulou com urgência.

— Will, alguém está tentando falar com você.

— Como assim, você está recebendo uma mensagem de texto ou um e-mail?

— Não, nada do tipo — respondeu o avatar, caminhando nervosamente. — É diferente. Tem alguém tentando falar *diretamente* contigo.

— Como você sabe?

— Consigo sentir — respondeu. — Você não?

Will parou, fechou os olhos e tentou sentir o que Júnior descrevia — imaginando algo parecido com os momentos em que ouvira a voz de Dave enquanto estavam nos túneis —, mas não percebeu coisa alguma.

— Não, não consigo.

— É importante. — Júnior colocou as mãos nas laterais da cabeça, como se estivesse sentindo dor física. — Você precisa se esforçar mais.

Will olhou para Elise de soslaio, e ela pensava o mesmo que ele: *Vamos tentar juntos.*

Sentiu a mente dela alcançar a sua, e seus pensamentos giraram em torno um do outro como correntes de eletricidade. Quando se fundiram, seus olhos se encontraram, e o menino sabia que ela estava acrescendo seu poder ao dele e o deixando direcioná-lo. Ele estendeu a mão para Elise, e, quando ela a segurou, o poder se intensificou outra vez. Will levou suas capacidades mentais combinadas adiante, superando as barreiras físicas ao redor deles, procurando e tateando para encontrar quem quer que tentasse contatá-lo.

O menino fechou os olhos e tomou consciência de um som semelhante a uma voz, chamando de uma grande distância, mas era baixa, abafada, e ele não conseguia entender as palavras. Então sentiu outro par de mãos pousar sobre a sua e a de Elise e abriu os olhos. Brooke juntara as duas mãos às deles, os olhos fechados em sinal de concentração, e o poder fluindo entre os três explodiu.

O ar ao redor deles dançava com poder. A solidez do sótão pareceu recuar, objetos se deformando, paredes movendo-se e oscilando. Subitamente, uma flecha de luz disparou pelo espaço, perfurando a mandala na tela.

Puxada por alguma força naquela luz, a areia no quadro começou a se suspender, virar para um eixo vertical e espiralar, a mandala se animando, mantendo a forma circular intacta, mas mudando em seu interior, como um caleidoscópio multidimensional. Dos padrões rodopiantes, um contorno reconhecível emergiu.

Revelou ser um rosto, de 3 metros de comprimento e largura, tridimensional, feito da areia e inquietantemente semelhante à versão real; Will sabia quem era de imediato, mesmo antes dos olhos azuis se abrirem, os lábios marcados começarem a se mover e de escutar sua voz.

— Está conseguindo me ouvir agora, parceiro? — indagou Dave.

— Em alto e bom som.

— Já estava na hora! — exclamou ele. — Não foi por falta de tentativa. O que não me custou pouco sangue, suor e lágrimas, vou te contar.

Quando Will olhou ao redor, viu que Elise e Brooke também tinham aberto os olhos e, a julgar pela estupefação muda das duas, podiam ouvir Dave também.

— Ouvi você mais cedo — disse o menino. — Você sabe, quando a gente estava nos túneis.

— Foi a hora em que comecei a pegar o jeito da coisa aqui do meu lado — disse Dave. — Podia me sintonizar contigo, mas o sinal estava bem imprevisível.

— É, você aparecia e sumia bastante — comentou o menino.

— Descobri que dava para ampliar o sinal usando seu amigo digital. Aliás, você tem que dar uma olhada naquilo. Acho que tem uma parte do seu DNA de verdade...

— Você *conhece* esse cara? — indagou Elise, assombrada.

— É Dave — apresentou Will, tentando manter tudo o mais simplificado possível. — É um amigo.

A imagem de Dave virou-se para encarar Brooke e Elise.

— Não me deem um gelo, gracinhas. Não vão nem dizer oi?

— Oi — respondeu Brooke com olhos arregalados de terror.

— Como vai, Dave? — indagou Elise, sendo um pouco mais bem-sucedida na tentativa de esconder o medo.

— Já estive pior — respondeu ele. — Definitivamente já estive melhor.

— Entendo — disse a menina.

— Olhe, não tem nada que fosse me deixar mais feliz que ficar batendo um papo com vocês duas, mas meu tempo está acabando, minha batata está assando, e esse lugar inteiro está prestes a ficar tão quente quanto buzanfa de macaco.

— Ok — disse Brooke.

— O que ele disse? — Elise perguntou à Brooke, que deu de ombros.

— Onde você está? — indagou Will.

— Onde você acha, parceiro? Você me viu ser engolido por aquele buraco infernal com os próprios olhos, não foi?

— Quer dizer, na caverna? Quando o wendigo te pegou?

— Agora você voltou ao jogo — disse Dave. — Estou aqui desde aquele dia.

— Ai meu Deus, você está no Nunca-Foi há todo esse tempo? — indagou Will.

— O tempo não significa nada aqui, parceiro. Na verdade, a maré não está para mim, usando o termo delicado. Levei esse tempo todo só para ajustar a bússola e encontrar um jeito de entrar em contato. Não é a coisa mais fácil com um wendigo fungando no seu cangote.

— Onde você conheceu esse cara? — indagou Brooke.

— Em um avião — disse Will.

— Ele era feito de areia na época? — sussurrou Elise.

— Não, ele é tipo uma pessoa normalmente, mais ou menos — respondeu o menino, depois voltou-se para Dave. — Então o wendigo está aí contigo?

— Foi uma reunião calorosa para esse daí. Finalmente dei cabo dele, junto com legiões de outras bestinhas horrendas que deixaram aos montes aqui... Aliás, quanto tempo já passou aí do seu lado?

— Quase oito meses.

— Putz, é pior do que imaginava! — exclamou Dave. — Me esquivei de ser capturado até agora, mas eles me colocaram para correr desde que cheguei. Nunca ninguém do esquadrão tinha estado aqui dentro antes, então não chega a ser desperdício de esforços... Tenho um relatório de reconhecimento que ia te deixar com os cabelos em pé. Mas, se não sair daqui e entregar para os caras lá de cima em pouco tempo, nossa batata coletiva vai assar.

— O que, você não consegue falar com a Hierarquia daí?

— Sem chance, parceiro. Todas as frequências estão emperradas. Só consegui te contatar por causa da natureza única da conexão Viandante--Cliente.

— Você faz alguma ideia do que ele está falando? — indagou Elise.

— Ahn, faço — respondeu Will.

— Não sei que resposta seria pior — disse Brooke.

— Lá vai a versão resumida, parceiro, e você vai sacar a urgência: estão se preparando para o ataque aqui, alguma coisa sinistra. A menos que tenha errado feio meu palpite, estão se juntando para fazer aquela invasão sobre a qual conversamos.

— Mesmo? Então por que a Hierarquia não entrou em cena ainda? — indagou Will.

— Eles não conseguem ver o que acontece aqui dentro, para começar, e acho que devem estar ocupados até o pescoço. O OT está mandando atiradores e agentes de reconhecimento para todos os cantos do planeta: estratagemas e distrações que criaram para manter nosso lado ocupado, para não prestarmos atenção no panorama geral. Não sei quanto tempo temos. O dia D pode estar logo ali na esquina. O momento de não retorno está se aproximando com rapidez.

— Ele está dizendo o que acho que está dizendo? — indagou Elise.

— O Outro Time está para se libertar do Nunca-Foi e tomar o controle do planeta — explicou Will. — De novo.

— Ok, por que a gente devia acreditar nisso? — indagou Brooke em desafio. — Como a gente sabe que isso não é algum tipo de imagem gerada por computador?

— O que, não basta seu namorado confiar em mim? — indagou Dave.

— Ele não é meu namorado — apressaram-se em dizer as duas meninas.

Will não sabia como se sentia a respeito daquilo.

O homem virou os olhos para Elise.

— Foi você quem jogou, artisticamente, toda essa areia na tela. Acertei, pitéu? Exatamente como apareceu no seu sonho.

— Acertou — respondeu a menina, surpresa.

— Fui eu quem te mandou aquela visão — revelou Dave. — Através da *sua* conexão com meu amiguinho aqui. E acho que você sabe a que me refiro.

— Ah — disse Elise, olhando de relance para Will; depois rapidamente virou-se para Brooke. — Ok, ele é de verdade.

— Você acertou em cheio, Will. Essas duas são uma dupla e tanto de *pistoleros* — disse Dave, e piscou para as duas, deixando areia cair aos pés delas.

— Como a gente pode ajudar? — perguntou Will.

— Tarefa número um: você tem que me tirar daqui — declarou o guardião. — Já. Para eu poder avisar ao quartel general o mais rápido possível, para ontem.

— Avisar ao quartel-general não é uma coisa que eu mesmo possa fazer? — indagou Will.

— Não, senhor. Como soldado raso Nível Dois, você definitivamente não pode.

— Ah, quer dizer que sou Nível Dois agora?

— Foi promovido — revelou Dave. — Por excelência geral no campo de batalha. Não tinha como te dizer.

Não foi pouco o orgulho que Will sentiu, mas teve que escondê-lo rapidamente.

— Então como a gente te tira daí?

— Só tem um jeito — respondeu Dave. — Vocês precisam vir me buscar.

— E como a gente faria *isso?* — indagou Brooke.

— Para começar, vão precisar daquele abridor de latas cósmico que seu colega Lyle usou na caverna.

— O Entalhador — disse Will. — A gente estava mesmo falando sobre procurá-lo.

— Bem, se movimente, garoto — disse Dave — Depois junte todo o reforço que conseguir e venha para cá. Você vai precisar. Não é nenhum piquenique no parque por essas bandas, não.

— Não sei, Dave — disse Will. — Isso tudo tem cara de ser mais do que a gente consegue fazer, sinceramente.

— Pode ser, mas que escolha temos? Se vale alguma coisa, acho que você consegue, rapaz. E vai receber ajuda de onde não esperava, pode contar com isso.

— Tipo aquele falcão prateado que você mandou para me ajudar? — indagou Will, baixando o tom de voz.

— Falcão? Que falcão?

— O da caverna, quando as árvores estavam atrás de mim.

— Parece fascinante, mas não fomos nós, não, parceiro. Eles me bombardearam tanto por aqui que nem um mosquito raivoso dava para evocar...

— Mas, se não foi você, quem foi? — interrompeu Will.

— Não tenho a menor ideia... Espere. — O rosto de Dave inclinou-se para cima, como se ouvisse algo a distância. — Maldita falta de sorte, rastrearam nosso sinal. Tenho que me mandar. E para te deixar avisado, Will: parte do que estão jogando em cima de mim agora pode respingar em você...

Uma luz ofuscante encheu o cômodo, e a areia que formara a imagem caiu e salpicou o chão.

Will virou-se para as garotas. Suas expressões eram de estupefação, como ele esperava, mas Elise fitava a claraboia e, um segundo depois, apontou para algo.

— O que é aquilo? — indagou.

Algo pequeno e escuro movia-se — ou caía — pelo céu em direção à janela, em alta velocidade.

AS CAVERNAS

— Saiam do caminho! — gritou Will.

Correram para a porta, mas o objeto não irrompeu vidro adentro como o menino previra. Em vez disso, desacelerou e parou, sua forma lembrando vagamente uma nuvem negra do tamanho de um carro, flutuando logo acima das janelas.

Então a nuvem se desfez em mil fragmentos — algo como gordas gotas de chuva — que saraivaram a claraboia. Em vez de atingirem a superfície e rolar como líquido, as gotas ficaram coladas onde bateram, e Will sentiu maldade se irradiar de cada pedacinho. Elas se espalharam e cobriram o vidro inteiro, obscurecendo o sol.

— Isso aí não é chuva — disse Brooke.

Todas juntas, as gotas ficaram mais escuras, um chiado dominou o cômodo, fumaça subiu da claraboia, e Will se deu conta de que queimavam o vidro.

Ouviu Elise lhe perguntar, *o que a gente faz?*

Exploda as malditas!

Elise inspirou fundo e soltou uma explosão sônica focada. A claraboia estourou e foi mandada pelos ares, levando o líquido com ela.

Os três deram um passo à frente, olhando para o buraco que dava para o céu.

— A gente vai ouvir um monte da equipe de manutenção — disse Brooke.

Recuaram rapidamente quando estilhaços de vidro caíram no cômodo. Gotículas do líquido estranho acertaram o chão, contorcendo-se como se estivessem eletrificadas.

Elise ergueu um pé para pisar em uma delas.

— Não! — gritou Will, puxando-a. — Não deixe te tocarem!

Em questão de instantes, as gotas individuais serpentearam em direção umas às outras para o centro da sala, agrupando-se em uma forma maior e muito mais preocupante que uma nuvem, algo grande, escuro e ameaçador, que parecia mais uma força da natureza do que humanoide.

Sem dar chance para que Will e Elise pudessem reagir, Brooke andou até a criatura antes de ela ter tempo de se formar por completo, e destemidamente pousou as mãos nela. Concentração feroz marcava seu rosto enquanto fazia força contra a coisa, e, bem diante de seus olhos, o atacante perdeu sua energia de organização, murchando, desfazendo-se e, em poucos segundos, espalhando-se pelo piso e se dispersando, tão inofensivo e inerte quanto água da torneira.

Will e Elise entreolharam-se, admirados, enquanto Brooke virava-se para eles, muito mais relaxada e calma do que os dois acreditavam ser possível.

— Estava pensando naquilo que você falou antes — disse a menina, olhando para as mãos — e achei que, se mudasse a minha intenção, podia... reverter o fluxo. Você sabe, *tirar* energia de alguma coisa, em vez de dar?

— Bom saber — disse Elise, assentindo.

— Muito bom — concordou Will, ainda estupefato.

Em algum lugar do prédio, ouviram um alarme soar.

— A equipe de manutenção não vai gostar nada disso — comentou Elise.

— É melhor a gente ir procurar o Entalhador — disse Brooke. — Antes que os seguranças da escola ou os meus deem as caras.

— É um plano — disse Will.

— E se eles derem mesmo um esporro na gente por isso? — indagou Elise, olhando para o teto.

— A gente nunca nem esteve aqui — disse Will, caminhando para a porta. — Vamos achar Nick e Ajay e nos encontrar em uma hora.

— Aliás, o que é um "soldado raso Nível Dois"? — indagou Elise.

— Explico depois.

Ajay e Nick responderam imediatamente à mensagem de Will; combinaram de se encontrar no Carvalho Partido atrás do Celeiro, cada um chegando separadamente, mas só depois de se certificarem de que não estavam sendo seguidos. Eram pouco depois das 15 horas quando Brooke apareceu por último, e saíram todos para as cavernas. Ela explicou que levou um tempo extra para despachar os três seguranças em alguma missão infrutífera — investigar o ataque no estúdio de artes —, antes de sair sem ser notada.

Nick os guiou para dentro da mata, seguindo trilhas menos usadas, de modo que não viram vivalma até chegarem ao lago Waukoma. Os ventos da tarde tinham se intensificado, e o lago estava sapecado de regatas, por isso Nick desviou para longe da água, passou por uma última área florestada e margeou os limites da mata enquanto subiam o planalto que levava para as montanhas. Enquanto andavam, Will deixou Nick e Ajay a par do que acontecera, dando-lhes a mesma informação que dera às garotas a respeito de Dave.

— Humm — fez Nick.

— Por que será que não estou surpreso? — indagou Ajay.

A parte mais exposta do trajeto viria quando tivessem deixado a mata e chegado à trilha para a cumeada. Depois de Ajay ter espiado o que havia à frente e atrás, e garantido que ninguém os seguia, Will ativou a Grade para sondar a área e confirmar a informação. O sol, filtrado pelas finas camadas de nuvens, tinha o efeito de um quente lençol molhado enquanto atravessavam o planalto rochoso até a base da escarpa. Will assumiu a dianteira — lembrava-se vividamente de cada detalhe da subida no outono anterior —, e Nick foi para o fim da fila quando começaram a ascender.

Com suor escorrendo, concentrando-se em cada ponto onde apoiava pés e mãos, Will olhava frequentemente para trás a fim de se assegurar de que os outros estavam bem. Todos subiam em silêncio, até Ajay, que se esforçava e não soltou uma única reclamação. Quando passaram o ponto mais alto da cumeeira, fizeram uma pausa para beber água, olhando para o amplo vale fluvial e para o lago lá embaixo.

Enquanto estudavam as aberturas na parede de pedra sólida à frente, Will distribuiu mapas das três cavernas na cumeada que desenhara mais cedo de cabeça. Descreveu a luta com Lyle e o wendigo — apenas a lembrança já lhe dava calafrios — e apontou a caverna do meio como o lugar mais provável onde o Entalhador poderia ter caído depois de Lyle tê-lo jogado para longe após o ataque do wendigo.

Will limpou um fio de suor da testa. O vento era mais forte ali, mas não diminuía em nada o calor intenso, que era refletido pela face da escarpa, como um espelho. Will mandou Nick até a caverna menor à esquerda, e Brooke e Elise para a da direita, caso tivessem mudado o Entalhador de lugar. O menino entrou na maior delas com Ajay, onde sua visão seria mais bem aproveitada, uma vez que era lá que Will esperava encontrar o objeto.

— As três se conectam mais para dentro — disse Will. — É só gritar se virem alguma coisa.

Ligaram as lanternas e os microfones do sistema de comunicação e seguiram para as entradas. Will segurou o falcão de pedra, acendeu a luz da lanterna e guiou o caminho. Era inverno quando esteve no lugar pela última vez; a caverna parecera morta e gelada na época, quase antisséptica. Agora estava úmida e quente, paredes e chão grossos de uma camada espessa de argila e mofo. Depois dos espaços amplos de Cahokia, parecia quase claustrofóbica. Deixou Ajay ir na frente, sondando a área, os olhos famintos brilhando na luz fraca.

Will desligou a lanterna, ativou a Grade e examinou a escuridão adiante, procurando vida ou energia, perguntando-se se o Entalhador poderia emanar algum sinal identificável. Viu fracamente os sinais de calor de Nick e das meninas através das paredes, mas nada à frente. Desativou a Grade, acendeu a luz e procurou pelos cantos e pequenos esconderijos a olho nu enquanto avançavam com lentidão.

— Estão vendo alguma coisa? — perguntou pelo microfone.

Os outros responderam que não.

Cerca de 30 metros depois, a caverna se alargava, e as três passagens se fundiam. Nick foi o primeiro a juntar-se ao grupo, depois Brooke e Elise. Will parou; aquele era o ponto mais distante até onde já tinha ido. A passagem única maior abria-se diante deles, virando à direita.

— Pelo que lembro — disse o menino —, foi mais ou menos aqui que Lyle estava quando jogou o Entalhador longe.

Lançaram os raios de luz para a frente, formaram uma fila indiana e começaram a andar, examinando o solo centímetro por centímetro.

— O que foi isso? — indagou Ajay, parando de súbito. — Ouvi alguma coisa.

Pararam e escutaram. Lentamente, o som de água pingando em algum lugar além de onde estavam, batendo em uma poça, se fez perceber.

— Água — disse Elise.

— Tem mais alguma coisa — sussurrou Ajay.

— O que? Agora você tem audição supersônica também? — indagou Nick.

— Se tivesse um revólver, atirava em você — disse Ajay, pedindo silêncio com as mãos. — Prestem atenção, não conseguem escutar?

Will fechou os olhos para se concentrar. Conseguia ouvir algo, sim, lento e regular, quase abaixo do alcance da própria audição.

— Parece uma respiração — sussurrou Will.

— É, é isso mesmo — confirmou Ajay. — A acústica daqui pode estar amplificando o som, o que deixa rastrear a fonte mais difícil.

— Vocês ficaram é malucos — disse Nick. — Não estou ouvindo nada...

Algo irrompeu da escuridão, direto para o ponto onde as lanternas apontavam, e aconteceu com tamanha rapidez, que os dois meninos deixaram-nas cair, em choque. Vislumbraram apenas algo tão alto quanto o teto, esguio, musculoso e fantasmagoricamente pálido, com olhos que lembravam intensos faróis sombrios. Olhou para Will, encarando-o por um instante, ergueu um braço peludo para bloquear a luminosidade, soltou um rugido abafado, e, tão rápido quanto surgira, o espectro se retirou para a escuridão, virando a curva.

— Ninguém se mova — ordenou Will.

— Acho que vou precisar, Will — disse Ajay, que caíra de joelhos. — Ao menos verticalmente, porque parece que estou tendo um ataque cardíaco.

— Não é ataque cardíaco — disse Brooke, pousando a mão nas costas dele. — É adrenalina.

— Para ser mais preciso, isso é chamado de reação de luta ou fuga — explicou Ajay, respirando com dificuldade. — E estou muito inclinado a fugir.

Juntaram-se instintivamente, lutando contra o impulso de correr para a saída.

— O que diabos era aquilo? — indagou Nick. — O Pé-Grande?

— Não, só mais algum idiota palhaço da morte do Nunca-Foi — respondeu Elise, pegando a lanterna.

— Pode ser — disse Will, enquanto o coração corria como se estivesse em atividade aeróbica intensa. — Mas não acho que seja isso.

— Que bom que não gritei — disse Elise. — Ia estourar a cabeça dele.

— Por que você acha que aquilo lá não é do Nunca-Foi, Will? — perguntou Brooke.

— Porque tinha mais cara de ser um wendigo — revelou.

— Maravilha, já dá para riscar o "ver um wendigo no seu abadá natural" da minha lista de coisas para fazer antes de morrer — disse Nick.

— Habitat — corrigiu Ajay, sem paciência.

— Mas achei que você tivesse dito que os wendigos *eram* do Nunca-Foi — argumentou Elise.

— E são, mas parecia muito mais humano que o que vi antes — disse Will, sua cabeça chegando a uma conclusão que não gostava nem de considerar. — E acho que aquela coisa estava seguindo a gente lá em Cahokia...

— É agora que ele conta isso — disse Elise.

— Não acabou ainda... — confessou, lembrando-se da expressão nos olhos da criatura. — Acho que aquela coisa já foi Lyle.

— Não mesmo! — exclamou Nick.

— Talvez você esteja certo, Will — concordou Brooke, seu olhar encontrando o do amigo. — Ele tinha mais ou menos aquela aparência quando escapou do hospital.

— Só que agora ele está mais... "Wendigo-nesco" — disse Will.

— *Bem* mais.

— O cara tem pelos menos 2 metros de altura agora — argumentou Nick. — Lyle tinha 1,88. Como pode, Professor?

— Jericho falou que, se um wendigo morde alguém e a pessoa não morre — revelou Will —, ela pode se transformar em um.

— Agora estou arrependida de não ter gritado — comentou Elise.

— Ok, então se aquele era mesmo nosso amiguinho Lyle, o que ele está fazendo em uma caverna? — indagou Nick.

— Meu palpite é que deve estar morando aqui — sugeriu Ajay. — Pense pela perspectiva de um troglodita. A caverna oferece abrigo, privacidade, água corrente...

— Um bom estoque de coisas nojentinhas para fazer um lanche — complementou Nick.

— E um pátio espaçoso para ele pegar um bronze — disse Elise.

— Coisa que parece não usar muito — falou Nick.

— Essas cavernas podem se conectar com as que vão até Cahokia — disse Will. — Vai ver foi assim que ele chegou lá embaixo. Talvez não estivesse seguindo a gente, pode ser que estivesse só rodando por aí.

— Você acha que ele nos reconheceu, Will? — indagou Brooke.

— Difícil dizer — respondeu. — Não tem nem como saber quanto ele se lembra da pessoa que era. Além disso, nossas luzes estavam na cara dele o tempo inteiro, e ele está acostumado com o escuro.

— Pode ter reconhecido nossas vozes — argumentou Brooke.

— Pode ser.

— Sabe o que seria bem ruim? — indagou Nick, rindo um pouco. — Se ele for um wendigo comedor de gente de verdade agora *e* ainda tiver aquela *vibe* horrível de Lyle.

— Ok, encontro vocês no apartamento — disse Ajay, virando-se para sair.

Will levantou a mão.

— Espere. A gente não sabe se esses túneis todos se conectam, e ele sabe. Ele pode muito bem dar a volta e surpreender a gente na saída. É bom todo mundo ficar junto.

— Excelente argumento — disse Ajay, imediatamente voltando a se juntar a eles.

— Melhor continuar andando — aconselhou Will. — A gente tem que achar aquele Entalhador.

— A gente já não devia tê-lo encontrado a esta altura?

— E se Lyle o achou e levou para o... Como é que chamam mesmo? O lugar onde ele mora? — perguntou Nick.

— Pied-à-terre — respondeu Elise.

— E se a gente topar com ele de novo? — perguntou Brooke.

— Ele pareceu tão assustado quando encontrou a gente quanto nós — ponderou Will. — E, se ele voltar, a gente já é bem capaz de se cuidar, não acham?

— Sem dúvida — disse Elise.

— Estou dentro — falou Nick, cerrando o punho. — Se o Abominável Garoto das Neves tentar vir para cima agora, vou dar uma porrada na fuça dele sem me preocupar com o que a escola vai dizer.

Todos olharam para Ajay, que parecia recuperado, para ver se fazia alguma objeção.

— Mostre o caminho, Will — disse ele.

— Fiquem preparados — pediu Will.

Com as luzes direcionadas à frente outra vez, Will seguiu para a curva, depois virou mais uma vez. O cheiro de mofo da caverna transformou-

-se em algo mais fétido, cuja fonte identificaram como sendo um recanto à esquerda.

— A gente deve estar chegando perto do covil dele — disse Will.

— A gente *com certeza* está perto do banheiro — comentou Nick.

— Não consigo escutar mais nenhum som de respiração — disse Ajay. — Vai ver a gente assustou o bicho.

Moveram-se cautelosamente até virar outra vez para uma câmara longa, estreita e alta, mais ou menos do tamanho de um trailer. Outra passagem apertada levava para fora do espaço no fim do caminho. Algum esforço primitivo havia sido feito a fim de deixar o lugar mais adequado para se morar; galhos de pinheiro empilhados em um canto formavam uma cama longa, e uma pedra grande e plana tinha sido arrumada entre dois tocos de pedra, como se fosse uma mesa. Um fio de água corria de uma parede e caía em uma poça do tamanho de uma tigela em outro canto, e perto dali estavam os restos de uma fogueira. Próximo a esta havia um monte de ossos, provavelmente de pequenos animais que a criatura matara e comera.

— Então achamos a cozinha também — constatou Nick.

— Todo o conforto de um lar — ironizou Elise.

— Pelo menos parece que ele não comeu gente — comentou Will, mexendo nos ossos com o pé.

— Vai ver não está no cardápio ainda.

— Odeio Lyle até o último fio de cabelo — disse Nick. — Mas vou ter que falar que até eu fico meio mal de ver que está vivendo assim.

— Olhem para cá — chamou Ajay.

O menino iluminava, num canto, uma pilha esquálida que parecia lixo. Will pegou um graveto e a revirou enquanto os outros apontavam as lanternas para o monte: latas, faixas de tecido, pedaços de couro e corda e os restos rasgados de alguns livros destruídos.

— Tem que ser o cafofo do Lyle, galera — disse Nick, suspendendo a capa de um livro desestruturado. — Metade macaco, metade homem, e ele continua fazendo dever de casa.

A faixa de luz bateu em algo na pilha que devolveu um reflexo forte. Will tirou o lixo ao redor, abaixou-se e pegou o objeto. Um pequeno cano gradeado se ligava a um cabo prateado elegante, cuja forma lembrava uma coronha de revólver. Três botões com estranhos glifos desenhados se alinhavam na parte de trás. Coberto de sujeira, o metal era liso, sólido, frio de maneira antinatural ao toque.

— É isso aqui — comemorou Will, mostrando aos amigos. — Então Lyle deve ter encontrado quando voltou para cá.

— Incrível que não tenha dado um tiro na própria cara com ele — disse Nick.

— Tem certeza absoluta, Will? — indagou Brooke. — Você foi o único que viu de perto.

— É o Entalhador, sim — afirmou o menino, girando-o na mão.

Will percebeu com o rabo do olho antes de saber o que era: algo estranho acontecia nos fundos da câmara, atrás dele. Virou. Elise estava sendo arrastada para a entrada, as pernas chutando e se debatendo, mas não fazia som algum, e seu rosto parecia distorcido como se algo que Will não via cobrisse sua boca. Quando Nick virou-se para olhar, um dardo atingiu seu ombro, à direita do pescoço.

— Que diabos! — exclamou, virando-se, a mão tateando para encontrar o que o acertara.

Quando o arrancou, o menino deu dois passos na direção de Elise, cambaleou e caiu de joelhos, desequilibrado, e depois tombou com força no chão. Seus olhos continuaram abertos, mas estava inconsciente ou paralisado.

Will virou-se para Brooke, que estava ao seu lado, e disse:

— Corra!

A menina disparou pela pequena saída nos fundos da câmara. Will deu um passo para bloquear e impedir que alguém a seguisse, a mente preparando-se para atacar. Quando se virou, viu Ajay encarando alguém, um homem, que passou por Elise, ainda se debatendo.

Ajay deixou a lanterna cair, a expressão anuviada e robótica. Os olhos do homem que o fitava brilhavam como brasas quentes.

Era Hobbes. Austero e mudo, todo de preto.

Algo que ele consegue fazer com os olhos, Raymond mencionara. Podia perceber na postura caída, desconjuntada de Ajay: alguma forma de controle mental fatal. Hobbes tinha Ajay na mão.

Atrás dele, Will viu o corpo de Elise ficar flácido, e a pessoa que a agarrara entrou em foco.

Courtney Hodak, vestindo absolutamente nada senão o sorriso zombeteiro.

— Seus amigos não podem te ajudar, Will — disse Hobbes calmamente. — Você quer tentar, e não esperaria menos de você, mas, se lutar ou tentar resistir de qualquer forma, vai assistir à morte dos seus amigos. Então pense com cuidado.

Os outros dois Cavaleiros que tinham visto no vestiário com Hobbes — Halsted e Davis — entraram na câmara. O louro, Halsted, apontava uma pistola para ele, carregada com outro dardo tranquilizante. Parou em um ponto que o deixava fora do alcance de Will, incapaz de impedi-lo de apertar o gatilho. O maior dos dois, Davis, ajoelhou-se e levantou o braço acima da forma desamparada de Nick no chão. Davis cerrou o punho, e sua carne se expandiu e endureceu, brilhando como ferro, até parecer tão letal quanto uma bigorna suspensa sobre a cabeça de Nick.

E Hobbes, apenas de olhar Ajay com aqueles olhos flamejantes sinistros, de alguma forma levantou o corpo mole do amigo a quase um metro do chão.

— Agora, muito devagar, rapaz — disse o homem —, coloque o Entalhador no chão e o chute para mim.

Will ficou perfeitamente imóvel. Controlou a respiração de modo que pudesse pensar com clareza. A mente eficientemente repassou suas opções.

Nº 43: A COISA MAIS VALENTE NEM SEMPRE É A MAIS INTELIGENTE.

Com lentidão, colocou o objeto no chão e o empurrou na direção de Hobbes, que se ajoelhou para pegá-lo e o guardou no bolso tão casualmente quanto se fosse um chaveiro.

— Você já me causou muitos problemas, Will — reclamou Hobbes, mas a voz não soava zangada, — Nos trazer até isso quase compensa tudo.

Pelo menos Brooke conseguiu fugir, pensou o menino. *E não sabem do que ela é capaz agora. A história pode acabar bem mal para o Sr. Hobbes.*

— Se você machucar meus amigos, não me importa o que vai fazer comigo — disse Will. — Eu te mato.

Hobbes olhou para ele com interesse verdadeiro e, Will achou, mais que um pouco de simpatia.

— E ninguém, especialmente eu, Will, como espero que você descubra em breve, te culparia por tentar — respondeu o homem.

Hobbes assentiu para Halsted, que disparou a pistola, e um dardo entrou na carne da coxa esquerda de Will.

O menino o puxou no instante em que o tranquilizante começava a fazer efeito, depois caiu de joelhos e o jogou de volta na direção de Halsted. Com sua cabeça girando, a visão da câmara miserável de Lyle escureceu e, em seguida, apagou.

TRAIÇÃO

Saiu completamente do torpor de uma vez só, como se alguém tivesse tirado uma venda de seus olhos. Levantou-se rapidamente, olhou em volta, sentiu a cabeça se desanuviar quando o efeito da droga passou.

Viu um cômodo circular, de piso de madeira, teto baixo, também de madeira, nenhuma janela. Paredes de pedra caiada. Havia um futon no chão, onde estivera deitado antes — limpo, sem lençóis —, mas, de resto, o quarto estava vazio. Não, havia uma garrafa d'água ao lado do pequeno colchonete, uma marca comercial, lacrada, para que ele achasse que era seguro beber. Talvez fosse, mas o menino não tocou nela.

Havia um pequeno espelho pendurado na parede. Will suspendeu a moldura, mas não viu coisa alguma atrás senão pedra. Caminhou até a única porta de madeira no cômodo: não havia maçaneta no lado de dentro. Ele tateou ao redor, forçou-a com o ombro, depois fechou os olhos e usou a Grade para analisá-la. Grossa, sólida, trancada — com uma barra no lado de fora para torná-la ainda mais segura.

Não tem como sair por aqui sem chamar atenção.

Estava sem relógio. Tudo o que restava em seus bolsos eram os dados pretos e o falcão de pedra. Não tinha como saber quanto tempo ficara apagado, ou se era dia ou noite, nem mesmo se já estava no dia seguinte.

Fechou os olhos e tentou alcançar Elise com o pensamento. Nada. Uma pontada selvagem de raiva percorreu sua espinha, o poder aumentando, incitando-o a arrancar aquela porta e destruir tudo e todos em seu caminho.

Segurou o falcão com força, sentiu-o ferver, depois diminuiu e regularizou a velocidade da respiração, fechou os olhos. Esperou a calma voltar.

Nº 47: RAIVA DESCONTROLADA VAI TE MATAR AINDA MAIS RÁPIDO QUE A BURRICE.

Comece com a primeira pergunta: *Onde estou?*

Will lembrou-se do conselho recente de Jericho: *"Você tem mais que uma mente. Decida qual delas escutar. Então ela vai falar com você"*.

Antes de outro pensamento lhe ocorrer, uma sensação de paz inesperada apossou-se dele, a fúria se dissipou, e Will escutou uma voz em sua cabeça que respondeu com clareza e razão:

Estamos no castelo.

Não era Dave nem Elise. Parecia uma parte de si mesmo. Talvez fosse a "mente mais elevada" que o treinador mencionara?

O que isso significa?, indagou.

Que não querem nos matar. Mantiveram-nos vivos por um motivo.

O que querem, então?

Espere. Eles vão lhe dizer. É por isso que está aqui.

Aquela voz o deixava totalmente apaziguado: Jericho tinha razão. Era uma voz em que podia confiar acima de qualquer outra.

Os olhos do menino recaíram sobre o espelho, e ele se aproximou, fitando a superfície. Fechou os olhos um instante, procurando dentro de si a fonte da voz. Quando os abriu outra vez, lá estava, no espelho. Um reflexo próximo de sua imagem, mas não exatamente igual, olhava-o de volta: um Will levemente diferente. Mais velho e calmo, que parecia saber mais que ele.

Por que apareceu agora?, perguntou Will.

Porque você está pronto para escutar. Todos os seus amigos ainda estão vivos também.

Como você sabe?

Essas pessoas querem algo de você. Estão usando seus amigos para convencê-lo a lhes dar o que desejam, e não podem fazer isso se eles estiveram mortos ou machucados.

Faz sentido.

Mas tem algo mais errado. Pense. Faça a pergunta certa.

Como Hobbes sabia que estávamos na caverna?

Sim. Vocês foram cuidadosos, não foram seguidos, mas ainda assim eles sabiam. Como?

Alguém contou para eles.

Quem?

Um de meus amigos.

Receio que sim.

Will fechou os olhos, ferido.

Pense no que houve, Will. Já aconteceu antes? Eles já ficaram sabendo quais eram nossos planos antes de agirmos?

Sim. No outro dia. Hobbes veio atrás de nós quando encontramos o hospital.

Isso mesmo. Mas ficamos lá embaixo um bom tempo. Por que só foi aparecer quando encontramos o hospital?

Não sei.

E depois Hobbes foi ao vestiário quando estávamos lá, não foi?

Foi, depois de conversarmos com Nepsted.

Isso mesmo. Por que esperou até a conversa ter terminado?

Também não sei.

Já aconteceu antes. No ano passado, quando chegamos.

É. Quando Lyle foi revistar nossos quartos e quase encontrou meu celular. Como se soubesse que estava lá. Pareceu chocado quando não achou nada.

Isso mesmo.

E quando eu estava no centro médico fazendo uma ressonância, Lyle atacou. Sabia que eu estava lá também. E quando entrei na caverna a primeira vez.

Sim, foi desse jeito desde o começo.

Mas quem é? Devo ter dito a todo mundo o que íamos fazer em algum momento.

Não está claro ainda.

Como posso descobrir?

Teremos que esperar.

O quê?

Até um deles vir. Para tentar nos convencer a cooperar. Então vão apelar aos nossos sentimentos e também a nossa razoabilidade. Tentarão nos fazer ver que é a única maneira de salvar nossos amigos.

Will não falou palavra, fitando o espelho, o coração martelando no peito.

Quem vier primeiro. Será a pessoa que nos traiu.

O menino ouviu ruídos do outro lado. Trancas sendo abertas. Alguém estava vindo.

Nº 35: OS OBSTÁCULOS NÃO ESTÃO LÁ PARA
VOCÊ DESISTIR DA CORRIDA.

A imagem desapareceu, deixando o reflexo mais jovem de Will em seu lugar. Mais jovem e vulnerável. Lágrimas se formando nos olhos. Limpou--as, tentando arrancar a emoção do rosto antes que seja quem fosse a pessoa lá fora entrasse.

A porta se abriu. O Sr. Hobbes — Edgar Snow — entrou no cômodo. Perigoso, calmo e seguro, com seus casaco e boina pretos. Will se virou, chocado ao perceber que estava quase feliz por vê-lo — o homem que mais odiava e temia no mundo —, porque significava que não teria que confrontar o que acabara de descobrir.

Ainda não.

Hobbes parou ao entrar. Quando tirou a boina, sua expressão era quase amigável.

— Como está se sentindo, Will? — indagou.

— O que você quer? — rebateu Will, com frieza.

Hobbes hesitou.

— Saiba que não era assim que queríamos que tudo acontecesse.

— Não vou lutar — disse Will, com amargura. — Se é que isso facilita as coisas para você.

— Você não tem que facilitar as coisas para ninguém exceto para si mesmo.

— Por que você não me diz logo como posso fazer isso, Edgar? E qual dos meus amigos ou familiares vai machucar se eu não fizer.

Os olhos do homem ficaram frios, mas ele o escondeu com um sorriso estreito e reptiliano.

— Se você estiver sendo sincero a respeito de cooperar — respondeu. — Mostrar onde o Entalhador estava, por exemplo, ainda que inadvertidamente, foi um passo na direção certa.

Hobbes gesticulou para a porta aberta.

— Depois de você.

Will tentou parecer relaxado e confiante ao passar. Ativou a Grade e captou um sinal de calor imóvel 3 metros à esquerda: Courtney.

Melhor não deixar que saiba que consigo vê-la.

Desativou a Grade enquanto caminhava pelo corredor. Hobbes o seguia, a distância.

— Entre na primeira sala à sua direita, por favor — instruiu o homem.

O menino virou e atravessou a porta aberta que dava para um cômodo alto e largo. Teve que proteger os olhos contra a forte luz do sol que se derramava pelas janelas estreitas dos dois lados do teto pontudo e alto. Paredes de tijolo, vigas expostas, piso de madeira, todos pintados de um branco brilhante, quase ofuscante. Olhando por uma das janelas, Will se deu conta de que estava na Rocha, em uma galeria que conectava as duas torres do castelo.

Uma longa mesa de madeira percorria quase o comprimento inteiro da sala, com vinte cadeiras de encosto alto. Dois lugares haviam sido postos na extremidade final, com copos, uma boa variedade de bebidas dispostas em uma bandeja de prata, travessas de fruta, pães e queijos. Uma caixa quadrada e baixa descansava sobre o tampo, na metade do caminho entre o menino e a comida. Parecia-lhe familiar, mas não conseguia identificar de onde. Três monitores, feitos do mesmo material escuro dos laptops do centro, estavam sobre suportes próximos à cabeceira da mesa.

Hobbes gesticulou para uma cadeira perto da comida.

— Sirva-se se estiver com fome — disse ele.

— Não estou. E prefiro ficar de pé.

— Como quiser — respondeu Hobbes, debruçando-se sobre a ponta da mesa. Pegou um cacho de uvas e comeu tudo de uma vez só, todos os movimentos serpenteantes e deliberados, sem jamais tirar os perturbadores olhos claros de Will.

Sem nem precisar da Grade, Will tinha certeza de que Courtney entrara na sala e estava poucos metros atrás dele. Will caminhou até a mesa e se serviu de um copo de suco de laranja.

— Estou ouvindo — disse o menino.

Hobbes sorriu outra vez, estranhamente, e apontou a mão para a primeira tela à esquerda. Aproximou os dedos e em seguida os separou. O monitor se expandiu para ficar do triplo do tamanho original e ligou.

Mostrava uma imagem de cima de um cômodo fechado que parecia uma cela. Nick caminhava de uma ponta à outra sem parar, enquanto a câmera movia-se para segui-lo; havia barras de um lado do cômodo. O menino parecia um leopardo enjaulado. Baseado na aparência da pedra, Will concluiu que devia estar em algum lugar no castelo, talvez no porão infindável.

Hobbes apontou para a tela do meio e a expandiu com o mesmo gesto. Will reconheceu o cômodo circular espaçoso na torre onde ficavam todas as caixas de documentos arquivados. Uma câmera mostrava Ajay do alto, sentado no chão com as pernas cruzadas, lendo um dos papéis de uma das caixas.

Hobbes acenou para o monitor da esquerda, aumentando-o também. Mostrava uma sala de cirurgia, possivelmente a que tinham encontrado na clínica subterrânea. Lâmpadas de teto fortes estavam ligadas, e, diretamente abaixo delas, uma equipe médica já de mascaras prendia alguém a uma mesa de operação metálica.

Brooke. Os médicos ao redor algemavam suas mãos, preparando-a para a cirurgia.

Não tinha escapado, afinal. E Elise? Onde a tinham deixado?

Era tudo teatro provavelmente — encenações eficientes, algo de que os Cavaleiros se orgulhavam perversamente —, mas a ameaça implícita aos amigos fez o sangue de Will ferver. Precisou de cada gota de autocontrole para não acertar Hobbes com toda a sua força. Mas devia fazer algo.

Virou e jogou o suco de laranja em Courtney, revelando sua silhueta. Ela cuspiu, raivosa.

— Ah, desculpe — disse Will, sem emoção. — Não vi você aí.

Hobbes parecia quase se divertir. Pegou um grande guardanapo de tecido e o lançou para a menina, que o pegou no ar e marchou em direção à porta, secando-se.

Ao deixar a sala, dois garotos entraram. Will identificou o primeiro como sendo Davis, o companheiro de Courtney, o menino do "punho de ferro" que ameaçara Nick na caverna. Demorou um pouco mais para reconhecer o segundo; estava muito maior e mais robusto do que se recordava, como um jogador da Liga Nacional de Futebol Americano cheio de anabolizante, mas vibrando com a mesma intensidade instável que sempre possuíra. Os músculos avantajados, expostos pelo uniforme de combate, contraíam-se e pulsavam com excesso de energia. Maxilar e pescoço eram cartunescamente grandes, quase uma paródia da masculinidade, mas sua boa aparência sombria e pele rosada eram inconfundíveis.

— Oi, Todd — cumprimentou Will, tentando soar calmo.

O sorriso cheio de si do garoto emanava maldade ainda maior que o normal. Parecia pronto para devorar a mesa até Will.

— Lixo — respondeu Todd, a voz uma oitava mais grave do que Will se lembrava.

— Quanto tempo, colega — disse ele, olhando-o de cima a baixo. — Treinando muito?

Todd Hodak bufou e deu um passo na direção de Will, estalando os punhos cerrados juntos. Pareciam presuntos enlatados.

— Sejam cordiais, cavalheiros — disse Hobbes com severidade.

— Então quer dizer que você, me deixe adivinhar... pediu transferência para a escola de gladiadores? — indagou Will. — Ou só te colocaram em um tanque e regaram para ficar grandão assim?

O rosto de Todd ficou vermelho de raiva.

Algumas coisas não mudaram.

— Sua hora está chegando, babaca — disse Todd, apontando um dedo para Will.

— O Sr. Hodak vai fazer uma visita ao seu amigo, Sr. McLeish — disse Hobbes, impassível, acenando com a cabeça para a tela que mostrava Nick. — O Sr. Davis vai acompanhá-lo. Vão castigá-lo e não vão parar até termos sua cooperação total. Se ele bater as botas antes de você cair em si, o Sr. Davis vai visitar seu amigo Ajay.

Davis mostrou as mãos, e os dedos indicadores transformaram-se em pontas letais de 16 centímetros.

— Vai começar com os olhos — disse o Sr. Hobbes, pousando duas uvas na mesa.

Davis fincou os dedos pontiagudos nos bagos até atravessar a mesa. Will esforçou-se para não reagir, mas sentia como se o peito pudesse se rasgar.

Hobbes encaminhou os dois garotos até a porta, e Todd e Davis saíram. Hobbes seguiu para a terceira tela, cruzou os braços e estudou Brooke no centro cirúrgico.

— Ou será que deveríamos começar com a Srta. Springer? — indagou Hobbes casualmente, como se refletisse. — Odiaria vê-la perder aquelas mãos tão encantadoras.

Hobbes gesticulou, e a tela com a menina ficou preta. Will tinha a impressão de que ia enlouquecer. Precisava se controlar. *Ouça. Observe. Espere. Não é a hora de lutar.*

— Aqui vai outra possibilidade — continuou Hobbes. — E se castigássemos os três logo de uma vez só? Isso se provaria mais persuasivo? Já tenho sua atenção total?

Por que ele não mencionou Elise? Será que significa que ela escapou de alguma maneira?

— Deixe eles em paz e me diga o que quer — respondeu Will, a voz fria e cansada.

Hobbes pensou a respeito, a mão traçando um círculo na caixa de madeira sobre a mesa.

— Um de seus amigos vai fazer isso por mim.

A porta se abriu outra vez. Courtney, já limpa e vestida, entrou junto com Halsted, levando Brooke entre eles. Tinham colocado uma espécie de camisa de força na garota, as mãos envelopando o corpo, presas sob o tecido grosso.

O centro cirúrgico, portanto, ou ficava logo ali ao lado, ou a imagem de Brooke mostrada na tela tinha sido gravada com antecedência. Por um momento terrível, Will se perguntou se já teriam feito a operação que ameaçaram.

Levaram-na até a mesa e a empurraram para o chão, para que ficasse de joelhos na frente de Will. Brooke não parecia sequer saber onde estava, possivelmente dopada. Não dava a impressão de estar sentindo a dor excruciante que a tortura ameaçada por Hobbes teria criado.

— Vamos deixar vocês dois conversarem — disse Hobbes, sinalizando para os outros o seguirem até o lado de fora.

Will esperou que a porta se fechasse antes de se ajoelhar ao lado da amiga. Gentilmente pousou as mãos sobre seus ombros e esperou que o fitasse. Os cachos louros caíram pelo rosto da menina em ondas suaves. Estava mortalmente pálida, exausta e perdida, mas, mesmo com tudo aquilo, sua beleza ainda fazia o coração dele dar pulos. Pareceu confusa até o instante em que seus olhos brilharam com reconhecimento amoroso.

— Will.

Apoiou-se nele, aninhando a cabeça no ombro do amigo enquanto este a abraçava. Viu uma série de cadeados nas costas da camisa de força.

— O que aconteceu? — sussurrou ao pé da orelha dela.

Brooke desencostou e chegou levemente para trás a fim de poder olhar para Will.

— Corri pela caverna, não sabia onde estava, nem aonde estava indo. Devo ter ficado uma hora perdida lá dentro.

Seus lábios estavam rachados, e a menina parecia sedenta. Will serviu um copo d'água e o segurou enquanto ela dava alguns goles. Brooke agradeceu com um aceno de cabeça.

— Vi uma luz e corri para ela — disse Brooke. — Estavam me esperando quando saí. — Estremeceu. — Não sei o que aconteceu depois.

— Você viu os outros?

Ela balançou a cabeça.

— Acordei em uma sala de operações. Hobbes estava lá. Ele me contou o que iam fazer com a gente. — A voz tremia de medo. — Com cada um. Ele falou com tanta calma. Como iam machucar a gente... O que ia fazer com minhas mãos se você não concordasse com o que queriam.

Will sentiu o estômago se revirar, seu maior medo envolveu seu coração. *Isso, não. Brooke, não.*

— Ele te contou o que ele queria? — Will mal podia ouvir a própria voz.

Ela balançou a cabeça negativamente.

— Não me contou nada além disso. Só que você cooperar com eles era a única maneira de nos salvar. — Ela o olhou, e ele se forçou a sustentar o contato visual. — Will, estou com tanto medo.

Até um deles vir. Para tentar nos convencer a cooperar. Então vão apelar aos nossos sentimentos e também a nossa razoabilidade. Tentarão nos fazer ver que é a única maneira de salvar nossos amigos.

— Odeio pensar em você desistindo, de qualquer maneira que seja — disse ela. — Mas acho que ele pode estar certo.

Will permaneceu completamente imóvel.

— Você acha?

— Não sei nem o que fizeram com Nick e Ajay, ou com Elise, nem onde eles estão... O que foi que fizeram com você? Está tudo bem?

— Não me machucaram — respondeu ele.

— Ainda bem.

— Não fisicamente, pelo menos.

Percebeu que ela achou aquilo curioso. A menor das fissuras em sua elaborada fachada, antes de voltar ao roteiro.

— Que bom — disse Brooke, recostando a cabeça no ombro do menino outra vez. — Estava tão preocupada.

O que devo fazer?, pensou. *Como continuo a partir daqui? Como vou continuar depois disso?*

Nº 32: MESMO A MENOR DAS VANTAGENS PODE FAZER A DIFERENÇA ENTRE A VIDA E A MORTE. NUNCA A DEIXE ESCAPAR.

— Estão nos vigiando agora — sussurrou Will ao pé da orelha da amiga. — Ouvindo todas as palavras que dizemos.

— O que a gente vai fazer, Will?

— Não sei ainda...

Melhor: parta para o ataque.

— Mas descobri outra coisa — disse ele —, e você não vai gostar.

— O que é?

Pousou as mãos nos ombros da menina, trouxe-a para mais perto e baixou ainda mais seu tom de voz:

— Acho que é possível que alguém, um de nós, estivesse cooperando com eles o tempo todo. Desde o primeiro dia que cheguei aqui.

Ela ficou paralisada um instante antes de responder:

— Ai, meu Deus, Will!

— Você entende como isso pode ser perigoso para a gente.

— Claro.

— Quero dizer, em quem vamos confiar se não nos amigos?

— Não consigo acreditar — respondeu a garota. — Você tem ideia de quem seja?

Levantou-lhe o rosto com gentileza do ombro e a fitou diretamente nos olhos, de modo que pudesse observá-la cuidadosamente.

— Acho que pode ser Elise.

As pupilas de Brooke se contraíram, um pequeno músculo tremelicou sob o olho esquerdo — alívio —, e, em seguida, simulou choque, tão eficientemente que o deixou sem fôlego. Ela tomou ar, a boca se abrindo em um pequeno "O", os olhos se arregalando, as sobrancelhas levemente levantadas.

Em seguida, a apunhalada.

— Will, acho... É tão horrível, mas acho que você pode estar certo.

— Você acha?

— Tinha algumas suspeitas... de que tinha alguma coisa errada com ela, mas não conseguia entender o que podia ser, guardo isso há muito tempo. — Fez uma pausa, franzindo o cenho.

— Mesmo?

— Como ela pode ter nos enganado tão bem? Mas se você pensar... De que outro jeito saberiam que estávamos a caminho daquela caverna?

— Exatamente — concordou Will, se encouraçando.

Não esqueça: eles sabem tudo o que ela sabe. E ela sabe de quase tudo.

— Se a gente pensar bem, com certeza vai conseguir achar alguma outra prova. — Ela balançou a cabeça com nojo. — Eles podem até te fazer acreditar que ela está em perigo.

— Não vão parar, eles não têm limites.

— A gente não pode contar para ninguém — sussurrou ela com urgência.

— Não vou.

Brooke o fitou, a luz do sol que vinha das janelas altas riscando suas bochechas, atingindo os cabelos dourados, angelicais. Até a perfeição de sua beleza parecia mentira agora. Uma lágrima solitária brotou de cada um dos olhos e rolou pela face dela.

Vai dizer que me ama agora.

— Eu te amo, Will — sussurrou. — Devia ter te dito antes... Mas nunca falei isso para ninguém.

Will aninhou seu rosto nas mãos, fitou-a fundo nos olhos, e permitiu-se um momento de sinceridade.

— Você nunca vai saber como era importante para mim — disse o garoto.

Seja lá o que fizerem comigo agora, dificilmente será pior que isso.

Depois a beijou com suavidade na testa. Ela levantou o rosto e fechou os olhos, pronta para ser beijada.

A porta se abriu. Hobbes entrou outra vez, seguido por Courtney e Halsted. Will levantou-se abruptamente, como se estivesse chocado, mas já os esperava. Estava na verdade aliviado que tivessem chegado naquele momento. Agora tinha que continuar a vender a ideia de que estava cego a respeito da menina.

— Deixem Brooke em paz — disse, colocando-se entre eles.

— Posso dar um jeito nisso — afirmou Hobbes.

— Sé machucarem Brooke ou um dos meus amigos, não tem acordo nenhum. Está tudo fora da mesa. De agora em diante, isso inclui Raymond também. E preciso saber que está tudo bem com Elise.

— Isso é perfeitamente razoável — concordou Hobbes.

Will olhou para uma das telas. Viu Todd Hodak e Davis Mãos de Ferro ficarem visíveis perto da cela onde Nick estava preso. O menino se levantou, pronto para lutar.

— Então segure seus cachorrinhos — disse Will.

Hobbes tocou no fone de ouvido e murmurou baixinho em um microfone escondido na manga. Todd e Davis pararam, levaram as mãos às orelhas e escutaram; em seguida saíram da imagem. Nick pareceu decepcionado, depois olhou para a câmera, dando-se conta de que tinha alguém assistindo. Mostrou o dedo do meio para ela antes de Hobbes fazer um gesto para desligar o monitor.

Courtney e Halsted ajudaram Brooke a ficar de pé e a empurraram com violência para a porta. A garota procurou Will com os olhos. Ele encontrou seu olhar por um momento, mas tentou usá-lo para reforçar seu "pacto" antes de se virar.

O menino apontou para as outras telas, para a imagem de Ajay.

— Depois que eu ficar sabendo que estão em segurança, você pode me levar até a pessoa que toma as decisões. Porque sei que não é você, Edgar.

— O que devo dizer?

— Que vou ouvir.

Hobbes se empertigou e fitou Will de alguns metros de distância. Avaliava-o pensativamente, sem rancor. Hobbes voltou a falar baixo no microfone, depois fez um gesto para o monitor que mostrava Ajay, desligando-o.

— Pode ser que tenham mesmo razão sobre você — disse o homem, e se encaminhou para a porta. — Espere aqui.

Ela se fechou sonoramente quando Hobbes saiu. Will estava só. Foi até as janelas e olhou para baixo, para as docas. O hidroplano de Haxley estava atracado na água outra vez, subindo e descendo de leve com os movimentos do lago.

Haxley está em casa.

Will perguntou-se quanto tempo demoraria para chegar. Devia estar assistindo e escutando de algum lugar próximo.

Quanto tempo vão me fazer esperar?

A porta se abriu.

NEGÓCIOS DE FAMÍLIA

O Sr. Elliot entrara na sala. Sozinho. Vestido com um elegante terno de tweed de três peças e uma estilosa gravata borboleta. Com um sorriso no rosto. Ergueu a mão em um cumprimento alegre quando entrou, depois as enlaçou às costas, a silhueta alta e angulosa curvada para a frente, como se estivesse lutando contra um vento forte.

— Aqui está você, Will — disse ele.

O menino não sabia como responder.

— Aproveitando a ocasião, obrigado pela excelente recomendação que fez indicando seu amigo Ajay — agradeceu. — Que rapaz brilhante. Será de *grande* ajuda para você na organização de todos aqueles documentos.

Will apenas o fitou: *Ele está maluco ou senil? Será que entrou aqui por engano?*

O senhor não pareceu notar ou se importar com o fato de Will não estar respondendo. Claudicou até a mesa, pegou a caixa de madeira antiga e a deixou mais perto de Will.

— Aqui está uma coisa na qual creio que já esteja interessado, mestre Will — disse o homem, abrindo a caixa. — Venha dar uma olhada.

Will se aproximou enquanto a tampa se abria. O astrolábio de latão repousava ali dentro. Elliot o tirou da almofada aveludada e o segurou à frente para que os dois pudessem admirar suas engrenagens elaboradas, discos e agulhas. Will notou a vibração fraca de um núcleo de energia sendo emanada de algum lugar dentro do objeto. Todas as peças do instrumento pareciam pulsar em harmonia suave.

— Vá em frente — encorajou Elliot. — Toque nele outra vez se quiser. Não vai machucá-lo.

Isso tudo é estranho demais.

O menino sentiu, porém, a mesma atração misteriosa que o puxara para o objeto quando o encontrou no porão do castelo. Colocou um dedo na estrutura metálica, fria ao toque, mas agradável. Gostava da sensação. Muito. Correu a mão pelo círculo liso, desgastado pelo tempo.

— Segure — disse Elliot, oferecendo-o a ele. — Com as duas mãos. Você vai pegar o jeito.

Will o pegou e sentiu o peso de suas preocupações e medos esmagadores se dissipar. *Como é possível?* Aquela peça de tecnologia antiquíssima — inescrutável e estranha — de alguma forma o enchia de confiança e uma sensação de paz que mal conseguia compreender.

Um impulso de resistência obstinado o impeliu a colocar o astrolábio de volta na caixa, mas percebeu que imediatamente se arrependeu de tê-lo feito. Queria pegar e segurar o instrumento outra vez, experimentar aquela sensação de novo.

— Quero que fique com isso, mestre Will — disse Elliot, com gentileza, empurrando a caixa para ele. — Um presente meu para você. Como sinal de agradecimento pelo trabalho excelente que fez arrumando os arquivos.

— Mas não acabei ainda — disse Will, a única objeção que podia pensar em fazer.

— Não se preocupe. Suspeito que, com você e o mestre Ajay trabalhando em conjunto, terão terminado em dois tempos.

Já está na hora de eu começar a trabalhar nas minhas próprias regras, pensou Will.

<u>LISTA DE REGRAS DO WILL DE COMO VIVER</u>

Nº 1: PRESENTES DE ESTRANHOS? ACHO QUE NÃO.

O menino colocou as mãos na tampa outra vez e, com autodisciplina extrema, fechou a caixa.

— Não sei o que dizer — começou, depois forçou-se a recuar um passo para longe da mesa.

— É perfeitamente natural — respondeu Elliot, sorrindo benignamente. — Ouso dizer que todos nos sentimos da mesma maneira, na nossa própria época.

— Achei que era Haxley quem vinha conversar comigo — revelou o menino, desviando os olhos da caixa.

— Ah, sim — disse Elliot, fitando-o e achando graça. — Posso entender muito bem por que você deve ter chegado a essa conclusão.

— Mas não é ele. É você. É você quem está no comando. Você é o Velho Cavalheiro.

Tudo o que Elliot fez foi dar de ombros com modéstia e sorrir. Relaxado e despreocupado.

— Me diga o que estou fazendo aqui. O que quer de mim?

— Não tem realmente a ver com o que quero de você, Will. É o que quero *para* você. Me acompanhe um instante?

Will assentiu, depois seguiu Elliot até o corredor. Indicou que o menino devia virar à esquerda, e caminharam por uma passagem cheia de janelas. Will vislumbrou a ilha e outras partes do castelo enquanto prosseguiam. A forte luz do sol entrava em ângulos agudos pelos vidros, banhando o mármore cremoso com raios profundos que pareciam até ter peso palpável.

— É certo que tenho meus arrependimentos em relação à maneira como chegamos a este ponto — recomeçou Elliot, os olhos fixos à frente. — Um pedido de desculpas é necessário, sinceramente, não há dúvidas a esse respeito, por erros de julgamento que jamais deveriam ter ocorrido.

— Estou ouvindo — disse o menino.

— O falecido Lyle Ogilvy, para começar. O jeito como tratou você foi desnecessário, desde o início. Conversamos com ele, o repreendemos e advertimos repetidas vezes. Um jovem extremamente instável. Há sempre a esperança de que se possa guiar as almas perturbadas de volta à luz. Promissor como era, infelizmente não foi o caso com o mestre Ogilvy.

— O que ele não deveria ter feito? — inquiriu Will.

Elliot o levou até um lance de escadas caracol de mármore, seus passos ecoando.

— Não devia ter tentado matar você — respondeu o homem com simplicidade. — Céus, não, Will. Demos a ele a simples responsabilidade de supervisionar e observar. Lyle foi expressamente proibido, mais de uma vez, de recorrer à violência. Jamais foi autorizado a atacá-lo de qualquer forma, longe disso. Mas a pessoa encarregada de Lyle falhou em interpretar a severidade de sua perturbação.

— É do Sr. Hobbes que estamos falando?

— Exatamente, Will — respondeu Elliot, com a expressão satisfeita. — Você entende a situação *precisamente* como é. Como se precisássemos de mais sinais de confirmação de sua agudeza mental.

— Não foi só Lyle que tentou — disse Will. — Mesmo antes de eu chegar aqui, foram atrás de mim nas colinas ao redor da minha casa e atacaram meu avião em pleno voo.

— Um arrependimento profundo. Como devo explicar? — O homem olhou para cima, procurando palavras. — Temos *associados* neste empreendimento, Will. Parceiros distantes, ou contratantes independentes, se quiser chamar assim. São imprevisíveis e não estão totalmente sob nosso controle.

— Porque não são humanos — complementou Will.

Elliot pareceu surpreso, como se não esperasse que ele soubesse tanto.

O Outro Time. Então Dave tinha razão a respeito deles. E, se estava certo sobre isso, talvez estivesse certo sobre todo o resto.

— Então esses "contratantes independentes" também não deviam me matar?

— Céus, não! E depois que você chegou, creia-me, isso foi imediatamente corrigido.

— Então por que estou aqui? — indagou o menino.

Ao chegarem ao topo das escadas, Elliot levantou a mão, pedindo paciência.

— Deixe-me falar com mais detalhe sobre isso dentro de um instante, mas vou dizer isto e espero que aceite com alguma fé: porque você *pertence* a este lugar.

Elliot parou em frente a uma porta próxima, fazendo uma pausa com a mão na maçaneta.

— Tanta coisa aconteceu, Will, antes de nos darmos conta de como você era realmente especial. Veja bem, precisávamos de seu pai. Foi por isso que procuramos você e sua família. Precisávamos tão desesperadamente que estávamos dispostos a fazer qualquer coisa para trazê-lo de volta.

— Vocês procuraram meu pai minha vida toda — disse Will.

— De fato.

— Porque ele e minha mãe fugiram, antes de eu nascer.

— Infelizmente, sim.

— Precisavam dele para quê?

— O trabalho dele, claro — respondeu Elliot, e abriu a porta.

Will o seguiu, entrando em um espaçoso jardim no telhado, um espaço surpreendentemente aberto, instalado no alto da galeria em cujo andar de baixo estavam antes. Entre as torres, bem acima da ilha, ficava um oásis sereno de árvores com grandes copas farfalhantes, flores exóticas, bambus e gramados, todos de uma beleza incomum, explodindo com abundância selvagem de vida. Um lago de carpas cortava o jardim, decorado por uma ponte cheia de filigranas. Pássaros coloridos adejavam de galho e galho, seus trinados musicais acrescentando notas graciosas à leve brisa que abrandava o calor do verão. Estátuas clássicas haviam sido instaladas pelo jardim: grandes cabeças de Buda, bustos de deuses de uma dúzia de culturas antigas. Elliot o guiou por um caminho de pedras lisas incrustadas na grama.

— Seu pai é um homem muito orgulhoso e teimoso — disse Elliot. — Decidimos que trazer você até aqui seria a melhor forma de persuadi-lo a voltar.

— Você quer dizer chantagear — corrigiu Will.

Elliot sorriu, compreensivo.

— Com o tempo, você verá que há maneiras menos duras de se olhar o que fizemos — respondeu Elliot. — Seja lá como queira interpretá-lo, descobrimos que, contanto que seu pai soubesse que você estava seguro, ele concordaria em prosseguir com o trabalho.

Will teve que sufocar a raiva antes de responder:

— Então por que ele fugiu para começo de conversa? De que trabalho você está falando?

— Você está ciente do trabalho em que seu pai estava envolvido, não, Will? — Elliot parecia intrigado.

— Ele nunca falou sobre isso — respondeu o garoto. — Tudo o que sei é que tinha alguma coisa a ver com pesquisa genética.

— Não falo do sujeito insignificante que ele fingiu ser durante 16 anos — retrucou Elliot impacientemente. — Refiro-me ao homem que era antes. Creio que você saiba a quem me refiro.

Elliot avultou-se sobre ele, as mãos nos quadris, fitando-o com um sorriso autoritário.

— O nome dele era Hugh Greenwood — disse Will, taciturno. — Era professor daqui.

— Hugh Greenwood era a mente científica mais brilhante de sua geração, Will — revelou Elliot, levantando um dedo. — Fico um pouco decepcionado de notar que você não valoriza isso. Seus esforços pioneiros tornaram tudo o que estamos fazendo, tudo isto, possível.

Will escolheu as palavras com cuidado.

— Você quer dizer a Profecia.

— Exatamente — confirmou Elliot, com expressão de satisfação. — Ninguém contesta a genialidade da ideia original de Abelson, mas seus métodos eram fatalmente falhos, um desastre quando implementados. Isso é irrefutável. Nossas mentes mais excepcionais trabalharam por décadas, mas não conseguiram encontrar o problema, foram anos de tempo e esforço desperdiçados, até, você não pode nem imaginar, Hugh, e somente Hugh, chegar, imbuído da visão, profundidade de conhecimento e síntese de pensamento necessários para fazer a descoberta que estávamos esperando.

O sangue de Will ficou gelado.

— Você está dizendo que meu pai ajudou por livre e espontânea vontade?

Elliot soltou uma risada surpresa, como se achasse uma leve graça na pergunta.

— Não se preocupe, Will. A integridade de seu pai permanece intacta. O dom de Hugh está no campo da pesquisa pura. Ele sempre viveu na e para a teoria. Jamais ficou sabendo para que a usávamos.

— Então foi por isso que fugiu — concluiu Will, sentindo-se aliviado. — Quando descobriu tudo.

— Talvez. — Elliot parecia refletir. — Ou você poderia dizer que faltava a ele coragem para terminar e aplicar suas ideias à conclusão mais lógica e útil. Quando alguém recebe um dom capaz de tornar a vida de toda a humanidade melhor, a pessoa pode legitimamente se recusar a usá-lo?

Chegaram a um banco, longe do lago. Will se sentou, oprimido por um peso imenso que tornava o movimento dificultoso, lutando para incorporar o que ouvia àquilo que já sabia.

— Olhe à volta, Will — disse Elliot, abrindo os braços. — Todas as espécies de vida neste jardim foram elevadas à pura perfeição pela mão do *ser humano*, não de Deus. Cada uma é produto e beneficiária das revelações que seu pai teve a respeito das engrenagens mais intrincadas da existência.

Segurou o braço do menino e o colocou de pé, levando-o até o que parecia uma janela larga no extremo oposto do jardim, obscurecido por uma sombra do outro lado. O brasão da escola estava gravado na pedra acima do peitoril. Elliot apontou para as palavras no pergaminho abaixo do escudo.

— Leia isso para mim — pediu Elliot.

— "O Conhecimento é o Caminho. A Sabedoria é o Propósito".

— Sabedoria — disse Elliot, segurando seu braço. — Usada para beneficiar e *aperfeiçoar* o ser humano. Esta é e sempre foi nossa missão. É por isso que precisávamos do seu pai, sob *quaisquer* circunstâncias, para terminar e melhorar seu trabalho.

— Por quê?

— Porque o tempo está acabando! A raça humana como um experimento não regulado já teve sua vez. Acabou, Will. Fracasso abjeto. — Apontou para além das paredes do castelo. — Você viu as provas lá fora. Estão em todo lugar ao nosso redor. Olhe com clareza, objetivamente. Nosso pobre mundo, espoliado, consumido pelos impulsos primitivos e parasitários de uma espécie predatória e gananciosa que se rebelou, proliferou até quase a extinção e nos trouxe à beira da ruína.

— Nem todas as pessoas são assim — argumentou Will.

— As *pessoas* são tão boas quanto os seus *líderes*, e apenas uma qualidade mais elevada de seres humanos, fortes, sábios e esclarecidos, pode nos guiar para fora da escuridão que criamos. É *esse* o tipo de pessoa que podemos criar agora, mas não acaba por aí. Temos que moldar, preparar e ensiná-las a salvar o mundo, e a nossa espécie, da autodestruição.

Will estava aterrorizado pelo fervor apaixonado do homem, pelo brilho intenso demais em seus olhos. Disse:

— Então isso torna tudo o que você fez certo? Justifica fazer um acordo com demônios que querem nos matar?

— Com quem você andou falando? — indagou Elliot, os olhos se estreitando. — Com algum daqueles velhos tolos da Hierarquia?

Will tentou não mostrar surpresa e não disse uma palavra.

— Não, não, eles são muito perigosos, Will. Você não deve escutar o que dizem — advertiu o homem, com voz baixa e sincera. — Já superamos a necessidade que tínhamos daquelas "babás" iludidas há anos. O que foi que te disseram? Eles se arrogam a responsabilidade pelo bem-estar do mundo, não é? Se acha que estão à altura da tarefa, olhe o estado em que nos deixaram. São eles os responsáveis pelas trevas em que estamos.

— Você entendeu tudo errado — retorquiu Will. — É o Outro Time que quer nos destruir, e você está ajudando...

— Não, filho, ouça. Estamos no comando do nosso próprio destino agora, as apostas são altas demais... Precisamos fazer as alianças que melhor nos aprouverem. Talvez não sejam a influência mais palatável, mas permanecemos no controle.

— É o que você acha — retrucou Will. — De quanto dessa história toda a escola está sabendo?

— A escola? Nada — respondeu Elliot, descartando o assunto. — Por que iríamos querer onerá-los? Isto são negócios de família. Eles trabalham para nós, não o contrário.

Ele é maluco, pensou Will. *Eu devia simplesmente jogá-lo do telhado.*

— Você não entende por que é tão importante para nós, Will? Você é uma prova viva. O fato de ser tão extraordinário assim é a razão por que sabemos que podemos ser bem-sucedidos...

— Como pode falar isso?

O homem idoso se aproximou, quase sussurrando, seu tom tão apaziguador quanto uma história de ninar:

— Porque com você do nosso lado, Will, e seu pai de volta ao trabalho, tudo está em equilíbrio. A Profecia tornou-se realidade. E isso quer dizer que ninguém mais precisa sofrer.

— E meus amigos?

— Estão todos perfeitamente a salvo. Agora preciso que você diga a eles o que lhe expliquei. Que diga que percebeu que estava terrivelmente enganado a nosso respeito. Porque queremos que eles cresçam e prosperem, tanto quanto precisamos que *você* o faça.

O menino não disse coisa alguma, fitando-o, paralisado pela possibilidade de outra saída. Sem novas lutas ou dificuldades. Poderia salvar sua família e amigos. Deixar outra pessoa se preocupar com a liderança.

— Devo facilitar as coisas para você? — indagou Elliot, com amabilidade. — Sei o desafio que é cruzar este limiar. Permita-me ajudar.

Elliot bateu no vidro grosso da janela. Uma cortina ou persiana se abriu do outro lado, e o menino pôde ver o interior do cômodo.

Era a sala de cirurgia que aparecera no monitor de Hobbes, onde tinha visto Brooke ser amarrada à mesa. Todas as luzes estavam acesas, mas havia outra pessoa deitada.

Elise. Inconsciente, provavelmente dopada. Sua cabeça estava caída para trás em um ângulo extremo. Pronta para a cirurgia. A julgar pelas linhas que tinham desenhado no pescoço, estavam prestes a destruir sua voz.

Não era tudo, porém.

O único médico na sala, de pé perto dela, segurando um bisturi, tirou a máscara e olhou para a janela, para Will, mas não reagiu ou pareceu ter visto coisa alguma. Hobbes estava logo ao lado, apontando um revólver para a cabeça do homem. Usava óculos. Era pálido e magro, de barba rente ao rosto. Os cabelos mais curtos e grisalhos do que Will se lembrava. O homem que conhecera a vida inteira como Jordan West.

Seu pai, Hugh Greenwood.

Will bateu na janela, gritando seu nome. Hugh não reagiu.

— É um vidro unidirecional — explicou Elliot. — Ele não pode ver nem escutar você, Will. E tem minha palavra de honra de que, se fizer tudo exatamente como eu mandar deste momento em diante, nenhum mal acontecerá a ele, ou à Srta. Moreau, ou a qualquer de seus amigos.

O corpo inteiro do menino começou a tremer. Queria gritar, matar, qualquer coisa para parar de viver aquele momento.

— Por que eu deveria acreditar em você? — indagou, enrolando para ganhar tempo. — Por que deveria acreditar em qualquer coisa que diz?

Elliot sorriu para ele outra vez, o sorriso mais carinhoso do universo, e gentilmente pousou a mão em seu ombro.

— Porque, meu caro rapaz, meu nome é Franklin Greenwood — revelou. — Sou seu avô.

Nº 100: PERMANEÇA VIVO.

Will não hesitou e olhou resoluto para ele.

— Faço o que você mandar.

Lista de Regras do Papai de Como Viver

Nº 1: A IMPORTÂNCIA DE UMA MENTE CENTRADA.
Nº 2: CONCENTRE-SE NA TAREFA À SUA FRENTE.
Nº 3: NÃO CHAME ATENÇÃO PARA SI.
Nº 4: SE VOCÊ ACHA QUE TERMINOU, É PORQUE APENAS ACABOU DE COMEÇAR.
Nº 5: NÃO CONFIE EM NINGUÉM.
Nº 6: PERMANEÇA CONSCIENTE O TEMPO TODO DA REALIDADE DO PRESENTE. PORQUE TUDO O QUE TEMOS É O AGORA.
Nº 7: NÃO CONFUNDA SORTE COM UM BOM PLANO.
Nº 8: ESTEJA SEMPRE PRONTO PARA IMPROVISAR.
Nº 9: OBSERVE, ENXERGUE E ESCUTE, OU VOCÊ NÃO SE DARÁ CONTA DO QUE ESTÁ DEIXANDO PASSAR.
Nº 10: NUNCA REAJA COM IMPULSIVIDADE A UMA SITUAÇÃO QUE TE PEGUE DE SURPRESA. *RESPONDA* COM RAZOABILIDADE.
Nº 11: CONFIE NOS SEUS INSTINTOS.
Nº 12: DEIXE O OUTRO CARA FALAR.
Nº 13: HÁ APENAS UMA CHANCE DE CAUSAR UMA BOA PRIMEIRA IMPRESSÃO.
Nº 14: FAÇA AS PERGUNTAS EM ORDEM CRESCENTE DE IMPORTÂNCIA.
Nº 15: AJA RÁPIDO, MAS NÃO APRESSE AS COISAS.
Nº 16: SEMPRE OLHE AS PESSOAS NOS OLHOS. DÊ-LHES UM APERTO DE MÃO MEMORÁVEL.
Nº 17: COMECE TODOS OS DIAS DIZENDO QUE É BOM ESTAR VIVO. MESMO QUE NÃO ESTEJA ACHANDO ISSO, *DIZÊ-LO*, EM VOZ ALTA, TORNA MAIS PROVÁVEL QUE VOCÊ PASSE A ACREDITAR QUE É VERDADE.
Nº 18: CASO A REGRA DE Nº 17 NÃO FUNCIONE, PENSE NAS COISAS BOAS DA VIDA.
Nº 19: QUANDO TUDO DÁ ERRADO, ENCARE A DESGRAÇA COMO UM INCENTIVO PARA DESPERTAR.
Nº 20: SEMPRE EXISTE UMA LIGAÇÃO ENTRE PISTAS E CONCLUSÃO.
Nº 21: A SORTE FAVORECE OS DESTEMIDOS.
Nº 22: SEMPRE QUE SUA CABEÇA ESTIVER CHEIA DEMAIS, FAÇA UMA LISTA.
Nº 23: EM SITUAÇÃO DE PERIGO, PENSE RÁPIDO E TOME UMA ATITUDE DEFINITIVA.
Nº 24: VOCÊ NÃO PODE MUDAR NADA SE NÃO PUDER MUDAR O QUE PENSA.
Nº 25: NÃO É O QUE TE DIZEM PARA ACREDITAR QUE IMPORTA: É O QUE VOCÊ *ESCOLHE* ACREDITAR. NÃO SÃO A TINTA E O PAPEL QUE FAZEM A DIFERENÇA, MAS A MÃO QUE EMPUNHA A PENA.
Nº 26: UMA OCORRÊNCIA É UMA ANOMALIA. DUAS, UMA COINCIDÊNCIA. TRÊS OCORRÊNCIAS É UM PADRÃO. E, COMO SABEMOS...

Nº 27: COINCIDÊNCIAS NÃO EXISTEM.

Nº 28: DEIXE QUE SUBESTIMEM VOCÊ. ASSIM, NUNCA SABERÃO AO CERTO DO QUE VOCÊ É CAPAZ.

Nº 29: TAMBÉM SE PODE PENSAR NAS COINCIDÊNCIAS COMO SINCRONICIDADE.

Nº 30: HÁ MOMENTOS EM QUE A ÚNICA MANEIRA DE SE LIDAR COM UM VALENTÃO É ATACAR PRIMEIRO. COM FORÇA.

Nº 31: ÀS VEZES, FAZER COM QUE ACHEM QUE VOCÊ É LOUCO PODE SER UMA BOA ESTRATÉGIA.

Nº 32: MESMO A MENOR DAS VANTAGENS PODE FAZER A DIFERENÇA ENTRE A VIDA E A MORTE. NUNCA A DEIXE ESCAPAR.

Nº 34: AJA COMO SE VOCÊ ESTIVESSE NO COMANDO, QUE AS PESSOAS VÃO ACREDITAR.

Nº 35: OS OBSTÁCULOS NÃO ESTÃO LÁ PARA VOCÊ DESISTIR DA CORRIDA.

Nº 40: JAMAIS DÊ DESCULPAS ESFARRAPADAS.

Nº 41: DURMA QUANDO ESTIVER COM SONO. GATOS COCHILAM PARA ESTAREM SEMPRE PRONTOS PARA TUDO.

Nº 43: A COISA MAIS VALENTE NEM SEMPRE É A MAIS INTELIGENTE.

Nº 45: COOPERE COM AS AUTORIDADES. MAS NÃO DEDURE OS AMIGOS.

Nº 46: SE VOCÊ PERMITIR QUE ESTRANHOS FIQUEM SABENDO DE COMO ESTÁ SE SENTINDO, ESTÁ LHES DANDO UMA VANTAGEM.

Nº 47: RAIVA DESCONTROLADA VAI TE MATAR AINDA MAIS RÁPIDO DO QUE BURRICE.

Nº 48: NUNCA COMECE UMA LUTA A MENOS QUE VOCÊ SAIBA QUE CONSEGUE FINALIZÁ-LA. RÁPIDO.

Nº 49: QUANDO NADA MAIS FUNCIONA, APENAS RESPIRE.

Nº 50: EM TEMPOS DE CAOS, ATENHA-SE À ROTINA. ORGANIZE AS COISAS UM POUCO DE CADA VEZ.

Nº 51: A ÚNICA COISA QUE VOCÊ NÃO PODE PERDER NUNCA É A ESPERANÇA.

Nº 52: PARA QUEBRAR O GELO, SEMPRE ELOGIE A CIDADE NATAL DO SEU INTERLOCUTOR.

Nº 53: E SEMPRE MOSTRE SIMPATIA PELO TIME DE FUTEBOL LOCAL.

Nº 54: SE NÃO CONSEGUIR CHEGAR NA HORA, CHEGUE ANTES.

Nº 55: SE VOCÊ FALHAR EM SE PREPARAR, PODE SE PREPARAR PARA FALHAR.

Nº 56: DESISTIR É FÁCIL. TERMINAR É DIFÍCIL.

Nº 57: SE QUISER SABER O QUE ESTÁ ACONTECENDO EM UMA CIDADEZINHA, É SÓ FICAR DE BOBEIRA PERTO DA BARBEARIA.

Nº 58: ENCARAR A VERDADE É MUITO MAIS FÁCIL, A LONGO PRAZO, DO QUE MENTIR PARA SI MESMO.

Nº 59: ÀS VEZES, VOCÊ CONSEGUE OBTER MAIS INFORMAÇÕES QUANDO FAZ PERGUNTAS PARA AS QUAIS JÁ SABE A RESPOSTA.

Nº 60: SE NÃO FICAR SATISFEITO COM A RESPOSTA QUE LHE DEREM, É PORQUE NÃO DEVIA NEM TER PERGUNTADO.

Nº 61: SE VOCÊ QUISER ALGO BEM FEITO, FAÇA VOCÊ MESMO.

Nº 62: SE NÃO QUISER QUE AS PESSOAS TE NOTEM, FINJA QUE SE SENTE À VONTADE E QUE ESTÁ OCUPADO.

Nº 63: A MANEIRA MAIS EFICIENTE DE MENTIR É INCLUIR A VERDADE PARCIAL NO RELATO.

Nº 65: A PESSOA MAIS ESTÚPIDA É A PRIMEIRA A MOSTRAR SEU NÍVEL DE INTELIGÊNCIA.

Nº 68: JAMAIS ASSINE UM DOCUMENTO LEGAL QUE NÃO TENHA SIDO APROVADO PELO SEU ADVOGADO.

Nº 70: QUANDO ESTIVER EM PERIGO, COLOQUE SUAS QUALIDADES EM EVIDÊNCIA.

Nº 72: QUANDO SE VIR EM UM LUGAR ESTRANHO, AJA COMO SE JÁ TIVESSE ESTADO LÁ ANTES.

Nº 73: APRENDA A DIFERENÇA ENTRE TÁTICA E ESTRATÉGIA.

Nº 74: 99% DAS COISAS COM QUE VOCÊ SE PREOCUPA JAMAIS ACONTECEM. ISSO SIGNIFICA QUE SE PREOCUPAR FUNCIONA OU QUE É UMA COMPLETA PERDA DE TEMPO? VOCÊ DECIDE.

Nº 75: QUANDO PRECISAR TOMAR UMA DECISÃO RÁPIDA, NÃO DEIXE QUE AQUILO QUE VOCÊ NÃO PODE FAZER ATRAPALHE O QUE VOCÊ PODE.

Nº 76: QUANDO VOCÊ ESTIVER COM A VANTAGEM, TIRE PROVEITO MÁXIMO DELA.

Nº 77: O EXÉRCITO SUÍÇO NÃO É LÁ GRANDES COISAS, MAS NUNCA SAIA DE CASA SEM O CANIVETE DELES.

Nº 78: HÁ UM MOTIVO PARA OS CLÁSSICOS SEREM CLÁSSICOS. ELES TÊM *CLASSE*.

Nº 79: NÃO FAÇA DA DOR DE OUTRA PESSOA A SUA FONTE DE ALEGRIA.

Nº 80: VAI COM CALMA PARA CIMA DO CARA DIFÍCIL DE CONVENCER. PERSUASÃO É A ARTE DE FAZER OS OUTROS ACREDITAREM QUE A IDEIA FOI *DELES*.

Nº 81: NUNCA PEGUE MAIS DO QUE PRECISA.

Nº 82: SEM VIDA INTELECTUAL, TUDO O QUE VOCÊ TERÁ É UMA VIDA DE VEGETAL.

Nº 83: SÓ PORQUE VOCÊ É PARANOICO, NÃO SIGNIFICA QUE REMEDIAR É MELHOR DO QUE PREVENIR.

Nº 84: QUANDO NADA MAIS FUNCIONA, RECORRA AO CHOCOLATE.

Nº 86: NUNCA FIQUE NERVOSO AO FALAR COM UMA GAROTA BONITA. É SÓ FINGIR QUE ELA TAMBÉM É UMA PESSOA COMUM.

Nº 87: HOMENS QUEREM COMPANHIA. MULHERES, COMPREENSÃO.

Nº 88: SEMPRE OBEDEÇA À PESSOA DO ASSOVIO PODEROSO.

Nº 91: NÃO EXISTEM — NEM DEVERIAM EXISTIR — LIMITES PARA O QUE UM CARA PODE ENFRENTAR PARA IMPRESSIONAR A MULHER CERTA.

Nº 92: SE QUISER SABER MAIS, FALE MENOS. DEIXE OLHOS E OUVIDOS ABERTOS, E A BOCA, FECHADA.

Nº 94: É POSSÍVEL ENCONTRAR A MAIOR PARTE DAS ARMAS OU EQUIPAMENTOS DE QUE PRECISA PELA PRÓPRIA CASA.

Nº 96: MEMORIZE A DECLARAÇÃO DOS DIREITOS DOS CIDADÃOS DOS ESTADOS UNIDOS DE COR.

Nº 97: ÓCULOS E ROUPAS ÍNTIMAS: TENHA SEMPRE RESERVAS.

Nº 98: NÃO ASSISTA A SUA VIDA PASSAR COMO SE FOSSE UM FILME CONTANDO A HISTÓRIA DE OUTRA PESSOA. É A *SUA* HISTÓRIA. E ESTÁ SE DESENROLANDO AGORA MESMO.

Nº 100: PERMANEÇA VIVO.

ABRA TODAS AS PORTAS E DESPERTE.

AGRADECIMENTOS

Obrigado a Jim Thomas, editor prodígio. A Ed Victor e Sophie Hicks, agentes provocadores. A todos os grandes e talentosos trabalhando na editora Random House Children's Book. A Susie Putnam, Jeff Freilich, Deepak Nayar, David Lynch, Carolyn Roberts. E a Lynn e Travis, em primeiro, último lugar e sempre...

Este livro foi composto na tipologia Minion Pro,
em corpo 11/14,4, e impresso em papel off-white,
no Sistema Cameron da Divisão Gráfica
da Distribuidora Record.